애로 애로

날 따위 상관없는 듯해도 결국 저 아픈 거 택하는 꼴통이라 너고. 위험한 줄 알면서도 결국 마재운 앞에 얼굴 들이미는 꼴통이라 너야. 재웅은 주인의 얼굴을 감싼 손에 들어간 힘을 좀 느슨히 풀었다. 이래서 나는 너랑 꼭 해야겠어. 끝내주는 연애.

주인앤 장편 소설

SCARLET ROMANCE STORY

contents

프롤로그

"죄송해요."

원목 테이블 위에 놓인 뜨거운 레몬차 한 잔과 차가운 체리 주스 한 잔. 35도를 넘나드는 유난히 덥다는 여름날, 온도 차가 극명한 음료만큼이나 마주 앉은 여자의 표정도 극명한 차이를 보였다.

"죄송해요."

체리 주스 잔을 손에 움켜쥔 여자는 고개를 숙인 채, 한 시간 동안 같은 말만 되풀이했다.

"정말, 죄……송해요. 정말."

흐느낌이 뒤섞이기 시작했다. 한 시간째 무한히 반복되었던 사과에도 불구하고 그 어떤 반응조차 보이지 않은 상대에 대한 죄책감일지도, 아니면 그저 지금 자신이 처한 상황에 대한 자조적 위로일지도 모른다. 원목 테이블로 떨어지는 눈물방울을 보고서야 주인은 말문을 열었다.

"우는 거 질색이야."

생경한 목소리. 분노도, 질타도 담겨 있지 않았다. 무표정한 얼굴만큼이나 아무런 감정이 담기지 않은 그런 목소리였다.

"내가 더 들어야 할 말 없으면 그만 일어나."

주인이 옆자리에 걸쳐 놓았던 핸드백을 챙겨 들자, 시든 장미꽃처럼 꺾여 있던 고개가 번쩍하고 세워졌다. '선배!' 하고 부르는 목소리는 불구덩이 속에서 살려 달라 외치는 구원 요청처럼 들리기까지 했다. 웃기지도 않게.

"선배, 잠깐. 잠깐만요. 제 얘기를."

"죄송해요. 미안해요. 그 다음이 있다고?"

눈물이 가득 담긴 커다란 눈망울을 바라보며 손에 들었던 핸드백을 다시 옆에 내려놓은 주인의 손끝에 가소로움이 묻어났다.

"저는…… 그러니까."

더 이상 말을 잇지 못하고 또다시 고개를 떨궈 버리는 지수의 모습에 주인은 한숨을 내뱉었다.

"그만하자."

주인은 가방을 열어 자줏빛 손수건을 꺼내 맞은편으로 내밀었다. 지수의 눈이 혼란으로 물들었다.

"저는 그러니까, 그다음이 있어선 안 되는 거지."

"선배."

"네가 지금 내 앞에서 울어도 안 되는 거고."

앞에 놓인 손수건에 차마 손대지 못하는 지수의 눈에 또다시 눈물이 차올랐다.

"이런 상황에서 대부분 울어야 하는 건, 뺏긴 쪽 아닌가."

조금만 더 커지면 고여 있던 눈물방울이 금세 떨어져 내릴 듯

했다.

"좀 어이없긴 하지만 그래, 믿었던 후배와 내일이면 결혼할 남자가 나 몰래 그렇고 그런 사이였다는 거잖아. 뭐, 어쩌겠어. 그랬다는 걸."

설마 하는 마음이 무겁게 지수를 짓눌렀다.

"그렇게 보지 마. 네가 나를 왜 불러냈는지 알 것 같은데. 그래서 뭘 어쩌고 싶어 하는지도 알겠는데, 바보 같은 짓이야. 똑 부러지기로 유명한 한지수가 생각해 낸 것치고 너무했어."

"저는, 저는 다만 선배를 더 이상 속여서는 안 된다고 생각했어요. 그뿐이에요."

손톱 끝으로 제 손바닥을 사정없이 눌러 가며 뱉어 낸 지수의 말에 주인이 가소롭다는 듯 비웃었다.

"속여서는 안 되는 게 아니지. 더 이상 속이고 싶지 않았던 거지. 사람 말이라는 게 참 우스워서 '아' 하고 '어' 사이, 그게 참 달라."

"진심이에요. 뭘 어쩌자는 게 아니에요. 선배, 사실은."

정말 그렇고 그런 드라마 속 비련의 여주인공 같았다. 그러나 그런 한지수의 모습을 바라보는 주인의 눈은 점점 더 차가워졌다.

"그렇다는데, 문지후."

그리고 등장해 주시는 왕자님. 실상은 어떤지 몰라도 정말 기막힌 타이밍으로 고개를 돌리는 지수의 눈에서 굵은 눈물방울이 주르륵 흘러내렸다. 그 모습에 흠칫하는 표정을 감추지도 못하는 문지후라는 제 약혼자.

"주인아."

그래, 천하의 윤주인이 이 어이없는 드라마의 주인공이라니, 정

9

말 어울리지 않는 수준을 넘어 기가 막힐 정도였다. 얼마 전까지도 제 이름을 너무도 다정히 부르던 남자의 굳어진 목소리보다 '선배' 하며 그를 말리는 후배의 행태가 더 기분을 더럽게 했다.

"이래서 여자의 적은 여자라고 하나 봐. 나 지금 그 기분 너무 잘 알 것 같거든. 조금만 더 하면 내 앞에 놓인 차를 들이부을 수도 있을 것 같아. 설마하니 윤주인이, 그런 생각 마. 나도 내가 얼마나 유치해질 수 있는지 알 것 같아 기분이 구질구질하니까."

"윤주인!"

저 남자의 입에서 자신의 이름이 저런 식으로 나올 줄 몰랐다. 문지후라는 남자는 항상 따뜻하게 온기를 담아 주인을 바라봐 주던 남자였다. 보이는 것만이 진실이 아니라는 걸 누구보다 잘 알고 있지만 분명 문지후는 윤주인에게 따뜻했다. 그 따뜻함으로 자신을 불러 주는 것이 싫지 않았다. 아니 좀 더 솔직하게, 좋았다. 다는 아니겠지만 그래, 문지후라는 남자, 그것 하나는 확실히 자신에게 인식시켜 놓았구나 하는 생각이 들자 주인은 헛웃음이 나왔다.

"이러지 마, 이러지 말고 나랑 얘기해."

지후가 어느새 지수 옆에 앉아 있었다. 주인은 그렇게 마주 앉아 있는 지후와 지수를 한동안 말없이 바라보았다. 그 어떤 말보다 자신 앞에 나란히 앉아 있는 둘의 모습이 진심이고, 진실인 듯했다.

"미안하다, 주인아."

침묵을 깬 건 지후였다. 조용히 둘을 응시하던 주인의 시선이 지후를 향했다.

"면목 없고 미안하지만."

하지만. 그래, 미안하지만. 그렇지만이라는 거지, 결론은.

주인은 레몬티가 담겨 있는 머그잔을 들어 입을 축였다.

"그럴 거 없어. 면목 없고, 미안하고, 죄송하고. 이 모든 게 진심이고."

주인의 시선이 다시 지수를 향했다.

"알아들었어. 충분히."

조금은 안도했다는 듯한 지후와 지수의 얼굴에서 잠시 시선을 뗀 주인이 들고 있던 머그잔을 다시 제자리에 내려놓았다. 그리곤 옆에 두었던 백을 열어 손바닥만 한 봉투 하나를 탁자 위에 내밀었다.

"주인아!"

들을수록 문지후라는 남자에게는 어울리지 않는 목소리였다. 그럼에도 눈썹 하나 까닥 않던 주인이 다시 입을 열었다.

"예장호텔 가름실, 오전 10시야."

"꼭, 이래야겠니."

자신을 향해 험한 인상을 쓰며 목소리를 높이는 지후를 바라보는 주인의 얼굴에 설핏 찬바람이 스쳤다.

"난 충분히 두 사람 이해했고 알겠다고 했어. 그런데 두 사람은 내 말 이해 못 하겠나 봐. 그럼 좀 더 쉽게 얘기할까. 내일 10시, 예장호텔 가름실에서 결혼해 나는, 문지후와."

이어지는 주인의 선언에 지수는 바들거리는 손가락을 숨기지 못했다. 특히나 테이블 위에 놓인 청첩장 봉투를 바라보는 문지후의 눈에선 절망까지 엿보였다. 주인은 믿어지지 않았다. 몇 개월 전만 해도 청첩장 디자인을 고르며 이게 꿈이냐고 했던 게 문지후였다. 이제 와 저 알 수 없는 절망을 담은 슬픈 눈동자를 자신이 어떻게 이해해야만 하는 걸까. 설마, 지금이 꿈이진 않을까.

"와서 부케라도 받겠어? 꽤 예쁘게 나왔던데. 삼백이나 하는……."

"선배!"

지수의 경악이 서린 목소리와 동시에 주인의 얼굴 위로 새빨간 체리 주스가 흘러내렸다.

"서, 선배."

지수는 자신 앞에 놓였던 손수건을 재빨리 들어 주인의 얼굴을 닦아 내렸다. 주인은 지수의 손에서 손수건을 빼앗았다. 결국, 손수건은 자신의 몫이었다.

"주인아."

순간적으로 손이 나갔던 지후 역시 당황하긴 마찬가지인 듯했다.

"사람이 이럴 수도 있구나. 그래, 뭐. 좋아. 드디어 문지후의 진짜 모습을 보게 된 역사적인 날임엔 틀림이 없네."

전혀 아무렇지도 않다는 듯한 주인의 모습에 지후의 눈에 절망보다 더한 고통이 서렸다. 분명 제가 찌른 칼인데, 찔러 놓고 우는 것도 문지후였다. 그래도 되돌아올 생각은 전혀 없어 보였다. 자신에게 고통과 연민 가득한 눈빛을 던지면서도 지수의 옆자리를 꿋꿋이 지키고 있었다.

주인은 순간 질끈 눈이 감길 뻔했다. 똑똑히 봐 둬야 했다. 외면하지 말고, 자신이 처한 상황을 정확히 인지하고 있어야 한다. 저게 문지후다. 뭐가 됐든 결국, 문지후의 선택은 이것이었다. 그리고 주인 자신에게 남은 선택도 하나였다.

"할 거 다했으면 그만 일어나야겠어. 마사지 받으러 갈 시간이거든."

군더더기 없이, 그 어떤 흔들림도 없이 자리에서 일어난 주인은 제 손에 들린 손수건을 탁자 아래 쓰레기통에 던져 버렸다.

"잊지 마. 내일, 문지후 너는 나랑 결혼해. 그리고 한지수 넌, 부케를 받는 거야. 뭐, 둘이 오붓한 시간 보내든지. 오늘이 공식적으로 정부로서 인정받은 날이잖아."

주인의 눈썹에 매달렸던 체리 주스 방울이 흘러내렸다. 하얀 얼굴에, 특히나 갸름한 턱선 아래로 떨어지는 체리 주스를 훔쳐 낼 생각도 없이 주인은 그렇게 카페 밖으로 나갔다.

카페 안, 또 다른 테이블에 앉아 있던 재윤은 그 모습을 처음부터 끝까지 놓치지 않고 관람했다. 윤주인, 재윤의 후배로 이제 막 대학 일 학년을 마쳤음에도 불구하고 내일이면 결혼한다는 소문의 주인공이기도 했다.

재윤이 유리창 밖으로 보이는 주인을 바라보았다. 유난히도 하얀 얼굴에서 떨어져 내리는 체리 주스는 마치 선명한 핏물 같기도 했다. 카페 입구 바로 앞에 자리를 잡고 깊숙이 몸을 묻고 있던 재윤이 답지 않게 소리치며 주인을 불러 세울 뻔했을 정도로 그녀는 아파 보였다.

"주인아, 윤주인!"
큰 목소리가 애타게 주인을 불렀다. 저렇게. 아니, 어쩌면 저것보다 더 크고 강하게 그 이름을 부르고 싶었던 어제의 일이 떠올랐다.

[갸름실 10시. 예식 문장원 이진영의 장남 문지후. 윤치형 진서연의 차녀 윤주인.]

분주한 분위기 속에 예식장 홀 앞에 적힌 문구를 가만히 내려다보던 재윤이 머릿속으로 어제 일을 되새겼다. 뜨거웠던, 그래서 숨이 막힐 것 같은 여름 공기에 평소라면 전혀 들어서지 않았을 작은 카페 안에서 보았던 윤주인의 얼굴. 여전히 선명하게 떠오르는 그 핏빛 방울을 지워 내며 재윤이 신부 대기실 쪽으로 고개를 돌렸다.

"주인아, 잠깐만 기다려. 잠깐만."

선경그룹 맏며느리 윤진서. 그러니까 윤주인의 언니가 되던가. 재윤이 다급하게 소리치는 윤진서의 얼굴에서 하얀 웨딩드레스를 입은 주인의 얼굴로 시선을 돌렸다.

"뭐!"

까칠한 건 여전하군.

재윤이 손목을 들어 시계를 내려다보았다. 예식 시간이 벌써 한 시간이나 지나 있었다.

재윤은 고개를 돌려 좀 전까지 앉아 있던 식장 쪽을 바라보다 이내 반대 방향으로 몸을 틀었다. 거칠게 네이비색 타이도 풀어 젖혔다. 입가의 비릿한 미소도 짙어졌다.

심장이 떨렸다. 잠들어 있던 악마가 기지개라도 펼 듯 꿈틀대기 시작했다.

1.

　대학 졸업과 동시에 재윤은 본격적으로 사업을 시작했다. 집안
내력인지 어렸을 때부터 돈 굴리는 데는 탁월한 소질을 가지고 있
던 그였다. 그리고 그 탁월한 소질은 그가 서른이 되어서도 사라지
지 않았다. 아니, 오히려 더 화려하게 발휘되었는데 그가 가지고 있
는 클럽이나 레스토랑들만 보아도 알 수 있었다.

　그중 하나가 바로 청담동에서도 회원제로만 운영되는 클럽이었
다. 일년에 딱 한 번, 정식 회원을 받았는데 반 년 만에 그 대기자
수가 현존하는 회원의 배가 넘을 정도였다. 클럽 내부의 인테리어
는 더없이 심플했다. 그 심플한 멋을 살리기 위해 그것과 비례되는
값으로 무장한 가장 안쪽 룸이 조금 전부터 들썩거리기 시작했다.

　"이 힘든 걸 두 번 하는 것들은 완전 미친 거 아니냐?"

　"왜, 결혼 두세 번 하는 놈들이 제일 존경스럽다던 놈이."

　재윤의 친구 태현의 결혼식이 내일이었다. 그를 빌미로 재윤과

세 명의 친구들은 언제나처럼 한자리에 모여 축하를 빙자한 알코올 파티를 여는 중이었다.

"뭘 해야 할 게 그렇게 많냐고. 야, 해야 할 것만 많으면 말을 안 해. 안 해야 될 건 뭐 또 그렇게 많은지. 내가 진짜 안 미치고 여기까지 온 건 다 이 알코올 덕이야."

앞에 놓인 술잔에 입 맞추는 태현을 보며 지형이 혀를 끌끌 찼다.

"그러게 누가 하랬냐? 미쳐서 누가 채 가기 전에 먼저 해야겠다고 날뛴 건 개태현 너거든."

연석이 비워진 술잔을 채웠다.

"그래, 그랬지. 그래서 내가 이렇게 얌전히, 응? 끌려갈 준비를 하고 있는 거 아니겠냐. 근데 이것들이 총각 파티 해 준다 해 놓고 하나같이 지랄들만 해 대고 있네. 설마 이게 다냐? 엉? 마재, 이게 다냐고."

중학교 때인지, 고등학교 때인지. 그때부터 태현은 재윤의 이름에서 윤 자를 빼고 불러 댔다. 악마의 마, 재림의 재. 그 이름이 더 딱이라며 입버릇처럼 시작했던 게 지금까지 불려지고 있었다. 태현이 연석이 채워 준 술잔을 들어 올리며 맞은편에 앉은 재윤을 향해 들이밀었다.

"원하는 게 뭐냐, 개태현."

"야, 한남동 큰손께서 살루트로 끝내려는 건 아니시겠지. 불알친구가 장가 한 번 가 보겠다는데, 적어도 맥칼렌 정도는 있어야 하는 거 아니냐."

한 병에 일억 원을 호가하는 양주 이름을 대자 지형과 연석이 '날 잡았군.'이라며 고개를 저었다. 하지만 재윤만은 입가에 설핏 서린 미소를 지우며 룸 안으로 들어선 웨이터를 바라보았다. 마치, 기다리기라도 한 듯 태현 앞에 떡하니 '더 맥칼렌' 한 병을 놓았다.

"축하한다. 마의 세계로의 입장을."

재윤의 장난 섞인 말에 연석이 웃어 댔고, 태현은 앞에 놓인 과일 접시에서 방울토마토를 하나 집어 재윤을 향해 던졌다.

"미친, 야. 저게 어디서 저주를 내리고 있어. 내가 오늘 요놈 땜에 참는다."

'으흐흐흐.' 하고 맥칼렌 병에 찐하게 키스를 날리는 태현을 보며 지형이 '미친놈'이란 말과 더불어 축하 인사를 전했다. 그렇게 수없이 잔이 오가는 사이, 대화의 방향은 자연스레 사업과 관련된 쪽으로 흘러갔다.

"미디어 쪽이 낫다는 보장은 없지. 그 바닥이야 언제 폭풍우가 들이닥칠지 모르는 바닥이니까. 그래도 이쪽은 미래가 좀 보이니까 걸어 볼 만한 거지. 올해 안에 정부에서 지원 대책도 나올 거라고 하고. 그래서 이번에 대산 쪽에서 미디어 쪽으로 확장한다는 말도 있어."

"국내에 그만한 자금을 돌리기 힘들 텐데."

"음. 그렇지. 아무래도 요즘 들쭉날쭉하니까. 해외 쪽으로 돌리고 있긴 한가 본데. 전자 쪽으로 디엠과 합작한다는 말도 나오고 있고."

지형이 술잔을 비우며 재윤을 향해 말했다.

"곧 소식 오겠는데 그럼."

연석과 태현이 동의한다는 듯 고개를 끄덕였다.

"그럼 이제 좀 묻자. 대산이냐 문지후냐."

태현의 의미심장한 물음에 재윤이 어깨를 들썩였다.

"뭐가?"

"아, 저 악마 새끼. 알면서도 모르는 척하는 것 봐."

태현이 기막히다는 듯 다시 물었다.

"뭐긴 뭐야, 새꺄. 네 먹잇감, 뭐냐고."

재윤이 비워진 술잔을 내려놓았을 때였다.

"아, 누나! 쫌!"

벌컥 하고 다소 과격하게 열린 문틈으로 남자의 당황한 목소리
가 들려왔다. 그 후, 누군가가 룸으로 휙 뛰어 들어왔다.

"마재윤 씨."

갑작스레 난입한 여자가 정확히 재윤 쪽을 향해 섰다.

"누나아."

애원 섞인 남자의 목소리에도 여자는 앙칼지게 올린 눈꼬리를
내려놓을 생각이 없어 보였다. 재윤이 살짝 고개를 들어 올리자 그
것이 수긍이라 여긴 여자는 가차 없이 손에 들고 있던 몇 장의 서
류를 내밀었다.

"당신과 민지연이 한 계약은 무효야. 계약, 파기입니다."

그 말만을 남기고 돌아서는 뒷모습이 너무나 당당했다. 여자를
따라 들어왔던 남자가 죄송하다며 몇 번이고 허리를 굽혀 인사를
하고는 서둘러 그 뒤를 따라 나갔다. 잠시 머물다 간 폭풍 아닌 폭
풍에 태현이 벙해진 얼굴을 숨기지 못하며 뭐냐는 듯 재윤을 바라
보았다.

"내 먹잇감."

재윤의 짧은 답에, 태현이 '하!' 하며 탄식 어린 단말마를 내뱉
은 것도 잠시, 비워진 술잔에 아낌없이 술을 따르곤 룸이 떠나가라

외쳤다.

"마재의 먹잇감을 위하여!"

재윤이 왼쪽 입꼬리를 슬쩍 올리며 술잔을 들어 올렸다.

이틀 전, 태현의 결혼식을 끝내고 남은 세 친구들과 어울려 술자리를 가졌던 재윤은 그 후유증으로 반나절을 침대에 누워 있어야 했다. 뿐만 아니라 오늘은 늦은 출근으로 인해 자정을 향해 가는 시간에도 책상 앞에 앉아 조 실장에게 업무 보고를 받는 중이었다.

"진성은 내년 상반기 상장 예정입니다. 장기 오 년 안으로 정부모든 기관이 LED 조명으로 전환 대체한다는 방안이 올해 안으로 발표될 예정이고요."

"현재 들어가 있는 자금은?"

"삼 년 전에 이상익 사장 쪽으로 삼십이 억, 장영수 전무 쪽으로 십일억 삼천입니다."

"삼월 안으로 이상익 쪽 것부터 회수해."

조금의 여지도 없이 내뱉어지는 재윤의 말에 옆에 있는 조 실장의 입매가 단단해졌다. 정부 지원까지 발표되면 너도 나도 달려들게 뻔하다. 현재 LED 쪽에서 선두를 달리고 있는 에오미를 따라잡는 절호의 기회가 될 테니 이미 발 빠른 자들의 정보 수집은 시작되었을 것이고, 후발 주자로 나서는 놈들 또한 막강한 자금력을 가지고 덤벼들 것이다. 특히 정부 쪽에서 떠들어 대기 시작하면 감당이 안 된다.

이놈 저놈 담근 물에 같이 발 넣고 있는 것보다 역겨운 건 없다고 생각하는 대표이니, 몇 년 더 묵히자고 해 봤자 턱도 없는 일일 테지. 당장 눈앞에서 날아갈, 적게는 몇 십억, 크게는 몇 백억이 될 수도 있는 건수에 속이 쓰린 건 재윤의 비서실장을 맡고 있는 조민석뿐이었다.

"성북동 빌라는 어떻게 할까요?"

쓰린 속을 달랠 틈도 없이 조 실장은 다음 결재 서류를 내밀었다.

"팔아."

"계약자가 진세인입니다."

넘겨진 결재판을 받아 두어 번 눈으로 훑고 사인을 하던 재윤의 손이 멈췄다.

"누구?"

"진세인이요."

한 번 더 들리는 이름에 재윤이 인상을 썼다.

"요구한 조건을 모두 이행하는 대신."

삐딱한 재윤의 시선을 받으며 조 실장은 은테 안경을 고쳐 올렸다. 슬쩍 시선을 내려 대표의 얼굴을 바라보자, 찌릿하고 전해지는 눈빛에 괜한 미소만 지어 보이고 말았다.

'저 외모에 저런 눈빛이라니.'

"대표님이 직접 나와 사인하시랍니다."

권태로우면서 위태롭기까지 한 저 눈빛에 찔리지 않으려면 먼저 피하는 게 상책이라는 걸 조민석은 누구보다 잘 알고 있었다. 그의 친구들이 괜히 그를 악마라 칭하는 게 아니었다.

그는 자신에게 필요한 것과 그렇지 않은 것을 잘 알고 있다. 그 철저한 논리를 바탕으로 모든 계획을 세우고, 세운 계획은 모두 이루어 낸다. 그러다가도 중간에 제 마음에 들지 않거나 흥미를 잃으면 가차 없이 올 스톱. 지금처럼 몇 배의 수익률을 두고도 그러하

였으며, 한 달 전까지 만난 톱 여배우 진세인을 정리할 때도 마찬가지였다.

마재윤이 가진 저 외모와 재력, 그리고 때론 방탕스럽기까지 한 눈빛으로 안 되는 일은 없었다. 이루어 내는 것도, 멈춰 세우는 것도. 단지 그의 흥미 위주로 세웠던 계획은 언제나 성공이었고, 그래서 그는 '악마'라는 칭호가 절대적으로 어울리는 남자였다. 의자에 몸을 기대고 한동안 아무 말 없던 재윤이 펼쳐진 결재판을 덮어 조 실장에게 넘겼다.

"날짜 잡아."

"알겠습니다."

조 실장은 마지막으로 들고 있던 서류 하나를 내밀며 오른쪽으로 살짝 고개를 돌렸다.

"마지막 건입니다."

재윤이 서류를 받아 들고 자리에서 일어섰다.

"이건 내가 마무리하지. 나가 봐."

조 실장이 나가자 재윤이 걸음을 옮겼다.

대표실이라고 하지만, 실제로 이곳에서 업무를 보는 건 민석이나 다름없었다. 재윤은 이렇게 가끔 들러 결재판에 사인하는 게 전부였다. 대표실은 사인이 업무에서 가장 큰 핵심이라며 조 실장이 들여온 마호가니 책상과 연석이 툭 하면 들러 낮잠 자고 가는 로코코 소파, 태현이 놈이 문화생활을 영위해야 한다며 쟁여 놓은 게임기 정도로 채워진 공간이었다. 그중에서 그나마 재윤의 마음에 드는 건 미니 와인 셀러였다.

가득 채워진 와인들 중 맨 오른쪽의 것을 하나 들고 옆에 있는 장에서 와인 잔 두 개를 꺼내 들었다.

21

"이번 설에 나갈 기프트 리스트 중 하나야."

로코코 소파에 앉은 재윤은 와인 잔 하나를 채워 맞은편으로 내밀었다.

"샤또 마고, 86년산."

맞은편에서 들려오는 말에 재윤의 한쪽 입꼬리가 호를 그렸다. 나머지 와인 잔을 채운 재윤이 슬쩍 잔을 들어 올렸지만 상대는 잔에 들어 있는 와인은 쳐다보지도 않았다. 그 사람은 두 시간 전부터 자리를 지키고 있었다. 그럼에도 마재윤은 시선 한 번 주지 않고 제 일만 했을 뿐이었다. 상대의 차가운 반응에도 재윤은 어깨를 으쓱하며 아무렇지 않은 듯 와인 잔을 들어 목을 축였다.

"보르도의 보석을 내칠 셈이야?"

"상황에 따라서요."

상대는 윤주인. 태현의 총각파티에 난데없이 침입했던 낯설지만 낯익은 존재였다. 담담하지만 눈매만큼은 앙칼졌다. 빨리 원하는 것을 내놓지 않으면, 보석이고 뭐고 저 보르도의 보석으로 네 머리통이라도 날려 주겠다는 의지가 담겨 있었다. 재윤이 그 의지를 놓치지 않고 한쪽에 내려놓았던 서류를 내밀었다.

"조 실장한테 대충 들었을 거고. 난 더 이상 할 말 없는데."

"민지연은 실질적인 대표가 아닙니다."

"그럴 리가. 조 실장이 계약 하나는 완벽하거든. 그놈 연봉이 얼만데."

확인해 보라는 듯 재윤이 눈짓으로 테이블 위에 놓인 서류를 가리켰다.

"잠시, 서류상 명의가 넘어간 것뿐이었어요."

"서류상이 중요하지, 대한민국은."

주인의 오른쪽 눈꼬리가 한 번 더 매섭게 치켜졌다. 재윤은 파르르하고 떨리는 그 오른쪽 속눈썹을 짓누르고 싶다고 생각했다. 꾹 한 번 누르고 나면 저 떨림이 멈출까. 아니, 어쩌면 더욱더 떨어댈 수도 있겠다. 파르르파르르. 마치, 재윤을 유혹하듯이 손짓하는 느낌이었다.

"결정은 네가 하는 거야, 윤주인."

서로를 노려보듯 응시하던 눈빛도 잠시, 재윤의 맞은편에 앉았던 주인이 스르르 눈을 감았다. 그래, 결정을 해야 했다. 일주일째 영업을 하지 못했다. 3년 동안 고생해서 1년 전에야 비로소 적지 않은 단골이 생겨 뿌듯해했었다. 어떻게 이뤄 낸 가게인데. 이대로 '비비드'를 잃을 수는 없었다.

결론은 정해져 있었다. 그럼에도 불구하고 결정이 쉽지 않은 이유는 맞은편에 앉은 마재윤 때문이었다. 얼마 안 되는 기간이었지만 같은 대학을 다녔고, 무엇보다 잊혀질 수 없는 날의 기억 속에 여전히 마재윤이 있었다.

주인은 감았던 것보다 더 천천히 눈꺼풀을 들어 올렸다. 재윤이 시선을 부딪쳐 왔다. 오로지 네 결정에 달렸다는 의미를 듬뿍 담은 눈은 새로운 장난감을 발견한 듯한 흥분을 숨기지 않았다. 몇 분 전까지 몇 십억을 넘나드는 투자금을 회수하는 데도 심드렁하기만 했던 재윤이라는 것을 주인은 알고 있었다.

"왜 샤또 마고죠?"

주인의 뜬금없는 물음에도 재윤은 어느새 비운 와인 잔을 채우며 답했다.

"비싸거든."

재윤의 심플한 답에 주인이 살포시 인상을 찌푸렸다. 재윤은 와인 잔을 쥐고 빙글 한 번 돌리며 다시 입을 열었다.

"단단하면서도 빛나는 보석. 거기다 심벌인 성과 이름의 울림까지도 기품 있고, 로맨틱해."

마치 사랑스러워 견딜 수 없을 것 같은 애인을 눈앞에 두고 고백하는 듯했다. 최고의 찬사를 아무렇지 않게 흘리며 홀린 듯 낮은 목소리를 내뱉는 재윤의 모습이 오히려 더 근사하게 느껴질 정도였다.

"그걸 마다할 인간이 있을까?"

육 년 전, 마지막으로 보았을 때보다 훨씬 위험해져 있다는 것을 주인은 본능적으로 알 수 있었다. 그때도 그랬지만 주인은 재윤이 거북했다. 특별히 그가 자신에게 위해를 가한 일은 없었다. 물론, 꺼림칙한 일은 있었지만, 객관적으로 보면 오히려 마재윤은 자신을 배려해 주는 쪽이었다. 그런데도 불구하고 마재윤은 주인에게 있어 거북한 존재일 뿐이었다. 웬만해서는 마주치고 싶지 않은.

있지 말아야 할 곳엔 처음부터 발을 들여서는 안 된다는 게 주인의 철칙이지만 현재 '비비드'는 마재윤에게 있었다. 어느새 마재윤은 대여섯 살짜리 장난기 가득한 천진난만함을 얼굴 가득 그려 놓았다. 서른 살의 천진난만함만큼 소름 끼치는 건 없다는 걸 주인은 그 미소를 보며 깨달았다. 저절로 언젠가 보았던 그 눈빛, 그 시선이 다시금 떠오르자 주인은 테이블에 놓인 서류를 자신의 앞으로 끌어 왔다.

"89년산 샤또 라피트 로칠트, 2003년 샤또 라뚜르까지 한 세트로 묶어 보내는 게 좋을 것 같습니다, 대표님."

그러곤 앞에 놓인 잔을 들어 그대로 와인을 입에 털어 넣었다.

한 번에 재윤의 보석을 해치운 주인이 그대로 문 밖으로 사라졌다.

"역시 보석이 좋아."

소파 등받이 깊숙이 몸을 기대며 재윤이 와인 잔을 들어 올렸다. 재윤의 손에서 흔들리는 붉은빛이 찰랑이며 반짝였다.

"대표님."

주인이 마지막으로 내뱉었던 단어를 되새겼다. 주인은 결정을 했고, 재윤은 그 결정이 마음에 들었다. 역시나.

"실망시키지 않거든."

한 모금, 순식간에 퍼져 나가는 화려한 향기.

"샤또 마고."

두 모금, 입안 가득 들어찬 그 단단함과 반짝임.

"윤주인."

세 모금, 식도를 타고 넘어가는 저릿한 울림.

"그걸 마다할 인간이 있을까?"

마지막. 남은 와인을 목 안으로 흘려보내며 재윤은 맞은편에 놓인 서류를 끌어당겼다.

'윤주인.'

계약서 한쪽을 차지하고 있는 주인의 사인을 바라보는 재윤의 입술 언저리가 반짝였다. 육 년, 기지개만 펴고 다시 잠들어 버린 악마가 다시 깨어날 시간이었다.

2.

"내가 진짜 누나 땜에. 아휴, 정말. 내가 성윤이 놈한테 얼마나 까인 줄 알아요?"

주인은 레스토랑 창밖을 바라보다 얼마 전 폭풍같이 쏟아 내던 준영의 말을 떠올렸다.

"회원제 클럽이라 아무나 들여보낼 수 없다는 걸 반년 치 반주 값 걸고 그렇게 어르고 달래서 간신히 들어간 건데, 거길 그렇게 무턱대고 쳐들어가는 무모함은 대체 어디서 샘솟는 거예요."

마침 준영의 친구가 알바를 하고 있다는 청담동 클럽에 마재윤이 나타났다는 소식을 듣고 무작정 계약서 집어 들고 쳐들어갔던 일을 두고, 함께 따라나섰던 준영이 타박을 시작한 지도 보름이나 됐다.

"아니지. 그 사장에 그 매니전데 뭐. 몇 개월 봤다고 사랑이라는 거에 미쳐서 명의까지 홀라당 넘긴 사장님 밑에서 뭘 배웠겠어. 그나저나 정말 그 마재윤이란 사람 대단하긴 하군요. 아무리 한남동 큰손이라 해도 그 조건 쉽지 않았을 텐데. 게다가 외모도 진짜 죽이던데요? 잠깐 봤는데도 눈빛이 그냥. 진짜 사람 여럿 죽이겠더라. 남자인 내가 봐도, 그 뭐랄까 새끈한 몸에 얼굴은 또 어떻고. 그 얼굴로 왜 연예인 안 하지 싶을 정도 라니까요. 아니다, 눈빛이 너무 퇴폐적이고 뇌쇄스러워서 그대로 방송 타면 다 심의 걸릴 거야. 쩝, 난 죽었다 깨어나도 마 대표는 못 되겠죠. 아, 속 쓰려. 망할 놈의 자본주의 세상. 그나저나 이로써 확실해졌어요. 누나나 나나, 정말 사장 운은 없나 봐요."

그리고 일주일에 세 번. 마재윤이 소유하고 있는 청담동 '엘 로이'에서 일을 하게 된 지 어느새 2주일 가까이 되었다. 주인은 창밖을 향하던 시선을 돌려 천천히 레스토랑 내부를 훑었다.

'엘 로이'는 작년 대한민국에서 가장 핫한 레스토랑으로 뽑혀 엠블지에 소개가 되면서 소위 잘나간다는 톱스타부터 정재계 인물들까지 즐겨 찾는 곳이 되어 예약은 항상 만원이었다. 정말 빌어먹을 자본주의였다.

그딴 사장 복은 원하지도 않았다. 그저 '비비드'를 밀어내고 그 위에 '엘 로이' 2호점을 낼 예정이라던 마재윤의 계획이나 깨부숴야 하는데. 그날 이후로 마재윤은 코빼기도 내비치지 않았다. 여기 매니저의 말로는 많이 와 봐야 삼 개월에 한 번이라고 하니 진짜 사장 한번 쉽게 해 먹는구나 싶기도 했다.

어떻게 해서든 '비비드'를 지켜야 했다. 그리고 땅으로 꺼졌는지 하늘로 솟았는지 행방을 알 수 없는 비비드의 사장, 유진도 찾아야 했다. 저절로 내쉬어지는 한숨도 잠시, 좀 전부터 목소리가 커지는 중앙 테이블 쪽이 심상치 않았다. 어떤 계약이었건 간에 이것은 일이었다. 지금은 저게 먼저다. 인상을 쓰며 주방 쪽으로 돌아서는 재훈을 불러 세웠다.

"이번엔 뭐죠?"

"송이요. 너무 익었다고요. 벌써 세 번째예요. 이제 타미 셰프님 무서워서 주방 들어가기도 숨 막혀요."

하필이면 매니저도 자리를 비웠다. 재윤이 가지고 있는 레스토랑의 매니저들이 한 달에 한 번씩 미팅을 하는 날이었기 때문이다. 주인은 재훈의 왼쪽 가슴의 명찰을 한 번 더 바로 세워 주었다.

"돈만 많음 다냐고요. 아니 왜 스테이크 시켜 놓고 송이에 목숨을 거는지 몰라. 정말 별 미친놈."

주인이 점점 격해지는 재훈의 말에 주의를 주듯 한쪽 눈을 찌푸렸다.

"저 손님이 먹고 있는 송이 가격에 지금 재훈 씨 수고 비용이 함께 들어가 있는 거예요. 엘 로이를 유지시키는 건 최고의 요리에 플러스된 최고의 서비스예요. 그걸 아니까 다른 곳과 같은 메뉴에도 불구하고 엘 로이를 찾는 거구요. 하나만 생각하면 돼요. 재훈 씨가 잘 알고 있는 거."

주인이 재훈의 귓가에 좀 더 바싹 다가가 말을 이었다.

"손님은 왕이다."

달동네 판잣집 골목 사이에 위치한 곧 쓰러질 것 같은 반 평짜리 뒷고깃집이나 청담동 최고의 레스토랑이나 그런 면에선 같아야 한다.

"셰프님께는 제가 가지고 들어갈게요. 재훈 씨는 왼쪽 테이블 신경 써 주세요."

풀이 죽은 재훈의 모습에 주인은 삼 년 전 '비비드'에 알바생으로 들어왔던 준영의 모습이 떠올랐다. 두어 번 어깨를 토닥여 주자 알아들었다는 듯 고개를 끄덕이며 죄송하다는 말을 하는 재훈을 보며 주인이 미소 지었다. 주방에 들어가서도 셰프를 어르며 한 번 더 새롭게 구워 나온 송이 두 점이 담긴 접시와 와인을 들고 테이블 앞에 선 주인이 미소 지으며 말했다.

"무통 카데 레드입니다."

조용하면서 물 흐르듯 자연스러운 목소리와 더불어 붉은빛의 와인이 잔을 채웠다.

"서비스?"

마주한 여자는 아무리 봐도 이십 대 초반으로밖에 보이지 않는다.

'빌어먹을 자본주의!'

어디선가 준영의 한탄 섞인 목소리가 들리는 것 같았다. 고개를 살짝 끄덕여 주자 금세 얼굴에 화색을 띤다.

"무통은 돌이 지난 성숙한 양이라는 뜻이죠. 프랑스 칸 영화제 공식 와인이기도 합니다. 드시고 계시는 안심 스테이크와 조화가 되실 겁니다."

주인은 네 번째 송이를 입 안에 넣고 우물거리며 여전히 마땅치 않다는 듯 인상을 쓴 사십 대 후반의 남자를 바라보았다.

"새로 구운 송이는 어떠신가요. 입에 맞지 않으시면 다시 조리해 드리겠습니다."

주인의 미소를 마주한 남자는 설핏 시선을 내려 와인 잔을 들어 올렸다.

"됐습니다."

마주한 여자에게도 한 번 더 미소를 지으며 고개를 숙인 주인이 정중히 뒤돌아섰다.

'망할 새끼. 내 아까운 무통을 맛보고 좀 깨달아라. 성숙한 양이 좀 되어 보라고!'

주인의 모습을 걱정스레 바라보던 재훈이 고개를 끄덕이며 고마움을 표했다. 여기나 저기나 성숙하지 못한 것들이 넘쳐나는 세상일 뿐, 재훈이 고마워할 필요는 없는 일이었다.

"룸 쪽 5번 테이블이요."

주방 쪽에서 나오는 채영이 손에 들린 해산물 스파게티와 고르곤졸라 피자를 주인에게 내밀었다.

"대표님 오셨어요. 직접 가지고 오시래요."

제 생각을 읽었나, 생각하며 주인은 채영에게서 접시를 받아 들고 걸음을 옮겼다.

"실례하겠습니다."

주인이 테이블 앞으로 다가섰다.

'진세인?'

작년 말 개봉한 〈바람소리〉가 꽤나 인기가 있다고 준영이 말했던 것 같다. 요즘엔 이렇게 청순한 이미지도 없다고, 그저 여기저기 벗고 찢으면 다인 줄로만 아는 것들하고는 차원이 다르다며 제가 문화비평가라도 된 듯 중얼거리기도 했었다.

"결론만 말해."

주인의 손에서 스파게티가 담긴 접시를 빼어 간 재윤이 서둘러 세팅된 포크를 집어 들었다.

"이해했잖아요."

어째 쎄했다. 돈 좀 있고, 아니 엄청 있고, 얼굴 되는 마재윤과 얼굴 되고 몸매 되는 진세인의 조합이라 안 봐도 뻔한 상황이긴 한데, 어째 이 상황은, 예전 어느 날을 떠올리게 했다. 주인은 서둘러 나머지 손에 들린 피자 접시를 중앙에 내려놓고는 뒤돌아섰다.

"할 만해?"

'뭐지. 나 말인가.'

어느새 스파게티 반 접시를 해치운 재윤이 테이블 냅킨으로 입가를 닦아 내며 주인을 바라보고 있었다. 그럼 너지 누구냐는 듯한 시선에 주인은 바로 답하지 못했다. 재윤뿐만 아니라 진세인의 시선까지 자신을 향하고 있음을 느꼈기 때문이었다.

"비비드 쪽이랑 비교해서 부족한 점 있으면 정 매니저한테 얘기해 놔."

그런 건 나중에 얘기하셔도 됩니다, 라는 말이 목구멍으로 치솟기도 전이었다.

"아, 밥은 먹었나. 여긴 스테이크보다 스파게티가 더 나아. 임셰프가 이 소스 만드느라 일 년 반을 골방에 갇혀 살았거든. 물론내 돈도 못지않게 처발랐지만."

마재윤, 이게 돌았나 싶었다. 거의 보름 만에 나타나서 답지 않은 끼니 챙기기까지. 다른 사람은 몰라도 이 상황에 이런 대화는 전혀 마재윤스럽지 못하다는 것쯤은 알고 있었다. 그리고 깨닫고 싶지 않은 언젠가의 익숙함이 고개를 쳐들려 하는 것 같아 마음에 들지 않았다. 그건 주인만이 아니었던지 진세인이 앞에 놓인 물 잔의 물을 한 모금 넘기고는 주인을 매섭게 노려보고 있었다. 같잖다는 표정이 역력했다. 사장 복은 개뿔.

"지금 뭐하는 거야 재윤 씨."

"이해했잖아."

재윤은 좀 전에 진세인이 했던 말을 그대로 돌려주었다. 재윤과 주인을 한 번씩 번갈아 보던 진세인이 손에 든 물 잔을 꽉 움켜쥐었다. 그와 동시에 주인의 기억 속 한 장면이 빠르게 머릿속을 덮쳐 왔다. 그러니까 그게 아마, 대학 입학 후 두 달쯤 되던 무렵이었을 것이다.

"마셔라, 마셔! 오늘이 끝인 것처럼! 오늘 죽을 것처럼! 먹고 죽자!"

입학 전부터 이어지는 수많은 술자리를 요리조리 잘 피해 왔다고 생각했는데, 오리엔테이션부터 챙겨 주던 선배의 부름에 주인은 결국 두 시간째 학교 앞 주점 구석진 자리를 지키고 있었다.

처음 중간시험을 앞두고 조별로 발표를 했던 강의실에서 주인의 가차 없는 날 선 공격을 받은 동기 하나가 울며 강의실을 뛰쳐나간 이후로 주인은 싸가지 없고 도도하기만 한 '얼음 마녀'라는 호칭을 갖게 되었다. 그와 동시에 다른 동기는 물론 선배들 사이에서도 암묵적인 공격 대상이 되었다. 물론, 지후가 있을 때는 좀 달랐지만.

여전히 부어라 마셔라 하는 왁자지껄한 술자리를 바라보던 주인은 슬며시 자리에서 일어나 가게 밖으로 나왔다. 오월 중순으로 접어드는 날씨에도 중국에서 불어오는 황사 바람 덕에 매캐한 바깥바람이 영 개운치 않았다. 주인은 때마침 울리는 핸드폰을 확인했다.

지후가 데리러 오겠다는 문자 메시지를 보낸 것이다. 타이밍 하나는 기가 막히는 남자다, 문지후도. 이제 버릇처럼 올라가는 입꼬리를 갈무리하며 주인은 걸음을 옮겼다.

"오빠, 어떻게 나한테 이래!"

학교 근처 수많은 주점 사이로 난 골목 안쪽에서 심상치 않은 목소리가 들려왔다. 주인이 놀라 반사적으로 고개를 돌렸다.

"그러게. 이럴 수도 있네."

어둑해진 날에 더욱 어둑한 골목 사이로 빨간 담뱃불 하나가 초점을 맞추듯 번쩍이고 있었다.

"이유가 뭐야?"

"그런 거 없는데. 그만 나가자. 애들이 찾는다."

남자가 뒤돌아섰고, 여자는 뒤돌아선 그를 못 견뎌 하는 듯했다.

"얘기해! 이유가 있을 거야! 적어도 이해는 시켜!"

남자의 거침없는 돌아섬에 흥분한 여자는 골목길 앞까지 달려 나와 그의 셔츠 자락을 우악스럽게 움켜쥐었다. 때를 놓쳐 돌아서지 못한 주인이 손에서 울리는 핸드폰을 느낀 것은 그때였다. 그리고 짜증 섞인 얼굴로 골목길을 나서던 남자의 시선이 주인을 향한 것도 그때였다.

"지루해."

달콤함이 절절했다. 상황과 어울리지 않는 다정함이 녹아 있었다. 마재윤. 이번 학기 새로 복학한 멤버 중 하나라는 걸 주인도 알고 있었다. 워낙 말들이 많았다. 황태자의 복귀네 악마가 돌아왔네, 유치하기 짝이 없는 말에 남자 여자 할 것 없이 흥분했었다. 하지만 주인은 그렇고 그런 녀석들 중 하나일 것이라 치부하고 자신과 상관없다는 듯 지냈는데, 요즘 들어 자꾸 마재윤과 부딪치는 일이 많아지고 있었다. 그것도 지금과 같은 민감한 상황에서.

"흥미가 떨어졌어. 재미가 없어. 네 입술 물고, 창밖 나뭇잎 색깔이나 따져 보고 있는 내가 널 더 만나서 뭘 하지?"

저거구나 싶었다. 저래서 마재윤이구나 싶었고, 저래서 악마구나 싶었다. 말로 표현할 수 없는 다정한 목소리에 촘촘히 박힌 칼날이 서늘했다. 몇 발자국 앞에 서 있던 주인에게까지 느껴질 정도로 직설적이다 못해 비상식적인 표현 방법은 주인을 더욱더 그 자리에서 꼼짝 못 하게 만들었다.

"안 그래, 후배님?"

그 칼날이 직접적으로 자신을 향할지는 몰랐다. 씨익, 입꼬리를 올리는 사악함에 진저리 쳐졌다. 몇 번 부딪쳤지만 한 번도 인사를 나누거나 대화를 나눈 적은 없었다. 주인이 무시하기 전에 마재윤이 먼저 자신을 무시하고 있다는 것도 알았다. 서로의 관심 영역 밖에서 존재하자고 약속이나 한 듯 그래 왔다. 그런데 이제 와서 이렇게 불쑥 제 칼날을 빼 들고 주인의 영역 안으로 거침없이 파고들려 했다.

뒤늦게 재윤 앞에 선 주인을 확인한 여자가 큰 눈망울을 더 크게 만들며 경악 어린 표정을 지었다. 미대의 퀸, 강미현. 누구 하나 건드릴 수 없다던 난공불락 미대의 여왕 중에 여왕이었다. 그리고 이틀 전, 서양미술사 교양 강의실에서 재윤과 입술을 맞대고 있던 마재윤의 옵션들 중 하나이기도 했다.

때마침 핸드폰 소리가 다시 울렸다. 답이 없어 벌써 주점에 들어와 있다는 지후의 말에 주인은 재윤을 향해 고개를 숙이곤 서둘러 다시 발걸음을 옮겼다. 그래, 아무것도 아니었다. 그렇게 언제나처럼 이도 저도 아닌 한 번의 해프닝 같은 장면을 목격한 것뿐이었다. 그런데.

"악! 이게 뭐야!"

한 번 터지기 시작한 비명이 몇 초 간격으로 여기저기서 터져 나왔다. 주인은 주점에서 지후와 함께 먼저 돌아간다는 인사를 하고 나오던 차였다. 본능적으로 감긴 눈꺼풀을 드는데, 바로 앞에서 인기척이 느껴졌다.

"주인아!"

뒤에서 지후의 경악하는 목소리도 들렸다.

"웬일이니, 대박!"

"어? 저거 미대 강미현이잖아. 미대 퀸이랑 얼음 마녀의 막장대결 뭐 이런 건가."

여기저기서 웅성거리는 소리가 연달아 들렸다. 설마 하며 천천히 감았던 눈을 뜨자 한쪽 손에 양동이를 든 채 제 분노에 못 이겨 바들거리고 있는 강미현이 있었다. 시선을 돌리던 주인의 눈에 또 다른 형상이 들어왔다. 자신 쪽에서만 보이는 절묘한 위치에 서 있는 한 사람. 담배를 물고 계단 난간에 비스듬히 기댄 채 자신을 바라보고 있는 것은 마재윤이었다.

음식물 쓰레기를 흠뻑 뒤집어쓴 주인 옆으로 지후가 다가와 손수건으로 얼굴을 닦아 주었다. 하지만 주인의 시선은 여전히 미현의 뒤를 향해 있었다. 말간 웃음을 짓고 자신을 바라보고 있는 악마 새끼. 그래, 그건 딱 그 표현이 어울릴 만한 모습이었다.

여전히 선명하게 떠오르는 옛 기억에 빠져 있던 주인이 얼굴에 닿는 차가운 이물질을 느끼며 감았던 눈을 떴다. 그래도 이번엔 생수였다. 이걸 다행이라고 해야 하는지 아니면 제 팔자엔 뒤집어쓰는 액이라도 서렸는지, 순간 멍하게 못 박혀 있던 주인은 제 앞에서 노려보는 진세인을 바라보았다.

멀쩡히 앞에 있는 마재윤을 두고 도대체 왜 다들 자신에게 이러는지 알 수 없는 일이었다. 대학 시절 강미현이나 현재의 진세인이나. 생수로는 성에 안 찼는지 진세인이 손을 들어 올렸다.

"여기까지."

재윤은 모두 예견했다는 듯 여유롭게 진세인의 손목을 잡아 멈추게 했다. 재윤의 손에 잡힌 손목을 거칠게 쳐 낸 진세인이 고개를 돌려 재윤을 노려봤다.

"이제 하다하다 제집 싸구려니?"

세인의 말에도 재윤은 옆자리에 놓인 새 테이블 냅킨을 집어 들 뿐이었다. 그리고는 한 번 탁 소리 나게 털어 주인의 얼굴에 가져갔다.

"마재윤!"

더 이상은 못 참겠다는 듯 진세인의 목소리가 높아지자 시선이 모여들기 시작했다. 구석진 룸 쪽으로 이어지는 테이블이지만 완전히 막힌 곳은 아니었다. 더 이상 지체할 수 없었다. 정리해야 했다. 빌어먹을, 이럴 줄 알았다. 마재윤은 거북하다 못해 재수가 없었다.

언제부터였는지 제 한쪽 팔목을 억세게도 쥐고 있는 재윤의 팔을 주인이 잡아 빼려 할 때였다. 재윤이 테이블로 손을 뻗어 물 잔을 들었다. 그리고 그대로 제 머리 위에 들이부었다. 생각지 못한 행동이었다. 마치, '이제 됐지?' 하는 시선으로 진세인을 바라보는 삐딱한 재윤의 눈빛은 무관심 그 자체였다.

당황한 건 진세인도 마찬가지였는지 놀란 눈을 숨기지 못했다. 한동안 멍하니 서 있던 진세인은 한쪽에 내려놓았던 클러치를 들고 빠르게 테이블을 벗어났다.

"정말 이해 한번 엄청나게 시키는구나."

한 마디 남기고 멀어지는 진세인의 등을 보며 재윤은 그저 어깨를 으쓱였다. 그러고선 주인의 팔목을 다시 그러쥐고는 걸음을 옮겨 사무실 안으로 들어갔다. 주인은 그저 대표실에 도착해 문이 열리는 소리에 고개를 든 조 실장의 당황 어린 시선을 받고서야 조금씩 이성이라는 놈이 한쪽 머리를 똑똑거리며 노크해 대는 것을 느꼈다.

　"나가 봐."

　보고 있던 태블릿 PC의 창을 닫고 자리에서 일어선 조 실장이 고개를 숙이고 대표실을 빠져나갔다. 책상 뒤로 뭔가를 여닫는 소리가 몇 번 들리더니, 얼마 후 재윤은 손에 타월을 들고 나타났다.

　재윤이 어깨가 젖은 잿빛 슈트를 벗고 타월로 머리를 탁탁 털어 냈다. 하지만 주인은 노크해 대는 이성이라는 놈에게 인사조차 하지 못하고 있었다. 문 앞에 그대로 선 채 멍하니 한 곳만 응시하는 주인의 모습을 바라본 재윤이 바로 앞으로 다가와 섰다.

　"이봐, 윤주인."

　귓가를 울리는 재윤의 목소리가 낮게 가라앉아 있었다. 재윤이 손수 주인의 턱 끝에 매달린 물방울을 훔쳐 냈다. 재윤은 거기서 멈추지 않았다. 주인의 젖은 앞머리를 부드럽게 들어 올리고 단아한 이마에 남은 물기도 닦아 냈다.

　주인은 저절로 눈이 감겼다. 오뚝한 코끝도 두어 번 두드리고 양쪽 볼도 잊지 않고 두 번씩 톡톡, 톡톡. 마치 재윤은 '이래도 정신 안 차릴래.' 라는 듯 장난스러운 손짓을 계속 이어 갔다.

　작은 붉은빛 입술에도 타월이 톡톡 하고 스치듯 지나갔다. 그 위로 재윤의 숨결이 바짝 다가섰다. 순식간에, 그저 톡톡 타월이 한 번 지나갔을 뿐인 것처럼 촉, 주인의 입술 끝에 재윤의 입술이 닿았다 떨어졌다. 마치 아이들에게나 하는 베이비 키스였는데 주인의 반응은 즉각 나타났다. 한 번 더 다가오려는 재윤을 느끼고 주인이 서둘러 한 발짝 뒤로 물러섰다.

"정신 들었어?"

'아, 아쉬워라.' 입맛까지 다시던 재윤이 싱긋 웃었다. 경악스러움을 가득 담은 주인의 눈을 보며 재윤은 계속 웃기만 했다. 도대체 알 수가 없는 존재였다. 왜 하필이면 마재윤일까 했었다. 처음에는 그저, 그래, 세상에는 저런 놈도 있겠거니 했다.

그런데 왜 하필 저 마재윤은 제가 있는 곳마다 나타나는 건지. 아니 그냥 나타나기만 하면 그나마 다행이었다. 교양 강의실에서, 동아리 방에서, 도서관 서고 사이, 심지어는 조교 탕비실에서까지 재윤은 다른 여자들과 입술을 비비는 모습을 주인의 눈앞에 버젓이 보였었다. 언제나 다른 장소, 다른 인물들은 그야말로 옵션이었다.

"변한 게 없군요, 당신은."

주인의 말이 입술 사이에서 짓이겨지듯 뱉어졌다.

"마찬가지 아닌가."

그래, 정말 지겹도록이다. 어떻게 그렇게 가는 족족 마주쳐, 가는 족족 이렇게 내가 뭔가를 뒤집어써야 한단 말인가. 주인은 재윤의 손에 든 타월을 매섭게 낚아채 입술을 벅벅 문질렀다. 그러면서도 눈은 치켜떠 여전히 제 앞을 떡하니 지키고 있는 재윤을 노려봤다.

'망할 악마 새끼. 또라이 악마 새끼. 너는 진짜 악마 새끼야!'

주인의 마음을 알고 있으면서도 재윤은 별거 아니라는 듯 머리 위에 제멋대로 얹어 놓았던 다른 타월을 다시 움켜잡고 머리를 털었다.

"원하는 게 뭐죠."

'사실대로 불어.'

주인의 눈에 불이 켜졌다.

역시 윤주인. 만만치 않다. 수많은 여자가 왜인지를 물을 때 윤주인은 이것저것 다 필요 없다는 듯 결론을 요구한다. 니가 어째서 이러는지는 알 필요 없다. 그건 네 마음이니까. 이 말 저 말 필요 없이 내가 해 줄 수 있는 걸 말해라, 그것이었다.

재윤의 심장이 툭툭, 엇박을 냈다.

'이 얼마나 재미있느냔 말이지.'

그녀의 물음에 재윤은 고개를 한쪽으로 살짝 기울이며 정말 고민이라도 하듯 잠시 멈칫하더니 이내 입을 열었다.

"없어. 아직은."

주인의 눈이 화르륵 붉은 불꽃을 일으켰다. 그걸 알아 본 재윤은 또 한 번 어깨를 들썩일 뿐이었다. 그 모습이 어쩌면 저렇게 얄미운지 주인이 한 번 더 입을 열려다 '똑똑' 하고 노크하는 소리에 표정을 굳히며 입을 다물었다.

"대표님."

정 매니저가 미팅을 끝내고 돌아온 모양이었다. 짧은 한숨을 내쉰 주인이 뒤돌아서 문고리를 잡았다.

"곧 생길 것 같은 예감이 들어. 그때 잊지 않고 말해 주지, 후배님. 아, 그리고 직원들 교육 제대로 시켜. 홀 안에서 함부로 혀 굴리는 것들은 엘 로이에 필요 없어."

문고리를 쥔 손에 힘이 들어가 부들거리며 떨렸다. 하지만 주인은 돌아보지 않았다. 고개를 돌리면 분명 저 악마의 면상에 빗금을 긋고 말 듯했기 때문이었다. 잊지 말아야 할 또 한 가지. '비비드'는 여전히 마재윤, 악마 새끼 손에 있다는 것이었다.

3.

　"잊지 않고 말해 주지, 후배님."

　세월이 지나도 망할 악마 새끼는 여전한 악마 새끼구나. 와인은 숙성시킬수록 풍미가 더해지는데 마재윤은 숙성이 돼도 여전한 악마 새끼 그대로였다.

　"매니저님, 그거 일 분 전에 제가 그레이트하게 접어 놓은 겁니다."

　오늘은 '비비드' 근무 날이었다. 이른 아침부터 나와 뒤숭숭한 가게 안을 정리하기 시작한 지 한 시간째였다. 준영이 주인의 손에서 사정없이 구겨진 테이블 냅킨을 뺏어 들었다.

　"뭔 일 있어요?"

　일이야 있는데 뭐라고 정확히 할 말이 없었다. 난데없이 물벼락을 맞은 것도, 촉 하며 제 입술 위로 떨어졌던 마재윤의 입술도. 아니, 그보다 더 주인을 괴롭히는 '뭔 일'은 따로 있었다. 하필이면 제가 먼저 건드리게 될 줄이야.

"변한 게 없군요."

"마찬가지 아닌가. ……후배님."

육 년 전의 연결 고리를 제 입에서 먼저 꺼냈다. 그리고 마재윤은 답했다. 당연히 자신도 알고 있었다고. 당연히 그 악마 새끼 마재윤이 모른다 생각지는 않았다. 그저 예전처럼 너는 너대로 나는 나대로, 라고 생각해 주길 바랐다. 안 그래도 가뜩이나 꼬인 관계였다. 이게 웬 악연인가 싶을 만큼. 그래서 이번만큼은 어쩔 수 없이 발은 들였지만 절대 '비비드' 일 이외는 철저히 무시해 주겠다 했건만.

"그나저나 오늘 올 예약 건 직접 하실 거죠?"

고개를 끄덕인 주인이 서둘러 테이블 세팅을 다시 했다. 원래 명의자였던 유진이 돌아올 때까지 '비비드'의 영업을 존속시키되, 모든 경영에 대한 건 '엘 로이'에 속하게 되었다. 단, 주인이 '엘 로이'에 나가 일하고, 보름에 한 번 직접 보고 하되, 육 개월 후까지도 유진이 돌아오지 않으면 더 이상의 '비비드' 존속은 어렵게 된다.

이제 오 개월 남짓. 유진, 이 망할 놈의 사장은 대체 어디 처박혀 있는 건지. 이리저리 망할 놈들이 판치는 세상이구나 싶었다. 늘 어난 한숨을 꾹꾹 눌러 담은 주인이 자리에서 일어나 오늘 나갈 메뉴를 살피러 주방으로 향했다.

초창기부터 가게에 들러, 삼 년 동안 꾸준히 잊지 않고 때마다 찾아 주는 단골손님의 예약이었다. 아직 어리기만 한 소녀인지 알았는데 얼마 전 결혼을 했다 들었다. 항상 그녀가 입버릇처럼 말하던 식후 파티를 '비비드'에서 하길 원한다 했다. 마다할 이유가 없었다. 어린 만큼 순수하고 귀여운 녀석은 주인의 마음에도 꽤나 흡족한 존재였다. 그녀의 일행을 보기 전까지는.

"헐."

"오빠, 그거 하지 말라니까. 바보 같아."

"이번엔 정말 헐이긴 하다."

정확히 예약한 시간이었다. '비비드' 안으로 들어서며 '언니!' 하고 외치는 소리를 들었건만, 눈앞에 보이는 뜻밖의 인물들에 오히려 주인은 제 목구멍에서 나올 것만 같은 저 '헐' 소리를 간신히 집어삼켰다.

"왜 안 들어가고 입구에 주르르 나열 중이냐."

'맙소사. 현지형까지.'

삐딱하게 담배 하나 입에 물고 입구 앞에서 줄 선 듯 서 있는 정태현에 서연석.

'저 셋이 있다면 나머지 하나는 당연한 건데.'

주인의 불안한 예감을 적중시키듯 맨 마지막으로 보이는 인물이 오른손에 핸드폰을 들고 막 입구로 들어섰다.

"주차장 쪽이 개판이야. 제대로 관리 안 들어갈래! 앞쪽으로 나온 간판 다 떼어 버려. 지저분하기만 해. 이게 아직 비비드인지 씨씨드인지 이름이라, 아직 내 거다, 내가 잘 관리해야겠다라는 생각이 안 들지? 어! 조 실장님이 마음에 안 들어 이래? 뭐, 조 대표 이런 걸 원하냐, 니가? 그럼 내가 노가다 뛰고 니가 펜대 굴릴래? 진짜 그러고 싶으면 안 말리고."

거칠게 내뱉는 목소리의 주인은 안 봐도 누군지 알 듯했다. 육년 동안 무난하게 피해 간다고 생각했던 것들이 요 근래 참 연달아 펑펑 터져 댔다. 핸드폰이 터져라 오 분가량을 더 떠들어 댄 재윤이 여전히 입구 앞에 서 있는 존재들을 쭈욱 둘러보더니 좀 전과는 다르게 상큼하기까지한 미소를 지어 보였다.

"뭐, 넘 신사적이냐?"

주인은 재윤에게서 시선을 돌린 채 서둘러 룸으로 그들을 안내했다.

"우아, 정말? 정말? 정말?"

고개를 끄덕이는 태현의 눈에서 하트가 펑펑하고 쏟아지고 있었다. 스물셋의 지아와 서른 살의 정태현이라. 그야말로 천사와 악마 시리즈 중 결정판이 현실로 그려지고 있다고 주인은 생각했다.

"정말 주인 언니하고 오라버니들하고 선후배 사이였단 말이에요?"

선후배는 무슨. 자신은 졸업도 하지 않았다. 끽해 봐야 한 학년을 이수한 게 다였다. 선후배라고 갖다 붙이는 게 더 우스운 관계였다. 분명히 알고 있었을 거다. 삼 개월에 한 번은커녕, 요즘 들어 수시로 출입하는 '엘 로이'에서 마재윤은 흘리듯 물었었다.

"내일 비비드 쪽 근무지?"

저 악마 자식은 하나부터 열까지 마음에 드는 게 없다. 그래도 주인은 아무렇지 않다는 듯한 표정을 유지하며 준영이 들여 온 샐러드를 세팅했다. 가장 안쪽 중앙 룸 하나에 자리 잡은 삼 년 단골 손님 지아를 비롯한 악마 새끼와 그 떼거지들의 모습에 주인의 가슴에 차곡차곡 한숨이 쌓여만 갔다. 쌓이기는 하는데 내뱉지는 못하니 그 또한 죽을 맛이었다.

"음, 오랜만이라고 하기엔 전에 우리가 그렇게 자주 보던 사이도 아니었고. 반갑다? 이게 맞는 거냐?"

'절대 아니거든!'

주인은 저절로 숙여지는 고개를 애써 들어 올려야만 했다.

"그나저나 우리 애기는 얼음 마녀를 어케 알게 됐을까?"

"저 미친 놈."

"아, 변태 새끼."

지형과 연석의 입에서 작게 흘러나오는 중얼거림에도 태현은 전혀 거리낌 없이 지아의 입에 연어 샐러드를 넣어 주며 물었다.

"비비드 오픈한 지 한 달인가. 채령이가 맛집 탐방하는 거 좋아하잖아. 그래서 스터디 그룹 애들이랑 왔었는데, 그때 민주 남친이 바람피우는 걸 목격했어. 조기, 조 자리."

지아가 손을 들어 왼편 창가 자리를 가리켰다.

"내가 분명 그 자식은 아니라고 했는데 말 안 듣더니. 결국 민주가 그 자식 빰따귀를 날리며 선빵을 쳤는데, 그 미친 자식이 민주 얼굴에 손을 댄 거야. 그때까지만 해도 중간에서 말리던 매니저가 그 순간 그 자식 빰따귀를 한 번 더 날린 거야. 그 순간 나도 벙, 민주도 벙, 그 미친 자식도 벙. 그게 바로 주인 언니야. 한순간에 그 자식을 케이오 시켰지. 아하하하. 완전 멋지지?"

삼 년 전 기억을 꺼내 든 지아의 입에서 무슨 말이 더 나오기 전에 자리를 떠야 했다. 때마침 준영이 들고 온 해산물 파스타와 크림소스 새우 크런치, 양고기 스테이크를 하나하나 세팅했다.

"내가 좋아하는 거."

지아가 포크를 들었고, 얼굴에 구멍이라도 낼 듯 쳐다보던 네 개의 시선도 하나둘씩 떨어져 나갔다. 그래, 이때다. 주인이 서둘러 세팅을 마치고 뒤돌아설 때였다.

"아! 근데 언니."

'부르지 마. 더 이상은 아무 말도 하지 마!'

"여전히 계획은 못 이뤘어?"

하지만 주인의 바람이 가득 담긴 시선을 지아는 가볍게 무시했다.

"뭔 계획?"

태현이 어서 얘기해 보라며 지아를 구슬렸다. 주인은 질끈 눈을 감았다.

"끝내주는 연애. 아직 전인 거야?"

한동안 그 자리에서 아무 말 못 하고 못 박힌 듯 서 있던 주인은 얼마 후, 모여든 시선을 회피하며 서둘러 룸 밖으로 걸음을 옮겼다. 그 뒤를 따라 나서려던 지아는 때마침 재윤이 내민 선물 상자에 일어나던 것도 잊고 포장을 푸느라 여념이 없었다.

"와아아. 이거 작년 말에 나온 발렌티노 한정품이야!"

상자 안에서 빛나는 머리핀을 윤기 나는 머리 위에 올려보며 지아가 신 나 했다.

"내가 잘못 알고 있었나. 내 기억에 윤주인은 좀 더 도도하고, 까칠한. 뭐랄까, 차갑고 싸가지 없는 그런 캐릭이거든."

"재수 없었지."

입이 찢어지는 지아의 머리를 한 번 쓰윽하고 쓰다듬어 주던 태현이 놓치지 않고 껴들었다.

"너만 했겠냐."

신입생 환영회와 더불어 복학 축하 파티라고 마련한 자리에서 태현이 본보기로 앞장서 신입생들에게 술을 돌렸었다. 선배의 명은 곧 신의 명이라며 제 머리가 들어가고도 남는 바가지 안에 맥주, 소주, 양주 할 것 없이 들이부어 하나하나 애들을 잡아다 먹였는데, 윤주인 앞에서 딱 멈춰졌다. 니가 지금 신의 명을 거역하는 것이냐며 장난 가득한 눈웃음을 달고 윤주인의 어깨를 잡아끌자 주인이 태현의 눈을 똑바로 바라보며 말했었다.

"선배는 선배지, 신이 될 수 없습니다. 게다가 현명하지 않은 신의 명령 따위에 복종할 생각도 없습니다. 그리고 저는 더 이상 이런 인격 모욕적인 술자린 함께 하고 싶지 않습니다."

이런 식으로 윤주인에게 케이오당한 건 아무래도 한두 사람이 아닐 것이다.

"솔직히 윤주인이 이런 곳에서 매니저를 하고 있다는 것보다도 말이지. 윤주인 입에서 정말 그런 말이 나왔다는 게 이해가 안 돼."

"그런 말?"

태현의 말에 연석과 지형이 좀 전부터 비워진 재윤의 자리를 말없이 응시했다.

룸 밖으로 나온 주인의 한쪽 머리가 두두두 하고 울렸다. 뭐라고 따지고 싶은데 막상 따져 물을 사람도 없었다.

"정말 올해 계획이 그거유, 누나? 저한테 미리 말씀을 하시지."

"직장이다."

주인은 다음에 나갈 메뉴와 술을 정리하며 지끈거리는 머리 한쪽을 꾸욱 눌렀다.

"정말 올해 계획이 그거십니까, 매니저님."

준영이 손에 든 잔을 닦으며 고개를 들이밀었다.

"시끄러. 또 발랑거리다 깨트리지 말고 이리 내."

"제 경력을 뭘로 보시고. 이래 봬도 저 비비드 초창기 멤버입니다."

준영이 제 가슴을 팡팡 때리며 우쭐하더니 잠시 조용했던 입을 또 열었다.

"연애도 계획해서 할 생각을 하다니 누, 아니 참 매니저님답습니다."

'죽을래?' 하는 주인의 시선을 모른 척하며 준영은 조금 작아진 목소리로 중얼거렸다.

"제가 이쪽 방면에서는 더 경력자라는 걸 모르시나 본데요 매니저님. 연애라는 건 계획한다고 되는 게 아니라는 말씀. 한순간에, 마치 짐작하지 못했던 것처럼 어라? 너 이 녀석 내 곁에 언제 이렇게 바짝 와 있었어, 하는 거라구요."

마치 뮤지컬 배우라도 된 듯 과장된 제스처까지 선보이는 준영의 모습에 주인은 어이없어하며 흔들던 셰이커를 열어 앞에 놓인 잔에 따랐다.

"아, 이건 징조일지도 몰라요."

주인은 이게 또 뭔 시답지 않은 소리를 하려나 하며 들은 척 만 척 쟁반에 완성된 칵테일을 올려놓았다. 지아가 허니문을 다녀오면 꼭 만들어 달라 했던 칵테일이었다.

"룸 안에 남자들! 마 대표 말고도 다들 한 가닥, 아니 몇 가닥씩은 하게 생겼던데. 저기서 하나 골라 보는 거 어때요."

더 이상 웃기지도 않는 소리 그만하고 서빙이나 하라며 쟁반을 넘기려던 차였다.

"나는 왜 말고지."

인기척도 없이 뒤에서 들려오는 목소리에 맞은편에 선 준영의 뜨악 하는 표정을 지어 보이고 있었다. 부정하려야 부정할 수 없는 존재겠구나 싶어 주인은 준영에게 넘기려던 쟁반을 챙겨 들며 뒤돌아섰다. 악마가 여기 있으니, 그럼 자신이 룸으로 들어가는 게 오히려 나온 일일지도 모른다 싶어 내린 결정이었다.

"이건 그쪽……."

주인을 바라보며 뭔가 말을 고르는 듯한 재윤의 표정을 알아차렸는지 준영이 서둘러 입을 열었다.

"이준영입니다."

"이준영 씨한테 부탁하고, 중간보고 좀 듣지."

'너 뭐랬니 지금.'

주인의 어이없어하는 눈을 내려다보는 재윤의 눈이 '어서.' 하고 재촉했다.

"보름 전에 조 실장님께 보고 드렸습니다."

"그건 그거고."

주인이 들고 있는 쟁반이 슬쩍 흔들렸다. 재윤이 눈치채고 주인의 손에 들린 쟁반을 마주 잡았다. 주인은 힘을 주어 재윤이 쟁반을 낚아채지 못하게 했다. 재윤과 주인 사이에서 쟁반이 위태롭게 흔들리는 것도 잠시, 보다 못한 준영이 서둘러 둘 사이에 끼어들어 쟁반을 잡았다.

"제, 제가 갈게요. 대표님하고 매니저님은 일 보세요. 이거 허니문이죠. 하하하하하."

전혀 자연스럽지 못한 웃음과 함께 칵테일 이름을 확인하며 룸 쪽으로 돌아서는 준영을 보니 포옥하니 쌓였던 한숨이 저절로 나왔다.

'그래, 너는 사장이고 나는 종업원이다.'

가방에 넣어 놨던 태블릿 PC를 꺼내 들자 어느새 재윤은 가게 왼쪽 창가에 앉아 담배를 물고 있었다.

'왜 하필 또 이 자리야.'

재윤은 조금 전 지아가 가리켰던 자리에 느긋하게 앉아 눈을 감고 있었다. 금방이라도 재가 떨어질 듯한 재윤의 담배 끝자락을 보며 주인이 왼쪽 손에 들고 있던 재떨이를 일부러 소리 나게 테이블 위에 올려놓았다.

"가게 안 금연입니다."

"손님은 왕이야."

여전히 감은 눈을 뜨지 않은 채 재윤이 답했다.

"손님한테 보고할 의무는 없죠."

지지 않고 주인이 답하자 재윤이 스르르 감았던 눈을 열었다.

'반항이야.'

눈에 담긴 의미를 모를 수가 없는 주인은 휴 하고 할 수 없다는 듯한 표정으로 재윤의 맞은편에 앉았다. 조 실장에게 보고한 내용을 내밀자 훑어볼 생각도 않고 재윤이 입을 열었다.

"한 달간 내부 수리하는 걸로 하지. 주차장이랑 그 주변도 손봐. 중간에 떴던 기간까지 합해서 들어가는 거야."

어느샌가 재윤의 두 눈이 진지해져 있었다.

"무엇보다 사람들에게 좀 더 나은 서비스를 위해 어쩔 수 없는 기간이라는 걸 인식시켜야 해. 아무리 몇 개월에 한 번 들렀던 가게라도 애착을 갖고 있던 곳이 말 한마디 없이 영업을 중단해 버리면 그것만으로도 고객은 충분히 실망할 수 있어. 신뢰를 잃은 서비스는 더 이상 서비스가 아니야."

운영에 대한 부분은 생각도 못하고 있었다. 그저 가게가 넘어갔다는 소리에 어떻게 해서든 그것만은 막아야 한다는 생각뿐이었다. 영업하지 못한 사이에 다녀갔을 고객들을 생각하지 못한 건 아니지만 그들 마음속에 '비비드'가 어떻게 남았을지에 대한 생각은 하지 못했다. 그저 다시 영업을 시작하면 될 거라 여겼다.

"이삼십 대를 노리고 메뉴도 다시 짜. 룸에 들어간 크런치 새우 쪽으로 다양하게 소스 개발하는 것도 괜찮을 거고. 무조건 요즘 트렌드에 맞추라는 게 아니야. 너 나 할 것 없이 똑같은 것보다는 이곳에 와서는 이걸 먹어야 한다는 강박관념을 갖게 하라는 거지."

주인은 어느새 재윤의 목소리에 귀 기울이고 있는 자신을 발견했다. 마재윤이 정말 타고난 사업가이긴 한가 보다는 생각이 들 때쯤이었다.

"뭐 그렇게 심각할 건 없고. 그냥, 먹지 않고는 못 배기게 하면 되는 거야."

좀 전까지 진지하게 조언해 주던 마재윤은 또 어디 가고 그런 것쯤 아무것도 아니라는 듯한 표정을 짓고 있었다. 물었던 담배를 재떨이에 비벼 끄는 재윤의 목소리가 좀 전보다 한층 가볍게 느껴졌다. 주인이 작게 미소 지으며 알겠다 고개를 끄덕이곤 자리에서 일어섰다.

"자, 그럼 다음."

'다음?'

주인은 아직 더 남았나 하는 생각에 여전히 그 자리에 서서 맞은편에 앉아 있는 재윤을 내려다보았다.

"그거 나하고 하자."

'뭘?'

주인이 눈으로 물었다.

"끝내주는 연애."

재윤이 웃었다.

"싫습니다."

'질까 보냐.'

주인도 재윤을 마주 보며 미소 지었다.

'니 맘대로 할 수 있는 게 아니라고 악마 새끼야. 아무리 '비비드'가 걸렸다 해도 육 년 전부터 무수히 보아 왔던 네 옵션 속에 끼고 싶은 마음은 추호도 없다고!'

자신의 눈을 피하지 않고 곧게 내려다보는 주인의 눈을 바라보며 재윤이 느긋하게 의자 뒤로 등을 기댔다.

"정색하긴. 뭐, 안 넘어오고는 못 배기게 해 주지."

처음으로 주인이 케이오당하는 순간이었다.

4.

"다음 주에 경비 업체에서 방문할 예정입니다. 그때 윤 매니저님 지문 뜨면 되겠군요. 홍대 카인에 와인 셀러랑 이번에 한남동에 오픈할 뉴임 모두 이곳 와인 창고에서 물량을 조달할 생각입니다."

주인이 '엘 로이'의 정 매니저와 함께 방문한 마재윤의 개인 와인 창고는 이백 평 남짓.

'돈이 썩어 나는구나, 정말.'

주인은 지문 인식기로 통과한 와인 창고 안의 수많은 오크통을 덤덤한 눈으로 훑어보았다. 국내에 얼마 없는 와인 창고 중 하나가 마재윤 거였다니. 다시 한 번 재윤의 재력에 놀라지 않을 수 없었다.

"소믈리에 자격증은 언제 취득한 거죠?"

창고 관리인과 간단히 인사를 나누고 돌아서는데 정 매니저가 물었다.

"오 년 전이요."

"어쩐지."

정 매니저의 말에 주인이 고개를 돌렸다.

"아, 윤 매니저 출근 전에 메인 소믈리에를 너무나 당당히 자르신다 했거든요."

"뭐라고요?"

주인의 눈에 날이 섰다. 이건 또 무슨 말인가. 자신 때문에 애먼 사람 하나 모가지가 날아갔다는 거란 말인가. 주인이 정색하자 정 매니저가 하하 멋쩍게 웃으며 말을 이었다.

"사 개월 만에 오셔서 너 이제 그만 나와라 그러셨죠. 뭐, 메인 소믈리에랑 다른 직원들 사이에 문제가 있는 상태긴 했는데 후임자도 안 정해 놓으시고. 대책 없이 이분이 왜 또 이러시나 간담 서늘했는데 다음 날 바로 윤 매니저가 투입되더라고요."

정 매니저가 하하하 하고 웃는 모습이 '내가 웃는 게 웃는 게 아니라고요.' 하는 듯해 저게 혹시 자신의 앞날이면 어쩌지 하는 생각이 드는 주인이었다. 그녀의 생각을 읽었는지 정 매니저가 너무 걱정 말라는 듯 웃으며 말했다.

"저희 대표님은 대충 파악했겠지만 딱 생긴 대로 사시는 분입니다."

관리인이 확인 받을 게 있다며 잠시만 기다려 달라는 말을 하고 자리를 비운 사이 정 매니저가 오크통 한쪽 마개를 열었다.

"즐겁고 행복하게 사는데 남들 눈치 따위는 절대 신경 안 쓰시죠. 그렇다고 남들한테 피해를 주느냐 그것도 아니에요. 자신과 뜻을 함께하는 이에게는 누구보다 후하고, 그렇지 않으면 철저하게 냉담해지기도 하고요. 아, 한 달 전에 잘린 소믈리에도 마찬가지겠네요. 아마 그 소믈리에 이 바닥에서 다시 일자리 찾긴 힘들 겁니다."

조금은 허탈한 표정을 짓던 정 매니저가 좀 전에 마개를 딴 오크통에서 흘러나온 붉은빛 와인을 주인에게 건넸다. 빛깔을 확인하고 가볍게 한 바퀴 돌려 코끝으로 가져가자 진한 포도향이 감싸 왔다. 한 모금 짧게 입 안에 넣어 혀를 굴렸다.

"좋네요."

저절로 그려지는 입술의 호가 모든 것을 말해 주고 있었다. 주인의 짧은 평에도 그 표정 하나로 뭘 말하고 싶은지 안다는 듯 정 매니저가 함께 미소 지었다.

"그게 단가? AOC(프랑스 최상급 와인에 붙여지는 등급)를 따라 잡을 라인인데."

언제 왔는지 관리인과 함께 들어오는 재윤의 모습에 주인이 반사적으로 고개를 돌려 버렸다.

"오셨어요."

인사하는 정 매니저 옆에서 어쩔 수 없이 주인이 고개를 숙였다.

"더 남았나?"

"재작년에 들어온 영국산 재고 좀 확인하려고요."

정 매니저의 말에 재윤이 고개를 끄덕였다. 그리고 아무 말 없이 주인을 내려다보았다.

"아, 사장님 지금 올라가시는 거면 윤 매니저도 함께 가시죠."

'아니, 왜!'

절대 그럴 필요 없다고 손사래 치던 주인이 남은 와인을 입안에 넘기다 사레가 들려 콜록였다.

"욕심내기는."

주인은 조용히 자신의 등을 두드리는 재윤의 손바닥을 당장 잡아 눌러 버리고 싶었다.

정 매니저와 인사를 나누면서도 마치 도살장에 끌려가는 소처럼 뒷걸음치던 주인은 결국 재윤의 차에 올라타야만 했다. 삼십 분쯤 지났을까 다 포기한 듯 주인이 차창을 바라보며 조금의 미동도 없자 재윤이 주인의 왼쪽 뺨을 찔러 댔다.

"자지 마."

'안 자거든요!'

"함부로 손대지 마세요."

주인의 경고성 짙은 목소리에도 재윤은 그저 앞만 보며 씨익 웃을 뿐이었다.

"건방은."

"뭐라고요?"

"사소한 건 패스하고."

'전혀 안 사소하거든!'

지아의 모임 다음부터 재윤은 이렇게 시답지 않은 사소한 것들로 주인의 심기를 건드려 대기 시작했다. '비비드'의 리모델링 전까지 '엘 로이'의 와인 셀러를 다시 정리하라는 지시에 매일매일 재윤의 얼굴을 맞댄 지 일주일.

시도 때도 없이 교묘하게 사람 속 긁어 대는 것도 하루 이틀이지 정말 잘못하면 대표인지 사장인지 상관없이 면상에 손 올릴 것 같은 나날을 버티는 중이었다. 다행히 오늘 하루는 춘천에 있는 와인 창고를 보고 오자는 정 매니저의 제의에 얼씨구나 이게 웬 떡이냐 하고 탈출했는데, 왜 또 자신이 악마 새끼 차에 타고 있어야 하는지. 주인은 또다시 머리가 지끈거렸다.

"그래서? 여전히 아니라고?"

왜 안 하나 했다. 오늘은 저 말도 안 되는 질문 피해 가나 했더니.

"오늘은 본가에 간다고 하지 않으셨어요?"

"오, 이건 뭐야. 관심 표현? 슬슬 넘어오기로 한 거군."

"웃기지도 않은 농담 따위나 패스하시고요."

재윤이 좌회전 등을 켜고 핸들을 돌렸다. 저런 면을 보면 악마 마재윤은 어디에도 없었다. 오히려 참 반듯하고 단정했다. 재윤의 평소 모습으로 보면 한적한 도로에 깜박이 같은 건 켜지 않고 그런 사소한 건 넘어가자고 할 것 같은데, 요 일주일간 그가 운전하는 차를 몇 번 얻어 탔을 때 마재윤의 운전은 언제나 조심스럽고 섬세하기까지 했다.

"다녀왔어. 한 달에 한 번이라도 얼굴 디밀어야 나머지 한 달이 편하거든. 날 너무 좋아한단 말이지. 인심 써서 자고 오려고 했는데 도저히 못 견디겠더라고. 한자리에서 여섯 판이라니. 언젠가 그 장기판을 때려 부수든지 해야지 망할 영감탱이. 어째 시력이 점점 더 좋아지는 것 같아."

들어 본 적 있다. 마씨 가문의 진정한 핵. 동대문 시장 상인들을 대상으로 한 사채놀이로 시작해 청담동 큰손으로 불리기까지의 어마어마한 일대기. 고리사채 하면 높은 이자율로 가난한 상인들 등쳐먹는 데 일인자일 것만 같은 이미지인데도 불구하고 아직까지도 그 지역 상인들에게 최고의 존경을 받는 이가 바로 마정구, 재윤의 친할아버지라고 했었다. 더불어 그 피를 제일 진하게 이어받은 게 그의 하나밖에 없는 친손자 마재윤라고도 했다.

"자, 그럼 장기판은 나중에 같이 엎으러 가기로 하고. 은근슬쩍 돌린 주제를 다시 복귀해 볼까."

은근슬쩍 돌린 거 알면, 그냥 좀 넘어가 주면 안 되는 거냐고 소리치려다 말았다.

'윤주인, 정신 차려. 너 왜 이러니. 저 악마 놈 페이스 따위에 넘어가지 말란 말이지.'

주인의 오묘한 표정 감추기에 재윤은 자꾸만 올라가는 입꼬리를 잡아 내렸다. 저렇게 발끈하면서도 철저히 무시해 주겠다는 의지를 담은 주인의 옆얼굴을 자꾸만 건드려 보고 싶어진다. 재윤은 잡은 핸들에 한 번 더 악력을 주었다.

"그래서 여전히라고?"

주인의 거절에 대한 답이 믿어지지 않는다는 듯 재윤은 매일 출석 도장이라도 받듯이 물었다. 저 간단한 질문 안엔 '나랑 하자니까 그거, 끝내주는 연애.' 라는 의미가 담겨 있었다.

"네, 여전히요."

그리고 항상 주인의 답도 정해져 있었다. 여전히 주인의 답은 '싫습니다.' 에서 한 치도 벗어나지 않았다.

"영원히 여전히일 테니 이제 그만하시죠."

장난도 정도껏 하라는 경고였지만 그게 재윤에게 먹혀들 거라는 생각 따위는 주인도 이젠 하지 않았다. 말해 봤자 입만 아프다. 하지만 이렇게라도 답을 안 하면 계속해서 괴롭힐 거라는 건 일주일 전부터 몸소 체험하고 있는 일이었다.

"내가 원하는데도?"

원하는 게 생기면 말해 주겠다는 말을 상기시키는 거였다. 주인도 그걸 알고 있었다.

"들어 드린다고 한 적 없는데요."

"그렇긴 하지."

재윤이 핸들을 잡은 오른손 검지를 들어 그 위를 두어 번 톡톡 쳤다.

"왜 싫지? 계획을 한다는 건 하고 싶다는 거잖아."

정말 이해가 안 된다는 듯 재윤이 물었다. 주인이 이건 또 무슨 소리냐는 얼굴로 고개를 돌렸다.

"누가 싫대요?"

"윤주인이."

"말은 바로 하죠. 내가 언제 연애 안 한대요? 난 연애할 거예요. 끝내주고, 끝장나는 연애로다가."

주인의 각오 서린 말에 재윤이 '얘 봐라' 하며 주인을 바라봤다.

"단지 대표님하고는 안 한다고요. 그러니까 곤란하게 더는 이 얘기하지 말죠. 그리고 앞에 보세요."

'이제 알겠니. 그러니까 운전이나 잘해.'

주인은 재윤에게 한 방 먹인 것 같아 묘하게 신이 났다. 설마하니 계획을 세우고 나서 처음 자신에게 연애하자고 하는 남자가 마재윤일 줄이야. 거기다 그 기고만장한 성격에 싫다는 말도 장난처럼 넘기고 자기에게 넘어오게 하겠다는 근거 없는 오만함까지. 그때 한 방 먹고 뭐라 반박하지 못한 것만 생각하면 아직도 자다가 벌떡 일어나게 됐다. 주인의 말에 곰곰이 무언가 생각하던 재윤이 흐음 하는 소리를 내며 날렵한 턱 선을 한 번 쓸어 내고는 다시 입을 열었다.

"그건 내가 곤란한데. 도대체 왜 나는 아닌데."

'그러니까 도대체가 그 오만함이 문제라니까.'

주인이 고개를 저었다.

"그럼 대표님은 도대체 왜 전데요?"

어차피 빙글빙글 돌 뿐이라면 이번엔 니가 한 번 당해 보라고 주인은 질문을 재윤에게 되돌렸다.

'어서 말해 보라니까.'

오늘은 아무래도 주인이 이길 타임인가 보다. 주인의 입꼬리가 올라가려 할 때였다.

"……글쎄."

잠시 뜸을 들이던 재윤의 어이없는 답에 주인은 '하!' 하며 코웃음을 치곤 갈 길이나 가라고 다시 고개를 돌렸다.

차창 밖으로 석양이 지고 있었다. 얼굴 위로 드리워지는 붉은빛에 재윤이 선글라스를 찾아 눈을 가렸다. 재윤의 답을 끝으로 차 안은 조용해졌다. 각자 무엇을 생각하는지 누구 하나 라디오도 켜려 하지 않았다. 적막, 그리고 머릿속에 끊임없이 이어지는 각자의 상념들. 오로지 그것만이 적막한 차 안을 채웠다. 재윤의 차가 이제 막 시내를 벗어나 큰 도로로 진입했다. 한동안 조용히 차창을 바라보던 주인의 눈이 부릅떠졌다.

"세워 봐요."

"뭐라고?"

자신만의 생각에 빠져 있던 재윤이 살짝 고개를 돌렸다.

"세우라고요!"

격양된 주인의 목소리에 재윤이 한쪽으로 차를 세웠다. 비상등이 켜지기 무섭게 재윤이 차 문을 열고 내려온 길을 돌아 뛰어갔다. 재윤이 뭔 일인가 싶어 서둘러 그 뒤를 쫓았다.

"할머니, 무슨 일이세요? 어디가 안 좋으세요?"

주인이 버스 정류장 한쪽 구석에 구부정하게 쭈그려 있는 백발의 쪽진 노인을 향해 손을 뻗었다.

"잠깐, 이렇게 해 보세요."

끙끙대며 제대로 발을 펴지도 못하는 모습에 주인이 다가가 노인의 발목을 잡아 천천히 다리를 폈다. 시뻘겋게 올라온 반점이 삐쩍 마른 종아리까지 올라와 있었다.

"어디서 이러셨어요? 할머니, 정신 좀 차려 보세요. 연락하실 곳 없으세요?"

덜덜 떨리는 몸이 점점 굳어지고 기력이 쇠한 노인은 주인의 물음에도 그저 신음만 내뱉을 뿐이었다.

"나와 봐."

언제 다가왔는지 재윤이 주인의 뒤에서 선글라스를 벗고 석양을 등진 채 서 있었다. 주인이 비켜 앉자 재윤이 옆으로 다가와 무릎을 굽혔다.

"대상포진 같은데."

재윤이 인상을 쓰더니 등 돌렸다.

"업혀 봐, 어서."

재촉하는 재윤의 등을 바라보던 주인이 노인의 양어깨를 힘주어 잡아끌었다. 앙상하게 마른 어깨뼈가 고스란히 주인의 손바닥에 느껴졌다. 조금의 거리낌도 없이 노인을 고쳐 업은 재윤이 서둘러 걸음을 옮겨 세워 둔 차로 걸어갔다. 재윤은 주인을 뒤에 타게 하고 그 옆으로 조심스럽게 노인을 눕혔다. 지체 없이 운전석에 오른 재윤이 한 손으로 핸들을 잡고 나머지 손으로 핸드폰을 집어 들었다.

"나야. 춘천 쪽 병원 좀 알아봐. 이제 막 시내 벗어났어. 아니, 그런 건 아니고. 내가 보기에 대상포진 같은데 나이는, 일흔 정도. 그건 모르겠고, 의식이 없어. 그래, 바로 연락 줘."

주인이 자신이 입고 있던 야상을 벗어 노인의 상체를 덮었다. 그 모습을 백미러로 확인한 재윤이 히터 버튼을 눌렀다. 금세 울리는 벨소리에 핸드폰을 받은 재윤이 거칠게 핸들을 돌렸다. 좀 전과는 달리, 속도도 신호도 무시한 재윤의 차가 금세 병원 응급실 앞에 도착했다. 미리 연락을 받았는지 대기하고 있던 의사와 간호사가 서둘러 노인을 응급실 안으로 옮겼다.

재윤은 응급실 앞 간이 의자에 앉아 맞은편을 바라보았다. 주인이 굳어진 허리를 제대로 펴지도 못하고 닫힌 응급실 문만 응시하고 있었다. 불안하게 흔들리는 검은 눈동자가 여기서도 느껴졌다.

재윤은 자리에서 일어나 주인 앞으로 걸어갔다. 재윤의 인기척에도 응급실을 향한 고개가 돌아오지 않았다. 그가 입고 있던 코트를 벗어 주인의 떨리는 어깨를 감쌌다. 그대로 주인 앞에 무릎 꿇은 재윤이 코트로 좀 더 그녀를 감싸며 나직이 입을 열었다.

"윤주인."

주인의 표정은 단순히 길에서 구한 노인을 바라보는 얼굴이 아니었다. 핏기 하나 없는 창백한 얼굴에 재윤의 인상도 함께 굳어졌다. 재윤이 차갑게 곱아지는 주인의 손을 잡아 꾸욱꾸욱 눌러 주며 다시 입술을 열었다.

"주인아."

따뜻하게 온기를 담은 목소리. 주인이 그제야 고개를 돌려 재윤을 바라보았다. 겁을 먹은 두 개의 눈동자가 재윤을 향하고 있었다. 피하지 않고 고요히 바라봐 주자 촉촉이 물기를 머금었다.

"괜찮아. 괜찮아."

차분히 가라앉은 재윤의 눈동자가 주인을 다독였다. 육 년 전, 그날처럼. 그래, 그 날은 지금과는 정반대로 조금만 움직여도 후덥

지근한 공기가 온몸으로 달라붙었던 여름날이었다.

식장 비상구에서 지하 이층까지 계단을 이용해 내려오면서 가빠
졌던 숨을 고를 새도 없이 차에 올라탄 재윤이 손에 들린 타이를
뒷좌석으로 던져 버리고 재빨리 핸들을 잡았다. 벌써부터 슈트 안
쪽에 땀이 차기 시작했다. 주차장 언덕으로 올라서며 핸들을 돌리
는 재윤의 손은 거침이 없었다.

'어디, 어디냐.'

이리저리 고개를 돌리는 재윤의 시선에 하얀 드레스 자락이 들
어왔다. 빵 하고 울리는 클랙슨 소리에도 열심히 뛰기만 하는 주인
의 모습에 재윤이 차도 한쪽에 차를 세웠다.

"저 꼴통."

차에서 내린 재윤이 열심히 달렸다. 재윤의 뒤로 양복 입은 인간
서넛이 뛰어오고 있었다. 재윤은 자신이 왜 이 빌어먹을 경주를 해
야 하는지 알 수 없어 하면서도 달렸다. 이건 전혀 자신과 상관없
는 일이었다. 한창 재미 좋을 때마다 불쑥불쑥 튀어나오는 윤주인
따위가 저 엄청난 드레스 차림을 한 채 맨발로 뜨겁게 달궈진 인도
를 달리든 말든 무슨 상관이지 하면서도 재윤은 달렸다. 우선 잡고
보자. 본능이 그리 이끌었다. 하고 싶은 건 해야 하는 재윤이었다.

'망할 기집애. 빠르긴 또 엄청 빠르네.'

그러다 뭔가에 걸렸는지 잠시 삐끗한 틈을 놓치지 않고 재윤이
주인의 한쪽 손목을 잡아챘다.

"뛰려면 이쪽으로 뛰어."

상대가 누군지 확인도 않고 무조건 잡힌 팔목을 빼내려 몸부림
치던 주인이 뜻밖의 목소리에 고개를 돌려 재윤을 바라봤다. 재윤

이 다가오는 인물들을 확인하고 작게 욕설을 읊조리는 것도 잠시, 주인의 손목을 잡고 다시 뛰었다. 주인이 거부했지만 재윤이 더 강했다. 간신히 아까 세워 두었던 차에 올라탄 재윤이 헉헉거리며 서둘러 록을 걸었다.

"젠장. 완전 스릴 있잖아."

간발의 차이로 차창을 이리저리 두드려 대는 사내 셋을 따돌린 재윤이 그제야 옆에 앉은 주인의 얼굴을 바라봤다. 태현이 입버릇처럼 중얼대던 얼음 마녀의 얼굴이 석고상처럼 굳어져 있었다.

'자, 이제 어쩜담.'

재윤이 운전석 시트에 머리를 기대고 얼마 후, 슈트 안쪽 주머니에서 핸드폰이 울렸다. 지형이었다.

-태현이 놈이 의리 없이 먼저 튄 거냐는데 진짜냐.

재윤이 픽 하니 웃으며 '진짜다.' 라고 답하자 지형이 전하듯 '튀었대.' 하는 목소리가 들렸다. 곧이어 '아오, 저 의리 없는 자식.'이라는 태현의 목소리도 들려왔다.

"식은?"

재윤이 고개를 슬쩍 돌려 주인을 바라보다 물었다.

-연석이 말대로 테러 현장 됐어. 말이 씨가 된다던 울 양 여사 말이 맞다는 걸 깨달았지. 태현이 놈이 제니아로 오라는데. 의리를 무시한 자 가만두지 않겠대.

'알겠다.' 고 답한 재윤이 여전히 그 자세를 유지하고 있는 주인을 향해 말했다.

"테러 현장으로 되돌아갈 거 같진 않고, 난 약속 있는데."

그제야 주인이 재윤을 향해 고개를 돌렸다. 검은 눈동자가 재윤에게 뭐라 말하고 싶어 하는 눈치였다. 재윤은 가만히 주인의 말을 기다렸다.

"빚, 갚아요."

딴에는 꽤나 아무렇지 않은 듯 말하려 하는 것 같은데 말끄트머리가 잘게 떨리고 있었다.

"빚?"

뭔 소리냐는 듯 재윤이 주인을 쳐다봤다.

"강미현."

더 이상 설명이 필요하냐는 듯 자신을 바라보는 주인의 시선에 재윤이 픽 하니 웃었다. 그렇게 따지면 제가 본능에 충실하려 할 때마다 얼굴 들이미는 너는 빚진 게 아니냐고 물으려다 말았다. 재윤이 자신 앞으로 내밀어진 메모지로 시선을 내렸다.

[문경 제일병원 장례식장]

재윤이 조용히 핸들을 잡았다. 왠지 그래야 할 것 같았다.

"벨트 매."

재윤의 말을 끝으로 차 안에 무거운 공기가 내려앉았다. 주인은 창문을, 재윤은 정면을 보는 자세 그대로 침묵하고 있었다.

두 시간이 조금 넘어 도착한 장례식장 입구가 정오를 조금 넘어선 여름 햇살을 받아 빛났다. 장례식장 입구가 이렇게 밝아도 되는 건가 하는 생각도 잠시, 재윤은 조수석에서 내려 장례식장 안으로 들어서는 주인의 뒷모습을 가만히 바라봤다. 하얀 드레스 자락이 재윤의 눈에 잔상을 남겼다. 마치 안녕이라고 말하는 듯한 뒷모습을 보이며 저 안으로 들어간 윤주인은 다시는 밖으로 나올 수 없을 것 같았다.

정확히 한 시간. 재윤이 왼쪽 손목에서 반짝이는 은색 메탈을 들여다보았다. 여전히 소식 없는 윤주인의 모습에 재윤이 젠장 하며 거칠게 차에서 내렸다.

"이 빚은 꼭 받아 낸다 윤주인."

입구 안으로 들어서자 재윤의 콧속으로 향내가 가득 들어왔다. 수많은 사람이 흰 소복과 검은 정장으로 무장한 채 부산스레 움직이고 있었다. 이리저리 고개를 돌리며 걸음을 옮기던 재윤이 몇몇 사람들이 모여 수군대는 5호실 앞에 멈춰 섰다. 소복과 같은 하얀색이지만 수수하고 광택이 없는 소복과는 다른 형체가 눈에 들어왔다.

"세상에, 뭔 일이래. 식장에서 바로 뛰어왔나 보네."

"아이고, 딱해라."

옆에서 수군거리는 동정 섞인 말에 재윤의 한쪽 눈이 찌푸려졌다.

"상주도 없이 내내 개미 새끼 하나 안 보이는 게 영 이상하다 싶더니."

"쯧쯧쯧."

혀 차는 소리까지 들렸다.

"저리 넣 놓고 한 시간도 넘게 서 있는 거 같은데. 누가 좀 도와줘야 하는 거 아닌가 몰러. 어려 보이는데 딱해서 어쩐대."

재윤이 더 이상은 안 되겠다 싶어 신발을 벗고 안으로 들어갔다. 닮았다. 재윤이 비스듬히 고개를 젖혀 바라본 영정 사진에 담긴 노인의 눈매가 특히나 얼음 마녀 윤주인과 닮아 있었다. 묻지 않아도 알 수 있었다. 윤주인의 할머니. 식장 안에서 윤주인의 친할머니라고 인사하던 이를 보았으니 아마도 영정 속 인물은 윤주인의 외할머니일 것이다. 문제는 여기가 텅 비어 있다는 건데. 아무래도 윤주인네 집안사도 그리 간단하진 않겠다 싶었다.

갑작스럽긴 하지만 한 시간 넘게 저러고 서 있었다니 어떻게 해주긴 해야겠다 싶었다. 적어도 동정 어린 시선만큼은 저 얼음 마녀에게 어울리지 않았다. 하지만 조용한 걸음으로 주인 앞으로 다가간 재윤은 그대로 얼어붙었다. 억세게 물고 있는 입술이 새파랗게 질려 있었고 얼굴마저 창백해져 있었다. 두 눈에서는 정말 쉬지 않고 눈물을 내뿜고 있었다. 주르륵, 주르륵. 그럼에도 숨소리조차 들리지 않았다.

이상했다. 할아버지나 아버지를 따라 수많은 장례식장을 찾았던 재윤이었다. 잘나간다는 반도체 회사 회장의 장례식에도 다녀왔고, 동대문 시장 두 평 남짓한 공간에서 생선가게를 했던 박 사장 장례에도 다녀왔다. 어렸을 때부터 죽음은 재윤에게 낯설지 않았다. 슬픔도 낯설지 않았다. 재윤의 할아버지인 마정구 회장은 재윤을 항상 좋은 것들보다는 안 좋은 것들과 부딪히게 했다. 수많은 장례식장을 방문해야 했던 것도 그런 할아버지의 뜻이 있었기 때문이다.

그래서 재윤에게 죽음은 그저, 누구나 똑같이 슬퍼하는 세상의 이치일 뿐이었다. 돈이 많거나, 적다고 해서 다르지 않았다. 죽음이라는 소멸에 의해 누군가가 옆에서 사라진다는 것에 대한 절망과 슬픔을 그들은 항상 다른 누구와 함께 나누고 있었다. 그런데 그게 다가 아니었던 모양이다. 이렇게 오로지 혼자 감내해야 하는 종류도 있었던 거였다.

"윤주인."

재윤의 입에서 저절로 주인의 이름이 흘러나왔다. 나직하게 가라앉은 자신의 목소리에 재윤조차도 놀랐다.

웃기는 계집애. 뭐 그렇게 잘났다고 제 세상만을 만들어 놓고 그

속에서 나오려 하지 않는 얼음 마녀. 제대 후 복학한 대학 생활에서 유독 마음에 들지 않는 게 윤주인이었다. 너희들 잘못이 아니야, 니들이 내 마음에 차지 않을 뿐이지. 제 그 새까만 속을 누구도 모른다 생각하는 게 분명했다. 그걸 모를까 봐. 다른 이들은 몰라도 마재윤은 아니라는 걸 보여 주고 싶었다.

소외된 척, 상관없는 척, 무관심한 척. 하지만 누구보다 주변 시선을 두려워하고 누구보다 예민한 시선을 가지고 있는 게 윤주인이었다. 교묘하게 본심을 감춰 놓고 사람들이 제멋대로 쌓아 올린 도도하고 못된 성깔로 가득 찬 차가운 얼음 마녀의 성 안으로 좋다고 앞장 서 들어간 것도 윤주인, 본인이었다.

그 웃기지도 않은 놀이에 재윤은 끼고 싶지 않았다. 윤주인 따위가 뭐라고. 세상에는 재밌고 즐거운 놀이가 얼마나 많은데 싱겁다 못해 우중충한 놀이 따위는 이쪽에서 사양이다 했었다. 그랬는데 이렇게 울어 대면 어쩌자는 거냔 말이다. 울어도 어떻게 이렇게 울어 대냔 말이다.

"윤주인."

숨이라도 쉬라고. 차라리 소리라도 내라고. 앙다문 입술에 재윤의 시선이 꽂혔다. 드레스 앞자락을 흠뻑 적신 주인의 소리 없는 눈물에 절망이, 노여움이, 분노가, 그보다 더한 슬픈 애처로움이 녹아 있었다. 어떻게 할까. 뭘 해 줄 수 있을까. 언제부터인지 모르지만 두 손 모두 주먹을 꾹 움켜쥐고 하염없이 주인을 바라보던 재윤이 조용히 눈을 감았다.

"주인아."

웃기지도 않겠지만, 너 따위가 만들어 놓은 놀이는 여전히 관심 밖이지만. 그래, 차라리 소리 내 울게라도 해 주고 싶었다.

"윤주인."

한 번 더. 여전히 감은 눈을 뜨지 않은 채 재윤이 가진 온갖 온기를 다 끌어모아 입을 열었다. 한 번 터진 재윤의 목소리가 계속해서 쉬지 않고 주인을 불렀다.

"주인아, 윤주인."

재윤의 목소리 사이로 후욱 하고 주인의 숨소리가 터졌다. 마주한 두 눈동자가 재윤을 향해 불안하게 흔들렸다. 자신에게 왜 이러느냐고 묻고 있었다. 억지로 가둬 두고 있는 윤주인의 감정들이 그 안에서 휘몰아치고 있었다.

앙다물었던 입술이 곧 터질 듯한 둑처럼 부들거리며 잘게 떨렸다. 재윤은 주먹 쥔 손을 풀고 가만히 주인의 뒷머리로 가져갔다. 움찔거리며 피하던 주인이 좀 더 강하게 뒷머리에 실려 오는 온기에 긴장을 늦췄다. 재윤이 자신의 한쪽 어깨 위로 주인의 머리를 끌어당겼다. 그 행동이 마치 '괜찮아.' 하고 말하는 것같이 여겨져 주인의 입술 사이로 서서히 울음이 터져 나오기 시작했다.

"흑!"

눈물 둑이 터져 버려 '아아아악!' 하는 비명 섞인 울음까지 토해 냈고, 재윤은 주인의 눈물을 제 어깨에 고스란히 받아 냈다. 한동안 그렇게 재윤 품에 안겨 울음을 토해 내는 주인의 하얀 드레스가 장례식장 조명 빛을 받으며 반짝였다. 정말 빌어먹게도 청명한 날씨에 눈부시게 화려한 드레스였다.

5.

　뒤늦게 소식을 받고 달려온 노인의 보호자는 열여섯 살 손자뿐
이었다.

　"대상포진입니다. 이 다리로 읍내를 걸어 나오셨으니 쓰러지실
수밖에요. 폐렴기도 있으신 데다 수포가 저렇게 올라왔는데 참 대
단도 하시지. 응급조치로 항바이러스제 투여했으니 상태 좀 지켜보
도록 하죠. 입원 수속 밟으세요."

　의사의 설명에 노인의 손자는 불안에 찬 큰 눈동자를 또르르 굴
렸다. 알겠다고 답한 재윤이 고개를 돌려 주인을 바라보았다. 응급
실 침대 한 구석을 차지한 노파의 지친 얼굴을 조심스럽게 쓸어내
리는 열여섯의 손자를 그녀는 하염없이 바라보고 있었다. 재윤은
손에서 진동하는 핸드폰을 들고 응급실 밖으로 향했다.

　"그래, 그렇게 해. 나머지는 알아서 처리하고."

　재윤이 조 실장과 통화를 끝내고 습관처럼 담배를 찾으려 상의

안쪽 주머니에 손을 넣으려다 허탈한 듯 손을 내렸다.

'아, 윤주인이한테 벗어 줬다.'

할 수 없다는 듯 재윤이 스트레칭을 했다. 어둑해진 응급실 앞은 조용했다. 허리까지 이쪽저쪽 돌려 보던 재윤이 응급실 왼편으로 보이는 안내판을 바라보았다. '장례식장'이라는 문구와 함께 왼쪽으로 화살표가 그려져 있었다.

육 년 전, 그날. 재윤이 왜 안 오냐는 태현의 전화를 받는 동안 주인은 준비된 상복을 차려입고 나왔다. 재윤과의 통화를 마친 태현이 정확히 두 시간 만에 연석과 지형을 대동하고 장례식장 앞에 도착했고, 그동안 재윤도 상복으로 갈아입고 주인 옆에 서 있었다. 놀란 녀석들 사이에서 지형이 자신의 팔에 둘러진 완장을 한참을 바라본 것 같기도 했다.

"아주 해도 가지가지 하는구나."

"그러게. 하루아침에 신랑 될 놈은 튀었지, 할머니는 돌아가셨지. 이런 걸 보고 죽어라 죽어라 하는구나, 라고 하는 거지, 아마."

"돌아가신 건 어제라던데."

"각자의 집안사는 누구도 모르는 거지."

"나 막 가슴 한쪽이 따끔거리는 게 왜 죄책감 같은 게 막 느껴지려고 하지. 에이, 젠장."

"그건 그렇고. 지금 이 상황이 제대로 돌아가긴 하는 거냐. 사람 없는 건 그렇다 치고 완장은 왜 마재 자식이 차고 있는 거냐."

장례식장에는 그 후로 아무도 오지 않았다. 삼일장을 치르는 동안 재윤은 주인의 곁을 지켰다. 물론 지형과 연석, 태현도 함께.

주인은 제 할머니를 화장했다. 덤덤히 뜨거운 가마 안으로 할머니를 들여보낸 윤주인은 더 이상 울지 않았다. 재윤의 어깨에 모든 걸 토해 놓은 것처럼 메마른 눈빛으로 윤주인은 그렇게 제 할머니를 보냈다. 그런 주인을 보며 태현은 '역시 얼음 마녀구만.' 하고 진저리 쳤지만 재윤은 금방이라도 사그라질 것 같은 주인의 야윈 뒷모습만 한참을 바라봤었다.

그리고 윤주인은 사라졌다. '감사했습니다.' 라는 한마디만을 남기고. 평소 같으면 빚 청산하느라 수고했다고 하는 게 더 어울릴 윤주인은 화장터 한쪽에서 담배를 물고 있던 재윤에게 고개만 숙이고 뒤돌아섰다. 제 할머니의 유골함을 두 손에 꼭 쥐고 화장터를 나가는 주인을 재윤은 잡지 않았다. 주인의 눈이 말하고 있었다. 나머지는 오로지 제 몫이니 더 이상의 동정은 필요 없다고.

시간이 흘러 윤주인이 윤 의원의 정부가 낳은 아이였다는 것을 알게 되었다. 그 어미가 주인을 낳다 죽어 제 외할머니가 열 살까지 키우다 정신이 온전치 않다는 이유로 윤주인을 본가로 데려와 키웠다는 이야기까지.

연석에게 드라마에서 나올 법한 출생의 비밀을 들으면서도 재윤은 '그렇군.' 이라는 흔한 한마디 내뱉지 않았다. 그저, 그렇게 화장터에서 사라질 줄 알았다면 재윤은 자신이 주인을 잡았을까 하는 생각을 했다. 아니, 아니었다. 그랬다 하더라도 재윤은 주인을 잡지 않았을 것이다. 그때 마재윤에게 윤주인은 '뜨거운 눈물을 흘릴 줄 아는 얼음 마녀.' 그게 다였다.

예전 일을 떠올리자 입안이 텁텁해져서 재윤은 또 한 번 제 가슴 쪽으로 손을 뻗다 픽 하니 헛웃음을 지었다.

'이래서 습관은 무섭다는 거지.'

고개를 흔들며 어이없어하는 재윤 앞으로 블랙 코트가 내밀어졌다. 재윤이 제 코트를 바라만 보고 가져갈 생각을 않자 주인이 한 번 더 재촉하는 듯 '받으세요.' 하고 좀 더 가까이 코트를 내밀었다. 그럼에도 받지 않는 재윤의 행동에 주인이 인상을 찌푸리며 고개를 들었다. 주인과 재윤의 시선이 맞닿았다.

"돌아가죠."

주인은 재윤의 손에 코트를 아무렇게나 던져 주고 고개를 돌려 버렸다. 좀 전까지는 넋을 놓고 있었지만 지금은 아니었다. 준영이 말하던 그 퇴폐적인 눈빛을 감당하기엔 지금의 주인은 너무 지쳐 있었다. 재윤이 넘겨받은 코트 안쪽 주머니에서 담배를 꺼내 들어 한 개비 입에 물고는 바로 불을 붙이고 깊숙이 빨았다.

"하아."

재윤의 입에서 이제야 살 것 같다는 듯 만족스러운 신음이 흘러나왔다. 그 묘한 신음에 주인이 다시 재윤을 바라보자 바로 시선이 부딪쳤다. 후우 하고 숨을 내뿜는 재윤의 입술을 비집고 나오는 알싸한 담배 연기 사이로 재윤의 눈이 주인을 집어 삼키듯 스르르 감겼다 다시 제 위치를 찾았다. 단순한 눈 깜박임인데도 불구하고 주인은 몸을 떨었다. 평정을 유지하는 게 어려워 고개를 피하자 재윤이 픽 하니 또 웃었다.

"왜 피해."

"아니거든요."

"뭐가 아닌데."

나른한 목소리. 유들하고 건들거리며 내뱉는 말에 휘둘려선 안 된다. 몇 시간 전까지 쉽게 되받아치던 자신이었다. 그러나 지금 주인은 재윤에게서 한 발자국 더 물러섰다.

"따악 한 번에 꿀꺽할 수도 있어."

'뭐요!' 하고 발끈하려는 주인의 어깨 위로 재윤의 코트가 다시 둘러졌다. 정말 악마 새끼인지 순간 이동 하나는 끝내준다고 실없는 생각을 잠깐 했다. 됐다고 코트를 벗으려 드는 주인의 손을 막은 재윤이 목까지 좀 더 단정히 코트를 여미었다.

"아직 얼굴 빛 안 돌아왔어."

알싸한 담배 향이 주인의 코끝을 마비시키는 것 같았다.

"도와줄까?"

"뭘……."

'……요.' 하는 뒷말은 재윤의 느닷없는 공격에 묻혀 버렸다. 빈틈없이 맞물린 시선을 떨어트린 재윤이 촉, 주인의 입술 위에 제 입술을 부딪쳤다.

"이……!"

주인의 미간이 좁아졌다.

"봐, 좀 전보다 붉은빛이 돌기 시작했어."

발끈하는 주인은 상관없다는 듯 재윤이 주인의 왼쪽 볼을 손가락으로 톡톡 두드리며 빙긋 웃었다. 그 웃음이 '정말 다행이지.' 라는 듯해서 주인은 더 이상 뭐라고 할 수도 없었다. 다른 때와 달리 금세 얌전해진 주인의 얼굴을 바라보던 재윤이 한 번 더 코트를 여미어 주고는 뒤돌아섰다.

"기다려. 차 가지고 올 테니."

주차장을 향해 가는 재윤의 뒷모습을 주인이 가만히 바라보았다.

'왜, 지금도 순간 이동 좀 해 보지.'

그러다 제 스스로도 웃긴지 주인도 풋, 웃어 버렸다. 신기하다, 마재윤은. 제멋대로에 도통 이해할 수 없는 말들과 행동들 사이에서 가끔 이렇게 뜬금없이 이게 제 진심이라는 듯 맞부딪쳐 온다. 다른 사람이라면 그냥 농담처럼 아무것도 아닌 듯 웃어넘길 수 있는 행동이, 기어코 그를 다시 되돌아보게 만드는 시선이, 그래서 더 위험하고 깊게 느껴지게 했다. 괜히 악마가 아니었다. 주인의 한숨이 늘어 갔다.

'하아. 윤주인이, 이름 한 번 불렀다고 이러냐. 너무 후해졌다.'

주인은 괜히 애꿎은 도로면만 발로 툭툭 쳐 댔다.

"저, 저기요."

'정신 차려야지. 한 번 후해지면 혹 가는 건 시간문제인 윤주인. 마재윤은 거북하고 재수 똥인 악마 새끼다. 악마 새끼다. 악마 새끼다.'

"저기, 누나."

주인은 스스로를 세뇌시키다 점점 과격해지는 발 굴림을 멈추고 고개를 들었다.

"나?"

"네."

좀 더 가까이 다가오는 존재를 보니, 쓰러졌던 할머니의 어린 손자였다. 녀석의 손에는 주인의 카키색 야상이 들려져 있었다.

"가셨으면 어쩌나 해서 걱정했어요."

안정을 찾았는지 빙그레 웃는 녀석의 얼굴이 주인은 애처롭게 느껴졌다.

"이제 가려고. 이름이 뭐야?"

주인이 야상을 받아 들고 물었다.

"재윤이요."

"응?"

주인의 못 들었다고 생각했는지 열여섯 재윤이 다시 답했다.

"이재윤이요. 이. 재. 윤."

한 번 더 마디마디 끊어 답하는 대답에,

"어, 어. 그래."

주인이 답지 않게 말을 더듬었다.

'이건 또 뭔 장난질인지. 마재윤하고의 질긴 고리도 못 끊어서 죽겠는데 열여섯 이재윤이라.'

"아까는 놀라서 인사도 제대로 못 드렸어요. 누나가 저희 할머니 병원까지 데려다 주셨다고요. 정말 감사합니다."

90도로 허리를 숙이는 열여섯 재윤은 진심을 보이는 데 주저함이 없어 보였다. 뭐, 데려온 건 마재윤이지만 주인은 그 사실을 싹 무시하고 고개를 끄덕였다. 악마 새끼도 그 정도의 선행은 가끔 해 줘야 그동안의 악행도 코딱지만큼은 용서가 될 거라 생각했다.

"저, 근데 그 형은 먼저 가셨나요?"

주인의 속을 알지 못할 텐데도 열여섯 재윤이 고개를 갸웃하며 타이밍 좋게 악마 재윤을 찾았다.

"아니, 주차장. 차 가지고 이리로 올 거야."

"아, 네."

열여섯 재윤이 가만히 고개를 끄덕였다. 주인보다 아직 한 뼘 정도 작지만 이제 열여섯 살이니 키는 하루가 다르게 클 거고, 남자인데도 불구하고 가는 몸태가 요즘 애들 말로 교복만 입혀 놔도 스타일이 사는 녀석이었다. 그럼에도 서울에서 보아 오던 수많은 십대들과는 달랐다. 낯을 가리지 않고 이야기하는 상대에게 예쁜 보조개를 보여 주는 것만 보아도 녀석은 주인의 마음에 들었다. 특히나, 부모 없이 할머니 손에 컸다는 녀석이 제 할머니를 바라보던 그 절절한 눈빛에 유난히 애착이 가는 것도 사실이었다.

"그럼 할머니랑 둘만 사는 거야?"

"네, 저 다섯 살 때 부모님 이혼하시고 할머니가 맡아 주셨어요."

열여섯 재윤은 자신의 치부를 드러내는 데에도 거리낌이 없었다.

"할머니가 제 전부예요. 꼭 돈 많이 벌어서 할머니 돈방석에 앉혀 드릴 거예요. 그게 제 목표예요."

"그래."

주인의 손이 저절로 열여섯 재윤의 머리로 올라갔다. 그 손길에 살짝 놀라는 열여섯 재윤의 표정에 주인이 서둘러 손을 내렸다.

"아, 미안."

서울에서는 눈만 마주쳐도 눈 내리깔고 다니라고 으름장을 놓을 십 대한테 손을 올리다니. 아무리 예쁜 보조개를 가지고 있어도 열여섯 재윤도 팔팔한 십 대였다. 특히나 머리 같은 거 만지는 걸 좋아할 리가 없는 질풍노도의 시기일지도 모른다. 음, 어떻게 이 상황을 빠져나가나 하는데 열여섯 재윤의 손이 주인의 손을 잡아 턱하니 제 머리 위에 올려놓았다.

"비누로 감은 머리카락도 꽤 괜찮죠?"

주인의 손을 잡아 제 머리카락을 쓰윽쓰윽 쓰다듬기까지 했다. 좀 전과는 다르게 이번엔 주인이 당황했다. 하지만 이내 쿡, 웃고는 열여섯 재윤의 머리카락을 몇 번 더 쓰다듬었다.

"거기, 학생!"

그 와중에 응급실 입구 쪽에서 누군가가 어린 재윤을 불렀다. 할머니가 깨어나셨다는 말에 '네!' 하고 고개를 크게 끄덕이던 열여섯 재윤이 주인을 바라보며 말했다.

"안 되겠다. 그 형 직접 보고 인사드리고 싶었는데. 누나가 좀 전해 주세요. 정말 감사하다고요. 할머니 병원비랑 입원까지 다 정리해 주셨다고 들었어요. 정말, 정말 감사합니다. 졸업하고 꼭 찾아갈게요. 꼭, 그 형처럼 돼서 은혜 갚겠다고요."

진심이 담긴 감사의 인사, 흔들림 없는 약속. 누구보다 제 현실을 정확히 알고 미래를 두려워하지 않는다. 열여섯 재윤이 주인보다 열 뼘도 더 크게 보였다. 뒤돌아서 병원 쪽으로 뛰어가는 어린 재윤은 한 번 더 뒤돌아보더니 크게 손을 흔들었다. 마주 손을 흔들어 주고 뒤돌아서자 언제 왔는지 서른 살 재윤의 차가 서 있었다. 운전석에 앉아 양쪽 차창을 열어 두고 새 담배를 빼어 물었는지 재윤의 입술 사이에 장대 하나가 물려 있었다. 주인이 조수석 문을 열고 자리에 앉았다.

"쟤 열여섯이야."

출발은 안 하고 담배 끝을 질겅거리던 재윤이 말했다.

"저도 알아요."

"영계 취향이냐?"

열여섯 재윤이 쏟아내던 수많은 감사 인사를 되새기던 주인이 말도 안 된다는 듯 고개를 돌려 재윤을 바라보았다.

"아니면 말지 눈에 힘주기는."

재윤이 물고 있던 담배를 비벼 끄고는 핸들을 잡았다.

"취향도 아닌데 애새끼 머리통은 뭘 그렇게 에로틱하게 쓰다듬나."

'도대체 어디가 에로틱이냐고!'

주인이 눈에서 힘 뺄 틈을 안 주는 재윤이었다. 피곤할 텐데 눈 좀 붙이라고 말한 재윤이 핸들을 돌렸다.

'언제는 자지 말라더니.'

그러나 잠시 시간이 흐르자 주인의 눈이 스르르 감겼다. 몇 시간 후, 재윤의 차가 주인의 집 앞에 도착했다. 주인은 여전히 잠들어 있었다. 재윤은 안전벨트를 풀고 시트에 머리를 기댄 채, 고개만 주인을 향해 돌렸다.

"잘도 잔다."

목이 아프지도 않은지 주인의 고개가 재윤 쪽으로 쏠린 채였다. 재윤이 조심스레 고개를 받쳐 주려 하자 잠시 깨는 듯하더니 금세 미동도 없이 조용해졌다.

"어지간히도 피곤하셨군."

흐트러진 주인의 앞머리를 매만지던 재윤의 손이 주인의 앙증맞은 콧등 위에 머무른다 싶더니 이내 붉은빛이 감도는 작은 입술 위를 스쳤다.

"윤주인이. 너 이렇게 무방비하다가는 진짜 잡아먹히는 수가 있다."

부드러우면서도 작게 벌어진 입술 틈 사이로 흘러나오는 뜨거운 숨결이 재윤의 검지에 부딪쳤다. 작지만 뜨겁고 강렬한 그 무엇이 순식간에 재윤의 손가락 끝을 타고 올라와 심장 근처를 두드리는 듯했다. 이성보다 본능이 앞장서려는 그 때, 재윤의 안주머니에 넣어 둔 핸드폰이 진동했다.

"젠장. 도움이 안 돼요, 이것들은."

재윤이 입맛을 다시듯 주인 쪽을 한 번 더 바라보더니 이내 조심스레 차 문을 열고 나갔다.

주인은 차를 탔을 때보다 가벼워진 눈꺼풀을 느끼며 눈을 떴다. 차 천장에 달린 옅은 조명이 주인의 잠을 깨우려 들었다. 몇 번 더 눈꺼풀을 깜박거리며 흐려진 초점을 맞췄다. 잠깐 눈만 감고 있자 했던 것 같은데 어느 틈에 등받이가 젖혀진 것도 모르고 잠이 들었나 보다. 고개를 내리니 돌려줬던 재윤의 코트까지 덮고 있었다.

등받이를 바로 하고 차에 장착된 LCD 액정을 보니 깜박이는 숫자가 열한 시 이십 분을 찍고 있었다. 뻐근한 고개를 돌려 운전석을 바라보았다. 재윤은 자리에 없었다. 시선을 돌리자 전면 유리 앞으로, 가로등 아래에 서 있는 재윤이 보였다. 입에는 담배를 물고 한 손으로는 핸드폰을 귀에 댄 채 통화를 하는 모습이었다. 그와의 거리가 꽤 되는데도 주인은 재윤의 목소리가 들리는 것 같았다.

'윤주인, 주인아.'

온기 가득한 목소리가 귓전에서 떨어지지 않고 울려 댔다. 멍하니 재윤에게 고정하고 있던 주인의 시선과 통화를 하다 뒤돌아 차 안을 살피던 재윤의 시선이 얽혀 들었다. 자신을 발견하자마자 씨익, 입꼬리를 올린 재윤을 확인한 주인이 시선을 떨어뜨린 채 차 문을 열었다. 내리고 보니 익숙한 골목이었다. 제 집 주소는 또 어떻게 알았는지 물어보기도 겁이 날 지경이었다. 하긴 이력서 따위 없어도 조 실장한테 전화 한 통 하면 즉시 나왔을 테지만.

"그러게 내가 그냥 바로 뺐랬지. 눈앞의 몇 천 때문에 이익을 날려? 어쩌긴 뭘 어째. 엎어진 물 주워 담는 취미 없어."

주인이 천천히 재윤 곁으로 다가갔다. 통화를 하면서도 주인이 다가오는 모습을 바라보던 그가 한쪽 눈썹을 거칠게 치켜 올렸다.

"너 뭐랬냐? 주워 담을 만큼은 주워 담자고? 야, 이 새끼야. 너 그거 뭐로 주워 담을 건데. 엎어진 순간부터 똥 된 거 주워 담으려면 그냥 담냐? 주워 담는 수고는 누가 해야 하는데! 너 이 새끼, 지금 나 열 받으라고 고사 지내냐, 어!"

골목길이었다. 그리고 자정을 향하는 시간이었다. 재윤의 목소리가 점점 커지고 있었다. 주인은 아직 1월도 안 지난 차가운 날씨에도 불구하고 발열이라도 할 듯 제 몸에서 열기를 폴폴 내고 있는 재윤을 보며 속으로 혀를 찼다. 그러다 그래도 저 악마 새끼가 인간이긴 하다는 생각에 아직 제 온기를 품고 있는 재윤의 코트를 펴 그 열기 가득한 어깨에 걸쳐 주었다.

"너 이 새끼 지금 당장……!"

크게 떠들어 댔던 재윤의 말이 멈췄다.

―그게 아니라요 사장님. ……여보세요? 사장님? 여보세요?

상대방의 소리가 들렸지만 재윤은 자신 앞으로 다가와 떨어지지 않게 코트 자락을 여미는 주인만 바라보았다. 주인이 코트 깃을 정리하고 고개를 들자 자연스레 재윤의 시선과 마주하게 되었다.

―사장님? 저 버리지 마세요!

전화를 타고 처절하게 들려오는 목소리에 재윤이 또다시 인상을 썼다.

"끊어."

―네? 사장님!

들려오는 상대의 말에도 종료 버튼을 누르는 재윤의 손은 거침이 없었다. 핸드폰을 주머니에 넣은 재윤이 다른 손에 들고 있던 담배를 한 번 깊게 빨고는 그대로 골목길 바닥에 던지곤 발로 비볐다.

"여기 CCTV 있어요."

주인의 말에 재윤은 그게 먼저가 아니라는 듯 또 씨익 웃었다.

"윤주인이."

'왜 또 그렇게 부르는데.'

주인이 한숨을 내쉬며 재윤이 골목길에 던진 담배꽁초를 줍기 위해 허리를 숙이려 할 때였다. 재윤이 두 손으로 주인의 양 뺨을 그러쥐었다. 미간을 좁힌 주인이 그의 손에서 벗어나려 했다.

"이래서 너야."

주인의 두 손이 재윤의 팔목을 잡은 채 그대로 멈췄다.

"남들 따위 아무래도 상관없는 듯해도 결국 남들 아픈 것보다 저 아픈 거 택하는 꼴통이라 너고."

'뭐?'

주인이 재윤의 팔목을 잡은 손에 힘을 주었다.

"제 탓 아닌데도 음식물 쓰레기며 물이며 뒤집어쓰고 오해받아도 아무 소리 못 하는 게 아니라 안 하는 꼴통이라 너야."

본능적으로 시선을 벗어나려고 하는 주인의 얼굴을 좀 더 치켜 들어 기어이 눈을 맞춘 재윤이 말을 이었다.

"남의 명의로 된 가게 하나 지키려고 말도 안 되는 조건인데도 스스럼없이 계약서에 제 이름 휘갈기기도 하고, 위험한 줄 알면서도 결국 마재윤 앞에 얼굴 들이미는 꼴통이라 너야."

재윤은 주인의 얼굴을 감싼 손에 들어간 힘을 좀 느슨히 풀었다.

"더 얘기해?"

하지만 결코 붙잡은 주인의 시선은 놓지 않았다. 강요하는 게 아니었다.

'이래도 안 할래. 이러고도 안 넘어올래.'

재윤의 나른한 눈빛이 강요보다 더한 유혹을 하고 있었다.

"이래서 나는 너랑 꼭 해야겠어. 끝내주는 연애."

좀 전보다 현저히 낮아진 재윤의 목소리가 주인을 홀렸다. 재윤의 얼굴이 가까워졌다.

'주인아. 윤주인.'

귓전을 때리는 마재윤의 목소리가 환청처럼 울렸다. 스르르 감기는 주인의 눈을 신호로 재윤이 주인의 입술을 물었다. 도톰한 아랫입술을 먼저 짧게 물더니 이내 쓰윽 혀로 핥았다. 여전히 주인의 두 손이 재윤의 두 손목을 붙잡은 상태였다. 아랫입술을 지분거리는 재윤의 혀가 주인의 윗입술을 감쌌다. 살짝 머금었다 떨어지나 싶었던 그의 혀는 순식간에 입술 사이를 거칠게 파고들었다. 재윤의 어깨에 걸렸던 코트가 더 이상 버티지 못하고 바닥으로 떨어졌다.

혀를 깊게 뿌리까지 훑고 나서 번갈아 가며 맛보았던 양 입술을 한 번에 듬뿍 머금자 주인이 그제야 화들짝 놀라며 재윤의 팔목에서 손을 떼어 냈다. 반항하며 뒤로 물러서려는 주인을 눈치챈 재윤이 어림없다는 듯 주인의 양 손목을 그러쥐었다. 촉 하고 떨어지던 베이비 키스에서는 전혀 상상할 수 없었던 짙고 강한 키스였다. 혀가 뿌리째 뽑혀 나갈 것처럼 거칠다가도 어르고 달래듯 금세 입천장을 간질이는 헤아릴 수 없는 다정함의 반복이었다. 한참 만에 떨어진 입술에 주인이 하아하아 숨을 골랐다.

"거봐, 한 번에 삼킬 수 있다고 했지."

재윤이 가로등 빛에 번들거리는 주인의 입술을 엄지로 쓸어내렸다.

"이제 우린 공범이군. 풍기 문란 죄."

재윤이 고개를 들어 가로등 옆을 바라보았고, 재윤의 시선을 따라가던 주인은 '나는 지금 네가 한 일을 알고 있다.' 라며 자신을 내려다보고 있는 CCTV를 보았다. 그러다 다리에 힘이 풀리기라도 한 듯 털썩 자리에 주저앉았다.

"……망했다."

주인이 작게 중얼거리는 말에 재윤이 크크크큭, 웃음을 숨기지 않고 내뱉었다. 재윤도 주인 앞에 무릎을 접으며 마주 앉았다.

'아아, 너무 좋다. 진저리 나게 좋다.'

무릎 사이로 얼굴을 묻고 '망할 악마 새끼'라고 중얼거리는 주인의 작은 머리통을 바라보며 재윤은 한참을 웃었다.

'이래서 너야 윤주인. 아아, 이제야 알겠다. 몇 년을 돌아도 결국 너였던 거야. 그래, 좀 돌긴 했지만 그러면 좀 어때.'

"아무리 그래도 넌 이제 혼자 못 빠져나가."

'이렇게 좋은데.'

재윤의 웃음이 다시 흘러나왔다.

6.

"어이, 고개 좀 들어 봐."

멈출 것 같지 않던 재윤이 웃음을 힘겹게 갈무리하고 여전히 주인의 앞에 앉은 채로 요구했다. 하지만 주인은 고개를 들 수가 없었다. 아니, 땅굴이라도 파고 싶었다.

'욕구불만이냐고 윤주인. 일주일간의 노력을 키스 한 방으로 물거품을 만들다니. 헛살았구나, 헛살았어.'

주인이 고개를 들기는커녕 더욱더 파묻자 재윤이 어쩔 수 없다는 듯 억지로 손을 뻗어 고개를 들게 했다.

"다리 안 저리냐."

"저려요."

주인의 답에 재윤은 "여전한 꼴통이구만." 하다가 또 씨익 웃었다.

"안 저리게 해 줄까?"

'웃지 마. 당신이 웃으면 불길하다고.'

주인이 알 수 없는 불안감에 슬쩍 고개를 빼려고 하자 그 틈을 놓치지 않고 서둘러 손을 뻗은 재윤이 그대로 다시 한 번 주인의 입술을 빨아당겼다. 얼마간을 쭈그리고 앉아 있었던 주인은 다시 버둥댔다. 하지만 뒤로 넘어갈 듯 몸이 중심을 잃고 갸우뚱거리는 느낌에 그대로 입술을 내줄 수밖에 없었다. 마무리로 쪼옥하는 베이비 키스까지 잊지 않고 챙긴 재윤이 개운하다는 얼굴로 말했다.

"다리 저릴 땐 침질이 최고지."

얄미운 그 얼굴을 마주 보면서도 목에서부터 올라오는 화끈한 열기에 주인의 얼굴이 금세 붉게 달아올랐다.

"……저님? 윤 매니저님?"

주인이 자신 앞으로 내밀어진 서류를 바라보았다.

"아, 아 네. 죄송해요."

'정신 차려라, 윤주인.'

주인이 어제 있었던 기억을 밀어내며 맞은편에 앉은 조 실장이 내민 서류를 받아 들었다.

"좀 쉬었다 할까요."

주인의 얼굴이 안돼 보였는지 조 실장이 테이블 위에 놓인 내선 전화를 들었다.

"우리 커피 리필 좀 부탁하죠."

간단한 주문을 마치고 수화기를 다시 내려놓은 조 실장이 다시 입을 열었다.

"엘 로이에 비비드, 와인 셀러 정리까지. 힘드실 겁니다."

다 안다는 듯 조 실장이 리필 된 커피 잔을 들며 주인을 위로 했다.

"아니요. 괜찮습니다."

그래, 차라리 육체 노동만이면 좋겠다. 몸 쓰고, 머리 굴리는 일만이라면 얼마든지 감내할 수 있다. 하지만 정신적 피곤함은 몸 굴리고 머리 굴리는 것보다 힘들다. 머리 굴려야 하는 회의 와중에도 불쑥불쑥 침범하는 어제의 기억에 주인의 정신은 과부하 상태였다. 그럼에도 불구하고 주인은 그저 소리 없이 미소 지었다. 머릿속에 마재윤 바이러스가 퍼져 그렇다고는 절대 말할 수 없는 노릇이었다.

"진유진 사장은 여전히 소식 두절인가요?"

주인이 입가로 향하던 커피 잔을 문득 멈추고 조 실장을 바라보았다.

"솔직히 말하면 전, 윤 매니저님 이해 안 갑니다."

주인은 커피 잔을 다시 들었다.

"저 같으면 절대 할 수 없을 행동을 과감히 하시더군요. 어떻게 보면 굉장히 과감하지만, 어떻게 보면 또 굉장히 무모하고."

한 모금 넘기자 카페인이 빠르게 흡수되는 듯했다. 이제 좀 정신이 돌아오는 듯한 주인이 조심스레 커피 잔을 내려놓았다.

"무모와 과감의 사이를 나누는 기준이 뭐죠?"

조 실장이 얼굴에 걸치고 있던 은테 안경을 벗어 테이블에 올려놓으며 당연하다는 듯 답했다.

"돈이죠."

주인이 그럴 줄 알았다는 듯 빙그레 웃었다.

"그 대표에 그 직원이구만 하셨죠."

조 실장도 빙긋 웃었다.

"전 저희 대표님 방식 나쁘지 않다고 생각합니다. 아니, 솔직히 말해 대단한 분이죠. 마정구 회장님, 아. 대표님 할아버님, 들어 보셨죠?"

주인이 고개를 끄덕였다.

"열네 살에 처음 회장님께 투자받아 친구분들과 주식투자를 시작하셨답니다. 정확히 두 달 만에 회장님 투자금을 모두 반환하고, 반년 만에 초기자금을 세 배로 불리셨죠. 그리고 삼 년 만에 대표님 앞에 웬만한 이름을 단 기업들이 투자를 받기 위해 줄을 서기 시작했죠. 기가 막히죠?"

조 실장의 눈이 마치 역사서에 나오는 영웅 이야기라도 하듯 반짝였다.

"제가 국영수과 내신 점수에 골머리 썩고 있을 때 대표님은 억 단위 돈을 마치 브루마블 하는 것처럼 가지고 놀고 있었다는 거죠."

그 순간 조 실장은 조금 허탈한 표정을 지어 보이기도 했다.

"뭐 솔직히 저도 대표님 다 이해되는 건 아니지만, 대표님 보다가 윤 매니저님 보면 확실히 전 대표님 과인 거 같긴 합니다."

"말인즉슨, 마 대표님의 과감함은 돈을 불러오지만, 제 무모함은 그저 무모함으로 끝날 거라는 말씀이시죠."

"뭐, 굳이 따지신다면야."

조 실장, 저 남자도 어지간히 솔직한 편이다.

"하하하, 괜한 말을 했나요, 제가?"

왠지 제 말에 기분 상하지 않았나 싶은지 조 실장이 수습해 보려 하지만 벌써 다 들켰다 이 남자야. 마재윤 신봉자는 어디 가나 존재했다. 그게 지금 조 실장 같이 그의 돈에 대한 신봉이기도 했고,

준영이 말처럼 그의 눈빛을 비롯한 외모에 대한 것이기도 했으며, 정 매니저처럼 좋게 말하면 자유롭고 좀 비꼬면 제멋대로인 성격까지도 예찬의 대상이 되곤 했다. 그리고 그것은 주인도 예전부터 알고 있던 사실이었다.

"돈, 좋죠. 저도 돈 좋아해요."

이 세상에 돈 싫어할 사람이 어디 있을까. 많으면 많을수록 적으면 적을수록 더 가지고 싶고 욕심내게 하는 게 돈이었다. 그런데 조 실장은 주인의 말을 믿지 않는 듯했다.

"돈 좋아하니까 제가 여기 이러고 있죠. 솔직히 엘 로이에 비비드, 와인 셀러 정리 일까지 만만치 않은 일이긴 하잖아요?"

주인이 싱긋 웃어 보였다. 조 실장이 고개를 주억거리며 인정했다.

"그런데요, 조 실장님."

끄덕이던 고개를 들어 조 실장이 주인을 바라봤다.

"그 욕심나는 돈을 다 털어서도 가지고 싶은 게 생기나 보더라구요."

조 실장이 한쪽으로 고개를 숙이며 무슨 말이냐는 듯 물었다.

"평생 모은 재산으로 꿈에 그리던 가게 열어서 너무 행복하다고 했던 사람이에요 진유진 사장님. 처음 오픈하고 일 년 동안은 가게 안에서 먹고 자고 했어요. 구석구석 그 사람 손 안 간 곳이 없죠. 주방 오븐 밑에 파인 바닥을 메우고, 홀 가장 끝 테이블 창가에 벌어진 틈을 손수 막으면서요."

조 실장의 한쪽 눈썹이 꿈틀거렸다.

"그 가게 하나 가져 보자고 안 해 본 알바가 없었을 거예요. 처음에는 파스 값으로 다 날릴 만큼 힘든 공사판 막노동도 했고, 새벽에 술 취한 취객한테 머리 쥐어뜯기면서 대리운전도 했고, 심지어 꽤 된다고 자부하는 요리 실력으로 가사 도우미까지 했던 사람이에요, 진유진 사장."

자신의 말에 놀란 표정을 감추지 못하는 조 실장을 바라보며 주인이 다시 입을 열었다.

"그런 가게를 넘겼어요."

그래, 미쳤다고 생각했다. 처음 준영에게서 유진이 '비비드'를 넘겼다는 말을 들었을 때 무슨 말도 안 되는 소리를 하냐며 농담처럼 준영의 머리통을 한 대 치며 웃었던 게 주인이었다. '아씨, 웃을 일 아니라니까요!' 하는 준영의 불안한 눈동자를 가만히 들여다보면서도 '얘 왜 이러나.' 했었다. 하지만 이내 '정확히 말하면 유진 형이 넘긴 게 아니라 지연 누나가 넘긴 거지만요.' 하고 내뱉는 준영의 말에 그제야 '아' 하고 머릿속에 설마 했던 상황이 빠르게 돌아갔다. 알고 싶지 않아도, 이해하고 싶지 않아도 저절로 머릿속에 떠올랐던 유진의 말이 떠올랐다.

'잠시 명의만 바뀌는 거야.'

정말 아무렇지 않게, 그런 것 따위 민지연을 위해서라면 얼마든지 내놓을 수 있다는 얼굴로 행복하게 웃었던 유진의 얼굴이 생생하게 떠올랐다. 그때만 생각하면 아직도 속에서 불길이 일지만 마재윤 말처럼 어차피 엎질러진 물이었다. 물론 마재윤은 엎질러진 물 다시 주워 담는 취미는 없다고 했지만 주인은 엎질러진 물을 어떻게 해서라도 주워 담아야 했다. 온전히는 아니겠지만 적어도 노력은 해야 했다. 그게 악마 마재윤과 꼴통 윤주인의 제일 큰 차이점이었다.

"도대체 뭣 때문에 가게를 넘긴 거라고 합니까?"

조 실장은 그렇담 더욱더 이해할 수 없다는 듯 물었다. 주인이 빙긋 웃으며 답했다.

"그건, 노코멘트."

답해 봤자 마재윤 신봉자인 조 실장은 알 수 없을 거다. 주인이 식어 버린 커피 잔을 들고 마른 입안을 축였다. 그 와중에 테이블에 올려져 있던 조 실장의 핸드폰이 울렸다. 액정에 뜬 이름을 확인하는 조 실장의 미간이 확 좁혀졌다. 실례하겠다는 그의 말에 가볍게 고개를 끄덕인 주인이 앞에 놓인 서류를 넘겼다.

"너 일 그따위로 할래!"

이제 막 서류를 확인하던 주인이 놀라 숙였던 고개를 들었다.

"내가 분명히 경고했지. 그 건은 니 자식이 감당할 게 못 된다 했냐, 안 했냐. 뭐라고? 너 대체 대표님께 뭐라고 조잘댄 거야 새끼야!"

벨소리가 끊기기 무섭게 올라가는 조 실장의 목소리는 지금까지 주인이 보아 왔던 그것과는 전혀 다른 것이었다.

"이 미친놈의 새끼야. 내가 거길 왜 가. 니가 혼자 일 쳐 놓고 나는 왜 끌고 들어가. 그럼 대표님이 가만 넘어가실 줄 알았냐! 아니지. 너 우선 나부터 보고 넘어가라. 니가 개기는 꼬라지를 보니 내가 먼저 손 좀 봐야겠다. 너, 거기서 딱 기다려. 어디로 튀기만 해 봐. 새끼, 넌 그 즉시 즉사야."

확실히 조 실장은 마재윤 과였다. 정말, 확실히. 주인은 거칠게 통화를 끝내는 조 실장을 바라보다 서둘러 고개를 내려 서류를 넘기는 척했다. 아, 괜히 악마 새끼 옆에서 일하는 남자가 아니었다. 알고는 있었지만 확인하고 싶지 않던 순간이 현실이 되니 당황스럽기 그지없었다. 화를 식히듯 숨을 크게 고른 조 실장이 주인을 향해 말했다.

"죄송합니다, 윤 매니저님."

조 실장이 하는 사과는 적어도 조금 전 통화에 대한 것이 아니라
는 것을 주인은 알았다. 아마도 오늘은 더 이상의 회의가 불가하다
는 것에 대한 사과라는 게 더 맞을 것이다.

"나머지는 다음에 해야겠습니다."

그럴 줄 알았다는 듯 주인이 고개를 끄덕였다.

"애새끼 하나 죽기 전에 가 봐야 할 것 같아서요."

아무래도 그 애새끼 하나가 어젯밤 주인의 집 앞 가로등 밑에서
처절하게 울부짖던 목소리의 주인공 같았다. 주인은 억지로라도 입
가에 미소를 띠우며 조 실장에게 신경 쓰지 말라 했다. 서둘러 서
류를 정리하며 테이블에 내려놓았던 은테 안경을 챙겨 들던 조 실
장이 뭔가 생각났다는 듯 다시 주인을 바라봤다.

"아, 그럼 사과의 의미로 저도 하나 답해 드리겠습니다."

주인이 테이블에 놓여 있던 커피 잔을 한쪽으로 정리하다 고개
를 들었다.

"마음 같아서는 한 열 개라도 물어보셔도 된다고 하고 싶지만 시
간이 없으니 하나만 부탁드리죠."

다시 봐도 마재윤 과였다. 단정하면서도 자상한 어투로 돌아와
있는 조 실장의 얼굴에 주인은 왠지 등골이 서늘해지는 것 같았다.

'설마, 마재윤 밑에서 일하는 사람들이 다 저렇게 악마화되는 건
아니겠지. 그건 그렇다 치고. 기회를 줬으니 받아먹는 게 상책인데.
애꿎게도 하나만이라고 하니. 어디 보자, 뭘 물어야 저 악마 새끼
직원의 입을 열 수 있을라나.'

주인은 잠시 뜸을 들이다 이내 결심한 듯 입술을 뗐다.

"언제부터 알고 계셨어요?"

조 실장의 눈이 가늘어지며 주인이 한 질문에 대한 요점을 파악하려 했다.

"정확히 어떤 걸 말씀하시는 거죠?"

탐색하는 눈. 조 실장은 마재윤 밑에서 오로지 돈만 본 것이 아니었다. 돈 버는 수많은 방법 중 제일 큰 요건이 사람이었다. 많은 사람을 만나고, 그중 어떤 이를 취하고, 어떤 이를 멀리해야 하는지를 파악하는 것은 쉽지 않은 일이었다. 순간순간 자신이 택한 이가 불필요해질 때도 생기고, 필요 없다고 쳐다보지도 않았던 상대가 너무 절실해질 때도 있었다.

수많은 시행착오, 그럴 때마다 자신의 상사인 마 대표는 또 별일 아니라는 듯 너무나 손쉽게 제 시행착오를 해결해 냈다. 그러면서 웬만큼 얻게 된 상대에 대한 파악력은 조 실장을 마재윤 옆에서 버티게 하는 장점 중 하나가 되었다.

그러나 주인도 만만치 않았다. 주인은 자신의 눈을 보며 되묻는 조 실장의 시선을 피하지 않았다. 마재윤의 시선에 익숙해져서인지 이제 저 정도의 눈빛은 간단히 받아 낼 수 있다 여겼다.

"실장님 앞에 있는 윤주인."

주인이 아무렇지 않다는 듯 빙그레 웃으며 다시 입을 열었다.

"언제부터 아셨냐고요."

반쯤 접혀 탐색하던 조 실장의 눈에 힘이 담겼다. 자신의 시선을 피하지 않고 정확하게 찔러 보는 주인의 눈빛을 한동안 가만히 바라보던 조 실장이 작게 웃음을 내뱉으며 답했다.

"적어도, 올해는 아닙니다."

이번엔 주인의 눈에 힘이 실렸다. '그럼 대체 언제!' 하고 이어

나오는 주인의 말을 자르고 조 실장이 다시 입을 열었다.

"나머지에 대해선 저도 노코멘트."

주인의 미간이 좁혀지는 걸 확인한 조 실장이 챙겨 들었던 은테 안경을 얼굴로 가져가며 난처한 웃음을 짓고 말했다.

"죄송하지만 전 아직 마 대표님 밑에서 좀 더 일하고 싶거든요."

정리한 서류를 가방에 챙겨 넣은 조 실장이 자리에서 일어서며 여전히 좁혀진 미간을 풀지 못하는 주인을 내려다보았다.

"나머진 저희 대표님께 직접 여쭤 보시는 게 좋겠습니다."

마치 더 물어보면 곤란하다는 듯 조 실장은 먼저 실례하겠다는 말만을 남기고 빠르게 사라졌다.

"내가 입이 없어서 못 물어보는 게 아니라고."

홀로 남겨진 공간 안에서 주인이 혼잣말로 중얼댔다.

"내가 물어본다고 마재윤이 퍽도 오냐 하고 대답해 주겠다."

아마 그건 알아서 뭐하게, 라며 또 제 신경질을 돋울 게 뻔했다. 그리고 무엇보다 두렵다. 마재윤의 입에서 듣게 될 그 어떤 대답도 주인을 두렵게 할 것만 같았다. 이렇게 되리라는 건 대충 짐작은 하고 있었다. 계약서에 사인하러 갔을 때, 아니 어쩌면 준영의 룸메이트가 일하는 청담동 클럽에 무작정 달려가 그의 앞에 섰을 때에도. 자신이 정확히 마재윤 앞에 섰던 것처럼 마재윤도 정확히 자신을 바라보던 그 시선은 육 년 만인데도 불구하고 마치 어제 만났던 사람과도 같은 것이었다. 아무리 그가 악마 마재윤이라 해도 그리 자연스러운 태도는 아니었다.

"적어도, 올해는 아닙니다."

조 실장이 던져 둔 대답을 다시 한 번 상기시킨 주인의 미간이 또다시 좁혀졌다.

"그것도 답이라고. 답이라는 건 명확해야 하는 거라고."

올해가 아니라는 건, 적어도 민지연이 말도 안 되는 계약을 하기 전부터 자신을 알고 있었다는 것이다. 도대체 언제부터. 드르륵, 드르륵. 머리 굴리는 소리가 제 귀에도 들리는 것 같았다. 주인이 소파 깊숙이 등을 기대며 눈을 감았다.

'아이고, 머리야. 이놈의 마재윤 바이러스를 치료하려면 어떤 백신을 맞아야 하나.'

주인의 입에서 저절로 앓는 소리가 나왔다.

그 시각, 민석은 재윤의 빌라 엘리베이터 앞에 서 있었다. 땡 하는 도착 음과 함께 엘리베이터 안으로 들어서던 민석은 회의 끝에 주인이 했던 물음을 떠올렸다. 윤주인이라는 여자도 생각보다 머리를 굴릴 줄 아는 여자였다. 솔직하게 말하면 민석도 묻고 싶은 질문이었다.

엘 로이 2호점 장소를 물색하던 중 관련 파일을 훑어보던 민석의 맞은편에 앉아 있던 대표는 그날도 여느 때와 다름없었다. 실은 속속들이 파악하고 있으면서도 겉으로는 알아서 하라며 도장만 찍어 주면 될 거 아니냐고 하던 마대표가 테이블 위에 쏟아부은 파일에서 한 장의 사진을 발견하기 전까지는. 그리고 일 년 후, '비비드'가 매물로 나왔다. 그전까지 절대로 팔 생각이 없다던 젊은 사장의 말이 뒤집힌 것이었다. 그리고 기다렸다는 듯 대표는 '비비드'를 사들였다.

엘리베이터 문이 다시 열렸다. 걸음을 옮기던 민석은 재윤의 집 앞에서 벨을 누르려다 순간 멈칫했다. 그러고 보니 그때 그 사진을 대표에게 되돌려 받지 못한 것이 떠올랐다. 동시에 사진 속 주인공이 '비비드'의 사장인 유진과 다른 한 명의 여자였다는 것도 떠오르자 민석은 고개를 절레절레 저었다. 그래, 확실히 올해는 아니었다. 민석이 더 이상 생각할 것도 없다는 듯 벨을 눌렀고, 곧이어 문이 열렸다.

"오랜만이시네요, 실장님."

조민석은 아는 얼굴이라고 반겨 주는 도우미를 향해 고개 숙였다. 대표의 본가에서 일하는 도우미 중 한 명이었다. 본가에 두 명의 입주 도우미와 세 명의 보조 도우미를 두고 있는데 번갈아 가며 일주일에 한 번씩 대표의 빌라를 관리해 준다 했었다.

빌라 주차장에 재윤의 재규어와 벤츠 클래스 옆으로 아우디가 주차돼 있었다. 재윤이 일 년 전 입사한 세현의 스물여섯 번째 생일에 선물한 팔천짜리 차였다. 그 차 키를 황홀하다는 듯 받아 들며 재윤에게 충성을 맹세하던 게 이제 겨우 일 년이건만 기어이 놈이 사고를 쳐 불려 온 것이다. 분명 먼저 와 있긴 한 거 같은데 의외로 조용한 집 안이 오히려 조민석의 불안감을 증폭시켰다.

"대표님은."

민석의 조심스런 물음에 도우미가 이층을 향해 고개를 돌리며 답했다.

"서재에 계세요."

고개를 끄덕이며 계단으로 향하는 민석에게 도우미가 물었다.

"차 어떤 걸로 하실래요. 오늘 본가에서 가져온 생강차가 있는데."

"글쎄, 차나 마실 수 있는 분위기가 될지 모르겠네요."

난감한 얼굴을 하자 익히 알고 있다는 듯 도우미가 말했다.

"그렇게 심각한 것 같지 않던데요 뭐. 괜찮을 거예요. 생강차 별

로시면."

"아니요. 그럼 생강차로 부탁드립니다."

민석이 감사하다며 미소 지었다. 대표의 집을 들락거리면서 경험치가 많이 쌓인 모양이었다. 이제 도우미도 웬만하면 대표의 분위기를 대충 파악하고 차를 권할 정도니. 몇 년 전에 보았던 도우미는 서재에서 들려오는 대표의 목소리에 오들오들 떨며 여차하면 경찰에 신고라도 할 듯 전화기 앞에서 서 있기도 했었다.

민석이 그때를 떠올리며 집 안을 둘러보았다. 그야말로 돈을 처바른 대표의 빌라는 입주하기 전 인테리어를 다시 해 복층 구조를 하고 있었다. 한 건물에 총 두 세대밖에 허용하지 않는 구조였다. 경관은 좋은데 그게 마음에 안 든다며 중얼거렸던 대표가 하나 남은 위층 세대까지 사들여 아예 두 층을 복층 구조로 뚫어 사용하고 있었다.

나선형의 계단을 따라 올라가자 탁 트인 또 다른 층이 드러났다. 이층은 그야말로 테라스까지 뚫어 전면 유리창으로 보는 경치가 끝내줬다. 이층으로 들어섰는데도 불구하고 여전히 조용한 실내에 민석이 가장 왼쪽에 붙어 있는 문 쪽으로 걸음을 옮겼다. 문 앞에 서 가만히 귀를 기울여 보다가 이내 크게 심호흡을 하고 노크를 하기 위해 손을 들려던 차였다.

"어? 실장······."

반대편에서 문이 열리고 오늘 죽을 예정이었던 애새끼, 세현이 나왔다. 민석은 자신을 알아보고 열리는 세현의 입을 급하게 막았다. 동그란 눈으로 바라보는 세현을 노려보다가 조심스레 문을 닫은 채 이층 테라스 앞으로 걸음을 옮겼다. 민석이 입가에 검지를 치켜들자 세현이 고개를 끄덕였다.

민석이 가만히 심호흡을 하고 앞에 서 있는 세현을 머리끝부터 발끝까지 주욱 훑었다. 십 대 때 모델을 했을 정도로 잘빠진 녀석이었다. 긴 팔다리는 둘째 치고라도 얼굴도 요즘 애들 말하는 질리지 않는 훈남 포스로 무장한 녀석이기도 했다.

"뒤돌아 봐."

"예?"

의아한 표정을 지으면서도 민석이 '돌아보라고.' 하면서 손가락까지 빙글 돌리자 그대로 세현이 한 바퀴 빙 돌았다. 습관도 병이라고 모델 때처럼 화려한 턴을 하는 세현을 보며 민석이 고개를 갸웃했다.

'아무리 봐도 멀쩡한데.'

민석이 이상하다는 듯 세현을 다시 훑었다. 걸어 나오는 것 보니 어디 부러진 것도 아니고 얼굴도 멀끔했다.

"너 혹시 이억을 날린 게 아니라 한 이백 날린 거 아니냐?"

민석의 말에 세현이 고개를 저었다. 혹시 그럼.

"아님 이십억이냐!"

대표가 생각했던 것보다 너무 적거나 아니면 더 큰 내역이라 그런가 싶어 묻자 이번에도 세현이 고개를 저었다. 민석이 심각한 표정으로 자신을 바라보는 것이 무슨 의미인지 대충 파악한 세현이 조용히 입을 열었다.

"저도 좀, 당황하긴 했는데. 안 죽었으니 다행인 거죠."

'허! 참 태평도 하다. 그저 멀쩡하다고 다행이라니, 일 년만 더 있어 봐라, 새끼야. 차라리 죽기 직전까지 당하는 게 나았을 거라고 생각될 때가 있을 테니.'

민석이 아직 어린 세현의 생각에 고개를 저으며 물었다.

"그래서? 뭐라시는데."

민석이 불안한 듯 물었다.

"뭐, 꼴통 같아서 봐주신다는데요."

"뭐?"

민석이 선뜻 이해가 안 간다는 듯 다시 말해 보라며 세현을 바라보았다.

"뭐 같아서?"

"……꼴통이요."

세현이 제 입으로 말하기도 민망한지 작아진 목소리로 답했다. 이건 또 뭔 시추에이션이래. 민석은 지끈거리는 관자놀이를 꾸욱하고 눌렀다.

"그게 다야?"

고개를 끄덕이는 세현의 눈이 '잘 넘어간 거 맞지요?' 하는 듯 물어 오지만 민석도 뭐라고 답해 줄 수 없었다. 재작년에 강원도 땅을 담당했던 진성이 세금 신고를 잘못 관리해 구천만 원가량을 날렸을 때만 하더라도 다음 날 거의 반죽음이 돼서 저 서재를 나왔었는데 두 배나 되는 돈을 날린 세현은 너무나 멀쩡했다. 진성이 봤으면 차별하냐며 혀 깨물고 난리쳤을 광경이었다. 이걸 어떻게 해석해야 하나. 또 골치가 아파 오는 와중에 서재 문이 다시 열렸다.

"둘이 연애하냐?"

재윤의 말에 두 눈을 크게 뜬 세현이 서둘러 민석에게서 한 발자국 떨어졌다.

"아니거든요!"

꽥 소리를 지르는 세현이 그게 웬 경악스러운 말이냐는 얼굴로 재윤을 바라보고 있었다.

"시끄러. 저게 어디서 목청을 키워."

인상을 쓰던 재윤이 안주머니에서 담배를 찾아 입에 물었다. 다른 때와 다르게 짙은 블랙진을 입고 있었다. 거기다 상의는 목의 반을 덮는 잿빛 니트에 양털로 안감을 댄 블랙브라운색의 라이더 무스탕 차림이었다. 저렇게 놓고 보니 앞에 있는 세현의 또래라고 해도 손색없어 보였다. 정말 저 타고난 외모는 몇 년을 봐도 경이스럽다 느끼는 민석이었다.

"둘이 바짝 붙어서 소곤거리는 게 딱 그 짝 같은데 뭘."

"절대, 절대! 아니거든요 사장님!"

세현이 계단을 내려가는 대표의 뒤를 뭐 마려운 강아지처럼 졸졸졸 쫓아 내려갔다. 그러고 보니 오늘이 대표를 중심으로 한 그의 친구들의 모임이 있는 날이었다. 민석이 고개를 저으며 뒤따라 일층으로 내려왔다. 때마침 도우미가 주방에서 생강차와 알록달록한 무언가를 접시에 함께 담아 계단 쪽으로 다가오고 있었다.

"어머, 벌써 가시게요? 사장님도 출출하실 거 같아 경단도 좀 만들었는데."

그러고 보니 민석은 오늘 하루 종일 제대로 된 식사를 하지 못했다. 아침에 먹은 베이글 하나와 다섯 잔의 커피를 들이부은 게 전부였다는 걸 깨달은 민석은 속이 더 허해짐을 느꼈다. 거기다 도우미 손에 들린 경단을 보니 저절로 침이 넘어갔다. 뭐, 어찌됐든 세현이 놈도 두 발로 살아 나가고 이제부터 대표도 개인 스케줄이었다. 자신은 저 알록달록 경단이나 처리하고 가야겠다는 생각에 도우미에게서 쟁반을 받아 들었다.

"너 뭐하냐?"

재윤이 현관에서 블랙 앵글 부츠를 신고 완벽한 자태로 서서 민석을 보고 있었다. 저 눈빛은 빨리 안 뛰어 오냐는 거였다.

"친구 분들 모임 스케줄 아니십니까?"

다른 때 같으면 혹 하고 튀어나갔겠지만 한 번 찾아온 허기에 민석이 쉽사리 손에 든 쟁반을 내려놓지 못했다. 민석의 조금 뚱한 답에 재윤이 손에 들고 있던 차 키를 휙 던졌다. 순간 두 손에 들린 쟁반을 도우미에게 내밀고 자신을 향해 날아오는 키를 재빠르게 낚아챘다.

"브라보!"

그 순간적인 상황에 옆에서 세현이 짝짝짝 박수까지 쳤다. 이런 망할 본능적 습관. 민석이 손에 들린 차 키를 내려다보다 다시 고개를 들자 재윤은 벌써 사라지고 없었다. 결국 민석은 아쉬운 듯 경단이 담긴 접시를 바라보다 재윤의 뒤를 따라 나와야만 했다.

"보고해."

운전석에 앉자마자 재윤이 요구해 왔다. 웬만해서는 본인이 운전하는 걸 즐기는 마 대표였다. 특히나 개인적인 모임에 민석이 운전하는 일은 흔치 않았다. 설마하니 세현이 놈한테 풀지 못한 걸 저한테 풀려나 하고 긴장하던 것도 잠시, 뒷좌석에서 새롭게 담배를 입에 무는 재윤의 말에 민석이 입을 열었다.

"엘 로이는 부족한 재고만 보충하는 걸로 정했습니다. 이번 주 안으로 디캔딩(오래 숙성된 와인에 생긴 침전물을 걸러 주는 작업)도 하기로 했고요."

슬쩍 백미러를 바라보니 대표가 고개를 끄덕이고 있었다.

"비비드는 업체 관리자가 시일을 좀 더 달라 한다고 전했습니다. 윤 매니저도 알겠다고 했고요. 걱정했는데 엘 로이 직원들하고도 무난하게 어울리는 것 같고, 벌써부터 몇몇 VIP들이 윤 매니저를 찾는 빈도도 늘어가고 있습니다. 제가 생각하기에 새로 들어가는 뉴임도 윤 매니저한테 맡겨 보는 건 어떨까 싶습니다."

민석이 핸들을 꺾으며 담담한 어조로 말을 이었다. 느긋하게 차 시트에 등을 기대고 창밖을 바라보며 민석의 말을 곱씹던 재윤이 입을 열었다.

"당분간은 안 돼."

생각지 않은 재윤의 답에 민석이 마땅히 받아칠 말을 꺼내 놓지 못하자 재윤이 다시 입을 열었다.

"걔 나랑 연애해야 해."

끼익!

민석이 반사적으로 급브레이크를 밟았다. 놀라 얼른 뒷좌석으로 고개를 돌리니 자신을 죽일 것 같은 눈빛이 번쩍거리며 부딪쳐 왔다.

"죄송합니다. 제가 헛것을 들은 거 같아서."

재윤이 앞으로 쏠린 자세를 바로잡았다. 창문을 내리고 여전히 놀랐다는 듯 고개를 젓는 민석의 뒤통수를 바라보던 재윤이 아무렇지 않게 말했다.

"그러니까 조 실장. 내 거 니 마음대로 뺑이 돌리지 말라고."

끼이익!

다시 한 번 민석이 급브레이크를 밟는 순간이었다.

7.

"약 했나?"

"아니야, 새꺄. 마재 약 끊은 지가 언젠데."

"그럼 왜 저러는 건데?"

"나도 몰라."

연석의 질문에 답하면서도 태현은 설마 저게 진짜 약에 다시 손을 댔나 하다 고개를 저었다. 언제나 그렇듯 한 번 아닌 건 아닌 마재였다. 약이라고 다를 리가 없었다. 갓 대학교에 입학하고 얼마 후, 하루걸러 여자 바꾸는 것도 지겹다며 엑스터시에 손을 댔었다. 모르는 척했지만 여자 만나는 시간 말고 줄곧 붙어 다녔던 자신들이 모를 리 없었다.

뭐든 부족할 것 없는 생활의 연속. 재윤의 성향을 정확히 파악하고 있는 그의 할아버지 마정구 회장이 미리 생각해 놓은 덕에 사춘기 시절은 그나마 돈 불리기에 미쳐서 별 탈 없이 잘 넘겼다. 하지만 그것마저 시들해진 재윤이 약에 손을 댔던 것이다. 클럽 룸 하나를 전세 내 여자에, 약에 묻혀 있던 재윤의 모습을 생각하면 아직도 아찔한 태현이었다. 물론, 정확히 삼 일 만에 '안 되겠어. 약발 떨어지고 나면 기분이 더 더러워.' 하며 손 털어서 다행이었지 하루만 더 갔어도 녀석의 할아버지가 클럽을 뭉개 버렸을 것이다. 뭐 어쨌든 마정구 회장은 누구보다 재윤이 놈을 더 귀히 여긴 건 사실이었으니까.

"난 건드리기도 무섭다. 니가 가서 좀 물어봐."

연석의 말에 태현이 맞은편에 앉은 재윤을 바라봤다.

주기적으로 만나는 모임 날이었다. 별다를 것 없이 재윤이 운영하는 청담동 클럽 맨 안쪽 끝 방에 자리 잡은 지 삼십 분이 채 안 된 시간이었다. 공무원이라고 제일 바쁜 척하는 서울지방검찰청 소속인 지형을 제외하고 불알친구들이라는 녀석들 모두 모인 자리였다. 습관처럼 서로의 안부를 묻고, 술을 따르고 잔을 부딪칠 타이밍이었다. 태현과 연석이 서로 잔을 부딪치고 재윤 쪽으로 동시에 잔을 내밀었다. 하지만 맞은편 재윤의 술잔은 그대로 테이블 위에 놓여 있었다.

"어이, 마재."

연석이 불러도 들은 건지 만 건지 오로지 한쪽 손에 든 핸드폰만 죽어라 노려보고 있었다.

"좀 가 보라니까."

태현이 연석의 옆구리를 쳤다.

"야, 쟤 봐라."

연석이 태현의 손을 쳐내다 멍한 얼굴로 고갯짓을 했다. 태현이 연석이 가리키는 재윤 쪽으로 고개를 돌렸다. 그가 들고 있던 술잔이 힘을 잃고 기울어져 테이블 위를 적셨다.

"맙소사."

"약 했다."

"그렇다니까."

태현이 고개를 끄덕였다. 그렇지 않고서야 마재윤이 저렇게 웃을리 없었다. 어렸을 때면 몰라도 사춘기로 접어들면서 절대 보지 못했던 표정이었다. 제자리를 찾지 못한 태현의 손에서 발렌타인 30년산이 아낌없이 줄줄 흘렀다. 그는 여전히 핸드폰을 노려보며 가끔씩 입가에 황홀한 미소를 걸고 있는 재윤을 바라보다 고개를 저었다.

"좀 있다 현직 검사 나으리 오기 전에 처리해야 하지 않을까."

지형을 가리키는 말이었다. 처음 재윤이 약에 손을 댔을 때 죽을상을 하며 뜯어 말리던 태현, 연석과는 달리 그저 '냅둬. 질리면 관두겠지.' 했었다. 그러다 결국 삼 일째, 클럽 안에서 안 나오는 재윤을 찾아가 그 풀린 눈을 보고는 조용히 핸드폰을 들어 '경찰에 신고하자.' 했던 게 현지형이었다.

"안 되겠다. 내일 아침 우리 신문에 이십 년 우정을 함께한 서울지검 검사와 케이엔씨 대표의 한판 승부 같은 타이틀로 기사 내보내긴 싫으니까 지형이 오기 전에 처리하자."

연석의 외가인 문화일보는 팔십 년 전 신국일보로 시작한 유서 깊은 신문사였다. 대주주 중 한 명인 그가 설레설레 고개를 저으며 자리에서 일어났다.

태현도 다 흘려서 비어 버린 술잔을 내려놓고 손에 묻은 술을 닦을 생각도 못한 채 조심히 엉덩이를 들고 재윤에게 다가갔다. 드디어 재윤의 옆에 한 뼘 정도 남기고 자리 잡은 태현이 입에 고인 침을 넘기며 슬쩍 고개를 들었다.

"마재야."

조금은 애교스러운 태현의 목소리에도 미동이 없었다. 태현의 불안한 눈이 연석을 향했지만 알아서 하라는 눈빛만 돌아왔다.

"우리 마재, 무슨 좋은 일 있나?"

연석이 토하는 시늉을 해 보였다. 태현이 두 눈을 부릅떴다. 그런데도 여전히 묵묵부답이었다. 태현이 조금 더 목을 빼고 재윤의 손에 든 핸드폰 액정을 내려다보았다.

"……내 꼴통이 누구냐?"

재윤이 핸드폰을 향해 있던 고개를 돌려 태현을 바라보았다. 좀 전까지 그렇게 노골적으로 미소 지었던 주제에 지금은 웬 방해냐는 듯 한쪽 눈썹까지 치켜들고 있었다.

"내 꼴통?"

여전히 맞은편에 앉아 있는 연석이 무슨 말이냐는 듯 물었다. 재윤의 시선이 금세 연석 쪽으로 옮겨 갔다. 태현은 언제라도 엉덩이를 떼고 튈 작정으로 몸을 긴장시킬 때였다.

"오빠!"

룸 문을 벌컥 열고 지아가 들어왔다. 룸을 한 번 쭈욱 둘러보다 제 남편을 발견하곤 한걸음에 달려와 태현에게 포옥 하고 안겼다. "어, 어. 그래 우리 애기." 하며 지아를 품에 안은 태현이 슬쩍 옆에 앉은 재윤의 눈치를 살폈다. 서른이 되어서도 재윤은 감당하기가 벅차다. 그나마 지아 덕분에 분위기가 급반전을 타 다행이라고 여기며 태현이 한숨 놓는데 지아가 제 남편의 상황도 모르고 재윤을 향해 말했다.

"마재 오라버니. 이거 애들이 예쁘다고 난리예요. 완전 땡큐요."

태현이 자신의 무릎에 올라앉아 재윤을 향해 머리 위를 장식하고 있는 머리핀을 자랑하는 지아를 보며 숨을 들이켰다. 태현이 지아를 일으켜 보려 하지만 소용없었다. 오히려 지아는 태현의 다리를 꾸욱 눌러 버렸다. 으윽. 태현이 저절로 인상을 썼다.

"그런데 마재 오라버니, 지금 누구랑 대화하는 건데요?"

태현이 재윤의 핸드폰 액정을 향해 고개를 들이밀고 있는 지아를 힘주어 일으켰다.

"지, 지형이 오라버니한테 전화나 해 봐, 어디쯤인가. 제일 늦은 놈이 2차 책임지라고 해."

지아의 관심을 애써 다른 쪽으로 돌리려는 태현을 연석이 불쌍하다는 눈으로 쳐다봤다. 태현이 눈치를 주자 연석이 고개를 젓다 테이블 위에 놓인 멜론을 집어 지아에게 내밀며 말했다.

"그래, 지형이한테 연락이나 해 봐. 네가 전화하면 바로 튀어 올 거다. 우리 애, 아니."

태현이 하도 우리 애기, 우리 애기 해 대는 통에 저절로 애기 소리가 튀어나가려던 연석이 확 인상을 쓰며 다시 말을 이었다.

"우리 형수님 실력 좀 보자."

지아가 연석에게서 받아 든 멜론을 입에 가져가 한 입에 넣고 우물거렸다.

"안 돼. 지형 오라버니 오늘 여기 못 와요. 맛있다, 하나 더 먹을래."

그녀의 말이 끝나기가 무섭게 태현이 멜론 하나를 더 집어 주었다.

"지형이 못 온대?"

"응, 못 와."

지아의 간결한 대답에 태현이 연석을 바라보았다. 자신도 무슨 뜻인지 모른다는 듯 어깨를 가볍게 들썩였다. 그러고는 재윤 쪽을 바라보려다 말았다. 차라리 건드리지를 말아야지. 태현이 지아의 턱에 살짝 묻은 멜론 즙을 냅킨으로 닦아 주었다.

"왜 못 온대. 아니, 지형이랑 통화했어? 어떻게 알았을까 우리 얘기가."

지아가 태현을 향해 제 입술을 더 내밀었다. 톡톡 하고 태현의 손이 몇 번 더 지아의 입술을 두드리고 나자 그 입술이 다시 열렸지만 곧이어 태현은 그 입을 다시 냅킨으로 막고 싶어졌다.

"아니, 좀 전까지 같이 있었거든. 내가 주인 언니랑 소개팅해 줬어."

이번엔 연석이 들고 있던 술잔이 기울어졌다.

"나 잘했지?"

지아가 빙긋 웃는 얼굴로 확인 사살을 하며 연석이 흘리고 있는 술을 보고 걱정스럽다는 듯 말했다.

"연석 오라버니, 수전증이야? 그러게 제가 적당히 마시랬잖아요. 저래서 장가는 어찌 가나 몰라. 그래서 내가 연석 오라버니 말고 지형 오라버니를 소개한 거라고요."

태현과 연석이 뭐라 막기도 전에 그녀의 입에서는 폭탄 같은 말들이 쏟아져 나왔다. 태현이 다시 냅킨을 들어 뒤늦게 지아의 입을 막았다.

"으읍! 오빠, 이거 아까 닦았던 거잖아!"

자신의 입을 막는 태현의 손을 잡아떼며 지아가 더럽다는 듯 입술을 푸푸하며 털어냈다.

"지아야."

태현의 등이 긴장으로 굳어졌다. 들고 있던 술잔을 내려놓던 연석의 손이 다시 한 번 부들 떨렸다.

"왜요, 재윤 오라버니?"

서슴없이 고개를 돌린 지아가 재윤을 바라봤다.

"현지형이가 뭘 한다고?"

태현이 뻑뻑한 고개를 돌려 재윤의 얼굴을 확인했다. 꼬였다.

"소개팅이요."

"누구랑?"

"주인 언니요. 아까 말했잖아요 오라버니."

지아가 재윤을 보며 눈을 흘겼다. 자신의 말을 제대로 안 들어 줬다고 내비치는 앙탈 같은 행동이었다. 허나 벌써부터 배배 꼬여 가는 재윤이 놈의 눈에 그런 지아의 앙탈이 보였을지는 의문이라고 태현은 생각했다.

"어디서?"

"근처……."

좀 전처럼 거침없이 답하던 지아가 순간 말을 멈췄다. 반쯤 눈꺼풀을 닫고 세 남자를 번갈아 보던 지아가 씨익 웃었다.

"아아, 알겠다. 오라버니들 단체로 가서 훼방 놓으려는 거구나."

지아가 절대 안 넘어간다는 듯 빙그레 웃었다.

"절대 안 가르쳐 줄 거예요."

이어 야무지게 팔짱까지 끼곤 제 의지를 피력했다. 태현은 재윤과 지아 사이에 앉아 이제 될 대로 되라 하는 심정으로 둘을 바라봤다. 솔직히 초반부터 다른 날과는 다른 분위기를 내뿜는 재윤이 걱정스러운 것도 사실이었지만 지금 이 대화에 왠지 답이 있을 것 같은 느낌이 들었기 때문이었다. 그게 아직 명확한 것 같진 않지만.

"공지아."

"그렇게 불러도 안 돼요."

지아가 아예 재윤의 반대편으로 돌아앉았다.

"지형 오라버니라도 빨리 장가보내야죠. 매번 모임 할 때마다 나만 혼자 심심하잖아요."

'그게 이유였냐.'

연석이 허탈한 웃음을 내뱉었다.

"내가 약속하지."

'어라?'

지아가 여전히 돌아선 몸은 그대로 둔 채 고개만 돌려 재윤을 바라봤다.

"다음 모임엔 너랑 놀아 줄 사람 데리고 오기로."

이어지는 재윤의 말에 놀란 건 오히려 태현과 연석이었다. 그럼에도 정작 지아는 흥 하며 콧바람만 내뿜었다.

"어디서 날라리 똥자루인 애들 데려다 놓을 거 다 알아요."

여성편력이 엄청난 재윤이 어디서 이상한 여자라도 데려올까 봐 먼저 도도한 척 튕겼다.

"좋아. 조건을 대 봐."

그렇다고 쉽게 물러날 재윤도 아니었다.

'어쭈, 마재 이 새끼 봐라.'

태현이 묘한 눈으로 재윤을 바라보았다. 지아도 그 말에 혹했는지 다시 고개를 돌리고 재윤을 봤다. 어린 지아도 재윤이 진심이라는 걸 알 수 있을 만한 눈빛이었다.

"음. 조건이라, 조건."

지아가 잠깐 고민하는 것 같더니 이내 눈을 반짝거리며 입을 열었다.

"주인 언니!"

그 대답에 재윤의 한쪽 입꼬리가 올라갔다.

"딱, 주인 언니 같은 사람이면 합격이에요. 어렵겠죠."

말을 잇는 지아를 행해 재윤이 더 짙은 미소를 던졌다.

"좋아."

설마 했다. 태현은 좀 전에도 보았던 재윤의 미소에 속으로 '헐'만 연신 내뱉었다.

"정말이죠?"

고개를 끄덕이는 재윤이 이제 어서 말해 보라며 지아를 바라봤지만 그래도 영 가르쳐 주기 싫은 기색이라 재윤이 무스탕 재킷 안쪽에서 작은 상자를 꺼내 들었다. 순식간에 그녀의 눈이 번뜩였다.

"저 그거 알아요!"

언제 돌아앉았는지 좀 전에 팽하고 돌아섰던 지아는 이제 어디에도 없었다. 재윤이 상자를 꺼내자마자 그 손에서 시선을 떼지 못했다. 이내 재윤이 테이블 위에 올려놓은 상자 뚜껑을 열자 크리스털 백조가 조명 빛에 현란하게 반짝거리기 시작했다. 지아가 최면이라도 걸린 것처럼 테이블 위에 놓인 상자로 손을 뻗었다.

'조금만, 조금만 더. 아아, 저 반짝거리는 백조 아가가 날 향해 날아오고 싶어 하고 있어.'

지아의 눈에 왕 하트가 턱하니 박혔다. 지아의 중지 손톱 끝에 상자가 닿았을 때였다.

"대답부터."

순식간에 크리스털 백조가 지아의 손에서 벗어났다. 힝 하며 지아가 태현을 바라봤다.

'저 망할 놈의 마재 새끼. 지아가 크리스털 모으는 건 또 어찌 알았대.'

그럼에도 태현은 지아의 이마를 가만히 쓸어 줄 뿐 그 어떤 말도 하지 못했다.

'애기야. 나도 저런 눈빛의 마재는 못 당해.'

그러면서도 태현은 절대 재윤과는 적이 되지 말아야 한다는 것을 되새기며 다시 한 번 다짐했다. 태현의 눈에 담긴 의미를 눈치 챘는지 지아가 아랫입술을 꾸욱하고 짓눌렀다. 고민 중인 것이다. 말을 하자니 지형과 주인의 행복한 미래가 멀어져 가는 것 같고, 입을 다물자니 눈앞에 아른거리는 어여쁜 새끼 백조가 먼 곳으로 날아가 버리는 것 같았다. 재윤이 흔들리는 지아의 눈을 보며 웃었다. 그리고 옆에 두었던 상자 뚜껑을 들어 다시 덮으려는 듯 손을 올렸다.

"클레이어스요!"

태현과 연석은 눈을 감았고, 재윤은 웃었으며, 지아의 손엔 결국 어여쁜 크리스털 새끼 백조 한 마리가 반짝이며 내려앉았다.

하아 하고 숨이 터졌다. 재윤이 룸을 나가고 나자 그제야 막혔던 숨을 몇 번이고 내뱉곤 비워진 술잔을 채웠다.

"감이 잡히려고 하는 것 같기도 하고, 아닌 거 같기도 하고."

연석의 말에 태현은 여전히 손에 들린 백조 한 마리에 빠진 지아의 머리를 쓰다듬어 주고는 입을 열었다.

"윤주인."

태현의 입에서 흘러나온 이름에 연석도 고개를 끄덕였다. 육 년 만에 만나 제 먹잇감이라고 말하던 재윤의 모습이 두 사람의 머리에 다시 그려졌다. 하도 알 수 없는 녀석이라 그저 단순한 흥미라고 생각했다. 육 년 전에야 혹시나 했지만. 그동안 한 번도 재윤의 입에서 윤주인의 윤 자도 나온 적이 없었다. 그저 작년 말, 문지후네 집안인 대산의 자금 경영이 어떻게 돌아가는지 물었던 녀석이었다. 근데 그게 이런 거였나. 아니, 도대체 이제 와서 왜. 한 번 아닌 건 절대 아닌 악마의 재림, 마재윤이 아니던가.

"그럼 내 꼴통은 뭐냐."

태현이 고개를 저었다.

"그걸 내가 알면 이러고 있겠냐. 아, 복잡하다."

간단한 문제를 본인들만 못 풀고 있는 느낌에 태현과 연석의 미간이 펴질 줄 몰랐다. 그렇게 한참 꼬리를 물고 이어지는 생각에 빠져갈 때쯤 지아가 탁하니 무릎을 치며 자리에서 일어섰다.

"아! 생각났다!"

태현과 연석이 동시에 고개를 들고 지아를 바라봤다.

"그 아이디, 주인 언니 거다!"

"응?"

태현이 무슨 말이냐는 듯 묻자 지아가 고개를 내려 태현을 향해 말했다.

"재윤 오라버니 대화 창에 내 꼴통! 그 옆에 쓰여 있던 wndls! 그거 주인 언니 이름 영타로 친 거야! 아이 참. 내가 꼴통이었잖아."

지아의 말에 태현과 연석이 서로를 바라봤다.

"그럼…… 마재 그거."

"……지금까지 지 먹잇감이랑 교감 중이었던 거냐?"

아아, 이제야 알겠다. 그래, 결국 이렇게 쉬운 거였구나. 태현과 연석이 서로를 바라보며 허탈한 표정을 지은 것도 잠시.

"잠깐. 마재의 먹잇감은 윤주인이다. 윤주인이 마재 폰 안의 내 꼴통이다. 고로 윤주인이 마재의 먹잇감이자 내 꼴통이다. 그런데 지금 윤주인은 우리 애기가 마련해 준 소개팅 중이시다. 그것도."

태현의 말에 연석이 나머지 손에 들린 술을 원샷 하며 자리에서 일어섰다.

"현지형이랑이지."

"그리고 마재는 지금."

"윤주인을 잡. 으. 러. 갔. 다."

뒤돌아서 룸을 빠져나가는 연석 뒤로 태현이 지아를 챙기며 작게 읊조렸다.

"못산다, 정말. 설마 진짜 잡아먹기야 하겠어?"

8.

　그 시각, 주인 앞에는 곰이 딱 좋아할 것 같은 붉은빛 연어가 놓여졌다.

　"연어 샐러드입니다."

　주인은 앞 접시에 놓인 갓 구운 빵을 오일 소스에 연신 푹푹 눌러 찍어 대며, 테이블 위에 새롭게 놓인 애피타이저를 멍하니 바라봤다. 신선해 보이는 채소가 눈길을 끌었다. 선명한 주홍빛의 연어 알과 더불어 윤기가 흐르는 연어 살을 힘주어 포크로 찍었다. 입안에 넣고 기계적으로 턱을 움직이자 혀끝으로 감도는 소스는…… 블랙빈 프렌치 드레싱.

　"괜찮군."

　반대편에서 들려오는 목소리에 주인이 고개를 들었다. 맞는 말이었다. 주인이 가만히 고개를 끄덕였다. 색감이나 식감 모두 훌륭했다. 따뜻한 유럽풍 분위기의 인테리어에 은은한 조명도 훌륭하고,

친절한 미소로 서빙을 하는 이들도 훌륭하고. 정말 모두 훌륭하기
는 한데. 대체 왜 이 훌륭한 자리에 이 훌륭한 음식을 두고 현지형
이랑 마주 앉아 있어야 하는 건지. 주인은 이 훌륭한 요리가 목에
걸려 턱턱 숨이 막히는 것만 같았다.

'이 망할 똥강아지 이준영!'

주인은 손에 든 포크를 힘주어 잡으며, 몇 시간 전 준영과 했던
전화 통화를 떠올렸다.

—회의는 끝났어요?

조 실장과의 회의를 갑작스레 끝마친 주인이 머릿속 마재윤이
라는 바이러스 침투를 막아 보려 고군분투하고 있는 와중이었다.
때마침 울리는 핸드폰을 확인하자 전화를 한 것은 준영이었다.
조 실장에게 들은 대로 '비비드'의 공사가 조금 더 시일이 걸릴
예정이라 하자 준영은 "좀 더 놀죠 뭐." 하고 별스럽지 않게 답
했다.

—지난 일 년 동안 주 요리로 나간 메뉴들만 따로 정리해서 보냈
어요.

준영은 비비드 초창기 멤버였다. 따로 드러내진 않아도 '비비드'
나 진유진 사장에 대한 애정 또한 남다름이 분명했다. 리모델링 기
간 동안 메뉴도 재정리할 예정이라 하니 선뜻 제가 먼저 나서서 해
보겠다고 한 것도 준영이었다. 주인이 수고했다며 한마디 하자 준
영이 "말로만요?" 하고 즉각 받아쳤다.

"뭐가 드시고 싶으신데?"

—으흐흐흐. 역시 하나밖에 없는 나의 누님.

핸드폰 너머에서 준영의 장난스런 웃음이 흘러나왔다. 주인도 어

쩔 수 없이 입가에 미소가 그려졌다. 손목에 찬 시계를 확인했다. 어디 보자, 대충 정리하고 나가면 대충 저녁 시간에 맞출 수 있겠다. 어차피 주인에게 오늘 하루는 주야장천 회의할 예정밖에 없었던지라 나머지 시간은 간만에 여유가 있었다.

—오호, 드시고 싶은 거 말하면 다 사 주시남?

"니가 비비드 공사가 끝난 다음에도 하나밖에 없는 누님의 얼굴을 보고 싶으면 알아서 초이스하지 않을까 하는데."

주인이 한 손으로 핸드폰을 들고, 나머지 한 손으로 여전히 흩어져 있던 서류를 차곡차곡 정리해 나가며 통화를 이어 갔다.

—참 부드러운 목소린데 난 왜 살벌하게 들릴까요.

"쓸데없는 소리 그만하고 뭐, 초밥 사 줘? 시월로 올래?"

주인의 말에 수화기 너머로 준영이 침을 꼴깍하는 소리가 들려오는 것 같았다.

—아, 오늘은 초밥 말고요.

"웬일이래. 초밥하면 자다가도 일어나는 놈이."

주인이 의아해하며 "그럼 뭐?" 하고 다시 물었다.

—음, 메뉴 개발도 도움 받을 겸, 새로 생긴 레스토랑 있다는데 어때요?

이 녀석 봐라. 주인이 꽤나 메뉴 개발에 열을 올리고 있는 듯한 준영의 말에 입가에 한 번 더 미소를 띠웠다.

"어어, 이준영. 이게 웬 기특한 소리. 나 없는 동안 철들었나?"

—저 이준영이에요. 이거 왜 이러삼.

"그래. 간만에 철든 얼굴도 좀 볼 겸 인심 쓴다. 어딘데."

주인이 한곳으로 모아 둔 서류를 세워 테이블에 톡톡 하고 모서리를 깔끔하게 정리하며 묻자 준영이 잠시 뜸을 들였다.

"여보세요? 이준영?"

―음, 아. 잠깐 뭐 좀 확인하느라요. 저도 처음이라 설명하기 그러니까 폰으로 보내 놓을게요. 콜?

주인이 '콜' 하고 답해 주며 이따 보자고 하자 준영이 또 잠시 뜸을 들이더니 답했다.

―네, 이따…… 봐요. 누님, 파이팅!

뜬금없이 웬 파이팅인가 했었다. 워낙 싱거운 녀석이라 통화가 끝난 핸드폰을 바라보며 그냥 픽 하고 한 번 웃고 말았었다. 곧이어 울리는 핸드폰을 들어 준영이 보내온 장소에 도착하고 얼마 후, 주인은 좀 전의 파이팅이 무슨 의미인지를 깨달을 수 있었다.

오픈한 지 얼마 안 됐다고 하는데도 제법 손님이 찬 테이블을 둘러보던 주인 앞으로 한 남자가 다가와 있었다. 주문을 받으러 왔나 생각하며 일행이 있다고 말하려던 차였다.

"이준영 씨 소개로 나온 윤주인 씨?"

익숙한 이름에 주인이 고개를 돌렸다.

"공지아 씨 소개로 나온 현지형입니다."

주인의 눈이 순식간에 경악으로 가득 찼다. 그게 바로 이십 분 전이었다. 주인이 이 느닷없고 어이없는 만남의 원인인 원수들에게 아무리 전화를 해 봐도 둘이 대체 어떤 작당모의를 했는지 도통 받지를 않았다.

"소용없어."

어느샌가 맞은편에 앉은 지형이 핸드폰을 부서져라 잡고 있는 주인을 향해 말했다.

"입구까지 와서 잠깐 차에 다녀온다던 녀석이 안 돌아와서 이상하다 했더니."

지형이 말을 끊으며 자신의 핸드폰을 들어 주인에게 내밀었다.

[오라버니, 장가보내 주려고 지아가 힘 좀 썼어요]

주인이 자신 앞으로 내밀어진 지형의 핸드폰을 바라보며 점점 미간을 좁혔다.

[바로 소개팅이죠! 까아!]

액정 속의 글을 읽어 내려가던 주인은 눈앞에 지아가 있는 것 같은 착각이 들었다.

[레스토랑에 들어가면 주인 언니 있을 거예요. 이준영이라고, 저번에 비비드에서 봤던 주인 언니랑 같이 일하는 남자 기억하죠. 같이 있을지도 모르겠고, 아닐 수도 있지만 그건 중요한 게 아니고. 여튼 이건 운명이에요. 지아는 주인 언니 정말 좋아하거든요. 물론 지형 오라버니도 좋아해요. 그러니까 제발 지아의 미래를 꺾지 마세요. 오라버니, 파이팅! 아참, 오늘 모임은 제가 다른 오라버니들에게 잘 말해 놓을 테니 걱정 마시고요. 아참참, 태현 오빠 때문에 고민 있다고 한 건 선의의 거짓말이었어요. 그래야 오라버니가 도망 안 가고 나올 테니까 어쩔 수 없었던 것 참고해 주세요. 불의와 선의를 구별할 줄 아는 멋진 검사 오라버니!]

'차라리 전화를 하는 게 나을 뻔하지 않던 지아야.'

주인이 손에 들고 있던 지형의 핸드폰을 돌려 주며 포옥, 한숨을 내쉬었다. 주인이 고개를 들자 메뉴판을 넘기던 지형은 아무렇지 않다는 듯 물었다.

"여기, 뭐가 괜찮아?"

주인이 낸 허, 하는 소리를 어떻게 이해했는지 지형이 서버를 불러 추천 메뉴를 물었다.

"넌 뭐로 할래."

여전히 어이가 없다는 듯한 주인의 표정에 지형이 "그냥 같은 걸로 하죠." 하고 깔끔하게 주문을 마무리 지었다. 역시, 악마 새끼 친구였다. 얼마 후, 애피타이저인 연어 샐러드가 나왔고 금세 본 요리가 테이블을 채웠다.

"실례합니다. 주문하신 갈비 스테이크입니다."

주인이 가만히 접시를 내려다보았다. 미디엄으로 나온 고기의 상태나 그 주위에 세팅된 적당히 구워진 채소들도 매우 좋았고, 무엇보다 스테이크 위에 뿌려진 발사믹 소스가 특이했다.

주인이 본능적으로 나이프를 들었다. 그러다가도 도대체가 여전히 이해되지 않는 상황에 다시 고개를 들어 맞은편을 바라봤다. 여전한 표정으로 스테이크를 썰어 입으로 가져가던 지형이 주인의 시선을 느끼고 눈을 마주쳤다.

"저……."

주인이 입술을 열다 금세 다물었다. 도대체가, 자신은 지형을 어떻게 불러야 될지조차 모르겠다. '저기요. 이봐요.' 할 수도 없는 노릇이고. '현지형 씨' 이건 더 웃기고. 지아처럼 '지형 오라버니'라고 하기에는 애써 꾸역꾸역 넘긴 빵이나 연어가 다시 목구멍을 타고 올라올 것 같았다. 도대체가 호칭조차 어쩌지 못하는 상대와 마주 앉아 이게 뭐하는 짓인지.

주인은 아직 스테이크 한쪽도 넘기지 못한 속이 울렁거리는 것만 같았다. 할 수 없이 들었던 나이프를 내려놓았다. 그리곤 한쪽 손으로 가슴 부근을 꾸욱 누르며 힘겹게 말문을 열었다.

"지금…… 그러니까, 우리가."

'우리가?'

이 표현도 웃기다. 주인은 이것저것 말을 골라내다가는 속이 더 울렁거릴 것 같아 숨을 몰아 내쉬며 다시 입술을 뗐다.

"상황이 좀, 웃기네요."

'아아, 이것도 웃기다. 윤주인아, 애써 고른 말이 결국 저거라니.'

주인이 미간을 좁히며 고개를 떨어트렸다.

'머리를 좀 굴려라, 주인아. 왜 요즘 들어 주인 말은 안 듣고 자꾸 반항하고 그러니. 이게 다 마재윤 바이러스 때문이야!'

주인이 아랫입술을 물었다.

"소개팅이 보통 이런 거 아닌가."

주인이 고개를 들었다. 어느샌가 주인의 접시를 가져간 지형이 스테이크를 자르고 있었다.

"밥 먹고, 차 마시고."

지형이 먹기 좋게 썰린 스테이크 접시를 내밀었다. 주인은 저걸 받아야 하나 말아야 하나 고민했다. 마치, 정말 현지형과 소개팅이라도 하고 있는 것 같았기 때문이었다. 반응 없는 주인의 모습에 지형이 그저 가만히 그녀의 앞에 접시를 내려놓았다.

"그러니까 지금. 저랑, 소개팅을 하고 계신 거라는 뭐…… 그런…… 말씀이신가요."

주인이 뭔가 잘못 들었다는 듯 지형을 향해 물었다.

"그런 거 아니었나."

"아니었어요."

바로 나오는 주인의 대답에 지형이 무릎 위에 올려놓았던 테이블 냅킨을 들어 입가를 닦아 냈다. 주인은 이제야 할 말을 찾았다는 것에 조금 안도하고 앞에 놓인 망고 에이드에 꽂힌 빨대를 물었다.

"끝내주는 연애."

콜록, 콜록.

"계획 중 아니었나?"

앞에서 내밀어진 냅킨을 받아 든 주인이 잔기침을 멈추고 고개를 들었다. 주인은 계획 한 번 잘못 세웠다가 아주 제대로 당하는구나 싶었다. 아니, 대체. 자신의 연애사에 왜 그렇게 관심들이냔 말이다.

"공무원 아내, 꽤 괜찮은데."

주인이 입을 꾹 다물고 생각을 정리했다.

"아니면."

그 모습을 바라보던 지형이 의자에 좀 더 기대앉으며 말했다.

"벌써 진행 중인 건가?"

주인과 지형의 시선이 다시 부딪쳤다. 누가 검사 아니랄까 봐 지형은 의자 팔걸이에 양 팔꿈치를 대고 두 손을 깍지 낀 채 주인을 바라보고 있었다. 마치 취조라도 할 분위기였다. 습관처럼 스르르, 주인은 눈을 감았다 떴다.

"화장, 아니. 잠시 실례하겠습니다."

주인은 화장실로 들어오자마자 세면대 앞에 서 찬물을 틀었다. 손을 적시고 차갑게 얼어붙은 물기 가득한 두 손바닥으로 제 뺨을 감쌌다. 몇 번이고 같은 동작을 반복하던 주인이 천천히 고개를 들어 거울에 비친 자신의 얼굴을 응시했다. 악마 새끼가 괴롭히지 않으면 악마 새끼 친구가 나타나 괴롭혀 댔다. 머리가 아팠다. 속은 울렁대고, 왜 자꾸 발끝 손끝은 따끔거리는지. 그러고 보니 오늘 제대로 먹은 것도 없는데.

주인이 얼굴에 묻은 물기를 한 번 더 손으로 쓸어내렸다. 하아,

요즘 들어 늘어난 한숨을 내쉬는데 언젠가부터 징징거리며 청바지 주머니 속에서 울려 대는 핸드폰을 꺼내 들었다. 액정에 뜨는 이름에 주인이 관자놀이를 꾸욱 하고 누르며 채팅창을 열었다.

'맙소사, 참 혼자 잘도 노셨다.'

환하게 빛을 내는 핸드폰 액정을 바라보던 주인은 절로 오늘 아침 일을 떠올렸다.

좀 늦은 오전에 회의만 하면 된다고 생각해서였는지 주인은 오늘 아침, 늦잠을 자 버렸다. 뭐 하루쯤 어떠한가 하고 미적거리며 일어나 습관적으로 핸드폰을 확인한 주인은 부재중 전화 여섯 통을 확인했다. 무슨 일인가 걱정스런 마음에 부재중 목록을 확인하던 주인의 인상이 저절로 찌푸려졌다. 액정 화면 가득 '악마 새끼'가 들어차 있었기 때문이었다. 주인이 못 볼 걸 봤다는 듯 휙 하니 침대 위에 핸드폰을 던져 버렸다.

씻고 나오자 또다시 침대 위에서 핸드폰이 몸을 떨어 댔다. 할 수 없이 주인이 다시 핸드폰을 집어 들었다. 채팅창 알림 음이었다. 준영인가. 아니, 혹시 유진인가 싶어 재빨리 로그인을 하니, 주인의 입에서 악소리가 절로 났다.

'아이디는 또 어떻게 알았대!'

주인이 엄지손톱을 물어뜯다 재윤의 아이디에 별칭을 '악마 새끼'로 지정하고 채팅창을 열었다.

[악마 새끼(mjy): 벌써부터 빠져나갈 궁리하는 거 다 보인다, 윤 주인]

'헉!'

혹시 자신 몰래 방에도 CCTV를 장착해 놓은 거 아닌지 주인은 진심으로 의심하며 고개를 돌려 자신의 방 구석구석을 확인했다.

[악마 새끼(mjy): 혼자는 절대 못 빠져나간다 했다, 내가]

주인의 엄지손톱이 다시 입술 사이에 꽂혔다.

[악마 새끼(mjy): 어차피 내빼 봤자 금방 잡힌다. 쓸데없이 머리 굴리지 말고, 조 실장이랑 회의 끝나고 전화해]

미간을 좁히던 주인이 입술 사이에서 손을 빼고 핸드폰을 다시 그러쥐었다.

[비비드(wndls): 왜요?]

주인이 전송 버튼을 누르기 무섭게 재윤의 글이 올라왔다.

[악마 새끼(mjy): 꼴통 주제에 반항이냐]

이게 왜 어제부터 자꾸 꼴통, 꼴통거리는거냐구! 지는 악마 새끼 주제에.

[비비드(wndls): 자꾸 꼴통꼴통거리시면 진짜 꼴통 손에 굴러가는 엘 로이를 보시게 될 겁니다. 그리고 오늘 하루 종일! 주야장천! 새벽이 와 동이 틀 때까지! 회의할 예정이니 신경 끄세요]

[악마 새끼(mjy): 지금 조 실장이랑 밤을 지새우겠다는 거냐?]

이 미친! 또라이 악마가 진짜!

그냥 무시하자 했다. 그렇게 원하지 않던 모닝 채팅을 마쳤었다. 그런데 준영과의 약속을 하고 나오는 중에 또다시 핸드폰이 울렸다. 할 수 없이 다시 채팅창을 열었다.

[악마 새끼(mjy): 회의 끝난 거 다 안다]

[악마 새끼(mjy): 전화 안 받을 거면, 전화해라]

[악마 새끼(mjy): 말 참 잘 듣지. 윤주인이]

[악마 새끼(mjy): 그냥 청담동 유니스로 와]

[악마 새끼(mjy): 행여나 또 무시하면 되지, 하는 생각은 안 하

는 게 좋을 거다.]

[악마 새끼(mjy): 내가 오늘 애새끼 하나를 잡으려다 그냥 놔줘서 힘이 남아돌거든]

이런, 젠장. 주인은 서둘러 손을 놀려야만 했다.

[비비드(wndls): 약속 있습니다]

[악마 새끼(mjy): 약속? 무슨 약속? 어딘데?]

[비비드(wndls): 중요한 일이시면 조 실장님께 말씀해 놓으시면 처리하겠습니다]

[악마 새끼(mjy): 죽을래. 내가 너랑 입술 부비고 싶어 미치겠다고 조 실장 새끼한테 보고하라는 거냐, 지금]

무시하자. 그래, 차라리 무시하고 말자. 주인은 서둘러 채팅창에서 나가며 머릿속에서 존재감을 드러내는 악마 바이러스를 한쪽으로 미뤄 놓았었다. 우선 맛난 밥이나 먹자고 도착한 레스토랑에서 악마 새끼 친구랑 마주 앉아 있어야 할 줄은 또 꿈에도 몰랐지만.

주인은 레스토랑에 도착하기 전까지의 대화를 다시 한 번 떠올리자 머리가 빙 도는 것만 같았다. 결국 화장실 한구석에 몸을 구부리고 앉아 그 이후 도착한 대화목록을 확인하기 시작했다.

[악마 새끼(mjy): 좋아, 약속 장소가 어디야?]

[악마 새끼(mjy): 대답 안 하지]

[악마 새끼(mjy): 씹냐?]

주인은 재윤이 한쪽 눈썹을 치켜들고 자신을 노려보고 있는 착각이 들었다.

[악마 새끼(mjy): 좋아, 윤주인이. 니가 기어이 오늘 내 남아도는 힘을 확인하고 싶지]

슬슬, 불안함이 증폭된 마음으로 주인은 스크롤을 내렸다.

[악마 새끼(mjy): 딱 걸렸어. 윤주인. 거기서 딱 대기 타]

이번에도 주인은 그저 서둘러 채팅창을 꺼 버렸다. '흥! 여기가 어딘 줄 알고!' 하면서도 스멀스멀 올라오는 불길함에 주인이 서둘러 화장실을 나섰다. 그래, 우선 저기서 대기 타고 있는 악마 새끼 친구부터 해결해야 할 터였다.

주인이 돌아와 테이블에 앉자 언제 치웠는지 스테이크 접시 대신 김이 모락모락 나는 채소 수프가 앞에 놓여 있었다. 고개를 들자 핸드폰을 확인하던 지형이 주인을 보며 씨익 웃었다. 진짜 저런 거 보면 확실히 마재윤의 친구가 맞긴 하구나 싶었다. 주인이 수프 접시 옆에 놓인 스푼을 들었다.

"이건 무슨 미낀 거죠?"

스푼으로 수프를 저을 때마다 고소한 냄새가 올라왔다.

"신기하네."

주인의 질문에 지형의 엉뚱한 답이 돌아왔다. 주인이 수프를 한 스푼 뜬 채로 지형을 바라봤다.

"세월에 장사 없다더니. 윤주인도 마찬가지였나 보다 생각했을 뿐이야. 내가 알기론 예전 윤주인 같으면 내 얼굴 보자마자 자리 박차고 나갔어야 한다고 생각했거든."

정말 신기하다는 듯 자신을 바라보고 있는 지형의 표정에 주인이 인상을 굳혔다. 이거나 저거나 마재윤 주변 것들은 죄다 마음에 안 들었다.

"그런데 현재의 윤주인은 뭐랄까. 그래, 적어도 얼음 마녀 같지는 않아서. 정말 끝내주는 연애를 즐기기 시작한 건지도 모른다는 생각이 들었을 뿐. 뭐, 그냥 그렇다는 거야. 그러니 인상 풀고 먹어."

'댁 같으면 먹히겠냐고.'

주인이 스푼을 내려놓자 지형이 자리에서 일어나 주인의 얼굴 쪽으로 허리를 굽혔다.

"수프도 못 먹겠어?"

수많은 범죄자를 심문해 온 목소리였다. 협박 같지 않은, 그러나 묘하게 강압적인 목소리가 주인의 귓전에 울렸다. 그와 동시에 지형이 자신의 핸드폰 액정을 주인 앞으로 들이밀었다.

[지랄개태현: 대박 사건! 마재의 먹잇감은 윤주인이다. 마재의 내 꼴통도 윤주인이다. 마재는 먹잇감을 사냥하러 뛰쳐나갔다. 고로 현지형이 너는, 곧 죽을 예정이다. 그러니까 내가 니 새끼 시체 치워야 하기 전에 당장 거기서 뛰어나와, 새꺄!]

"먹어 두는 게 좋을걸."

그 서늘한 목소리에 주인은 꼼짝 않고 자리에 앉아 지형이 내민 핸드폰을 훑어보았다. 주인이 마지막 줄을 다 읽자마자 고개를 들었다. 한 뼘 남짓 가까운 거리에서 시선이 부딪치자 지형이 씨익 웃으며 입을 열었다.

"악마 새끼 감당하려면."

지형의 말이 끝나기가 무섭게.

"거기, 그 상태로 딱 스톱."

또 다른 낯익은 목소리가 주인의 귓전을 울렸다. 본능적으로 돌아간 주인의 고개 앞에 숨을 들이쉬며 아랫입술을 혀로 스윽 하고 훑는 악마 새끼, 마재윤이 서 있었다.

9.

    재윤의 때맞춘 등장에 지형이 숙였던 허리를 천천히 일으켰다. 그 모습에 재윤이 슬쩍 눈썹을 치켜들었다. 어디서부터 뛰어온 건지 재윤은 한동안 호흡을 고르고 있었다.

    "여기서 둘이, 뭘 하셨나?"

    주인은 여전히 제 의지를 찾지 못하는 정신을 간신히 붙들어 놓고 있을 뿐이었다.

    "소개팅."

    지형이 깔끔한 어조로 답했다.

    "뭘 해?"

    "들었으면서 못 들은 척하긴."

    지형의 평온한 어조에 재윤이 한 발자국 더, 앞으로 다가갔다. 그 발걸음이 왠지 모르게 거칠게 느껴지자 주인이 자리에서 벌떡 일어섰다.

"그런데 바로 까였어."

지형은 여유롭게 웃는 얼굴을 유지하며 한 발 더 내디뎠다.

"끝내주는 연애가 뭔지 나도 좀 땡기길래 잘됐다 싶어서 공무원 마누라 자리까지 내세우며 꼬여 볼랬는데."

지형이 옆자리에 걸쳐 놓았던 짙은 밤색 진 코트를 들어 몸에 걸쳤다.

"벌써 시작하셨더라고."

코트를 정리한 지형이 마주 선 주인의 얼굴을 바라보았다.

"아, 그런데 끝내주는 연애 상대를 아직 못 들었네."

불안하게 떨리는 주인의 눈동자를 지형은 나 몰라라 돌아섰다.

"어떤 놈일까, 응? 궁금하지 않냐, 마재."

서류 가방을 챙겨 들고 머플러까지 목에 두른 지형이 이내 재윤을 향해 돌아서며 말했다.

"아님…… 혹시, 마재 너는 알고 있냐?"

씨익.

지형이 재윤의 한쪽 어깨에 손을 올리며 웃었다. 그와 동시에 재윤의 미간이 좁아졌다.

"아아, 간만에 이겼다."

재윤의 표정을 확인한 지형이 큭큭거리며 웃고는 기지개를 켰다. 재윤의 입에서 뭐라고 짓이겨지듯 알 수 없는 소리가 짧게 뱉어졌다.

"그럼 까인 나는 이만 사라져 주지. 까인 친구 위로 차 계산은 네가 해라 마재."

한 번 더 재윤의 어깨를 두드린 지형이 즐거워하는 얼굴로 레스토랑을 나갔다.

"왜? 까 놓고 나니 아쉽냐?"

멍하니 서서 지금까지의 상황을 넋 놓고 지켜본 주인은 좀 전까지 지형이 앉아 있던 자리에 버젓이 앉아 있는 재윤을 내려다보았다.

"가서 잡아 올까? 엉?"

'오늘 마재윤 눈썹 참 바쁘구나. 올라갔다 내려갔다.'

주인이 한숨을 내쉬며 조용히 자리에 앉았다.

"대답 안 하지."

나 지금 많이 참고 있다는 오라를 한가득 뿌려 대는 재윤을 보며 주인이 조용히 입술을 뗐다.

"됐어요."

"잡아 오라면 잡아 오고?"

"됐다니까요."

"대답이 영 힘아리가 없는 게 잡아 오라는 말인데."

재윤이 자리에서 일어섰다. 주인이 놀라 고개를 치켜들었다. 어찌 됐든 여긴 공공장소였다. 조금 전까지 한 행동들로도 에티켓 따위 땅에 떨어지다 못해 지하까지 파고들어 갔다 생각하는 주인이었다. 같은 직업에 종사하는 사람으로서 여간 미안한 일이 아닐 수 없었다.

"안 잡아 와도 된다고요."

그래도 마음에 들지 않는다는 듯 여전히 서서 눈썹을 찌푸리고 있는 재윤을 보며 주인이 다시 입을 뗐다.

"절대 잡아 오지 말라고요. 잡아 오면 가만두지 않겠다고요!"

그제야 재윤은 치켜 올렸던 눈썹을 스르르 내리고 털썩 자리에 앉았다.

"가만두지 않을 정도로 현지형이 별로냐?"

그러면서도 또 씨익 웃는다.

'저걸 그냥 확!'

주인이 스푼을 쥔 손을 불끈 쥐었다 말았다. 자신의 손에 스푼이
들려 있기 망정이지 나이프였으면 정말 사단 났을 거라는 생각을
하며 식어 버린 수프에 스푼을 가져갔다. 그래, 현지형의 말처럼 먹
을 수 있을 때 먹어 둬야 했다. 벌써부터 기가 쪽쪽 빨리는 기분에
주인이 수프를 한 스푼 떠올리자, 반대편에서 다가온 재윤의 손이
스푼을 뺏어 들었다.

"식어 빠진 걸 왜 먹어."

재윤이 손을 들어 서버를 불러 세웠다.

"저거, 같은 걸로 다시 갖다 주고, 간단히 나올 수 있는 메뉴 뭐
가 있습니까."

"그냥 데워 주시기만 하면 됩니다."

한 입도 안 대고 그저 스푼으로 휘저었을 뿐이다. 하지만 재윤이
금방이라도 다시 일어설 것 같은 눈빛을 보내 오자 주인이 할 수
없이 입을 꾹 다물었다.

"부드러운 에그 볼에 그린소스미트구이는 어떠신가요."

재윤이 고개를 끄덕였다.

"그걸로 하죠. 얼마나 걸리나요?"

"바로 준비해 드리겠습니다."

미소를 잃지 않고 주문을 받아 가는 직원을 보며 주인이 재윤을
노려봤다.

"닦달하지 말아요. 어련히 알아서 나올까. 제일 잘 아시는 분
이."

까다롭게 구는 그에게 주인이 눈치를 주자 재윤이 픽 하니 웃었다.

"그러게. 누구보다 잘 알긴 하지 내가."

언제나 그렇지만 저렇게 웃는 마재윤은 가까이하고 싶지가 않다. 주인은 본능적으로 시선을 돌렸다.

"몇 시간 전에 조 실장이 우리 집에 왔었거든."

갑자기 또 뭔 얘기를 하나 싶어 주인이 슬쩍 목을 뺐다.

"웬만해서는 내 말에 토 안 달고, 미리 나보다 먼저 움직이는 약삭빠른 놈이거든 그게."

재윤이 손을 뻗어 이마를 가린 주인의 앞머리를 손가락으로 건드렸다. 조금 전, 화장실에서 나오면서 제대로 확인을 안 했음을 떠올린 주인이 서둘러 손으로 앞머리를 매만졌다.

"근데 그게 평소에 안 하던 짓을 하잖아."

무슨 소리냐는 듯 주인이 다시 고개를 들었다.

"주전부리 안 하는 놈이 도우미가 가지고 나오는 경단에서 눈을 못 떼더군."

'그게 뭐, 어쨌다고.'

주인은 여전히 알 수 없다는 눈으로 재윤을 바라보았다.

"그래서 생각했지. 아, 저게 어지간히도 배가 고프구나. 그래서 또 생각했지. 저 자식이 오늘 하루 종일 윤주인이랑 회의를 한다고 했는데, 저 자식이 저렇게 배가 고파 뒤질 지경이면."

재윤이 말하는 사이 서버가 돌아와 좀 전과 같은 수프를 주인 앞에 내려놓았다. 그리고 중간에 폭신한 스펀지처럼 보이는 에그 볼과 미트구이가 담긴 접시도 세팅되었다.

"내 꼴통은 얼마나 배가 고플까 하고."

주인의 눈을 들여다보고 있는 재윤의 두 눈이 부드럽게 휘어졌다.

"그러니까 얼른 먹어라, 내 꼴통."

재윤이 조금 전 빼앗아 갔던 스푼을 직접 주인의 손에 쥐여 주었다. 한동안 재윤을 말없이 바라보던 주인은 포기했다는 듯 수프를 떠 입안에 넣었다. 신기한 일이었다. 좀 전까지 울렁거리던 속이 점차 가라앉고 있었다. 주인은 천천히, 그렇지만 쉬지 않고 앞에 놓인 음식을 해치웠다. 주인이 한 시간 가까이 음식을 처리하는 동안, 재윤은 그저 가만히 의자에 앉아 한쪽 팔걸이에 팔꿈치를 대고 손으로 턱을 받친 채 주인이 먹는 모습을 바라봤다.

그러고 보니 재윤도 아침에 먹은 토스트 이외에 아무것도 먹지 않았다는 걸 깨달았다. 음식을 먹기 시작하기 전 주인이 권했을 때엔 미처 느끼지 못했던지라 됐다 하고 주인만 먹였다. 재윤은 그저 주인의 먹는 모습에서 눈을 떼지 않았다. 오물오물, 냠냠. 많지도 않은 양을 한 시간에 걸쳐 참 감질나게도 먹는다. 순간, 재윤은 허기를 느끼며 조용히 입가에 미소를 띠웠다.

'많이 먹어라, 윤주인. 포동포동. 얼른 많이 먹어야 빨리 잡아먹을 수 있을 테니.'

재윤이 속내를 감추고 조용히 물 잔을 밀어 줬다.

"감사합니다."

한 번 음식이 들어가기 시작하자 더 허기를 느끼는지 주인이 고개도 들지 않았다. 미트구이를 포크로 찍어 입에 가져가면서도 주인은 제게 물 잔을 내미는 재윤의 표정을 보지 못하고 순수한 감사인사를 내뱉었다.

"뭘."

'다 나 좋자고 하는 일인데.'

재윤의 입가에 드리워진 미소가 한층 더 짙어지는 순간이었다. 끝내 재윤은 주인이 접시를 비우는 모습을 빠짐없이 지켜보기만 했다. 그리곤 주인이 식사를 마치고 고개를 들자마자 마치 자신이 음식을 다 먹은 듯 포만감이 가득 찬 얼굴로 또다시 웃었다. 그 미소 띤 얼굴로 계산까지 마친 재윤이 먼저 레스토랑을 나섰다.

"여기서 기다려."

식사를 마치고 차를 가지러 간다며 뒤돌아서던 재윤이 다시 주인을 향해 돌아섰다.

"튀면 어떻게 된다고?"

주인이 아무 말 않고 인상을 썼다. 재윤이 주인의 미간 사이를 검지로 꾸욱 눌렀다.

"제가 개구리 새끼예요? 튀게."

"어떻게 이렇게 매번 말을 참 예쁘게 할까 내 꼴통은."

주인이 여전히 자신의 미간을 누르고 있는 재윤의 손을 잡아 내리며 말했다.

"그 꼴통 소리 좀 안 하실 수 없어요?"

"싫은데. 마음에 들거든, 난."

"그것도 엄연한 고소 대상감이거든요."

주인이 미간에서 손을 떼어 놨더니 이제 제 앞 머리카락에 손을 대는 재윤을 피해 이리저리 고개를 돌려 피했다.

"그래서 고소한다고?"

"못 할 거 같으세요?"

고개를 빼면서도 지지 않고 답하는 주인을 보며 재윤이 빙긋 웃었다. 먹여 놓으니 주인의 얼굴에 좀 전보다 생기가 돌았다. 자신의 말에 한 번도 안 지고 대답하는 것만 보아도 알 수 있었다. 재윤은 주인의 볼을 검지로 톡톡 두드렸다.

"잊었냐? 우린 공범이라니까."

주인의 입이 헙 하고 다물렸다. 재윤이 주인의 이마에 딱하니 딱밤을 날렸다. '아!' 하고 아픈 듯 인상을 찌푸리며 이마에 손을 가져가는 주인을 보며 재윤이 말했다.

"혼자는 절대 못 빠져나간다는 걸 명심하도록 꼴통."

그리곤 "기다려." 하며 뒤돌아 차를 가지러 가 버렸다.

"내가 똥개 새끼야. 기다려 하면 기다리게."

그러면서도 주인은 이번에도 재윤이 다시 나타날 때까지 그 자리에 가만히 서서 애꿎은 도로면만 툭툭거리며 발로 차고 있었을 뿐이었다.

차를 가지러 갔던 재윤이 십 분 만에 주인 앞에 다시 나타났고, 주인은 자연스레 재윤의 차 조수석에 타고 집 앞까지 왔다. 그런데 문제는 올라타는 건 쉬웠는데 내리는 건 쉽지가 않다는 것이었다. 주인이 빠르게 손을 뻗어 조수석 록을 열기 무섭게 다시 닫혔다. 이씨! 벌써 열두 번째다. 주인이 안 진다는 듯 다시 록을 열었다.

달칵.

서둘러 문을 열려 해 보지만 버튼 하나로 다시 조수석 록을 걸어 버리는 재윤에게 당할 수가 없었다.

다닥.

달칵, 다닥.

달칵, 다닥.

고요한 차 안, 열고 다시 닫는 소리만이 울리기를 꼬박 5분, 주인이 후우 하고 한숨을 내쉬며 고개를 돌렸다. 재윤이 입술 사이에 담배를 물고 연기를 내뱉고 있었다. 자신의 시선을 느꼈을 텐데도 고개조차 돌리지 않았다. 그저 앞만을 응시한 채 담배만 깊게 빨아들이는 재윤이 얄미워 손을 뻗었다. 입에 물었던 담배를 빼앗긴 재윤이 아무렇지 않다는 얼굴로 고개를 돌려 주인을 바라봤다.

"장난 그만하시죠."

천천히 나른하게 감겼다 스르르, 소리가 나는 것처럼 열리는 눈꺼풀. 주인은 또다시 몸을 떨지 않기 위해 일부러 등을 더 곧게 펴며 고개를 돌렸다.

"뭐가 장난인데."

평소보다 낮게 가라앉은 목소리에 재윤에게서 빼어 든 담배를 쥐고 있는 주인의 손끝이 잘게 떨렸다.

"우리 이번 참에 하나하나 좀 짚고 넘어가 볼까."

어쩐지. 조용히 밥 먹게 해 줄 때부터 이상하다 했더니. 먹는 동안 안 건드리고 집에 도착할 때까지 별말 없어 조용히 지나가는가 보다 안심하고 있었더니 또 이렇게 불쑥 긴장하게 한다. 주인은 메마른 입술을 혀로 축이고 입을 열었다.

"그럴 거 없어요."

"그럴 게 없어?"

분위기는 순식간에 변했다. 재윤이 주인의 턱을 잡고 자신을 보게 했다. 재윤은 기다려 주려고 했다. 원체 한 번 데였던 녀석이니 시간이 필요할 거라고 생각 안 한 것이 아니었다. 그런데 그 시간을 다른 데다 쓰는 건 용납할 수 없는 일이었다. 지금 자신이 어떻게 버티는지나 알고 이게. 재윤을 마주한 주인의 눈에도 힘이 서렸다. 마치, 쉽게 물러나지 않을 것이라는 답장 같았다.

재윤의 눈이 희번덕거리며 자신을 뚫어지게 바라보고 있었다. 얼마 전, 지아의 성화에 못 이겨 봤던 뱀파이어와 늑대가 나오는 영화 속 그 눈빛처럼 마치, 눈앞에 먹이를 둔 야수의 눈빛이었다.

"너는 가끔 내 말이 개 껌 같지. 막 씹다가 퉤하고 뱉어 버리면 그만이겠구나 싶지. 근데 니가 보기에 내가 그걸 몰라서 그냥 넘어가는 거 같냐. 아니면 알면서도 넘어가 주는 거 같냐."

부드러웠다. 달콤하게 주인의 귓전을 흐르는 목소리에서 꿀이라도 넘쳐흐르는 것 같았다. 그럼에도 그 내용이 무엇을 뜻하는지 모르지 않는 주인이 고개에 힘을 주어 재윤의 손에서 벗어나려고 했지만 역효과였다.

"윤주인, 윤주인아."

오히려 재윤의 손에 힘이 과하게 들어가 아픔이 느껴지자 주인은 저절로 인상을 찌푸렸다.

"내가 너한테 더 까 보일 게 있냐."

턱이 잡힌 채로 시선만 내린 주인의 눈동자가 흔들렸다.

"솔직히 다 까고, 그래. 내가 얼마나 더 해. 내가 네 앞에서 진세인이 깐 게 괜히 너 물벼락 맞게 하려고 한 거 같든? 아니면 내가 정말 비비드 깔아뭉개고 그 위에 새 가게 차리는 거 원해서 이러는 거 같아? 설마 너 내가 그냥 미친놈이라 일한다고 출장 간 기집애 꽁무니나 쫄래쫄래 따라 내려가는 놈이라고 생각하냐, 어? 말해 봐."

주인이 여전히 시선을 내리깔고 아무 말도 없자 재윤이 거칠게 핸들을 내려쳤다.

"젠장! 또 대답 안 하지!"

재윤의 격한 반응에 주인이 가만히 눈을 감았다.

"그래, 좋아. 좋다 그래. 어차피 여기까지 온 거 누가 이기나 해 보자 이거지 니가. 그래, 얼마든지 기다린다. 기다리기는 하는데, 젠장! 나도 가끔 이렇게 폭발할 때가 있을 테니 그럴 때는 니가 알아서 눈치껏 피해라. 안 그럼 진짜 내가 물불 안 가리고 너 딱 잡아먹을 수도 있으니까. 알았냐?"

재윤의 목소리가 조금씩 누그러지고 있었다. 하아 하며 한숨을 내쉰 재윤이 시트에 머리를 기댔다.

"대답."

고개만 돌려 주인을 바라보던 재윤이 그녀가 입술을 꾸욱 무는 것을 보고는 졌다는 표정을 숨기지 않고 입을 열었다.

"내가 진짜 지금까지 기다린 건 딱 한 번밖에 없는데 말이다. 그 한 번도 하루 이상을 안 갔거든. 그런 면에서 진짜 윤주인 너는…… 진짜, 아오! 그냥 웬만한 꼴통이 아니야 진짜."

희번덕거렸던 눈빛은 시간이 지나가 찬찬히 가라앉았다. 또다시 반전된 분위기를 느낀 주인이 가만히 운전석으로 고개를 돌려 재윤을 쳐다보았다. 재윤이 픽 하니 웃으며 손을 뻗어 주인의 머리카락을 쓸었다.

"떨지 마. 내가 지금 너 이렇게 바들거리며 떨라고 이런 줄 아냐."

주인의 머리를 쓸어 넘기는 재윤의 손길이 점점 더 나른해지고 있었다.

"이러면 내가 진짜 너 뭐 어떻게 하려는 놈 같잖냐. 내가 범죄자냐?"

평소와 같은 장난기 섞인 재윤의 얼굴, 목소리. 주인은 왠지 모르게 안심이 됐다. 그러자 긴장했던 몸이 툭하니 바닥으로 곤두박질쳤다. 눈이 뜨거워지더니 눈물 줄기가 볼 위를 굴러 떨어졌다.

"어이, 꼴통. 윤주인이."

재윤의 두 눈이 당황으로 굳어졌다.

"나 원 참. 알았다 알았어. 알았으니까 울지 마. 얘가 아주 초반부터 날 들었다 놨다 하는구만."

재윤이 두 팔을 뻗어 주인의 어깨를 감싸 안았다.

"나는 ……어요."

재윤이 주인의 뒷머리를 조심스럽게 쓰다듬었다. 한동안 재윤의 어깨에 이마를 기대고 있던 주인이 뭐라 입을 떼는 듯했다.

"뭐라고?"

재윤이 부드럽게 어르듯 품에서 떼어 놓고 눈을 맞췄다.

"나는."

주인의 목소리에 울음이 섞였다.

"……못 믿어요."

눈가에 가득 찬 울음을 흘려보내지 않겠다는 듯 두 눈에 힘을 준 주인이 재윤을 향해 힘겹게 입술을 뗐다.

"나는, 불안해할 거고, 못 믿을 거고. 그래서 선……배, 너까지 도망가게 할 거야."

열 살 때 아무것도 모르고 그저, 아픈 할머니 병원비를 해결해 준다는 말에 낯선 이의 뒤를 따라갔다. 고개를 한껏 뒤로 젖혀야 보이는 이층짜리 저택에서 주인은 처음 아버지라는 사람을 만났다. 그는 주인에게 아무것도 묻지 않았다. 그저 집 안에 새로 들여온 마음에 안 드는 애완동물 하나 바라본다는 듯 냉담한 눈길이 다였다. 주인은 그래도 괜찮다 여겼다. 저런 눈길쯤은 아픈 할머니를 위해 얼마든지 견뎌낼 수 있다 생각했다. 어리석게도.

할머니와 둘이 살아가면서 제 나이에 맞지 않는 일을 수두룩하게 견뎌 냈다고 생각했지만 아니었다. 차라리 시장판 한구석에서 쭈그리고 앉아 다 말라 가는 무청 조각을 팔아도 아버지의 식구들과 살아가는 것보다 낫다는 생각이 든 건 주인이 그 집에 들어가고 난 지 삼 개월 만이었다.

그리고 그 지독하고 끔찍한 나날들 속에서 문지후, 그를 만났다. 자신과는 달리 근사하고 따뜻한 미소를 지어 보일 줄 알던 사람이었다. 주인은 그 미소가 싫었다. 거부하고 싶었다. 하지만 너 따위에게 지지 않겠다 고집 부리던 주인을 끝내 그 미소 하나로 굴복시켰던 것은 문지후였다.

고등학교 졸업하자마자 약혼을 하고 대학교 일 년을 간신히 채우고 나서 결혼식 날짜를 잡았다. 그러나 문지후는 결혼식장에 나타나지 않았다. 동시에 할머니가 돌아가셨다. 주인도 모르는 사이에. 차디찬 영정 사진에서 자신을 보고 웃는 할머니. 그런 할머니를 보기 위해 십 년가량을 참고 견디며 그들 뜻에 따라 얌전히 살아온게 아니었다.

유일한 가족이었던 할머니도, 할머니를 만나 함께 살 수 있다고 희망을 주던 문지후도. 냉랭하기만 했던 자신에게 아무도 다가오지 않던 학창 시절, 몇 번이고 도시락을 내밀었던 한지수도. 모두 그렇게 자기 마음대로 다가왔다 자기 마음대로 떠나가고 도망갔다.

인간은 그런 거였다. 주인도 알고 있었다. 제 입맛에 안 맞으면 언제든지 도망가고 떠나갈 수 있는 존재들이었다. 알고는 있지만 또다시 온 진심을 다해 맞부딪칠 용기가 나지 않았다. 지난 세월 외로워 숨이 턱턱 막힐 때는 수없이 많았다. 죽을 정도로 사랑받고 싶었다. 수많은 사람들이 주인을 유혹했다. 내가 널 이렇게 사랑해 줄 터이니 너는 그냥 받기만 하라고.

하지만 윤주인은 그럴 수가 없는 여자였다. 윤주인은 받으면 받는 대로 돌려줘야 직성이 풀리는 여자였다. 분노도, 슬픔도, 아픔도. 그리고 무엇보다 사랑을. 정말 마재윤이 말하는 꼴통인지도 모른다. 아닌 척하지만, 아무것도 아니라는 듯 괜찮다 하지만 뒤돌아서는 울어 버리고 말았다. 언제나 진심을 다해 부딪쳐 다치는 건 주인뿐이었다.

"나는 속이 아픈 사람이에요. 나는 겉으론 아닌 척해도 속으론 겁먹고, 두려워하는 사람이에요. 그래서 나는, 나를 보호해야 해요. 그렇지 않으면 살 수 없으니까. 나는 그런 사람이에요. 선배가 말하던 다른 사람보다 내가 아픈 걸 택하는 이유는 그래야 그나마 남아 있는 사람들이 떠나지 않기 때문이에요. 아무 말 못하는 게 아니라 아무 말 않는 건 더 이상 떠나가게 하고 싶지 않기 때문이에요."

주인은 가슴 안에 울음을 담고 채 토해 내지도 못한 설움 섞인 한들을 꼭꼭 부여잡았다.

"이렇게 나는, 윤주인은 자기만 안 다치면 되는 그런 이기적이고 못된 인간이에요."

간신히 힘겹게, 마치 고해성사라도 하듯 쥐어짜 내는 듯한 주인의 음성이 흘러나오는 동안 재윤은 그저 가만히 주인을 바라보기만 했다. 지금 윤주인은 마재윤 앞에 제 자신을 내려놓고 있었다. 자기 스스로 들어갔던 얼음 마녀의 성을 깨고 자신을 모두 드러내게 만든 재윤을 탓하는 듯했다. 정말, 엄청난 이기주의 윤주인이라고 생각하면서도 재윤의 표정은 따뜻하기만 했다.

"그런데도, 나랑 할래요?"

재윤을 바라보는 주인의 눈이 곧 닥쳐올 파도를 예고하고 있었다.

"이런데도, 나랑 할 거냐고 마재윤."

철썩하고 조그만 파도 하나가 달려들었다.

"대답 안 하냐?"

주인의 말에 재윤이 픽 웃었다. 바람이 섞인 듯한 재윤의 웃음과 동시에 주인의 두 눈에서 파도에 못 이긴 바닷물이 쏟아져 내렸다. 재윤이 손을 들어 주인의 눈에서 흘러내리는 눈물을 훔쳐 냈다.

"아아, 이 꼴통을 대체 어떡하나."

제 얼굴을 훔쳐 내는 재윤의 손을 조금은 매서우리만치 탁 하고 쳐 낸 주인이 고개를 치켜들고 다시 입을 열었다.

"대답 안 하냐고오."

울음 섞인 목소리는 마치 어린아이가 울며 떼를 쓰는 그것과 닮아 있었다. 재윤의 답이 없자 또다시 "대답하라고오." 하는 주인의 울음 섞인 목소리를 재윤이 자신의 입술로 막았다. 순서 없이 윗입술 아랫입술을 동시에 물고 급하게 빨아들였다. 재윤은 놓치지 않고 벌어진 주인의 입술 사이로 혀를 집어넣었다. 아직까지 포기 않고 도망가는 주인의 혀끝을 말아 살짝 깨물었다. 움찔하는 것도 잠시 금세 포기한 듯 주인이 얌전해졌다. 재윤이 그 순간을 놓치지 않고 깊게 혀를 넣어 뿌리째 휘감았다. 곧이어 주인의 입에서 으으, 앓는 소리가 흘러나왔다.

'내 꼴통은 앓는 소리도 예쁘지.'

재윤의 눈이 만족감에 휘어졌다. 재윤은 본능적으로 허리를 세워 주인을 더 밀어붙였다. 주인의 상체가 조수석 창문에 부딪쳤다. 재윤이 주인의 머리를 보호하는 듯 손을 뻗어 뒤통수를 감쌌다. 여전히 재윤에게서 뺏어 든 담배를 손에 들고 있던 주인이 갑작스레 밀려든 체중에 놀란 듯 몸을 움츠렸다. 재윤이 주인의 손에 깍지를 낄 것처럼 손을 맞대어 그 위에 있는 담배를 제 손으로 가져갔다. 그러면서도 재윤은 여전히 입술을 떼지 않았다. 주인의 입천장을 쓸고 오른쪽 아랫니를 하나하나 세듯 하다가 안쪽 잇몸을 슬쩍 건드리며 혀를 미끄러트렸다. 담배를 뺏긴 주인의 손이 재윤의 무스탕 앞자락을 잡아당겼다.

"흐읏."

재윤의 눈이 번쩍 빛났다. 바르르 하고 주인이 재윤의 품에서 떨었다. 한 번 더 주인의 입술 사이로 으으응거리는 소리를 듣고 난 후에야 재윤은 입술을 거둬들였다.

"하아, 하아."

입술 위로 떨어지는 주인의 숨결에 재윤의 머리가 아찔해졌다. 힘을 주어 눈을 감았다 뜬 재윤이 주인의 얼굴을 바라보았다.

쪽.

주인의 입술에 한 번.

쪽, 쪽.

붉게 달아오른 두 뺨에도 한 번씩.

쪽.

제 성격대로 오똑하게 솟은 코끝에도 한 번.

쪽.

한 번 터지면 끝도 없이 쏟아지는 눈물 둑을 숨긴 두 눈에도 잊지 않고.

그리고 혼 좀 나 봐라 하며 은근히 힘을 실어 딱밤을 날렸던 여린 살결을 지닌 이마 위까지 입술을 맞댄 재윤이 그 나른하고 치명적인 미소를 지으며 주인을 다시 바라보았다.

"끝내주는 연애 한 번 하기 더럽게 어렵네."

'그래서 결론이 뭐냐고!' 하는 듯한 주인의 눈에 재윤이 크크큭 웃음을 감추지 않았다. 재윤은 웃음 가득한 얼굴을 주인의 왼쪽 어깨에 내렸다.

"내가 넘어오게 하려고 했더니, 이 말도 안 되는 꼴통이 나를 넘겨 버리네."

귓전에서 울리는 지독하리만큼 낮고 탁한 음성에 주인의 등줄기가 저릿해졌다.

"오늘은 애피타이저만 맛본 거야, 꼴통. 내일부터는 본격적으로 먹어 주겠어."

'기대해.'

재윤의 입술이 쪽, 주인의 왼쪽 귓불 아래를 찍어 눌렀다.

10.

아마도 힐을 신으면 제 어깨에 닿으려나. 낮은 굽의 단화를 신고
있는 평소에는 저 작은 머리통이 딱 제 가슴께에 닿았다. 전체적인
선이 가늘면서 참 단정했다. 하얀 셔츠에 블랙 하의의 유니폼은 그
런 녀석의 자태를 숨기지 못했다. 평소에 입고 다니는 스키니 진이
더 자신의 취향이긴 하지만. 다리까지도 제 성격을 닮아 곧게 뻗어
있어, 가는 허리 위에 둘러진 블랙 롱 앞치마를 들춰 보고 싶게 했
다. 간질거리는 손끝을 애써 잡아 내리고 시선을 올렸다.

풀어 내리면 가슴 위에서 탐스럽게 찰랑거리는 검은 머리카락도
꽤 부드러워 손바닥에 올려놓으면 저절로 물결을 치겠지. 거기에
일할 때 바짝 뒤통수에 올려붙여 동여매 놓은 머리 때문에 고개를
숙일 때마다 드러나는 새하얀 목덜미는 또 어떠한가. 당장이라도
달려들어 입술로 짓누르고, 이빨을 세우고 싶었다. 새빨갛게 올라
오는 흔적 위를 진득하게 혀를 내밀어 빨면 달큰한 향이 나올 것도

145

같았다. 거기에 잊지 않고 촉 하는 베이비 키스도 해 줄 수 있는데.

마호가니 책상 앞에 앉은 재윤이 턱을 괸 채, 책상 위를 검지로 튀기며 중앙 테이블을 바라보았다.

"아니요. 약간 더 달아도 괜찮을 거 같아요."

"얼마나요?"

"음, 제 느낌엔 혀끝에 잔향이 좀 더 남았으면 하거든요."

'엘 로이'의 수석 주방장과 정 매니저, 조 실장 사이에 한자리를 차지하고 있던 주인이 테이블에 놓인 가나슈 초콜릿 조각을 하나 더 집어 들었다.

"확실히 여성 고객을 잡긴 하겠군요. 윤 매니저, 그거 벌써 여섯 개째입니다."

옆에 앉은 정 매니저의 말에 주인이 민망한 듯 웃으면서도 들고 있던 초콜릿을 쏘옥하니 입 안에 넣었다.

"동시에 주방장님은 여자들의 적이 되실 거예요. 이렇게 맛있는 걸 수도 없이 만들어 내시면서 일 년 내내 다이어트 하는 여인네들을 마구 흔들어 대시니까요."

주인의 말에 마주 앉은 수석 주방장이 호탕하게 웃으며 주인의 손에 초콜릿 하나를 더 쥐여 주었다. 단맛을 조금 더 넣어 풍미를 살리기로 결정을 내린 주방장이 자리에서 일어서고, 이어 정 매니저도 따라 일어서며 주인을 향해 물었다.

"디캔딩 하실 거죠?"

주방장이 남은 초콜릿을 모두 주인에게 넘겨주었다. 행복하다는 얼굴로 남은 초콜릿 중 하나를 더 입에 물고 오물거리던 주인이 정 매니저의 물음에 고개를 끄덕이며 작게 '네.' 하고 답했다. 평소 단정했던 모습과는 다른, 조금은 어린아이 같은 얼굴을 하고 있는 주인의 모습에 정 매니저가 쿡, 웃었다.

"준비해 놓으라고 했으니, 음. 한 십 분 후에 내려오세요."

주인이 감사하다며 고개를 숙였다. 정 매니저까지 대표실을 나서 자 주인은 테이블 위에 놓인 초콜릿을 바라보며 남은 세 조각을 먹어야 하나 말아야 하나 고민했다. 그러는 와중 여전히 맞은편에 자리를 지키고 있는 조 실장이 큼 하는 소리를 냈다. 주인이 속마음을 들킨 것 같아 재빨리 고개를 들어 조심스레 미소 지었다.

"얼굴이 막 따갑지 않으십니까?"

조 실장이 그저 조용히 은테 안경을 추켜올리며 물었다.

'갑자기 웬 얼굴. 아, 초콜릿이라도 묻었나?'

주인이 테이블 한쪽에 놓인 냅킨을 들어 입가를 닦아 내리자 조 실장이 그게 아니라는 듯 눈치를 줬다. 주인이 '뭐요. 어쩌라고 요?' 하면서 조 실장의 눈동자가 가리키는 곳으로 시선을 돌렸다.

'저건 도대체 뭔 표정이래.'

언제부터인지 주인만 바라보던 재윤이 책상 위를 검지로 두드려 대던 행동을 멈추었다. 그가 손목에 둘러진 메탈시계를 확인했다.

'정확히 한 시간 이십 분. 넌 죽었어 윤주인.'

재윤이 자리에서 일어서 아무 말 없이 대표실을 나가 버렸다. 조금은 어이없는 그 행동에 주인이 '당신 대표 또 왜 저래요?' 하는 듯 조 실장을 바라봤다. 하지만 조 실장은 그저 한숨을 내쉬며 고개를 숙일 뿐이었다.

"어서 따라가 보세요."

조 실장이 고개 숙인 채 말했다. 주인이 "네?" 하고 다시 물었다.

"디캔딩 하시러 가셨을 겁니다."

"누가요?"

주인의 맹한 대답에 조 실장이 고개를 들며 당연하다는 듯 답했다.

"대표님이요. 웬만한 디캔딩은 직접 하십니다. 뭐, 시간 날 때만이지만요."

거기다 제 입으로 '자기 거'라고 말한 사람이 하는 일이니 이젠더 하려 들 게 뻔하다는 말은 하지 않았다. 조 실장이 결재 받으려놓아두었던 서류를 다시 차곡차곡 챙겼다.

"디캔딩을 직접 한다고요? 마재, 아니. 대표님이요?"

이젠 입도 저를 배신하는구나. 처음이 어렵지 시작하면 버릇이될 것만 같은 재윤의 이름이 제멋대로 튀어나오려는 걸 간신히 바로잡은 주인이 서류를 정리하는 조 실장을 향해 물었다. 그러자 좀전에 얘기를 뭐로 들은 거냐는 듯 조 실장이 다시 입을 열었다.

"한 반년쯤 되셨을걸요. 소믈리에 자격증 따신 게."

초콜릿을 하나 더 챙겨 드는 주인의 눈이 커다랗게 떠졌다.

대표실을 나왔더니 지하로 내려가 보라는 정 매니저의 말에 주인이 조심스레 계단을 내려갔다. 일층과는 다르게 서늘한 기운이감도는 창고형 공간에 또 다른 와인 셀러 공간이 펼쳐져 있었다. 주인의 눈이 빠르게 셀러 안 와인들을 훑었다.

풍부한 과일향이 일품이라 연회에서 많이 쓰이는 '샤블리' 1등급에서부터 로미오와 줄리엣의 도시 베네토에서 온 황금빛 색상의 '안셀미 산 빈센조', 완벽한 균형을 갖춘 타닌 맛이 일품인 '돈 멜초 카베르네 소비뇽' 거기다, 샴페인의 아버지 '돔 페리뇽'까지. 그밖에 수없이 눈에 들어오는 와인 천국 속을 헤매던 주인이 안쪽끝에 놓인 테이블에서 손을 놀리는 재윤을 찾아냈다. 테이블 위에하얀 테이블보를 두르고 디캔터(디캔딩을 할 때 사용하거나 술을 옮겨 담는 병)를 사용하는 모습이 너무나 자연스러워 보였다. 진지하게 와인의 침전물을 확인하고, 디캔터로 옮겨 내는 손길 하나하나가 마치 갓난 아이 다루듯 조심스러우면서도 섬세했다.

"설마 자격증도 돈 주고 산 건가 했지만…… 그건 아닌 거 같고. 그럼 협회 모임엔 한 번도 안 나오신 건가요?"

국내에 있는 소믈리에가 모여 만들어진 모임이 주기적으로 이뤄지고 있었다. 하지만 한 번도 재윤과 만난 적이 없었다. 마재윤이라면 그런 모임 따위는 싹 무시할 수도 있었겠다 싶은 마음이 먼저 드는 주인이었다. 주인이 재윤 옆으로 다가가 섰다. 그런데도 재윤은 디캔딩 작업에만 열중할 뿐 주인은 쳐다보지도 않았다. 주인이 알 수 없는 기시감에 재윤의 얼굴을 더 집중해서 쳐다봤다.

'이래도 안 볼래? 이래도 무시할래?'

왠지 모를 오기가 주인의 가슴 밑바닥을 채웠다.

"한 시간 이십 분."

주인의 시선을 느낀 재윤이 말했다.

"뭐라고요?"

주인이 왼쪽으로 고개를 숙이며 물었다.

"나도 한 시간 이십 분 동안 너랑 안 놀 거야."

'누가 댁이랑 놀고 싶댔니?'

그러면서도 주인은 재윤을 향한 고개를 돌리지 않았다.

"왜 한 시간 이십 분인데요?"

뭐 그렇다 치고. 한 시간이면 한 시간이지 그 알 수 없는 시간은 뭐냐는 듯 주인이 물었다. 재윤이 디캔터를 테이블 위에 내려놓으며 드디어 주인과 시선을 마주했다.

"꼴통."

난데없는 재윤의 말에 주인의 눈썹이 꿈틀거렸다.

"제 눈썹 보이시죠."

모르겠다는 얼굴로 재윤이 주인을 내려다보았다. 가까이에 있으니 정말 딱 재윤의 가슴팍에 오는 주인이었다.

"대표님만 할 수 있는 게 아니라고요. 이거, 무슨 뜻인지 아시죠."

'나도 눈썹 치켜 올릴 줄 알거든!'

주인이 제 눈썹을 손으로 가리켰다.

"무슨 뜻인데."

재윤이 팔짱을 끼며 여전한 표정으로 물었다.

"마음에 안 들어. 거기서 더 하면 가만 안 두겠어. 지금 많이 참고 있다. 그 밖에 기타 등등, 기타 등등 많은 뜻을 내포하고 있지만 생략하죠."

주인도 덩달아 팔짱을 끼며 재윤을 거만하게 바라봤다.

"마재윤표 사전에 나오는 건데 모르셨나 봐요."

재윤이 어쩔 수 없다는 듯 웃더니, 여전히 팔짱을 끼고 있는 주인을 그대로 끌어당겨 품에 안았다.

"이게 지금 뭐하는 짓입니까 대표님."

주인이 재윤의 품에 갇힌 채 팔짱을 풀려 했다. 하지만 재윤이 더 세게 끌어당기는 통에 그럴 수가 없었다.

"뭐 어때 내 꼴통인데."

"진짜 자꾸……."

주인이 버럭하려는 사이 재윤의 입술이 먼저 열렸다.

"어떻게 내가 코앞에 있는데 다른 놈들이랑 그렇게 시시덕거릴 수가 있지."

이건 또 뭘 도깨비 오줌에 밥 말아 먹을 소리인가. 주인은 어떻게 해서든 재윤의 품에서 빠져나오려 다시 힘을 주었지만 이번에도 실패만 맛보았다.

"일인데요."

재윤의 품에 눌려 정확한 발음을 내기 힘든 주인이 애써 입을 열었다.

"그럼 일하지 마."

이봐, 당신 사장이거든. 주인이 또다시 버둥거렸지만 역시 실패.

"뚱땡이 박 쉐프한테 초콜릿 받아먹지도 말고, 애 둘 있는 정 매니저한테 애처럼 천진난만하게 굴지도 말고, 조 실장 그놈이랑은…… 눈도 마주치지 마."

재윤의 쏟아지는 말에 주인은 그때까지 바둥거리던 몸짓을 멈췄다.

"내가 한 시간 이십 분이 넘도록 그렇게 애가 타게 보고 있었는데, 어떻게 한 번을 안 돌아보냐. 니가 감히 마재윤을 넘겨 놓고 나 몰라라 하겠다는 거지 지금."

주인은 자신의 입가가 간질거리는 것 같다고 느꼈다.

"내가 진짜. 그것도 삼십이 초는 까 준 거야 너. 다른 새끼들 같았음 어림없는 일이라고. 알아?"

후우 하고 숨을 내쉬는 재윤이 주인의 머리통을 쓸었다.

"진짜 이 조그만 머리통에 쓸데없는 거 다 빼고 마재윤 하나만 넣을 때는 언제일까나. 응?"

눈이 감겼다. 어쩔 수 없이. 아무리 두 눈 똑바로 뜨고, 두 귀 쫑긋 세우고 마재윤이 던지는 간지럽고 따뜻한 시선과 조금은 제멋대로에 얼토당토않은 명령조의 말까지도 모두 다 챙겨 보고, 챙겨 들

151

고 싶지만 어쩔 수 없이 눈을 감게 된다. 주인은 천천히 감겼던 눈을 다시 떴다.

"공은 공이고, 사는 사죠. 그것도 구별 못하는 대표가 어딨어요."

열린 주인의 두 눈에 마재윤이 담겼다.

"나 지금 내 왼쪽 눈썹 치켜들었다."

쫑긋 세운 귀도 닫아 마재윤이 한 모든 말을 가둬 놔야지. 주인의 눈이 부드럽게 휘어졌다.

"이것 좀 그만 놔 보죠?"

"나 왼쪽 눈썹 치켜들었다니까? 오른쪽 눈썹도 치켜들까?"

재윤이 자기는 한다면 정말 한다며 협박하자 주인이 지지 않고 입을 뗐다.

"그러니까 좀 놔 보라구요."

주인이 재윤의 품을 살짝 밀어냈다.

"나도 내 악마 새끼 좀 안아 보게."

조용히, 그렇지만 너무 자연스럽게 흘러나오는 주인의 목소리에 재윤이 주인을 안고 있던 팔에 힘을 스르르 풀어냈다. 재윤의 얼굴이 좀 멍해 보였다. 그러거나 말거나 씽긋 웃은 주인이 두 팔을 뻗어 재윤의 허리를 감싸 안았다.

"마재윤이."

주인이 한참 전부터 입가에 맴돌던 이름 하나를 끄집어냈다.

"절대 도망가면 안 된다."

재윤의 허리를 감은 주인의 팔에 힘이 들어갔다.

"윤주인표 사전에 나와 있는 거예요. 마재윤, 윤주인이 부르면 절대 도망가지 못함. 꼭 외워 두십시오, 대표님."

중얼거리는 주인을 재윤이 너무나 소중하다는 듯 꼬옥 감싸 안았다.

'이거구나, 윤주인. 다 까고 내 앞에 있는 윤주인. 너나 나나 까고 나니 이 얼마나 좋냔 말이지. 너 이렇게 사랑스러워도 되는 거냐. 이렇게 예뻐도 되는 거냐고 윤주인.'

재윤이 고개를 내려 주인의 어깨에 기댔다. 슬금슬금 제 목 언저리를 비벼 오는 재윤의 행동에 주인의 머리에서 위험신호를 보내왔다.

"왜 긴장 타냐."

저절로 주인의 등줄기가 굳자 재윤이 쿠쿡 웃으며 낮은 목소리로 말했다.

"설마요."

주인이 서둘러 재윤의 허리에 감았던 두 팔을 풀어내려 했다. 하지만 금세 재윤이 주인의 팔을 잡아 다시 제 허리에 둘렀다.

"너 이거 아무한테나 내주는 허리 아니다. 잡을 수 있을 때 마음껏 잡아 봐."

'안 그래도 된다고. 너나 마음껏 잡고 놀라고.'

주인이 됐다며 물러서려 할 때였다.

"근데 좀 전에 말한 그 악마 새끼가, 혹시 나냐?"

'젠장, 걸렸구나.'

분위기에 휩쓸려서 지뢰를 밟아 버린 주인이 빠져나갈 타이밍을 놓치고 말았다. 그리고 그 틈을 놓치지 않은 재윤이 주인의 하얀 셔츠 깃 사이를 파헤치고 입술을 가져다 댔다.

"뭐하는 거예…… 웃!"

재윤이 주인의 쇄골과 목 사이를 입술로 물었다. 알싸하게 느껴

153

지는 목의 통증도 잠시, 재윤의 까끌한 혀가 그 통증 위를 쓸어내리고 있었다. 그 뜨겁고 아찔한 감각에 주인은 이러지도 저러지도 못한 채 그 상태 그대로 굳어 버렸다.

"하루에도 열두 번은 잡아먹고 싶은 거 참는 거라고. 아, 그렇군. 악마 새끼 발정 나기 전에 약발 좀 먹여 놓는 거라 쳐. 그러니 아파도 참아라."

재윤이 다시 한 번 입술에 힘을 주어 주인의 살결을 빨았다.

"으으, 읏!"

'왜왜왜! 이런 데서 발정이 나는 건데! 왜!'

주인이 입술을 비집고 흘러나오는 신음을 애써 누르며 재윤의 허리를 잡은 손에 힘을 줬다. 얼마 후 츄읍, 진득한 소리와 함께 입술을 뗀 재윤이 주인의 쇄골 위에 올라온 붉은 흔적을 바라보았다. 그러다 한 번 더 입술을 내려 잊지 않고 베이비 키스까지 하고 나서야 만족스럽게 웃었다.

"걸작인데."

목에서 떨어져 자신을 내려다보며 웃고 있는 재윤을 보며 주인이 씨익씨익거리는 숨을 숨기지 않고 내뱉었다.

"한 번 더 해 달라고?"

눈에 힘을 주고 노려보자 능글맞게도 한 번 더 고개를 내리는 재윤을 보며 주인이 서둘러 제 손을 들어 목 부위를 가렸다. 저절로 발이 움직여 뒷걸음질을 쳤다.

"이씨, 함부로 건들지 마요."

"니가 수족관 물고기냐? 함부로 건들지 말게."

재윤이 한 발자국 가까이 다가서서 잠시 벌어졌던 틈이 다시 메워졌다.

"왜, 왜 와요."

주인이 한 발자국 뒤로 물러섰다.

"글쎄. 악마 새끼라 약발 한 방으로는 진정이 안 되나 보지 뭐."

주인이 미간을 굳혔다. 재윤이 한 발 더 다가서고, 주인이 한 발 더 물러나고. 한 번 더 다가서고, 한 번 더 물러설 때였다.

탁, 쨍그랑!

주인의 엉덩이가 테이블 한쪽 모서리를 세게 건드렸다. 그와 동시에 위에 세팅돼 있던 디캔터 하나가 테이블 아래로 떨어져 즉사했다. 놀란 주인이 시선을 내리기도 전에 재윤의 손이 더 빨리 움직였다.

"괜찮아?"

주인을 자신 쪽으로 재빨리 끌어당긴 재윤이 놀란 표정을 숨기지 못하며 주인의 얼굴을 살폈다. 주인도 놀란 터라 쉽게 말문이 열리지 않았다. 재윤이 주인의 어깨를 잡고 이리저리 다친 곳이 없나 살폈다. 그 행동에 주인의 놀란 가슴이 점차 사그라짐을 느꼈다. 진짜 신기하긴 했다. 왜 마재윤과 있으면 이렇게 놀랄 일도 금세 아무렇지 않아지는지, 어지러웠던 속이 진정되는지. 정말 신기한 일투성이었다.

여전히 답이 없는 자신이 이상했는지 당장이라도 안고 병원으로 뛸 것 같은 재윤의 얼굴에 주인이 괜찮다며 손목을 잡았다.

"정말 괜찮은 거 맞냐?"

여전히 걱정된다는 듯한 목소리에 주인이 가만히 고개를 끄덕였다. 그럼에도 재윤이 좁아진 미간을 풀 생각을 않고 물었다.

"실실 쪼개는 게 안 괜찮은 거 같은데."

재윤의 말에 주인이 자신도 모르게 풀어진 입가를 갈무리했다.

그 모습에 재윤이 풋 하고 웃으며 주인의 머리 위에 턱하니 제 손을 올려놓았다.

"아무 데서나 쪼개면 알아서 해라 꼴통. 정말 발정 난 악마 새끼를 보게 될 테니."

재윤이 통통 하고 주인의 머리 위를 가볍게 두드릴 때였다.

"대표님, 아직 디캔딩 작업 안 끝……."

정 매니저의 눈이 더할 나위 없이 커졌다. 한 치 정도 밀려난 테이블과 그 밑으로 산산조각 난 디캔터를 바라보던 정 매니저의 눈이 조금은 벌게진 주인의 두 뺨을 빠르게 훑었다. 왠지 모르게 단정치 않은 주인의 셔츠 깃도 살피다 이내 주인의 머리 위에 올라간 재윤의 손에서 멈췄다.

"뭐…… 뭐 하시는."

정 매니저의 당황한 목소리에 주인이 서둘러 발걸음을 옮겨 창고 안을 벗어났다. 그 모습을 멍하니 바라보던 정 매니저가 잠시 혼란스러운 눈빛을 하더니 이내 결심한 듯 재윤을 향해 말했다.

"대표님."

"왜?"

재윤이 아무것도 거리낄 게 없다는 듯 정 매니저를 쳐다봤다.

"설마…… 윤 매니저까지 자르실 건 아니시죠?"

뭔 소리냐는 듯 재윤의 왼쪽 눈썹이 올라갔다.

"요즘 VVIP들도 윤 매니저 찾습니다. 한 번 접했던 고객들은 꼭 윤 매니저 기억하는 편이고요. 아, 저번에 태웅실업 이사님이 윤 매니저가 추천한 와인 좋았다고 윤 매니저 앞으로 벨기에 브로치까지 보내셨다니까요. 뭐 물론 윤 매니저가 되돌려 보내긴 했지만."

정 매니저가 재윤의 시선을 슬쩍 피하면서도 입을 쉬지 않고 놀렸다. 아무래도 정 매니저는 주인이 실수라도 해서 재윤에게 혼나고 있는 중이라고 여긴 모양이었다. 허나, 연신 제 딴에는 주인을 보호한다고 하는 말이 오히려 재윤의 성질을 더 돋우고 있다는 건 알지 못했다.

"누가, 뭘 보내?"

"그러니까 대표님, 이번 소플리에는 좀…… 예?"

좀 전보다 더 험악해진 재윤의 표정에 정 매니저가 슬쩍 반 발자국 물러났다.

"태웅실업…… 박 이사님이."

"브로치를 보냈다고?"

"네."

정 매니저는 그제야 뭔가 핀트가 잘못 맞춰진 듯한 느낌을 받았다.

"그 늙은이가 이제 하다하다 별."

재윤이 한 손을 허리에 짚고 나머지 한 손으로 제 턱을 쓸어내리며 말을 이었다.

"그건 둘째 치고. 그런 일이 있었는데 이 꼴통이 나한테 보고도 안 했다 이거지 지금."

"……예?"

오 년 동안 대표 밑에서 일하면서 수없이 그의 얼굴을 봐 왔지만 저렇게 사악하게 미소 짓는 대표는 처음이었다. 정 매니저는 다짐했다. 무슨 일이 있어도 절대 오늘 이후로 두 번 다시 저 미소를 볼 일이 없도록 하자고.

그사이 주인은 창고 계단 끝자락에 서 있었다. 홀로 나가기 전 흐트러진 옷매무새를 정리하고 두어 번 제 뺨을 톡톡 하고 치며 제 정신을 찾았다. 진짜 저 악마 새끼 때문에 제 명에 못 살겠다. 끝내 주는 연애하기도 전에 제 수명을 먼저 끝내는 건 아닌지 심히 불안해진 주인이 질끈 눈을 감았다. 그나저나 그 깨진 디캔터는 얼마나 하나. 적어도 오십은 넘을 것 같은데.

'하아. 늘어나는 건 카드 값과 한숨뿐이요. 줄어드는 건 간당간당 악마 새끼한테 저당 잡힌 목숨 줄이로구나.'

주인이 머릿속으로 한 달 후 날아들 카드 명세서를 찢어 버리며 홀로 나가는 사이, 지하에서는 정 매니저가 슬금슬금 뒷걸음치며 혼잣말로 중얼거리는 대표에게서 멀어지고 있었다. 그럼에도 재윤은 검지를 들어 제 입술을 두드리며 말했다.

"딱 걸렸어, 꼴통."

홀로 나온 주인이 난데없는 한기를 느끼는 순간이었다.

11.

　정말 눈 한 번 깜박하면 하루가 다 지나가 버리는 나날 속에 설이 다가왔다.

　"누락된 명단 없나 다시 한 번만 확인해 주세요."

　"대치동 정 여사님 이번에 하와이 가신다고 한 거 같은데요."

　"아, 그럼 메모 하나만 해 주세요. 제가 따로 연락드리도록 하겠습니다."

　VVIP를 비롯해 VIP들까지 포함된 이번 설 기프트 리스트를 확인하는 주인의 눈이 붉게 충혈돼 있었다. 미리 준비를 한다고 했는데도 막상 시즌이 돌아오니 여기저기서 실수가 터져 나왔다.

　"우아, 샤또 시리즈! 죽인다. 이게 다 얼마야. 천은 훨씬 넘겠네. 난 언제 이런 거 받아 보나."

　재훈이 금빛으로 장식된 상자를 확인했다.

　"이거 여기다 놓으면 되나요, 윤 매니저님?"

"아니요, 재훈 씨. 그건 VVIP한테 나갈 거예요. 섞이지 않게 이쪽으로 놔주세요. 그리고 정 매니저님께 나머지 세트 받아서 같이 좀 정리해 주세요."

재훈에게 말하고 돌아서기 무섭게 또 다른 직원이 주인에게 달려들었다.

"디저트 세트가 모자라는데요, 윤 매니저님."

"몇 개나요?"

"음, 한 여섯 개 정도요."

주인이 저절로 찌푸려지는 눈가를 바로잡으며 발걸음을 옮겼다.

"제가 쉐프님께 말씀드릴게요. 그리고 채영 씨는 정확히 여섯 개인지 다시 한 번 확인 좀 부탁해요."

그래서 미리 수량 확실히 해 두라고 했건만. 리모델링 막바지라는 '비비드'에 가느라 잠시 여유를 부렸더니 기어이 탈이 나는구나. 주인은 어떻게 셰프를 구슬려 여섯 개나 되는 디저트 세트를 만들어 내나 생각하면서도 서둘러 몸을 놀렸다. 그야말로 딱, 악마가 만든 소굴에 갇힌 기분이었다. 그로부터 여섯 시간 후. 오 분이라도 더 지나갔다면 정말 몇 명 응급실로 실려 갈 거라 여겼던 그때였다.

"끝……났다아아아아!"

재훈이 자리에서 벌떡 일어나 독립 운동 만세 삼창을 하듯 두 팔을 올리고 외쳤다. 그와 동시에 정 매니저를 비롯한 모든 직원들이 아아아 하는 신음 소리와 함께 그 자리에 주저앉았다. 간신히 맞췄다.

"잘 부탁드립니다."

마지막 상자를 택배 직원에게 맡긴 주인이 인사를 전했다.

"네, 알겠습니다. 새해 복 많이 받으십시오."

"네, 기사님도 새해 복 많이 받으세요."

마지막이라고 생각하니 이제야 좀 숨이 쉬어지는 듯했다. 주인의 얼굴에도 점차 안정이 깃들었다.

"자, 그럼 오늘은 여기까지 합시다. 모두 수고들 했습니다. 대표님이 하셔야 하지만 다른 용무 때문에 자리를 비우셨으니 제가 대신 전하겠습니다."

정 매니저도 거의 녹초가 된 얼굴로 홀 중앙에 서서 말했다.

"매해 나가는 상여금 이외에 올해에는 특별 상여금으로 20%씩 더 추가 입금되었으니, 각자 통장들 확인해 보시고요."

"와아, 대박! 사장님 짱!"

여기저기서 환호가 터져 나왔다. 주인도 소리 없이 미소 지었다.

"오늘의 노고 또한 대표님께서 잊지 않고 꼭 갚겠다고 하셨으니 날들 잡을 준비도 하시고요."

"역시, 나의 사랑 우리 사랑 대표님."

재훈이 너스레를 떨었다.

"자, 그럼 새해 복 많이들 받으시고, 고향 가시는 분은 별 사고 없이 잘 다녀오시고요. 서울에 남으시는 분들도 간만의 휴일 가족들과 친척 분들과 즐겁고 행복한 시간 보내시고 삼 일 후에 뵙는 걸로 합시다. 이상! 퇴근!"

와아아아, 함성과 박수 소리가 터져 나왔다. 한 명씩 소란스러운 인사를 남기고 퇴근하고 나자 주인은 텅 빈 홀에 혼자 남았다.

"어, 윤 매니저님 아직 안 들어가셨습니까?"

정 매니저가 핸드폰을 손에 쥔 채 홀 가운데의 테이블에 앉아 있는 주인을 향해 물었다.

"아, 네. 와인 셀러 한 번 둘러보고요."

정 매니저의 핸드폰에서 '아빠야' 하는 소리가 주인에게까지 들려왔다. 아마도 올해 초등학교에 들어간다는 큰아들 같았다.

"어, 알았어. 기병대 세트. 안 잊어버렸다니까."

얼마 전, 주인에게 애들 장난감 따위가 왜 그렇게 비싸냐고 한탄을 하더니 결국 그 조립용 장난감을 사다 주기로 한 모양이었다.

"안 까먹어 인마. 그래, 알았다니까. 잠깐만."

통화가 길어질 것 같은지 정 매니저가 주인을 향해 눈짓을 하고 고개를 끄덕였다. 주인도 알았다는 듯 고개를 숙이자 그가 입구를 나서며 말했다.

"그래 인마. 정재민이 누구 아들?"

아마 정 매니저의 아들은 이렇게 대답했겠지.

'아빠 아들!'

주인의 입가에 서늘한 미소가 지어졌다. 정 매니저가 돌아가자 이제 정말 휑한 홀 안을 주인이 눈으로 훑었다. 그녀의 두 눈에 적막이 가득 찼다. 가만히 눈을 감았다 뜨고는 테이블 위에 올려놓은 핸드폰을 내려다보았다. 액정에 손가락을 대자 전화 목록이 열렸다. 쓱 하고 스크롤을 이리저리 움직이던 주인이 '악마 새끼'에서 멈췄다.

오후에 잠시 들른 조 실장은 머리가 아프다는 듯 바쁜 티가 역력한 얼굴로 대표실만 들렀다 빠르게 사라졌다. 강원도 쪽 땅에 들어설 그린파크 어쩌고 했던 재윤의 말이 떠올랐다. 주인의 손이 액정 위를 헤매다 이내 자리에서 일어섰다.

'돌아가자.'

그 순간 테이블에 있는 핸드폰이 몸을 떨었다. 주인의 손이 성급하게 핸드폰을 드느라 놓칠 뻔한 걸 간신히 도로 잡아챘다. 후 하고 숨을 내뱉으며 액정을 확인하던 주인의 눈에 실망감이 선연했다. 지이이잉, 연신 울리는 핸드폰을 다시 바라보며 통화 버튼을 눌렀다.

—나 살아 있수 누님.

준영이었다. 말도 안 되는 소개팅으로 그녀를 꼬여 낸 이후로 처음하는 연락이었다. 처음엔 준영이 정말 죄라도 지은 사람처럼 주인을 피했고, 나중엔 주인이 바빠 연락할 수가 없었다.

"그건 다시 죽여 달라는 말?"

주인이 입가에 미소를 띠우며 걸음을 옮겼다.

—에이, 설마. 나로 말하자면 윤주인이라는 실력 뛰어나고 미모까지 받쳐 주는 여인네의 하나밖에 없는 소중한 동생인데. 그렇게 말하면 섭섭하지용.

애교 섞인 말에 주인의 눈가도 좀 전보다 환해졌다.

"고향 안 내려갔어?"

—지금 출발하려고요. 버스 터미널이에요. 엄마가 뭘 또 그런 거 보냈냐고 전화하셨던데.

"별거 아니야. 날도 추운데 밭일하신다고 매일 나가신다고 해서 그냥 스웨터 하나 보내 드렸어."

—스웨터 하나라고요? 내가 이래서 누나 땜에 집에 가도 대접을 못 받는다니까.

주인이 와인 셀러로 발걸음을 돌려 눈으로 주욱 훑어 보기 시작했다.

—정말 같이 안 갈래요?

라벨지를 가린 와인을 다시 앞으로 바르게 정리한 주인이 핸드폰에서 들려오는 준영의 안타까운 목소리를 들었다.

"할 일 많아."

─그렇군요, 라고 하고 싶지만 뻥치는 거 다 보임.

주인이 픕 하고 웃었다.

─알았어요. 더 말하지 말라는 거군. 그럼 누님, 내가 맛난 거 많이 싸 들고 올라올 테니 일 많다고 어디로 튀면 안 되삼.

"그래, 조심히 잘 다녀와."

─오케!

준영의 대답을 끝으로 통화를 마친 주인이 와인 셀러를 한 번 더 바라보고는 등을 돌렸다. 이대로 집으로 가기는 왠지 싫었다. 그렇다고 이렇게 홀로 가게 안에 있고 싶지도 않았다. 주인은 코트와 가방을 들고 걸음을 옮겼다. 어디로 가든, 혼자가 아니어야 했다.

설을 앞둔 거리는 사람들로 북적였다. 음력으로는 아직 해를 넘기지 못한 날의 날씨는 여전히 추웠지만 사람들은 그런 것 따위 상관없다는 듯 너도나도 거리로 나왔다. 주인은 백화점 안 커피숍 한 구석에 앉아 한동안 창밖의 한 가족을 바라보았다.

아빠는 아이를 안고, 엄마는 그런 아이의 손에 작은 벙어리장갑을 껴 주느라 사람들 사이에서 치이는 것도 아랑곳하지 않았다. 행여나 아이의 고사리 같은 손이 추위에 얼어 차갑지 않도록. 꼭꼭 목도리도 한 번 여미어 주고 답답한지 벗어던지려는 털모자도 어르고 달래 다시 머리에 씌웠다. 그러자 아빠도 가만있을 수 없다는 듯 아이의 코끝에 매달린 하얀 코를 자신의 손으로 쓱 닦았다. 아이의 엄마는 자연스럽게 옆에 끼고 있던 가방에서 손수건을 꺼내 남편의 손가락을 닦아 주었다.

그 평온하고 정겨운 풍경에 주인의 시선이 저 멀리 어딘가로 던져졌다. 언젠가, 자신도 저토록 평온했던 풍경 속 어딘가에 있었던 적이 있었다. 언제까지나 계속될 것 같았던 그 평온이 깨지는 건 아주 짧은 시간에도 가능하다는 것을 주인은 너무 이른 나이에 알아 버렸다. 그것을 잃지 않기 위해 얼마나 애를 태웠던가. 주인은 절절히 그 무언가를 위해 부르짖었던 때를 잊지 않고 있었다.

"정말 할머니 보게 해 주는 거죠? 우리 할머니 안 아프게 해 주는 거 맞죠?"

할머니가 다였다. 주인에게 가족이라는 울타리는 곧 할머니였다. 어느 날, 갑자기 나타난 아버지라는 사람은 그 당시 동화책 속에서 보았던 도깨비와도 같은 형상이었다. 차갑고, 무섭고, 손조차 뻗기 싫은 존재.

당시 학교에서 내 주었던 숙제들에는 특히 가족에 관한 것들이 많았다. 자기 가족의 모습을 그려 오세요. 가족에 대한 글짓기 시간이에요. 하지만 아버지와 그의 가족이라는 사람들을 만나고 나서도 주인은 여전히 할머니와 자신, 둘 이외엔 그 누구도 가족이라는 범위에 포함시키지 않았다. 주인이 그렸던 가족 그림에는 끝내 그 두 사람 외에는 누구도 그려지지 못했다.

주인은 간혹, 길거리를 걷다가 신문 가판대에서 아니면 대형 뉴스 광고판에서 보게 되는 '그 얼굴'을 무시하면서 겉으론 담담한 표정을 지어 보였다. 하지만 가슴 한쪽에는 언젠가 미술 시간에 그렸던, 하지만 끝내 찢어 버릴 수밖에 없었던 가족 그림이 떠올라 상처가 났다.

우리 주인이 누구 딸? 아빠 딸! 결코 이생에서는 들을 수 없는, 또한 답할 수 없을 말에 주인의 입가에 공허한 미소가 그려졌다.

주인은 창문 너머 여전히 제 아빠 품에서 칭얼대는 아이의 모습을 바라보다 앞에 놓인 머그잔을 다시 들었다. 하지만 잔은 비어 있었다. 그만 나가야 했다. 주인은 옆에 내려놓았던 머플러를 챙겨 들었다. 연휴를 맞아 마감 시간을 늦춘 백화점이 환한 빛을 밝히며 주인의 발걸음을 이끌었다.

"부모님들이 좋아하실 거예요. 순면으로 되어 있어서 살에 닿는 촉감도 좋구요. 두께도 딱 알맞죠. 보세요."

마네킹 앞에 서기 무섭게 점원이 다가와 주인을 붙잡았다. 점원의 성화에 못 이겨 내복을 한번 매만지던 주인이 밑에서 자신의 코트를 잡아당기는 느낌에 고개를 내렸다.

초롱초롱, 또랑또랑. 네 살이나 됐을까. 새하얀 볼을 통통 불린 채로 자신을 바라보고 있는 아이의 눈에 곧 터질 듯 눈물이 그렁그렁 맺히기 시작했다. 처음 내려다보는 순간에는 그렇게 초롱초롱한 눈을 했던 주제에. 주인은 당황한 표정을 거둬들이며 아이 앞에 가만히 무릎을 굽혔다.

"너, 어디서 왔어?"

주인의 물음에 아이는 얼굴을 더 찌푸렸다. 어, 곧 있으면 터질 것 같았다.

"에고, 사람들에 떠밀려 엄마 놓쳤나 보네. 제가 고객센터에 연락할게요."

내복을 팔던 점원이 어딘가로 사라졌다.

"저 아줌마가 엄마 찾아 준대. 여기 가만히 있어."

아이를 점원이 보이는 곳에 두고 돌아서려는데 덥석 아이의 손이 다시 한 번 주인의 코트 자락을 잡았다. 주인이 코트 자락을 슬쩍 당기며 아이를 내려다보았지만 아이가 으아앙, 울음을 터트리는 바람에 결국 그 자리에 다시 쭈그려 앉을 수밖에 없었다. 그리고 때마침 점원이 나타났다.

"아유, 그렇지 않아도 막 아이 찾던 부모가 왔나 봐요. 곧 여기로 온다네요."

말이 떨어지기도 전, 사람들 사이를 헤치고 급한 발걸음으로 달려오는 여자가 보였다.

"주인아!"

순간, 주인의 고개가 돌아갔고, 아이는 울음을 그쳤다. 곧이어 '엄마아!' 하는 소리와 함께 아이가 여자의 품으로 뛰어들어 통곡을 하기 시작했다. 뭐가 그렇게 서러웠는지 아이는 한참을 엄마 품에 안겨 떨어질 줄 몰랐다. 아이의 작은 머리통이며 등을 쓸어내리던 여자가 고개를 들어 주인을 바라봤다. 좀 전부터 꼼짝 않고 그 자리에 서 있던 주인과 눈을 마주한 여자는 아이를 안은 채 휘청거렸다. 그러자 바로 뒤따라 달려온 남자가 여자를 받쳐 주었다. 주인의 시선이 남자에게 옮겨갔다.

"어머, 금방 오셨네요. 애기 이름이 주인이구나."

점원의 말에 아이는 제 엄마 품에 고개를 더 깊이 묻으며 말했다.

"네, 문주인이에요."

한동안 침묵이 흘렀다. 아이를 안고 있는 여자와 그 뒤를 지키고 선 남자, 그리고 맞은편에 서 있던 주인까지도, 쉽사리 누구 하나 말문을 열지 못했다. 그러자 뭔가 이상하다 여겼는지 점원이 살그머니 다가와 문제가 있느냐고 물었다. 그때야 비로소 주인은 상황을 빠르게 인식했다.

맞은편에 서 있는 존재들이 누구인지 다시 한 번 똑똑히 머릿속에 새기며 주인은 표정을 숨긴 채 그들에게서 뒤돌아섰다. 그리곤 무작정 걸었다. 쉬지 않고 발을 놀렸다. 그렇게 걷고 보니 익숙한 골목이었다. 백화점에서부터 어떻게 걸어왔는지 기억이 나질 않았다. 그저 사람 사이사이로 발걸음을 옮겼더니 집 앞 골목이었다. 새벽을 달려가는 시간의 골목길은 한적하다 못해 을씨년스러웠다.

'빨리 집에 가야겠다. 집에 가서 따뜻한 물에 몸도 좀 녹이고, 따뜻하게 코코아도 한 잔 타 먹어야겠다. 그리고 간만에 보일러도 최고로 올려놓고 땀이나 쭉쭉 빼면서 지겹도록 잠만 자야지. 자고, 자고, 또 자야지. 원 없이 자야지.'

주인의 발걸음이 빨라지는 때였다.

"찾았다."

덜덜 떨리던 주인의 몸이 순식간에 따뜻한 온기에 휩싸였다.

"내가 진짜 이 꼴통 땜에."

마재윤 냄새다. 주인은 코끝에 희미하게 감도는 담배 향과 머스크 향. 그리고 무엇보다 자신을 감싸 안은 온기와 새액 내뱉어지는 가파른 숨결까지 모두 주인이 알고 있는 마재윤의 것들이었다.

"내가 말이다. 하아, 몇 시간 풀어 줬다고. 그새 이 꼴통이······ 가만."

재윤이 품에 안았던 주인을 떼어 냈다.

"너, 왜 이렇게 떨어 대."

이 추운 날, 얼마나 뛰어다닌 건지 재윤의 앞머리가 땀에 젖어 있었다. 재윤이 주인의 몸을 확인하듯 주물거렸다. 주인은 가만히 몸을 맡긴 채 재윤의 얼굴을 확인하곤 두 팔을 들어 올렸다. 그리곤 힘없이 재윤을 끌어당겨 안았다.

"도망가지 말랬지."

주인의 목소리가 심상치 않았다.

"도망가지 말랬잖아!"

주인의 목소리가 높아질 때마다 재윤의 두 눈이 낮게 가라앉았다.

"너야말로 전화 한 통 하면 골통이 밥통 되냐."

재윤이 힘껏 주인을 끌어안아 주었다.

"내가 말이지. 참고 참다가. 윤주인이 이게, 언제 전화 한 번 하나, 어? 이제나 오나, 저제나 오나 핸드폰을 금덩어리 쥐듯 손에서 놓지 않고 꼭 끼고 있다가, 어? 땅 중간 업자가 오천을 더 올려 달라는 말도 안 되는 소리를 지껄이는 바람에 열이 확 받아서 손에 들고 있던 걸 냅다 던졌거든. 내가 진짜, 핸드폰 하나에 또 빡친 건 처음이다. 알아?"

말은 거칠어도 주인을 끌어안는 재윤의 손은 부드러웠다.

"명절 전날이라고 AS도 안 돼. 새로 개통하는데도 시간 걸린다는 걸, 내가 붙잡아 놓고 반죽음 상태를 만들고 나서야 딱, 새 핸드폰을 받았거든. 그래서 내 골통한테 전화를 하는데 이게 또 안 받네. 자정이 넘어가는데도 안 받아. 정 매니저는 가게에서 먼저 나왔다고 하지. 이준영인가 뭔가 하는 놈은 통화한 지 꽤 됐다고 하지. 내가 진짜. 고향 내려가는 조 실장 새끼를 불러들여서 닦달해 위치 추적이라도 들어가라고 소리친 지 딱 십 분 만에, 윤주인이 나타났네."

재윤이 주인의 두 뺨을 그러쥐었다.

"따악, 숨 꼴깍꼴깍 넘어가기 전 기막힌 타이밍이었어, 꼴통."

어느새 또 터진 눈물 둑에 재윤이 인상을 찌푸렸다.

"어디 가서 매 맞고 온 표정 하지 마. 가슴 찢어지게 이 꼴통이
진짜."

재윤이 주인의 눈물을 훔쳤다.

"잘 들어라 윤주인. 어디 가서 패고 오는 한이 있어도 맞고 오는
건 안 된다."

재윤의 손에 얼굴을 고대로 맡긴 주인은 눈물을 그치려 해 보지
만 쉽지 않았다. 이상하게도 재윤의 목소리를 들을수록 눈물이 더
흘러내렸다. 마치, 조금 전 꼬맹이가 제 엄마를 보자마자 더 크게
통곡을 했던 것처럼.

"손을 올려붙이던 주먹으로 까던 다 상관없어. 전치 몇 주가 나
와도 내가 책임져. 그러니까 제발 그런 얼굴로 울지 좀 마."

아빠 같았다. 아마도 정 매니저도 그의 아들에게 이런 말을 해
주겠지란 생각이 들었다. 마재윤의 목소리는 그것을 닮아 있었다.
거칠지만 한없이 따뜻하게 느껴지는 온기. 재윤이 힘을 주어 주인
을 아이 안듯 앞으로 안았다.

"무거울 텐데."

"악마 새끼 힘을 뭘로 보는 거냐."

주인이 재윤의 허리에 발을 감고, 두 팔로 목을 꼭 끌어안았다.
주인의 엉덩이를 받친 재윤의 손이 톡톡톡 어린아이 어르듯 엉덩이
를 두드렸다. 주인의 얼굴이 저절로 재윤의 어깨를 파고들었다.

"보고 싶었어요."

골목을 따라 주인을 안아 든 채 걷던 재윤의 걸음이 멈췄다.

"이렇게 보고 싶을 줄 알았으면 그냥 전화할걸."

"그걸 이제 알았냐. 하여튼 이 꼴통."

주인이 세 들어 살고 있는 집 대문 앞에 도착했다. 주인을 안은 상태로 허리를 숙여 작은 철제문을 넘고, 이층으로 올라가는 계단도 성큼성큼 올라섰다. 드디어 이층에 자리한 주인의 집 앞에 선 재윤이 낮은 목소리로 말했다.

"키."

주인이 또르르 눈을 굴렸다.

"윤주인이, 키."

못 들은 척, 주인이 재윤의 목을 꼭 끌어안으며 말했다.

"내려 줘요."

재윤이 쿡 하고 웃었다.

"니가 아무리 꼴통이라도 말이다. 설마 내가 여기까지 와서 얌전히 돌아갈 거라고 생각한 건 아니지?"

주인이 재윤의 목에서 손을 풀었다. 언제부터였는지 재윤의 눈빛이 탁하게 가라앉아 있었다. 어두운 새벽빛에 오히려 더 으슥하게 번쩍이는 두 눈동자. 언젠가 보았던 거미줄에 묶인 나비처럼 주인의 두 팔이 퍼득거렸다. 나비의 두 팔은 몇 번이나 퍼득거리며 헛손질을 한 후 가방에서 키를 꺼내 들었다.

"오늘은 나 혼자……."

쿵!

주인의 등이 현관문에 부딪혀 울렸다. 재윤이 힘을 실은 입술로 주인의 입술을 물어뜯었다. 갑작스런 재윤의 침입에 놀란 주인은 거부할 새도 없었다. 꼴깍하고 넘어가는 재윤의 타액을 받아들이는 게 전부였다. 츄읍 소리를 내며 입술이 떨어지기 무섭게 딸칵 하고 현관문이 열리는 소리가 들렸다. 당황한 주인의 시선을 바라보며 재윤이 손에 들린 열쇠를 꼬옥 쥐곤 미소 지었다.

"자아, 전채 요리 시간이다."

12.

이가 닥닥 부딪히고, 온몸이 주체할 수 없을 정도로 떨렸었다. 두 팔을 감아 스스로 어깨를 감싸 보아도 멈추지 않았다. 쉬지 않고 달라붙는 한기는 공포와도 가까웠다. 아무리 숨으려 해도 잘도 찾아내 공격해 댔다. 윤주인, 너는 절대 벗어날 수 없어. 그렇게 말하는 것 같았다. 너는 죽을 때까지 우리와 함께 가는 거야.

슬픔은 분노를 불러왔고, 분노는 절망을 가져왔으며, 절망은 공포를 심어 냈다. 그래, 그런 거야 윤주인. 너는 절대 우리를 두고 떠날 수 없어. 외로움이란 놈이 바로 코앞에서 주인을 비웃었다.

"으으...... 읍."

현관으로 들어서자마자 다시 입술을 부딪쳤다. 가슴 밑바닥에 모락모락 김을 내고 있던 수많은 감정들이 보글거리기 시작했다. 한번 보글대기 시작한 감정의 들끓음을 식히기엔 너무 늦었다는 걸,

173

주인은 깨달았다.

"으웃, 으응……웃!"

끓어라. 더, 더, 더! 더 끓어올라! 오늘이 아니면 죽을 것 같이!
더 이상은 그 지긋한 것들이 너를 어쩔 수 없을 만큼! 주인은 재윤
의 목에 감은 두 팔에 더 힘을 주어 매달렸다. 슬픔, 분노, 절망 이
따위 것들은 모두 태워 버릴 테니, 그래서 재가 되어 사라져도 좋
으니 당신은 주저 없이 오라고.

아랫입술이 물어뜯기듯 주욱 하고 잡아당겨졌다. 한참을 아랫입
술을 가지고 놀듯 흠뻑 담아 빨다가 스윽 하고 혀로 쓸기를 반복하
던 재윤이 스르르 제 혀를 주인의 입안으로 옮겼다. 윤주인, 내 꼴
통. 으음 하고 틈새로 울리는 울음을 들으며 재윤이 주인을 안은
채 남은 한 손으로 그녀의 신발을 번갈아 가며 벗겨 냈다. 툭툭 하
고 현관 바닥으로 주인의 신발 두 쪽이 던져졌다.

"……!"

그 와중에도 주인의 입천장을 쓸어내던 재윤의 혀가 순간 멈칫
했다. 주인의 작은 혀가 재윤의 혀를 슬쩍 밀어낸다 싶더니 그 끝
을 살짝 물었다. 순간적인 공격에 멈칫거린 틈을 놓치지 않고, 이번
엔 주인이 재윤의 입안을 탐했다. 주인을 닮은 작은 생명체가 제
입을 들락날락거리며 제가 했던 것처럼 혀를 휘감아 왔다. 조금은
조심스럽게 들어서더니 입천장을 쓸어내릴 때는 그야말로 뒤통수가
저릿했다.

주인이 하는 양을 가만히 내버려 두며 재윤이 입안 가득 매달리
는 주인을 한 번 더 고쳐 들자 그제야 추웁 하고 입술을 뗐다.

"……하아."

깊게 몰아쉬는 숨결 사이로 가는 실타래가 불안하게 매달려 춤

174

추고 있었다. 왠지 모를 불안과 그럼에도 불구하고 절절히 매달려 오는 눈동자를 바라보던 재윤이 더할 나위 없는 따뜻한 미소로 바라봐 주며 은빛 실타래를 혀로 훔쳐냈다. 재윤이 주인의 입술에 쪽 하고 입 맞추곤 신발을 벗었다.

얽힌 시선을 풀지 않고 걸음을 옮겨 주방 겸 거실을 지나 안쪽으로 나 있는 문의 손잡이를 잡아 돌렸다. 잠시 훑어봐도 딱, 윤주인 방이다 싶었다. 깔끔하기 그지없는 공간. 그중에서도 제 몸속 수많은 감정들과 싸워 내며 하루를 시작하고, 세상에 치이고 돌아와 지치고 고단한 몸을 뉘였을 주인의 싱글 침대 앞에 재윤은 걸음을 멈췄다.

재윤은 느끼고 있었다. 주인이 불안해한다는 것쯤. 언제부터인지도 모르게 주인의 몸 안에 가득 찼을 그 음울하고도 어찌할 수 없는 절망과 애달픔을. 그럴 때마다 알려 줄 것이다. 입을 맞추고, 살을 맞대고. 네 불안과 외로움의 그림자조차도 용서치 않으리라. 반드시 찾아 내 두 손으로 갈기갈기 찢어 죽이고 말 것이다. 감히, 그런 것들이 더 이상 윤주인, 너란 여자를 좀먹게 하지 않으리라. 그래, 네가 농담처럼 말하던 악마 새끼가 되어서라도 그리 해 주마. 재윤의 다짐이 그 새까만 동공에 가득 담겨 주인을 향했다.

'그러니 윤주인. 나한테 와라. 힘들더라도 와. 쓰러져 피투성이가 되어서라도 와. 그래야 해. 그래야, 이 악마 새끼도 널 붙잡을 수 있을 테니.'

재윤이 조심스럽게 주인을 침대 위에 내려놓았다. 떨어지지 않으려 재윤의 어깨를 끝까지 잡고 있던 주인이 등을 부드럽게 감싸는 시트를 느끼며 스르르 눈을 감았다. 촉, 눈가에 떨어지는 부드러운 입술에 주인이 감았던 눈을 뜨자, 어느새 재윤이 자신의 위로 올라

와 있었다. 침대 위로 나 있는 유일한 창으로 달빛이 새어 들어와
재윤의 얼굴을 비췄다.

"다 찾아내 줄 테니 걱정 마."

재윤이 주인의 얼굴을 부드럽게 쓸어내렸다.

"윤주인이 아픈 거, 슬픈 거."

재윤의 얼굴이 내려와 주인의 얼굴에 뺨을 비비며 다시 쪼옥 하
고 입 맞췄다. 곧이어 풀어 내린 주인의 머리카락을 귀 뒤로 넘기
며 재윤이 좀 전보다 탁해진 목소리로 말했다.

"깔끔하게 찾아내 없애 주지."

주인의 왼쪽 귓가로 고개를 내린 재윤이 이내 주인의 귓불을 입
에 물었다.

"으…… 읏!"

찌릿하도록 여린 귓불을 물더니 이내 한참을 빨며 지분거린 재
윤의 입술이 주인의 귓바퀴를 희롱했다. 귓바퀴 주름 사이사이에
혀를 넣어 굴리자 주인의 몸이 움찔거리며 몸을 긴장시키는 게 재
윤에게도 느껴졌다.

"하나…… 하나, 천천히."

야릇하게 퍼지는 재윤의 목소리.

"다 찾아낼 거야."

저 발끝에서부터 치밀어 오르는 고동이 점차 맥을 타고 주인의
심장을 향해 돌진하고 있었다.

"윤주인의 아픔, 슬픔. 그리고……."

어느새 주인의 귀에서 떨어진 재윤이 다시 고개를 들고 주인을
내려다보고 있었다. 얼마 전, 아니 어쩌면 육 년 전에 봤을지도 모
를 그 눈빛, 그 시선. 나른하다 못해 지겹도록 자신을 놓지 않고 바

라보는 지독하리만치 외설스러운 악마의 퇴폐성 짙은 눈. 주인의 눈이 재윤의 혼탁한 빛을 받아 함께 일렁였다.

"울지 않고 못 배길 쾌락까지. 다 찾아내 주지."

그와 동시에 재윤의 입술이 거칠게 주인의 입술을 파고들었다.

"으으응!"

질척하게 울리는 소리만이 방 안을 가득 채웠다. 목구멍까지 거칠게 들어왔다가 금세 혀끝을 물고 장난을 치며 숨을 고르게 하다가도 이내 다시 거칠게 파고 들어왔다.

"으음…… 으으으."

츄읍 하고 몇 번이고 입술을 맞부딪히고 떨어뜨리는 사이 재윤의 손이 주인의 코트를 벗겨 내려 하자 주인이 상체를 들었다. 잠시 떨어진 틈도 참을 수 없다는 듯 또다시 입술을 부딪치면서 재윤이 서둘러 제 코트를 벗어 던졌다. 주인의 셔츠 단추를 풀어내는 재윤의 손길이 다급했다. 주인도 자신의 셔츠 단추를 풀어내느라 여념이 없는 재윤을 바라보다 손을 뻗었다. 주인이 재윤의 가슴 위를 느릿하게 쓸었다. 단추를 풀던 재윤의 손이 멈췄다. 주인은 아랑곳 않고 손바닥 위로 느껴지는 재윤의 단단한 가슴을 한 번 더 쓸어내리다 왼쪽 심장 부근을 꾸욱 하고 힘주어 눌렀다. 펄떡거리며 뛰어 대는 심장의 울음이 주인의 손바닥을 타고 올라와 그녀의 심장과 함께 울어 댔다.

'조금만 더, 조금만 더 가까이 느낄 수 있다면. 이 뜨겁게 팔딱거리는 심장을 한 손에 움켜쥘 수 있다면 얼마나 좋을까.'

주인이 손을 내려 재윤의 상의 아래로 손을 집어넣었다. 바로 맞닿아 오는 단단한 피부가 뜨끈하게 손바닥을 감싸자 그제야 안심이 된다는 듯 주인이 눈을 감았다. 천천히, 재윤의 상의 끝자락을 서서히 말아 올린 주인이 손바닥을 미끄러트렸다. 그런 주인의 행동을 가만히 지켜보던 재윤의 가슴이 조금씩 크게 일렁이기 시작했다. 그리고 마침내, 주인의 손이 다시 좀 전처럼 왼쪽 가슴에 닿아 재윤의 작은 돌기를 손톱 끝으로 지익 긁어내리자 재윤이 주인의 손목을 그대로 잡아챘다. 자신의 가슴에서 손을 떼어 낸 재윤은 팔을 엇갈려 스스로 상의를 벗었다. 급하게 벗어 던진 상의로 인해 재윤의 머리카락이 춤을 추듯 헝클어졌다.

"머리카락이……."

재윤의 머리 위로 손을 뻗던 주인의 손이 다시 그에게 잡혔다. 생경하기까지 한 표정. 가슴에서부터 올라오는 으르렁거리는 울음과도 같은 소리. 숲 속 한 귀퉁이에서 움츠려 숨을 고르고 있던 검은 재규어 한 마리를 맞닥뜨린 기분. 주인이 저절로 온몸을 휘감는 긴장감으로 움츠러들 때쯤 과감히 손을 뻗은 재윤이 더 빨리 움직였다.

투드득!

주인의 셔츠 자락이 그대로 벌어졌다. 두 개밖에 풀어내지 못했던 단추를 제외한 몇 개의 단추들이 힘도 한 번 제대로 써 보지 못하고 재윤의 손에 의해 뜯겨져 나갔다. 순식간에 풀어헤쳐진 자신의 셔츠를 멍하니 내려다보던 주인의 목으로 재윤의 입술이 닿았다.

할짝.

그 견딜 수 없을 만큼 짜릿한 혀 놀림에 주인이 두 손을 들어 재윤의 어깨를 잡아 밀어 보지만 꿈쩍도 않는다. 오히려 좀 더 힘주어 목에서 입술을 미끄러트려 내리는 재윤의 무게에 밀려 주인은 점점 침대 깊이 몸을 묻었다.

"으읏!"

짧게 터지는 주인의 신음 소리에 재윤이 그제야 만족한 듯 고개를 들었다. 여전히 눈은 번뜩인 채 마치, 이걸 어떻게 해야 잘 잡아먹을까 하는 눈빛이었다. 주인이 그런 재윤의 생각을 읽기라도 하듯 애써 입가에 미소를 띠우며 두 손을 뻗어 재윤의 얼굴을 잡은 채 쪽 입 맞췄다.

"말했죠. 난 받은 만큼 돌려주는 여자라고."

재윤의 거친 눈빛이 한 번 더 반짝였고, 주인은 다시 재윤에게 입술을 내줄 수밖에 없었다.

"하앗…… 읏……!"

조금 전까지는 아무것도 아니었다는 듯.

"으으……응."

으르렁거리며 입술 사이로 짓이겨지는 소리만 내뱉는 재윤이 콱 주인의 턱을 물었다. 주인의 고개가 저절로 천장을 향해 치켜졌고, 그 틈을 놓치지 않은 재윤이 주인의 목울대에 입술을 가져가 힘껏 빨아 당겼다.

"으음."

달래듯 목울대 위를 핥던 것도 잠시, 어느새 주인의 속옷 사이를 파헤치고 들어온 재윤의 손이 주인의 오른쪽 가슴을 움켜쥐었다.

"아읏!"

저절로 터지는 신음에 재윤이 입가에 호를 그리던 것도 잠시였다. 주인의 한쪽 팔을 잡아 엎드리게 하고는 너덜해진 셔츠를 빼내고 속옷 버클까지 능숙하게 벗겨 냈다. 그리고 그대로 드러난 주인의 하얀 등에 입술을 내렸다.

"으으응."

새하얀 등줄기를 따라 입술을 내리자 시트에 얼굴을 묻은 주인의 입에서 앓는 듯한 신음이 연이어 흘러나왔다.

초옥!

허리까지 내려온 입술이 마지막으로 바지 위 골반 가운데에 닿았다 떨어지기 무섭게 재윤이 다시 주인의 몸을 돌려 바로 보게 했다. 하아 하고 터지는 숨소리를 숨길 사이도 없이 재윤의 얼굴을 마주한 주인의 두 뺨이 붉게 달아올라 있었다.

"기가 막히는군, 정말."

조금은 언짢은 듯한 표정과는 달리 새액거리는 숨소리를 내며 가슴을 오르락내리락하는 주인을 내려다보는 재윤의 눈이 욕정으로 가득 찼다. 새하얀 가슴이 달빛을 받아 탐스러운 빛을 내며 재윤을 유혹했다. 재윤은 뒤통수가 저릿하게 울리고, 손끝마저도 어찌할 수 없을 정도로 찌릿해짐을 느꼈다. 재윤의 시선을 더 이상 받고 있기 힘든지 주인이 한쪽으로 고개를 돌리자 왼쪽 가슴이 좀 전보다 더 치켜 올라갔다. 결국 참지 못한 재윤이 서둘러 입술을 내렸다.

"으응!"

입안 가득 여린 살이 빨려 들어왔다. 맛보면 맛볼수록 끊임없이 자신을 보채는 것만 같다고 재윤은 생각했다.

"으으……응. 읏!"

주인의 왼쪽 가슴을 입에 물고, 남은 오른쪽 가슴도 가만 놔둘 수 없다는 듯 재윤이 손으로 거칠게 움켜쥐었다. 봉긋하고 솟아오른 가슴을 빨아들일 때마다 달콤한 주인의 체향이 재윤의 입안 가득 휘몰아쳤다.

가나슈 초콜릿. 며칠 전, 주인이 입에서 떼지 못했던 그 초콜릿이 녀석의 몸 안에 스며든 건지도.

"……읏!"

참지 못하고 재윤이 콱하니 이빨을 세웠다. 하얀 봉우리에 재윤의 이빨 자국이 선명했다. 붉게 올라온 자국을 손으로 둥글게 따라 그리던 재윤이 그 위를 혀로 쓰윽 핥았다. 주인의 고개가 도리질 쳐졌다. 어느새 눈꼬리에 눈물방울을 매달고서 본능적으로 제 입술 사이를 비집고 나오는 신음 소리를 감추기 위해 꽤나 노력 중인 것이다. 그런 주인의 얼굴을 내려다보던 재윤이 예의 그 사악한 미소를 짓더니 서둘러 입술을 내렸다. 가슴 밑으로 얼굴을 내려 앙증맞은 작은 골에 혀끝을 세웠다.

"하아악."

스스로 짓눌렀던 입술이 벌어지고, 제멋대로 허리가 들썩였다. 주인의 눈이 혼란으로 물들었다. 재윤이 솟아오른 주인의 허리를 잡아 누르고 다시 한 번 혀끝으로 집요하게 짓누르자 또르르 하고 주인의 오른쪽 눈가에 눈물이 흘러내렸다. 그게 또 아까워 재윤이 서둘러 고개를 들어 주인의 눈가를 입술로 훔쳤다. 가파른 호흡을 정리하자 재윤이 주인의 이마를 손으로 부드럽게 쓸어내렸다. 그 눈을 마주하고 있자 언제 그렇게 열에 들떴었는지 모를 정도로 금세 주인의 눈이 평온해졌다. 하지만 그것도 잠시.

지이익.

주인의 평온이 서렸던 눈동자가 움찔거렸다. 재윤은 주인의 눈동자에서 시선을 떼지 않고 고요히 내려다보았다.

'더는 안 돼. 더는 안 되겠다, 윤주인.'

재윤이 물기 가득한 주인의 눈 위에 입 맞추고는 고개를 내려 주인의 귓가에 대고 속삭였다.

"착하지. 엉덩이 좀 들어. 응?"

재윤이 주인을 재촉하며 오른쪽 귓불을 물었다. 질척하게 물고 빨며 희롱하는 소리가 주인의 귓속으로 정확하게 들려왔다. 거부할 수가 없었다. 거부는커녕 이젠 주인 스스로가 어떻게 좀 해 달라고 소리치고 싶은 심정이었다.

"주인아."

주인의 눈이 좀 더 커지고, 귓전으로 흘러들어 오는 그 저릿하면서도 녹아들 듯 부드러운 목소리에 덜덜거리며 주인의 허리가 들렸다. 만족한 듯 미소 지으며 그 순간을 놓치지 않은 재윤이 서둘러 주인의 청바지를 골반에서 잡아 내렸다. 귓불 뒤를 입술로 한 번 더 찍어 누르고, 입술도 한 번 촉 하고 잊지 않고 찍어 누른 재윤이 다시 고개를 내려 주인의 허벅지에 감긴 청바지와 함께 양말까지 벗겨 냈다.

매끄럽다 못해 날렵하게 뻗은 종아리에 이백삼십쯤 될까 한 조그마한 발은 재윤의 한 손에 다 들어올 것도 같았다. 특히나 이 가는 발목은 그야말로 재윤을 미치게 했다. 재윤이 볼록하니 올라온 복숭아뼈에 짧게 입 맞추자 주인이 당황한 듯 잡힌 발목을 빼내려 바둥거렸지만 소용없었다. 평소에도 그렇지만 지금의 마재윤에게 주인의 거절은 오히려 그의 잠자고 있던 욕정을 좀 더 빨리 깨우는 촉매제 같은 역할을 할 뿐이었다.

"놔……요."

주인의 목소리가 마구 떨리고 있었다. 그럼에도 재윤은 소용없다는 듯 한 번 더 주인의 복숭아뼈 위에 진득하게 입 맞추었다. 그리곤 잡고 있던 발목을 쓰윽 옆으로 밀어냈다. 차가운 공기가 주인의 하체를 휘감았다. 저절로 오소소 소름 돋게 하는 한기를 느낄 사이도 없이 점점 벌어지는 다리 사이로 재윤이 자리 잡았다. 한 번 더 서로의 눈을 맞추고, 눈인사를 한 재윤이 주인이 뭐라 입술을 떼기도 전 고개를 내렸다.

"흐으, 웃…… 으으음!"

습한 숨결이 주인을 순식간에 덮쳤다. 허벅지 안쪽 살에 생경하고 거친 느낌이 그대로 전해졌다. 욕심만큼 주인의 하얀 살점을 물던 재윤이 입술을 움직였다. 참을 수가 없었다. 온몸을 타고 흐르는 혈액이 휘몰아치는 듯한 기분이었다.

"으응……응. 안……돼!"

심장에 구멍이 뚫린 것 같았다. 그 구멍을 타고 솟구치듯 튀어나온 피가 주인의 가슴 위로 터져 나오는 듯했다. 재윤이 주인의 중심을 입안 가득 물고 입술을 놀릴 때마다 주인의 고개가 사정없이 도리질 쳐졌다.

"으으…… 싫…… 으읏!"

뜨겁다 못해 데일 게 분명했다. 너무나 뜨거워서 허리를 내빼려 하지만 재윤의 손이 주인의 허리를 꾸욱 잡고 놓지 않았다. 저절로 오므라드는 다리도 반항 한 번 제대로 해 보지 못한 채 재윤의 다리에 짓눌러졌다. 무엇보다 제 중심 사이에서 들려오는 저 할짝이는 소리가 주인을 가만있지 못하게 했다. 너무도 생생하게 들려오는 그 음란한 마찰음에 주인은 정신을 놓아 버릴 것만 같았다. 주인이 손등을 들어 입을 막았다. 제 입에서 흘러나오는 소리도 점점 커져 귓속을 마구 범하는 듯했다.

"흐윽, 웃!"

주인의 허리가 들렸다. 유연하게 휘어진 주인의 허리를 받쳐 든 재윤이 그대로 고개를 들었다. 가파르게 내뱉는 주인의 숨결이 미치도록 사랑스러웠다. 이 기가 막힌 상황을 어찌해야 할지 모르겠는 건 재윤도 마찬가지였다. 손에 넣고 매만져도 입에 넣고 한참을 들이켜도 부족하고, 부족했다.

혼란과 쾌락에 젖은 주인의 눈이 초점을 잃어 갈 때쯤 재윤이 힘 없이 돌아간 주인의 고개를 바로 해 자신을 보게 했다. 어느새 주인의 남은 속옷까지도 재윤의 손에 의해 사라졌다. 재윤이 입고 있던 하의도 벗어 던진 지 오래였다. 성급하게 굴지 말라고 억압할수록 미칠 듯이 뛰는 고동에 재윤이 주인의 앞으로 바짝 다가섰다.

"더 이상은…… 못 참…… 웃!"

재윤이 들어섰다.

"흐으윽, 웃!"

갑작스런 재윤의 침입에 주인은 본능적으로 거부했다.

"……주인. 윤주……인."

고통스러운 건 재윤도 마찬가지였다. 힘겹게 재윤의 입술 사이를 비집고 나오는 제 이름에 먼저 반응한 것 또한 주인의 몸이었다. 쓰윽 제 몸 한가운데를 가득 채우는 그 생생한 감각에 주인의 허벅지가 경련하듯 바들거리며 떨렸다.

"하아."

길게 숨을 내쉰 재윤이 제 중심을 뜨겁게 감싸는 주인을 내려다보았다. 딱, 미치기 직전. 조금만 움직여도 돌아 버리겠는 심정. 허나 그랬다가는 주인이 다칠 게 뻔했다. 지금도 숨도 제대로 내쉬지 못하고 온몸을 긴장으로 굳힌 주인은 온 힘을 다 써서 침대 시트를 움켜쥐고 있었다. 그 모습이 재윤의 저 바다 밑 애써 묶어 놓았던 음심을 자극했다.

'아직은 아니야, 아직은 녀석이 못 견뎌 낼 거다.'

재윤이 조용히 눈을 감았다. 숨을 고르고, 제 심장 근처까지 다가온 거친 또 다른 자신을 밀어냈다. 조금씩, 조금씩 밀려나는 악마의 고갯짓을 느끼던 재윤의 귓전에 주인의 작은 목소리가 흘러들어온 것은 그때였다.

"선…… 배……."

감았을 때와는 다르게 번쩍하고 눈을 뜬 재윤이 고개를 내렸다. 제 쪽으로 뻗은 두 팔이 부들거리며 떨리는데도 주인은 포기하지 않고 제 눈을 바라보고 있었다. 고통이 역력한 두 눈동자를 하고서도 피하지 않고 올곧게 올려다보고 있었다.

"도…… 망, 가지……마……요."

그 울림, 걱정 그리고 심장을 찌르는 선명한 고통의 얼굴. 마치 제 마음을 읽기라도 한 듯 떨리는 음성에 한가득 묻어나는 그 절절함. 물러섰던 악마가 재윤의 심장을 파고들었다. 허덕거리며 재윤의 심장을 좀먹기 위해 시뻘건 얼굴을 하고 달려들고 있었다.

'이런, 젠장!'

"으윽!"

오로지 저만을 감싸 안은 주인의 안에서 재윤이 몸을 물렸다 급하게 다시 들어섰다. 정신을 놓기 전, 찾아내야 한다. 한 번에 너를 다 먹어 치우기 전에.

"으윽, 윽 으윽!"

고통에 제 손등을 입술 사이에 집어넣고 자신을 온몸으로 받아들이고 있는 주인의 손을 재윤이 잡아 내리자마자 안타까운 신음이 온 방 안을 채웠다. 조금만, 조금만.

"흐으읏!"

재윤이 움직임을 멈췄다. 윽윽거리며 힘들게 제 움직임을 따라오던 음성이 아니었다. 주인도 느꼈는지 갑자기 멈춘 재윤의 눈을 바라보던 시선을 또르르 굴려 내렸다. 그와 동시에 재윤이 씨익 웃으며 돌아간 주인의 고개를 바로잡아 다시 시선을 옭아맸다.

"지금부터가 진짜야."

주인이 그 의미를 인식하기도 전, 재윤이 주인의 안을 거칠게 파고들었다.

"으으읏!"

허리가 튀어 올랐다.

애써 잡아 누르려 해도 저절로 리듬을 맞춰 흔들리는 허리에 주인의 머리가 따라가지 못했다.

"으, 으, 으응!"

그만, 그만, 그만!

머릿속에서는 몇 번이고 같은 말이 울리는데도 주인의 허리는 재윤의 몸에 맞추어 계속해서 흔들렸다.

"으응, 으응, 하으읏!"

자지러진다는 말이 무슨 뜻인지 알 것 같았다. 조금만 방심하면 정신을 놓을 것 같았다. 재윤이 몇 번이고 물러섰다 들어서는 곳이 머릿속인지, 제 심장 속인지조차 구별되지 않았다. 주인은 제 가슴을 움켜쥐고 상하 운동을 반복하는 재윤의 얼굴을 바라봤다.

"!"

흔들리는 시선 너머로 보이는 재윤의 얼굴은 처음 보는 형상이었다. 살짝 접힌 미간과 살짝 벌어진 입술 사이로 연신 제 입술을 핥아대는 혀가 정말이지 선정적이었다. 평소에도 어딘지 모르게 나태하다거나 퇴폐적인 분위기를 풍겨 대는 재윤이었지만 그건 지금의 십분의 일도 안 되는 모습이었던 것임을 주인은 깨달았다.

"으윽, 허억."

주인이 본능적으로 허리를 비틀 때마다 재윤의 입에서 주인과 닮았지만 그보다 더 낮고 깊게 퍼지는 신음이 흘러나왔다. 재윤이 주인의 왼쪽 발을 들어 올려 치켜들었다. 흔들리는 와중에도 주인의 한쪽 발이 높게 들렸다.

경악으로 눈이 벌어진 주인을 보던 재윤이 이번에도 복숭아뼈 위에 입을 묻었다. 주인이 거부하듯 발을 빼내려 하자 콱 물었다. 순간, 주인의 몸이 움찔거렸고, 주인의 몸 안에 묻힌 재윤의 존재가 그 부피를 더 키웠다. 그 생생한 느낌에 주인이 재윤을 노려보며 침대 끝으로 도망가려 몸을 빼지만 재윤까지 올라선 싱글 침대 그 어디에도 주인의 피난처는 없었다.

"으응!"

오히려 재윤이 주인의 허리를 더 잡아당겨 내렸을 뿐이었다. 시트와 함께 딸려 내려온 주인의 허리를 다시 잡아채며 재윤이 입술을 열어 연신 혀로 핥아 가며 말했다.

"먹어도, 헉! 먹어도."

"으읏! 응, 응!"

"하아, 허기가 크윽, 안 가시니."

"그으……마……안……."

"그렇게 노려봐도 어쩔 수가 없다고."

그 말을 끝으로 또다시 거친 허리 짓을 시작하던 재윤이 그르렁 거리는 소리를 내뱉으며 뿌리부터 끝까지 주인의 한곳을 파고들었다. 순간, 온몸을 두드려 대는 듯한 재윤을 느끼며 주인이 다시 한 번 고개를 크게 젖히며 벌어지는 입술을 감추지 못했다.

"아아아, 앗!"

"허윽, 크으으윽!"

주인의 신음에 이어 재윤의 입술도 함께 벌어졌다. 마치, 짐승한 마리가 울부짖는 것과도 같은 그 신음에 주인은 제 온몸으로 흘러드는 뜨거운 기운을 느끼며 한 번 더 몸을 떨었다.

'정말로, 마재윤은…… 악마인지도 몰라.'

그 생각을 끝으로 주인은 저절로 감기는 무거운 눈꺼풀에 온몸을 맡겼다.

'하아아' 하고 크게 숨을 토해 내며 침대 위에 놓인 스탠드를 켠재윤이 지쳐 의식을 놓은 주인을 내려다보았다. 여전히 자신을 담고 양쪽 눈 끝에 눈물을 그렁하니 매단 채였다. 여러모로 힘들었는지 의식이 없는 와중에도 살짝 뒤치는 통에 재윤의 중심이 또 발끈하고 움찔대자 재윤은 스스로가 어이없다는 듯 아래를 내려다보며 중얼거렸다.

"참아라."

'참는 자에게 복이 있나니.'

주인의 얼굴을 바라보던 재윤이 조심스럽게 주인의 안에서 나왔다. 재윤은 여전히 제 주인의 말도 안 듣고 못 참겠다고 꿈틀거리는 놈을 애써 무시해 주고는 몸을 돌려 주인을 내려다봤다. 자신이 만들어 놓았지만 걸작도 이런 걸작이 있을 수가 없었다. 붉다 못해 울혈이 잡힌 쇄골은 둘째 치고라도 왼쪽 가슴에 선연히 남아 있는 제 이빨 자국에 남은 한쪽은 벌겋게 손자국까지. 재윤이 슬쩍 손을 들어 주인의 가슴 위를 쓸자 그조차도 쓰린지 주인이 보채듯 신음을 흘렸다. 쯧, 이래서야 원. 재윤이 거칠게 얼굴을 쓸어내렸다.

고개를 돌려 방문 옆으로 난 공간을 바라보다 조심스레 침대에서 내려서 발치에 놓인 바지를 대충 끼워 입은 재윤이 발걸음을 옮겼다. 생각한 대로 욕실이었던 공간에서 따뜻한 물이 담긴 조그만 대야와 타월을 챙겨 나온 재윤이 여전히 의식이 없는 주인 옆으로 다가섰다. 따뜻한 물에 타월을 담가 힘 있게 짜내어 주인의 손부터 닦아 내 주었다. 제 손등을 얼마나 물어 댔는지 손등에까지도 이빨 자국이다.

'이거 원, 정말 깨어나자마자 악마 새끼라고 기겁하는 거 아닌가 모르겠네.'

재윤이 주인의 이빨 자국이 난 손등에 쪽 입술을 맞댔다.

쪽.

반대로 돌려 손바닥에도 한 번 하고.

쪽, 쪽, 쪽!

힘없이 재윤의 손에 들린 팔 등에도 연이어 입술을 가져갔다.

"우리 꼴통은 팔꿈치도 어쩜, 이렇게 돌아 버리게 예쁠까. 응?"

그래도 눈을 뜨지 못하는 주인의 얼굴을 바라보다 식은 타월을 다시 물에 적셨다. 주인의 단아한 이마에 달라붙은 머리카락을 조심히 쓸어 넘겨 주는 재윤의 손길이 마냥 섬세했다. 물기를 뺀 타월로 다시 조심조심 주인의 얼굴을 두드리듯 닦아 내 주었다. 하도 울어서 짓무르지나 않을까 걱정스러운 눈 끝도 톡톡 두드려 주고, 매끄럽게 뻗은 콧등도 쓸어 내고, 아직도 홍조를 머금고 있는 두 뺨에는 한참 동안 가만히 타월을 대 주기도 했다. 그러자 타월의 온기가 좋았는지 주인의 고개가 저절로 타월 쪽으로 비스듬히 숙여졌다. 그것조차도 사랑스러워 재윤이 '쪽' 주인의 입술에 또다시 입을 맞췄다.

'큰일이다, 정말. 벌써부터 제정신 못 차리고 덤벼들었으니, 어

떻게 또 이 꼴통을 구슬려 놓아야 하나.'

재윤의 입가가 유연하게 호를 그렸다. 얼마간을 그렇게 주인의
얼굴을 내려다보던 재윤이 다시 욕실로 들어가 새롭게 물을 받아
나왔다. 그리고 뜨끈한 김을 내뿜는 물에 다시 빨아서 가지고 나온
타월을 들어 주인의 다리 사이로 가져갔다. 허벅지 안쪽이 가관이
었다. 햇빛조차 못 받아 어디보다 새하얀 살결이 벌써부터 시퍼렇
게 색이 변하고 있었다. 저절로 찌푸려 드는 미간을 어쩌지 못하고
재윤이 뜨거운 타월로 그 주변을 몇 번 닦아 내고는 가만히 주인의
허벅지 안쪽에 타월을 댔다. 뜨끈한 온기가 밀려오자 주인이 움찔
하고 허벅지를 떨었다.

'아아, 참으라고 이 꼴통아.'

그 모습에 또 한 번 제 바지 안에서 꿈틀거리는 놈을 내려다보는
재윤의 눈썹도 꿈틀거렸다.

"마음에 안 들어. 거기서 더 하면 가만 안 두겠어. 지금 많이 참고 있
다. 그 밖에 기타 등등, 기타 등등 많은 뜻을 내포하고 있지만 생략하죠."

얼마 전, 자신의 얼굴을 보며 했던 주인의 말이 떠올랐다.

"음, 그러니까 현재 상황으로는…… 지금 많이 참고 있다가 적
합하겠군."

재윤이 혼잣말을 하며 더 이상은 안 되겠다는 듯 주인에게서 떨
어졌다. 테이블 위에 놓여 있는 작은 모포를 들어 주인의 몸을 덮
어 준 재윤이 한 번 더 주인의 이마를 조심스럽게 쓸어 내고는 고
개를 돌려 주인의 방을 둘러봤다.

주인이 잠들어 있는 싱글 침대 하나와 그 머리맡으로 놓인 작은
원목 테이블. 테이블 위에는 노트북 하나, 책꽂이에 꽂힌 몇 가지
책들은 소믈리에 관련 서적인 듯했다. 그 옆으로 작은 농 하나. 그

게 전부였다. 그 흔한 텔레비전 하나 없는 게 정말 윤주인 방다워 보였다. 발걸음을 옮겨 방을 나온 재윤이 주방 한쪽에 놓인 작은 냉장고를 열었다.

"……이런, 윤주인이. 딱 걸렸구만."

재윤이 어이없는 표정으로 주인의 냉장고 안을 바라봤다. 얼마 전 새로 개시할 디저트 메뉴 중 품평회를 했던 가나슈 초콜릿 세트 하나와 우유 하나, 달걀 세 알, 김치가 들어 있을 것으로 보이는 작은 사각 통 하나, 생수 두 병. 그게 윤주인의 냉장고에 든 전부였다. 허! 기도 안 찬다 정말. 냉동실은 열어 보나 마나겠군. 괜히 열어서 열 받지 말고 안 보는 게 낫겠다 하면서도 재윤은 저절로 손이 나가는 걸 막지 못했다.

"허! 진짜 이 꼴통이 아주."

재윤이 방에서 잠들어 있는 주인도 잊은 것처럼 냉장고 문을 쾅 힘주어 닫았다. 작은 냉장고가 재윤의 힘을 이기지 못하고 휘청거릴 정도로. 얼굴에 인상을 쓴 채 방 안으로 들어가려던 재윤이 다시 뒤돌아서 냉장실 문을 열어 생수병 하나와 가나슈 세트를 집어 들었다.

"넌 죽었어, 꼴통."

재윤이 방 안으로 들어서자 언제 깼는지 침대 위에 누워 멍한 시선으로 천장을 바라보고 있던 주인이 고개를 돌려 시선을 부딪쳐 왔다. 혼자 남았다고 생각했던 주인이 재윤을 확인하자마자 입가에 미소를 띠었다.

"웃음이 나오지 지금."

성큼성큼 제 앞으로 다가와 다짜고짜 미간을 찌푸리는 재윤의 얼굴에 주인이 살짝 눈꺼풀을 내렸다 다시 힘겹게 올렸다.

"그건……."

탁하게 갈라진 목소리에 말한 본인이 더 놀랐다. 재윤이 '후우' 하고 한숨을 내쉬며 어쩔 수 없다는 듯 손에 들고 있는 생수를 땄다. 얌전히 그 모습을 지켜보던 주인이 삐걱거리는 소리라도 내지를 것 같은 상체를 들어 올리면서도 모포로 제 몸을 가리는 걸 잊지 않았다. 재윤이 얌전히 주인의 입가에 생수병을 가져다 대고 조금씩 물을 흘려 넣었다. 꿀꺽 하며 넘어가는 찬 기운에 그제야 정신이 드는 것 같아 주인은 몇 번이고 입 안으로 흘러드는 생수를 삼켰다.

꿀꺽, 꿀꺽.

고개를 쳐들고 자신이 흘려 주는 물을 잘도 받아 마시는 주인을 보는 재윤의 눈썹은 더할 나위 없이 꿈틀거렸다.

'진정 좀 하라고 아들내미야. 아직 니가 깰 타이밍이 아니라고.'

슬쩍 시선을 내려 제 중심을 바라보던 재윤이 고개를 빼는 주인을 느끼고 생수병을 바로 들었다. 입가에 채 넘기지 못하고 흘러내린 물을 재윤이 손으로 스윽 하고 닦아 주자 이제야 살겠다는 듯 눈에 생기를 띤 주인이 가만히 재윤을 올려다봤다. 그 얼굴을 확인한 재윤이 물이 남아 있는 생수병을 한 번에 깔끔히 비워 내고는 옆에 두었던 초콜릿 상자를 내밀었다. 스스럼없이 입을 열려다 좀 전의 끔찍한 목소리를 기억한 주인이 눈으로 물었다.

'그게 뭐요?'

그 의미를 파악하지 못할 리 없는 재윤이 또다시 눈썹을 치켜 올리며 말했다.

"이게 무슨 뜻인지 알지?"

주인이 작게 호흡을 골랐다.

"마음에 안 든다, 야."

친절하게 설명을 덧붙인 재윤이 초콜릿 상자를 열었다.

"도대체가 이 마재윤이는, 너란 꼴통을 어찌해야 하는지 알 수가 없네."

벌써 반이 비어 있는 상자를 바라보며 또 어이없다는 표정을 지어 보인 재윤이 초콜릿 하나를 집어 들었다.

"가뜩이나 비실거리는 게 냉장고를 저 따위로 하고 살아?"

주인도 말은 안 한 채 눈썹을 치켜 올렸다. 그리곤 손을 들어 제 치켜 올라간 눈썹을 가리켰다.

'자, 내 것도 보이죠? 이건 거기서 더 하면 가만 안 두겠다예요.'

이번에도 주인의 행동이 뭔지 단박에 알아들은 재윤이 손가락을 들어 주인의 치켜 올라간 눈썹을 꾸욱꾸욱 눌러 내렸다.

"제자리에 안 갖다 붙이지."

'내 눈썹이거든!'

주인은 하얀 얼굴로 또 지지 않고 발끈했다. 그 얼굴이 또 묘하게 재윤의 심장을 간질거리게 했다.

"입이나 벌려."

재윤이 주인의 입술에 손에 든 초콜릿 하나를 가져다 댔다. 익숙한 향에 주인이 발끈거리던 것도 잊고 자연스럽게 아아, 입술을 벌렸다. 벌어진 입술 사이로 느껴지는 달콤한 초콜릿 맛에 주인의 눈썹이 제자리를 찾았다. 혀끝에 느껴지는 달콤함에 주인이 입술 밖으로 혀를 내밀자 초콜릿과 함께 재윤의 손끝이 같이 스쳐 핥아졌다.

"더 먹고 싶냐?"

주인이 고개를 끄덕였다.

'이것 봐라. 눈까지 빛나네. 이 꼴통, 내가 진짜. 누구 속도 모르고.'

재윤이 상자에서 초콜릿 하나를 더 꺼내자 주인의 시선이 바로 따라왔다.

'그래, 왜 네 몸에서 단내가 나는지 이제 알겠군.'

재윤이 손을 내밀자 또다시 아무 의심 없이 입을 벌렸다.

"으읍!"

고개를 숙인 재윤의 입술이 방심한 주인의 입술로 내려와 벌어진 입속으로 혀를 넣었다. 조금 전 녹아들었던 다디단 초콜릿이 재윤의 혀끝에 잔향을 뿌리며 흩어졌다. 메말랐던 입 안이 재윤의 타액으로 또다시 가득 찼다. 잠시 잠깐 놀라 하던 주인이 여전히 무겁게 느껴지는 두 팔을 올려 재윤의 목에 둘렀다. 제 혀를 따라 주저 없이 함께 엉켜드는 주인의 혀에 재윤의 허리가 또다시 징하고 울렸다.

그대로 주인의 뒤통수를 끌어당긴 재윤이 진하게 입술을 놀리자 입 안에 든 타액을 꿀꺽하고 잘도 받아먹었다. 그 소리가 또 기가 막혀 재윤이 입술을 맞부딪친 채 쿡 웃었다. 츄읍 하고 빨려 들어오는 주인의 입술에서 간신히 떨어진 재윤이 그 위로 털썩 주저앉았다. 조금은 허망한 표정의 재윤을 코앞에서 바라본 주인이 그의 어깨에 두 팔을 올리며 드디어 입을 열었다.

"맛있죠?"

'아아, 누가 진짜 악마 새끼인지 모르겠다.'

자신을 보며 싱긋 웃는 주인을 보며 재윤이 '허!' 하며 헛바람을 내쉬었다.

"그거 안 줘요?"

주인이 재윤의 손에서 녹아가는 초콜릿을 바라보았다. 재윤이 반응 없자 주인이 그대로 재윤의 손목을 잡아 올려 입술을 열었다. 쵸옥, 초콜릿과 동시에 재윤의 검지를 빨아들였다. 움찔하고 바로 반응해 오는 재윤에 주인이 빙긋 웃었다. 놓치지 않고 여전히 잡고 있는 재윤의 손가락에 입술을 스칠 때마다 재윤의 본능이 꿈틀거리며 반응했다. 주인은 그러든지 말든지 재윤의 손에 남은 초콜릿 잔해를 말끔히 제 입술로 닦아 내며 시선을 들어 올렸다.

'당신도 좀 당해 보라고.'

재윤이 자신의 손가락을 핥으며 자신을 바라보는 주인의 시선을 놓치지 않고 바라봤다.

"자신 있냐?"

재윤의 손가락 위를 맴돌던 주인의 입술이 멈췄다.

"니가 지금 물고 있는 게 누구 손가락인 거 같냐?"

주인이 천천히 재윤의 손가락에서 입술을 뗐다.

'응?'

주인이 '난 아무것도 몰라요.' 하는 눈빛으로 재윤을 향해 웃었다.

"내가 아무 데서나 막 쪼개면 어떻게 된다고 했지?"

주인의 머리가 드르르륵 굴러갔다.

"안 돌아가는 머리 굴릴 것 없이 내가 가르쳐 주지."

재윤이 주인의 가슴에서 흘러내린 얇은 모포를 홱 걷어냈다.

"아무 데서나 쪼개면 알아서 해라, 꼴통. 정말 발정 난 악마 새끼를 보게 될 테니."

재윤의 손에 들린 모포로 팔을 뻗는 주인의 귓전으로 뒤늦게 재

195

윤이 했던 말이 스쳐 지나갔다.

'생각이 나지 않으려면 아예 나지를 말든가 도대체 왜 매번 한 템포 늦게 생각이 나는 거냐구!'

주인이 재빨리 무릎을 끌어당기고 침대 한구석에 찌그러져 있던 베개를 집어 들어 몸을 가렸다.

"10분 섹스에 소모되는 열량이 90칼로리 정도거든. 우리 꼴통이 먹은 초콜릿 칼로리가 얼마나 될까나?"

'몰라, 몰라, 그런 것 따위 내 알 바 아냐!'

주인이 고개를 세차게 저었다. 손에 든 모포를 저 멀리 집어 던진 재윤이 슬금슬금 주인의 곁으로 다가갔다.

"이 악마 새끼가 우리 꼴통한데 뭘 해 줄 수 있을까 하다가 말이지. 다이어트 걱정 없이 초콜릿을 먹게 해 줄 수도 있겠다 싶은데 말이야."

슬금슬금 뒤로 엉덩이를 빼는 주인과 침대 위에 손을 짚고 올라타는 재윤의 모습이 흡사 숲 속 한가운데서 만난 어린 노루 새끼 한 마리와 검은 재규어처럼 보였다.

"안 먹어도 돼요."

주인의 대답에 재윤이 코웃음을 쳤다. 좀 전까지 죽어 가던 주인이 초콜릿 하나에 눈을 반짝이며 매달려 온 게 십 분도 안됐다.

"먹게 도와준다니까?"

"안 먹어도 된다니까요."

어느새 주인에게 한 뼘 더 가까워진 재윤이 주인의 한쪽 발목을 잡아챘다. 서둘러 힘을 주어 빼 보려 하지만 재윤의 힘이 너무 강했다. 주욱, 당겨진 주인의 새하얀 왼쪽 다리가 모포를 걷고 온전히 드러났다. 쪽 하고 복숭아뼈 위에 입술을 부딪치는 것도 잊지 않았다. 그 진득함에 주인이 움찔거리며 한 번 더 반항했지만 고개를 든 재윤과 시선을 마주치곤 이내 포기했다. 재윤의 눈빛이 또다시 탁하게 내려앉아 있었다.

"내가 꼭 먹여 주고 싶어서 그래."

나머지 주인의 오른쪽 발목까지 잡아 뺀 재윤이 빙긋 웃었다.

"그런 의미로 우리 열량 체크 한번 해 볼까."

주인의 새하얀 얼굴 위로 오묘한 감정이 스쳤다.

"초콜릿 두 개에 얼마나 버틸 수 있는지. 응?"

재윤이 힘을 주어 주인의 두 발목을 잡아 힘껏 끌어당겼다. 쭈욱 하고 시트와 함께 주인의 엉덩이가 끌려왔다. 반동에 의해 뒤로 넘어갈 것 같은 상체를 한쪽 손으로 침대를 잡고 버텨 낸 주인 앞으로 재윤의 얼굴이 코앞에 다가와 있었다. 주인이 상체를 가리고 있던 베개를 들어 재윤의 얼굴을 밀치듯 가려 버렸다.

"우리 꼴통은 베개에서도 초콜릿 냄새가 나네."

재윤이 제 앞을 가린 베개를 뺏으려 힘을 줬다. 하지만 주인도 만만치 않았다.

"잘 시간이에요."

"누가 아니래."

"잠만 잘 시간이라고요."

"그래서 재워 준다니까."

"난 혼자서도 잘 자요."

"난 혼자서는 못 자."

"그건 선배 사정이구요."

마치 탁구공이 탁구대에서 쉬지 않고 왔다 갔다 하는 것처럼 서로의 말을 되받아치던 주인과 재윤이었다. 탁구대 대신 주인의 싱글 침대 위에서, 탁구공 대신 주인의 베개를 가지고 힘겨루기를 하는 것만 다를 뿐. 재윤이 손에서 힘을 풀었다.

"다시 해 봐."

"뭘⋯⋯."

'⋯⋯요?'

주인의 뒷말이 먹혔다. 재윤이 제대로 힘을 주자 금세 쥐고 있던 베개를 빼앗겨 버렸다. '이!' 하고 속았다는 듯 눈에 힘을 주던 주인이 그저 얌전히 자신의 머리카락을 뒤로 쓸어 넘기는 재윤을 가만히 바라보았다.

"그거, 다시 해 봐."

그러니까 뭘. 그 고요하리만큼 나직한 목소리에 주인이 가만히 머리를 맡긴 채 재윤을 바라보았다. 그가 쓸어 넘긴 머리카락 쪽으로 고개를 내리더니, 주인의 귓전에 대고 입술을 뗐다.

"불러 봐, 좀 전처럼."

'좀 전처럼?'

"윤주인이 부르는 그거, 꽤 설레."

'설마하니, 나도 모르게 내뱉었던 그걸 말하는 건가?'

귓전에서 떨어져 다시 자신을 바라보는 재윤의 얼굴에 주인이 설마 하는 눈빛으로 바라봤다.

"마치, 대학 시절로 돌아가 윤주인을 찾아낸 기분이 들거든."

맙소사. 주인은 그 엄청난 미소에 숨을 들이마셨다.

'정말 악마의 재림이구나.'

"⋯⋯선배."

홀딱 빠지게 해서 결국 듣고 싶은 답을 내뱉게 하니.

"한 번 더."

"선⋯⋯배."

"마지막."

"선배."

두 눈을 감고 주인의 입에서 울리는 단어에 심취해 있던 재윤이 다시 스르르 눈을 떴다. 눈을 뜬 재윤의 두 눈동자에 광풍이 몰아 쳤다. 다시 한 번 체중을 실어 주인의 입술을 파고드는 통에 그녀 의 상체가 그대로 침대 위로 넘어갔다.

"으으응!"

창밖으로 달빛을 물리치는 햇살이 고개를 들려 하는 참이지만 주인의 방에 또다시 울려 퍼지는 신음 소리는 또 다른 시작을 알렸 다. 한참 만에 입술을 떼어 낸 재윤이 주인의 이마에 입술을 내리 며 말했다.

"아직 남았잖아, 꼴통."

날은 밝아 오지만 재윤의 배는 아직 채워지지 않았다. 재윤이 주 인의 뺨에 입술을 살포시 누르며 말했다.

"달콤한 후식이 말이지."

13.

　재윤은 새벽 내내 이어진 정사로 인해 지쳐 잠든 주인의 얼굴을 쓰다듬고는 조용히 방문을 열고 주방으로 나왔다. 생각 같아서는 그대로 주인 옆에 누워 눈이라도 감고 있고 싶지만 조금 전부터 울려 대는 핸드폰 소리에 혹시나 주인이 깰까 서둘러 바지만 걸친 채 나온 참이었다. 헌데 습관처럼 목소리가 점점 높아지고 있음을 깨닫지 못했다.

　"어차피 이리 굴리나, 저리 굴리나야. 까짓 거? 야 이 새끼야. 너는 오천에 밥 말아 먹냐. 니가 지금 공 아홉 개 이하는 이제 취급도 안 한다, 뭐 그거지 지금? 이게 언제 이렇게 컸지. 웅? 이제 막 나까지 밟겠다, 니가."

　깜바악 깜박. 얼마 만에 눈을 뜬 건지 모르겠다. 정신을 차렸다가도 몇 번이고 부딪쳐 오는 악마 새끼 때문에 또 까무룩 눈이 감겼던 게 언제더라. 이제 그만, 안 된다고 울고불고 매달리는 자신을

향해 후식까지 리필해 보긴 처음이라며 중얼거리던 그 얼굴이 얼마
나 얄미웠던지.

간신히 일으킨 몸으로 욕실을 향해 가는 자신을 어깨에 들쳐 메
고는 작은 욕조 안에 함께 들어오겠다고 난리 치는 걸 말리며 또
한 번 진을 빼기도 했었다. 그러고 나서…… 창밖으로 밝게 비쳐
오는 햇살에 커튼을 치기도 했던 것 같은데. 주인이 여전히 창을
가린 커튼 끝자락을 바라보다 고개를 돌렸다.

"죄송은 무슨. 내가 죄송하지. 언제 그렇게 크신 줄도 모르고 몰
라봤으니 안 그러냐?"

열린 문틈 사이로 들려오는 목소리는 여전했다. 그래서 무엇보다
도 주인을 안심시켰다. 누구와 통화를 하는지 방문 틈 사이로 보이
는 재윤은 주인의 작은 거실 겸 주방을 왔다 갔다 하며 여느 날처
럼 열을 내고 있었다. 언뜻언뜻 스쳐 보이는 그 짜증스런 표정까지
도 너무나 마재윤스러워 보였다. 그래, 매재윤이란 악마는 그 어떤
것이든 마재윤스럽게 하는 남자였다.

"너는 지금 매일 돈으로 처바르고 다니는 새끼가 괜히 너를 잡는
거 같지. 오천짜리 한 장 하루 술값으로 날리는 새끼가 지 밑에 있
는 놈이 뭐 하나 잘못했다고 막 엿 먹이는 걸로밖에 안 들리지? 근
데 이거 어쩌냐. 너는 그런 새끼 밑에서 개겨야 하는 놈이니."

날카롭게 뱉어지는 목소리, 점점 높아지는 목소리와 함께 치켜
올라가는 짙은 눈썹. 애써 누르려고 하는 듯 들썩이는 단단한 가슴.
특히나, 대충 걸치고 있는 바지가 슬쩍 흘러내려 허리 춤 아래로
살짝 드러나는 치골이 너무나 예뻤다.

"섹시하지? 내가 이거 만드느라 땀 흘린 거 생각하면 진짜."

몇 시간 전, 손을 뻗어 매만지는 주인을 향해 재윤이 했던 말이

201

었다.

"이제 다 니 거다. 마음대로 가지고 놀아도 돼."

그러면서 또 뭐가 좋은지 크크큭거리며 웃기도 했었다.

"그러니까 잘 들어, 새꺄. 나는 하룻밤 술값으로 오천을 날릴지 언정 내 뒤통수 까는 것들한텐 십 원 한 장도 못 넘겨줘. 알아듣냐? 니 돼지 저금통에 차곡차곡 한 달에 한 번씩 먹이 주는 새끼인 나는, 약속받은 건 무조건 받아 내야 하는 새끼야. 알겠냐?"

아무렴. 약속받은 것만 받아 내면 다행이게. 그 이자까지 톡톡히 쳐서 받아 내야 속 풀리는 게 아니고. 주인이 가만히 웃었다.

"진만이 서천에 있을 거다. 연락해서 당장 불러들여. 그런 쪽으로 해결하는 데는 도가 튼 놈이니 알아서 처리하고, 결과만 보고하라고 해. 여기까지다. 한 번만 더 내가 진세현 네 새끼 때문에 내 핸드폰 박살내면, 그날 넌 그야말로, 아웃이야."

자신감이 넘치다 못해 건방지고 오만하기까지 하다. 그런 제 자신을 제일 잘 알고 있는 것이 마재윤이었다. 너무나 잘 알고 있는 나머지 그것을 바꾸려는 시도도 하지 않는다. 좀 더 신사적이고 조금 더 다정다감한 마재윤을 만들기보다는 다른 이를 자신의 건방과 오만에 익숙하게 만든다. 마음에 들지 않으면 바꾸면 된다. 안 되는 걸 되게 하는 것만큼 짜릿한 일이 없고, 당연한 듯 해 왔던 일들을 순전히 제 흥미에 의해 파토 내기도 한다.

"더불어 난 약속한 것도 무조건 지키는 새끼라는 걸 잊지 마라."

그래, 그게 마재윤이다. 어찌 보면 너무나 이기적인 행동들과 때론 지나치게 무신경한 눈빛들까지도. 유난히도 정장 슈트가 잘 어울리는 남자이면서도 목까지 단정하게 채우기보다 두세 개 단추를 풀어내는 모습이 더 기막히게 어울리는 남자이며, 저돌적으로 들이

대기만 하는 것처럼 보여도 상대를 보고 그 속까지 들춰내 결국 제 앞에 엎드리게 하고 마는 남자. 그래서 결국, 제 힘으로 결과를 바꾸는 남자이기도 했다.

"잘 알아들었으면, 조 실장 바꿔."

농담처럼 던진 한 마디에도 제 의중을 심어 상대의 의지를 시험하는 마재윤은 아닌 척해도 조금 무섭다. 언제든지 자신을 무방비하게 만들고, 제 속을 들여다보는 것을 서슴지 않는다는 것을 이제 주인도 잘 알고 있기 때문이었다.

"그래. 애가 어디서 뭔 꼴을 당했는지 벌벌거리는데 내가 아주 돌아 버리는 줄 알았거든."

감겼던 주인의 눈이 서서히 다시 들어 올려졌다.

"아직 안 물어봤어. 딱, 내가 먼저 죽게 생겨서 내 배부터 불리느라."

주인의 입술 사이에서 작은 웃음이 터졌다. 아마도 어제 때 아니게 불려 와 새벽녘까지 자신을 찾아다녔다던 조 실장이 자신을 걱정하는 모양이었다. 거기에 저런 대답을 참 태연히도 한다.

"뭐야? 내 배 내 걸로 불리겠다는데 니 새끼가 뭔 상관이야. 그리고 가만. 너 왜 내 거에 이렇게 관심이 많냐? 엉?"

뒤돌아서 가스레인지 쪽으로 간 재윤의 얼굴이 보이지 않지만 분명 주인 닮은 눈썹이 또 꿈틀거리며 치켜 올라가 있겠지. 주인이 팔에 힘을 주어 침대 시트를 짚었다. 몇 분 전에 깨어났을 때만 해도 움직일 때마다 관절이 빠득거리며 소리를 내는 것 같더니 그래도 한참을 뜨거운 물에 들어가 앉아 있던 효과가 있는지 근육은 제법 뭉치지 않은 모양이었다.

"여보세요? 너 지금 찔려서 아무 말 못 하냐? 지금이라도 아예 네 고향 양지바른 곳이라도 알아봐 줄까?"

조금 더 힘주어 상체를 들어 올린 주인이 시트를 걷어 올렸다. 침대 밑으로 손을 뻗어 앞쪽으로 잡아당기자 작은 서랍이 열렸다. 주인은 아무렇게나 손을 놀려 티셔츠 하나를 꺼내고 그 옆으로 가지런히 놓여 있는 속옷도 하나 집어 들었다.

"허, 이 자식 보게. 너 지금 너무 격한 반응이다. 오히려 더 거슬리는 이 기분을 뭘까? 응? 여하튼 너도 지금 이런 말이나 해 대는 내가 웃기겠지만 나도 이런 내가 웃겨 돌 지경이거든. 그러니 내가 더 웃겨지지 않게 잘하라고 조 실장."

천천히 티셔츠 안으로 머리를 집어넣고, 두 팔도 하나씩 껴 넣었다.

"젠장, 너무 익었다. 끊어!"

침대 아래로 내린 다리 사이로 속옷을 끼워 올리던 주인의 눈이 커다래졌다. 어마어마하구나. 주인이 허벅지 안쪽에 스며든 시퍼런 멍을 가만히 내려다보다 주방에서 들려오는 소리에 마저 손을 놀리곤 고개를 돌렸다. 코끝에 감겨드는 고소한 향이 입맛을 다시게 했다. 주인이 하의를 찾기 위해 자리에서 일어서려 할 때였다.

"설마, 그 상태로 몰래 튈 생각을 하는 건 아니겠고."

한 손에 접시 하나를 들고 재윤이 방으로 들어섰다. 옷장 옆에 기대서서 주인을 바라보는 시선이 내려가더니 이내 허벅지에 머물렀다. 자동으로 찌푸려 드는 재윤의 얼굴에 주인이 아무렇지 않은 표정으로 입을 열었다.

"그 옷장 안에서 바지 하나만 꺼내 주실래요."

목소리도 많이 나아졌다. 아직 완벽하게 평소의 목소리로 돌아온 건 아니더라도 심하게 갈라져 탁하다고 느껴지던 새벽보다는 나아

졌다. 재윤이 가만히 주인의 얼굴을 한 번 더 바라보고는 옷장을
열었다.

"반바지가 낫겠군."

재윤이 네이비색 반바지를 찾아 들고 다가왔다. 한 손에 들고 있
던 접시를 잠시 바닥에 내려놓은 재윤이 주인의 발밑으로 반바지를
가져갔다. 그 모습을 바라보던 주인이 발을 들어 반바지 안으로 집
어넣었다. 한 발, 한 발. 두 발 모두 바지 안으로 넣자 재윤이 반바
지를 추키다 허벅지 쪽에서 잠시 멈칫했다. 그 행동이 어떤 의미인
지 모르지 않는 주인이 손을 뻗어 재윤의 젖은 머리카락을 쓸어 넘
겼다.

"좋다. 나랑 똑같은 샴푸 냄새 나는 마재윤."

쿡 하고 웃은 재윤이 다시 손을 놀렸다.

"엉덩이 들고."

"엉덩이 들고."

재윤의 말을 똑같이 따라 하며 주인이 재윤의 어깨에 팔을 두르
곤 엉덩이를 들었다. 반바지까지 다 갖춰 입은 주인이 제 옆을 손
바닥으로 탁탁 쳤다. 재윤이 '어쭈?' 하는 표정으로 바라보다 바닥
에 내려놓았던 접시를 들고 주인의 옆에 앉았다.

"스크램블드에그군요."

재윤이 스푼으로 떠 주인의 입술에 가져갔다. 주인이 아이처럼
잘도 받아먹었다. 고소한 우유 향에 부드러운 달걀이 입 안을 부드
럽게 감쌌다.

"오호, 악마 새끼가 한 것치고는 딱 제 입맛인데요."

다정한 표정이지만 분위기가 편치 않았다. 좀 전부터 아무 말 없
이 그저 자신의 얼굴만 살피는 재윤을 보며 주인이 속으로 살포시

한숨을 쉬었다. 주인은 한 번 더 자신의 입가로 스푼을 들이미는 재윤에게서 스푼과 접시를 뺏어 들어 바닥에 내려놓았다. 그리곤 침대 아래로 늘어뜨렸던 한쪽 다리를 옆에 앉아 있던 재윤의 허벅지 한쪽에 올린다 싶더니 이내 그 위에 올라앉았다.

"뭘 생각은 마재윤이 하는 거 같은데."

주인은 두 팔을 들어 재윤의 어깨 위에 올렸다. 재윤의 한쪽 손이 주인의 등을 받쳤다.

"간밤에 그렇게 사납게 달려들더니 지금은 왜 이렇게 조용할까, 우리 악마님께서."

또 말없이 웃던 재윤이 주인의 이마에 제 이마를 맞대었다.

"이런 건 어디서 배웠지 우리 꼴통님께서는."

얼굴을 간질이는 재윤의 숨결에 주인이 예쁘게 눈웃음을 쳤다.

"마재윤표 사전, 별도 첨부란에 나오는 거죠. 마재윤이 도망가려는 낌새를 보이면 이렇게 하라 제1항이에요."

재윤이 주인의 등을 가만히 토닥였다.

"나는 절대 안 도망가."

"알아요."

주인이 답했다.

"맹세 따위도 필요 없었어."

재윤이 주인의 머리를 부드럽게 쓸었다. 주인은 그의 어깨에 머리를 기댔다.

"너도 알다시피 나는 그렇게 살았어."

'지금까지는.'

재윤이 주인의 머리 위에 제 머리를 기댔다.

"지겨울 만큼 해 봤어. 여자를 만나든, 술을 마시든, 도박을 하든. 우리 꼴통이 전혀 상상도 할 수 없는 무수한 것들을 하고 살았을지도 모르지."

주인은 가만히 귀를 기울이며 눈을 감았다.

"그래서 나는 안 도망가."

'못 도망가.'

주인의 손바닥에 닿는 재윤의 상체가 뜨끈했다.

"그야말로 나는 볼 장 다 본 놈이거든. 그래서 고민했었어. 윤주인도 똑같을 거다. 어차피 벗겨 놓고 보면 인간은 다 똑같다. 그러니 잠깐 눈 돌아가는 윤주인도 다시 눈 돌리면 그만이다. 무시하고, 돌아섰지. 잘 했다 생각했어. 때아니게 마재윤스럽지 않게 군다고 떠들어 대는 태현이 놈이나 연석이 놈이 더 우습다 생각했지."

따뜻한 온도보다 조금 더한 뜨끈함. 주인은 그런 재윤의 온도가 좋았다.

"나를 그렇게 오래 봐 온 친구라는 놈들도 결국 나를 모르는구나. 마재윤은 그런 놈이 아니다 했었어. 그런데 어느 날 지형이 새끼가 그러는 거야. 우리 학과에 윤주인이 결혼을 한단다. 태현이 놈이 얼음 마녀 결혼식에는 무조건 가서 깽판이라도 치고 오겠다고 난리던데, 너도 가겠느냐고 물었지."

그 정도로 자신을 싫어하는지 몰랐다. 주인이 기억하기로 현재 지아의 남편인 정태현은 대학 시절 호감 가는 동기이자 호탕한 선배였다. 물론, 그 과하기까지 한 호탕함이 주인과는 잘 맞지 않았지만 주인은 적어도 태현을 호감과 호탕으로 무장한 마재윤의 친구쯤으로 기억하고 있었다.

"안 가는 게 맞았어. 생각할 필요도 없었지. 돌린 눈을 또다시 돌리는 취미 따위는 없었거든."

그래, 알고 있다. 한번 아니면 절대 아닌 마재윤.

"그런데 어느샌가 내가 거기 앉아 있는 거야. 인정하고 싶지 않았어. 이건 아니다. 그저 태현이 놈 성화에 못 이겨 준 것뿐이다. 그러면서도 드레스 자락 붙잡고 무시무시하게 뛰어가는 너를 붙잡고 내가 뛰고 있더군. 뛰면서도 그랬어. 놀고 있구나, 마재윤. 얘가 대체 뭔데 니가 이러느냐고."

조금씩 주인의 머릿속에 그날이 떠올랐다. 재윤이 가만히 그녀의 손을 잡았다.

"니가 뭘까 꼴통."

주인의 손등을 가만가만 문지르는 재윤의 손이 부드러웠다.

"얘가 뭘까, 윤주인이 대체 뭘까 하다가 때려치웠었지. 골치 썩어 가며 고민해 봤자 달라지는 건 없다고 생각했어. 그래, 처음이었어. 다 알아서 못 푼 문제가 없었던 게 아니야. 답지를 사서라도 확인했던 거지. 근데, 그땐 그럴 생각도 못 했어. 그저, 굳이 내가 아니라도 다른 누군가 답을 찾아내겠지 했던 거 같아."

재윤이 주인의 손가락 하나하나를 장난치듯 휘어 감으며 장난쳤다.

"그런데 어느 날 불쑥, 육 년 전에 객기 부리고 팽개쳤던 시험지를 다시 받아 든 그 끔찍한 기분을 우리 꼴통이 알라나? 응?"

간질거리는 느낌에도 주인은 가만히 재윤에게 손을 맡겼다.

"답이 없는 거야. 아무리 찾아도 답이 없는데 나보고 어쩌라고 이러는 건지 알 수가 없었어. 그래, 우선 던져나 보자. 이것저것 던지다 하나만 걸려라 했던 것도 사실이야. 윤주인이 물면 그래, 그때 이딴 시험지 따위 깨끗이 찢어 주마 했던 것도 사실이야."

꾸욱, 손바닥을 누르며 손금을 따라 그림 그리듯 유영하던 재윤의 손이 살짝 떨리는 것 같다고 주인은 생각했다. 잠시 숨을 크게 내쉰 재윤이 다시 입을 열었다. 대답이 없어도 상관없는 듯했다.

"윤주인이 계약서에 사인하던 날. 그래, 이제 다 됐구나 싶었던 날. 집으로 돌아가는 길에 라디오에서 노래 하나가 나왔어."

재윤이 호흡을 가다듬더니 입술을 열었다.

"대충 가사가 그랬어. 한 여자가 남자 앞에서 운 거야, 처음으로. 그래서 그 남자의 세상은 무너졌다 뭐 그런. 근데 그 가사 맨 마지막이 그랬어."

주인의 가슴에 맞닿은 재윤의 심장 소리가 들리는 것 같았다.

"그녀의 눈물은 결국 그녀를 떠나보냈지."

재윤이 미소를 띠우자 주인은 왠지 서글퍼졌다. 이 남자, 누구보고 꼴통이라는지 모르겠다. 어찌하면 좋을지 알 수 없는 감정이 주인의 가슴을 건드렸다.

"차를 세웠어. 마지막 가사가 머리에서 떠나지 않았지. 그리고 알았어. 아, 이게 답이구나. 그녀는 울었고, 떠났지. 윤주인은 내 앞에서 울었고, 떠났어. 남자의 세상은 무너졌는데, 그렇게 끝인 줄 알았는데…… 돌아온 거야."

그 기막힘을 알까. 단잠을 자다 벼락이라도 맞은 것 같은 기분. 짙은 어둠이 내린 새벽, 재윤은 도로 한쪽에 차를 세우고 그 시간을 보냈다. 동이 터 오는 모습을 바라보면서 재윤은 생각했었다. 자신만 모르고 있었던 답을 이렇게 툭하니 던져 주는 이유는 또 뭘까 하고. 아, 그래. 윤주인이 돌아왔구나. 그렇다면 남자의 세상은…… 마재윤의 세상은.

"돌아온 윤주인만 알겠지."

그래, 이제 네 이 손에 달렸다. 재윤이 주인의 손을 들어 그 손바닥 가운데에 조심스레 입술을 눌렀다.

"온전히 이 손에 올려 줄게. 지금 내가 윤주인한테 줄 수 있는
모든 거야. 머리카락 한 올까지도 이제 네 손안에 있는 거야, 마재
윤은."

재윤이 주인의 손바닥 위에 가만히 제 손을 올렸다. 콕, 콕. 주인
의 가슴이 따끔거렸다.

"웃기다고 비웃어도 되고, 같잖다고 떨궈 내도 되고, 더럽다고
내쳐도 돼."

전하고 있었다. 한 번도 다른 사람의 눈치를 보거나 머리 숙이는
일 없었던 마재윤이었기에 이 절절함이 어색할 만도 한데 주인은
그저 마냥 울고 싶어졌다.

"아니다. 그래, 나 지금 또 빼기고 있는 거다. 망할 놈의 습관이
아직 죽지 않고 꿈틀대네. 비웃는 것까지는 괜찮은데 내치는 건 안
하면 안 될까."

또 이렇게 당해 버리고 말았다. 이제는 조금 안다고 생각했는데
언제나 이렇게 재윤은 주인의 뒤통수를 친다. 주인은 묻고 싶었다.
당신이란 남자, 도대체 어디까지 나를 끌어당길 참이냐고.

"응? 주인아, 내 꼴통."

그래, 도대체 내가 뭐라고. 당신 말대로 대체 내가 당신한테 뭐
라고. 아마도, 어쩌면 정말 한 번도 타인에게 드러내지 않았던 모습
을 자신 앞에서 이렇게 아무렇지 않게 보여 줄 수 있는 거냐고. 마
재윤이란 껍질을 또 이렇게 벗어 낼 수 있는 건지, 주인은 정말 알
수가 없었다.

"아무래도 윤주인이 내 속을 들여다보고 있는 게 틀림없군. 이
렇게 대답 안 하고 버틸 때마다 마재윤이 속이 얼마나 타들어 가는

지 시험이라도 하려는 거냐, 응? 주인아."

재윤이 주인의 **뺨**에 제 **뺨**을 가져다 댔다.

"내 세상을 가져가. 네 손에 넣고, 움켜쥐어."

재윤이 재촉했다. 하지만 주인은 섣불리 그 손을 움켜쥘 수가 없었다. 겁쟁이 윤주인, 외로움에 허덕거리며 덜덜 떨었던 윤주인이 또다시 심장 밖으로 고개를 들려 했다.

'그러지 마. 그를 실망시키지 마. 네 손안에 있는 그를 가져가. 온전히 너를 향해 자신을 던지는 그를 놓치지 마.'

주인이 손끝이 떨렸다.

"한번 잡으면 절대 안 놔요 나는."

"제발이다."

주인의 말에 대한 재윤의 답이었다. 주인의 새끼손가락이 안으로 접혀 그의 새끼손가락과 약지 사이로 감겼다.

"나중에 난 그런 시험지조차 본 적 없다고 하면 정말 죽여 버릴 거야."

"영광일 거야."

약지가.

"다른 시험지 들고 도망가는 것도 안 봐줄 거예요."

중지와 검지가.

"꼴통 문제 푸느라 더 이상 다른 시험지는 지긋지긋하다니까. 정말이야. 믿어 봐."

재윤의 코끝이 주인의 코끝에 닿았다.

그래, 알아. 당신이 말하는 정말은 진짜 정말이야. 알고 있어. 실은 벌써 윤주인은 마재윤을 믿고 있었을 거야. 그런데 들킬까 봐 표현하지 않았어. 내가 이렇게 당신을 믿고 의지하고 있다면 뒤돌

아서 버릴 것 같은 지독한 습관과도 같은 내 이기심 때문이라는 것
도 알아. 그래서 미안해. 뭐 하나 거칠 것 없는 마재윤이라는 사람
이 어떤 마음으로 윤주인을 품으려 하는 건지를 너무 잘 알아서.
너무나도 간절히 와 닿아서 울고 싶어져.

"……줘요."

그러니 나도 나를 당신에게 줄게. 피 토하며 물어뜯겨 살갗이 모
두 남아나지 않아도 괜찮아. 시퍼런 피멍 따위 정말 나에겐 아무것
도 아니야. 당신이 벗어 던진 게 무언지 나도 잘 알아. 살아오면서
당신이 가져야 했던 것에 대한 미련이 없을 거라고 생각지도 않아.
그런 걸 다 버리고서라도 나에게 와 준 당신의 진심을 느껴. 진실
되게, 온 진심을 다해, 당신이 내 손에 쥐어 준 모든 걸 감사히 할
게. 절대 도망가지 않을게. 정말이야, 믿어 봐.

"머리카락 한 올까지, 모두 다 남기지 말고."

마침내 주인의 엄지까지 재윤의 손을 움켜쥐었다. 재윤의 세상이
들썩였다.

14.

눈이 왔다. 새해의 시작이었다. 작게 흩날리던 눈발이 눈 깜짝할 사이에 함박눈이 되어 떨어져 내리고 있었다. 시리도록 차갑지만 조금만 손을 뻗어 움켜쥐면 금세 녹아 버릴 것이다. 마치 재윤을 향한 자신의 마음 같아 주인은 가만히 미소 지었다.

"새해가 돼도 내 꼴통은 여전히 참 말도 잘 듣지."

주인이 대문 앞에 서 있은 지 십 분. 재윤이 뛰는 걸음으로 다가 왔다. 전화하면 내려오라 했는데도 기어이 말 안 듣고 대문 앞에 서 있는 주인에게 재윤이 타박했다.

하루 전에 온전히 서로를 손에 움켜쥔 재윤과 주인은 얼마 안 되 는 스크램블드에그를 나누어 먹고는 다디단 잠을 잤다. 좁은 싱글 침대 위에 누워 조금이라도 떨어지면 곧 죽을 사람들처럼 그렇게 안고 잠들었다. 몇 번이고 계속되었던 정사보다 더한 피로감이 재 윤과 주인을 놓지 않고 새해 늦은 아침까지 이끌었다.

"그럼요. 누구 꼴통인데."

자신의 두 뺨을 감싸 안은 재윤을 향해 주인이 씨익 웃으며 답했다.

"오호, 이제 네 입으로 인정하는 거냐."

"설마요. 누구를 위한 새해 선물이라고나 할까."

재윤이 웃으며 주인의 손을 잡아 차에 태웠다. 따뜻하게 덥혀진 차 안 공기에 주인의 얼었던 몸이 사르르 풀려 갔다. 곧바로 운전석에 앉은 재윤이 고개를 숙여 주인의 벨트에 손을 뻗었다.

"지금 이 태도는 뭐지?"

"뭐가요."

재윤이 고개를 숙이자마자 상체를 뒤로 한껏 뺀 주인을 바라보며 어이없다는 듯 미간을 좁혔다.

"니가 남자를 몰라서 그러나 본데. 남자는 예전부터 본능적으로 사냥의 습성을 가지고 태어난 것들이라 내빼고 도망가는 걸 보면 가만 못 있는 족속들이거든."

또 뭔 말을 하려고. 주인이 그의 손에 들려 있는 벨트를 잡아챘다.

"그중에서도 특히 마재윤은 그 족속들 사이에서도 '킹'이라고 불리고 있다는 사실을 유념하라는 거지 내 말은."

주인이 벨트를 꽂아 넣으며 미소 지었다.

"그 킹이 이제 윤주인이 손안에 있다는 것도 유념하라고 말하고 싶네요."

"한 방 먹었군."

그러면서도 재윤의 입가에 미소가 떠나지 않았다.

"근데, 정말 어디 가는데요? 설날에 문 여는 집도 별로 없을 텐데."

재윤이 안전벨트를 매고 주인의 말에 답하기 위해 입을 열었다.

"설날이고 추석이고 때 안 가리고 문 여는 기막힌 한정식집이 하나 있지."

핸들을 돌리는 재윤의 얼굴에 또다시 미소가 번졌다. 언제나 그렇지만 재윤의 미소에 주인은 뭔지 모를 이상한 느낌을 받았다. 그 묘한 느낌에 심취하는 것도 잠시, 설마 하고 마음을 놓은 것이 잘못이었다는 걸 주인은 다시 한 번 깨달았다. 아무리 그래도 그렇지. 설마 재윤의 본가에 데리고 올 줄은 상상도 하지 못했던 것이다.

"왈와왈!"

"으르르릉! 왈왈!"

"이 똥개 새끼들이 집안 망신 다 시키고 있네."

예상치도 못했던 일이 벌어졌다. 재윤이 주인의 손을 잡고 커다란 철제 대문 앞에 서 벨을 누를 때까지만 해도 그래, 설마 이 악마 새끼가 새해 아침부터 뒤통수를 날리거나 하지는 않을 것이라 굳게 믿었건만. 덜컹하고 열린 대문 사이로 펼쳐지는 풍경에 그야말로 아연실색했다.

어린 시절 그 끔찍했던 집에 비할 바가 못 됐다. 어떤 조경사의 솜씨인지 그야말로 작은 공원에라도 들어선 것 같은 정원의 풍경은 주인을 놀라게 하지 않을 수 없었다. 그 위에 소복이 쌓여 가는 눈이 더욱 주인의 눈을 잡아끌었다. 멍하니 넋을 빼고 있는 그녀의 손을 이끌고 걸음을 옮기는 재윤 앞으로 진돗개 네 마리가 달려들었다.

"컹! 크르릉! 왈왈!"

주인이 슬쩍 재윤의 뒤로 몸을 뺐다. 크기가 만만치 않은 진돗개

가 네 마리나 되었다. 재윤을 보고 왈왈거리며 꼬리를 흔들어 대다
가도 주인을 보며 크르릉거리는 게 경계하는 듯했다.

"얼마나 뒹굴어 다녔기에 이 지경이냐 이놈들아."

"크응, 컹! 왈왈."

재윤이 허리를 낮춰 한 마리 한 마리 얼굴과 곧게 뻗은 등을 쓸
어 주자 네 마리 진돗개들이 사나운 표정을 지우고 금세 눈을 부드
럽게 풀었다.

"내 머리에 손 좀 올려 봐."

재윤의 뜬금없는 말에 잠시 머뭇거리던 주인이 손을 들어 앞에
앉은 재윤의 머리에 올려놓았다. 그러자 좀 전까지 크르릉거리며
주인에게 달려들려고 했던 진돗개들이 재윤과 주인의 얼굴을 번갈
아 확인하는 듯 눈동자를 굴렸다. 주인이 재윤의 머리를 조심히 쓸
었다. 그러자 재윤의 손길을 받고 있는 잿빛 진돗개 하나가 빤히
주인을 바라봤다. 주인은 그 맑은 눈동자를 피하지 않고 같이 바라
봐 주었다. 그리고 얼마 후, 녀석의 꼬리가 리듬을 타듯 움직인다
싶더니 그르렁거리며 확실히 좀 전과는 다른 울음을 뱉었다.

"이제 알겠냐? 잘 봐 두고 한 번 더 지랄 떨면 가만들 안 둔다.
응?"

내뱉는 말은 거친데도 네 마리의 진돗개를 대하는 재윤의 손길
은 다정했다. 재윤이 주인을 제 옆에 끌어 앉히곤 확실히 얌전해진
네 마리의 진돗개의 얼굴을 쓸며 다시 입을 열었다.

"이놈이 황구. 제일 얌전해."

재윤의 손이 닿자 가만히 눈을 감는 게 보기에도 순해 보였다.

"이놈은 블랙탄. 털 색깔은 시커먼데 하얀 거 보면 사족을 못 쓰
지. 오늘도 이게 제일 많이 뒹굴어 댔구만."

주인이 검은 털 위에 가득 묻은 눈을 털어 냈다.

"그리고 이놈은 백구. 제일 애교 넘치는 놈이지."

손이 닿자 고갯짓까지 했다.

"어이, 누구한테 눈웃음이냐, 이놈이."

재윤이 백구의 양쪽 눈썹을 쭉 잡아당기는데도 좋다고 꼬리를 살랑거렸다.

"그리고 이놈이, 재구. 녀석들 중에 킹일 거야 아마."

마치 시베리아 얼음판을 달리는 늑대개 같았다. 다른 녀석들보다 유난히도 잘빠진 몸에 짙은 잿빛 털이 근사했다. 재윤의 손에 얼굴을 맡기고 있으면서도 시선은 주인을 향해 있는 재구에게 주인은 처음으로 손을 뻗었다. 손바닥에 닿는 부드러운 털의 감촉과 뜨끈한 체온이 저절로 누군가를 연상시키자 주인의 입가에 미소가 지어졌다.

"이놈 봐라. 허, 꼬리까지 흔드네. 할방탱이 알면 난리 칠 일인데."

그러면서도 크크큭거리는 재윤의 얼굴을 보며 주인이 고개를 저을 때였다.

"누가 내 새끼들 함부로 건드리라 했냐."

순식간에 재윤과 주인 앞에서 꼬리를 흔들었던 네 마리의 진돗개들이 소리 나는 쪽을 향해 달려갔다. 동시에 주인이 재빨리 허리를 펴고 고개를 숙였다. 필요할 땐 이웃 나라 총리까지도 고개 숙여야 한다던 마정구 회장, 재윤의 할아버지였다.

"그래, 그래. 내 이쁜 것들."

네 마리의 진돗개의 등을 공평하게 한 번씩 쓸어내린 마정구 회장이 손에 들고 있던 작은 주머니 하나를 저 멀찍이 던졌다. 그러자 네 마리의 진돗개들이 곧바로 눈이 가득 쌓인 정원으로 달려갔다. 그 모습을 보며 또 한 번 '영리한 것들.' 하며 웃던 마 회장의 눈이 주인을 향했다.

옛 전통 그대로의 짙은 보랏빛 한복을 입고 선 마정구 회장은 주인이 언젠가 어렸을 적 보았던 그 모습 그대로였다. 물론, 마정구 회장은 자신을 기억하지 못하겠지만. 과하지도 덜하지도 않은 깔끔한 복식에 백발노인이라고 하기가 무색할 정도의 정정한 목소리.

주인이 먼발치에서 고개를 숙였다. 이래서 마재윤은 악마 새끼인 거다. 제 본가를 한정식집에 비유하는 말본새라니. 재윤이 뒤늦게 자리에서 일어서 마정구 회장을 바라봤다.

"저것들 이 집으로 처음 들여온 건 저라고요."

"그래서 그 몇 배로 내 주머니 뜯어 간 건 왜 빼먹냐, 이놈아."

"빼먹다니요. 말은 바로 하셔야죠. 백구 놈 애교에 홀랑 넘어가서 주머니 먼저 터신 건 할배시거든요."

"시끄럽다. 애 추운데 뭔 잔소리가 그리 많아. 냉큼 올라오지 않고."

"꼭 지실 거 같으면 말 돌리신다니까."

재윤이 중얼거리며 주인의 손을 잡아끌었다. 선뜻 주인이 움직이려 하지 않자 그는 잡은 주인의 손등 위에 쪽 하고 입 맞추었다.

"자아, 장기판을 엎으러 가 볼까. 그 전에 밥부터 먹는 게 좋긴 하겠군."

졌다. 주인은 작게 미소 지으며 재윤이 당기는 대로 발걸음을 옮겼다. 적어도 예전 그 저택은 아니다. 적어도, 지금 자신의 옆에는 재윤이 있었다. 그 어떤 것도 망설이지 않는 악마 새끼가 있었다. 그것만으로도 괜찮다. 믿고 있던 도끼에 발등 찍힌 것 같은 영 꺼림칙한 상황이긴 하지만 이야말로 엎어진 물, 주워 담기엔 늦었다. 재윤을 따라 현관 안으로 들어가는 주인의 뒷모습을 입에 주머니 하나를 문 재구와 나머지 세 마리의 진돗개가 꼬리를 흔들며 바라보고 있었다.

재윤을 따라 집 안에 들어서 주인은 다시 한 번 당황할 수밖에 없었다.

"어서 와요."

정말이지 재윤과 있으면 생각지 못한 일들이 마구 튀어나왔다. 그래서인지 주인은 눈앞에 나란히 서서 자신을 바라보고 있는 재윤의 부모를 마주하며 아무 생각도 할 수가 없었다. 간신히 고개를 숙이며 인사를 했을 뿐이었다.

가끔 본가에 들렀다 오면 할아버지에 대한 이야기를 꺼내는 재윤이라 마정구 회장만을 머리에 담아 두고 있던 주인이었다. 재윤이 언급하지 않았다 해서 덩달아 그의 부모님에 대한 생각까지 함께 잊고 있던 주인이었다. 그래, 주인은 몰라도 설에는 당연히 가족과 함께가 맞는 것이었다. 아무리 악마 새끼 가족이라도 말이다.

"시장할 텐데 식사부터 하지."

마 회장의 말에 어느 틈엔가 주인은 잘 차려진 식탁 한편에 자리를 잡고 앉게 되었다.

"입에 안 맞아요?"

마주 앉은 재윤의 어머니의 말에 주인은 서둘러 고개를 저었다.

"아니요. 아닙니다."

주인이 숟가락을 들어 앞에 놓인 떡국에 가져갔다.

"재윤이 엄마가 직접 만든 만두라오. 저는 이제 이 사람이 만든 만두 아니면 못 먹겠더라고요, 아버지."

재윤의 아버지였다. 재윤이 저 나이쯤 되면 저런 모습일까 싶었다. 얼굴형이라든지 외모적 요소도 그러했지만 특히나 미소 띠며 전하는 온기가 그러했다. 주인이 떡국 사이로 보이는 만두를 뜨자 대각선에서 접시 하나가 밀려 왔다.

"뜨겁다. 요렇게 접시에 두고 반으로 잘라서 호오 식혀서 먹어야지. 자아. 양념장도 살짝 뿌리고."

다름 아닌 마정구 회장이었다. 손수 만두를 반으로 잘라 그 위에 양념장까지 톡톡 쳐 주고는 어서 먹어 보라는 듯 주인을 바라보고 있었다. 주인이 수저로 만두를 들어 입에 넣었다.

"어떠냐? 이리 하니 더 맛나지."

이상했다. 분명 각종 채소와 질 좋은 고기로 가득 찼을 만두가 분명했는데 주인의 입엔 너무 달게 느껴졌다.

"만두 그만 먹고, 다른 것도 먹여야죠. 그리고 자꾸 눈독 들이지 마세요."

재윤이 주인의 앞 접시에 노릇하게 구워진 생선전 하나를 올려 놓았다.

"한남동 빌라 어떠냐?"

"지금 애 놓고 밀당하자는 겁니까? 턱도 없습니다. 어딜 감히."

재윤이 주인의 얼굴을 손으로 가렸다. 주인이 민망스러움에 재빨리 손을 들어 제 얼굴을 가리고 있는 재윤의 손을 거두어 냈다.

"흥! 두고 보자."

마 회장이 주인을 보며 다시 물었다.

"만두 하나 더 주련?"

조금 놀라 하던 빛도 잠시, 주인이 가만히 고개를 끄덕이며 '네.' 하고 답했다.

"착하기도 하지."

또다시 자신의 그릇에서 만두 하나를 꺼내 좀 전처럼 손수 반으로 잘라 그 위에 양념장을 쳐 주는 마정구 회장을 보며 주인은 생각했다. 어쩌면 그의 아버지보다 마정구 회장, 그의 모습을 더 닮아 갈 것 같은 재윤의 미래를.

"다행이네요. 아버님이 워낙 소박하신 거 좋아하셔서 간편하게 하려다 간만에 손 걷어붙이고 싶더니. 이것도 좀 들어 봐요. 이건 우리 재윤이가 좋아하는 건데 어떨지 모르겠네."

입주 도우미 한 명만 남기고 설은 가족과 보내고 오라며 나머지 도우미들을 집으로 돌려보냈다 했다. 손수 음식을 했다는 재윤의 어머니가 주인이 오물거리며 먹는 모습을 보며 단아하게 미소 지었다.

"그러게. 당신 오늘 일당 제대로 받겠어."

그 옆에서 웃는 재윤의 아버지까지. 역시, 주인의 입에 넣은 만두는 너무나 달았다. 집에 남겨 놓은 가나슈 초콜릿보다 더.

밥이 입으로 들어가는지 코로 들어가는지 알 수는 없었지만 주인은 한 가지는 확실함을 느꼈다. 부러웠다. 이런 걸 보고 부럽다고 하는 거구나 싶었다. 주인은 여전히 재윤의 본가 거실에 있었다. 전면 유리창 앞에 서서 밖을 바라보았다. 재윤이 네 마리의 진돗개에게 둘러싸여 있었다. "네 녀석 아이는 내가 챙겼으니, 내 새끼들 밥은 네가 챙겨 주고 와라."라며 재윤을 정원으로 내쫓다시피 내보낸 마정구 회장이었다.

식사 후, 차까지 함께 마시고 아이들이 기다린다며 이제 그만 가봐야겠다는 재윤의 부모님을 바라보는 주인에게 재윤이 그랬었다.

"울릉도에 계셔. 십 년 전부터. 어머니는 교장선생님. 아버지는 학생주임이시지. 공무원 커플. 지형이 놈 희망사항이지."

지금도 마재윤과는 상당히 거리 있어 보이는 부모님이라 뭔가 수상쩍은데 그 소리를 들은 주인은 더욱 혼란스러웠다. 악마의 부모님이 선생님이라. 역시 세상사는 알다가도 모를 일투성이었다.

"여기까지 오느라 고생했겠구나."

매번 아버님 혼자 두고 가는 게 힘들었는데 올해에는 주인이 있어 참 다행이라는 말을 하던 재윤의 부모님이 울릉도로 돌아가시고, 잠시 걸려 온 전화를 받겠다며 사라졌던 마정구 회장이 주인 옆에 다가와 있었다.

"저 제멋대로인 놈이 언제나 데려올까 노심초사했는데. 도망가지 않고 이렇게 얼굴 보여 주니 좋구나."

주인이 가만히 마정구 회장을 바라보았다.

"어렸을 땐 너무 약해 보이더니, 그래도 이제 재윤이 놈이 옆에 붙어 있을 터이니 너도 안심이고."

주인은 자신을 칭하는 말에 놀란 눈을 감추지 못했다.

"제 어렸을 때를……."

주인은 말을 하다 말았다. 자신도 보았듯, 마 회장도 윤 의원 집에 있는 자신을 봤을 수도 있었겠다 싶었다. 대수롭지 않게 여긴 주인이 고개를 끄덕이며 고개를 돌려 마 회장을 바라보았다. 창밖으로 보이는 네 마리의 진돗개와 함께 눈밭을 구르는 재윤을 바라보는 마 회장의 눈이 마냥 따뜻했다.

젊은 시절, 고아로 자라 의지할 데 한 곳 없었던 사내는 악으로 깡으로 삶을 버텨 내며 동대문을 휘젓고 다녔고, 돈을 거둬들였다. 돈이 곧 힘이고 권력이었으며 목표였다. 하지만 그 목표에 다가설 때마다 느낀 건 돈을 움켜쥐려면 사람부터 옆에 두어야 한다는 것이었다.

나만을 위한 사람. 삶을 살아가면서 목표는 몇 번이고 흔들리게되어 있었다. 그럴 때마다 내 옆에 있는 나만의 사람만 있다면 목표는 언제나 다시 세워짐을 깨달았다. 동대문 호랑이에서 청담동 큰손이라 칭해지기까지 얻은 마 회장의 삶에 대한 철학이었다.

그걸 누구보다 잘 알고 배운 녀석이 바로 마재윤, 하나밖에 없는 자신의 친손자였다. 천성이 선한 아들과 그의 짝인 며느리는 결국 견뎌 내지 못했지만 마 회장은 후회하지 않았다. 누구보다도 저를 빼닮은 손자 재윤은 제 부모와 자신 사이에서 중심을 잡고 제 입맛에 맞는 삶을 살아갈 줄 아는 녀석임이 분명했으므로. 그런 의미에서 오늘 재윤이 데려온 특별한 손님은 마 회장에게도 관심의 대상이자 특별한 존재였다.

"대표님보다 부족한 게 많습니다."

마 회장이 고개를 돌려 주인을 바라봤다. 요즘엔 크고 길죽길죽한 것들만 있는 줄 알았는데 오목조목한 주인의 이목구비를 바라보던 마 회장은 몇 십 년 전이지만 자신의 안목이 아직 죽지 않았다 싶었다. 그러다 제 손자지만 너무도 자신의 취향까지 빼다 닮은 재윤을 생각하며 마 회장이 속으로 혀를 차기도 했다.

"그것도 좋겠구나. 열심히 너를 채워 들려 하는 녀석이 전전긍긍하는 모습 지켜보는 것도 나쁘지 않을 테지."

부드럽게 감싸 오는 미소. 대한민국 십 대 기업 중 어디 하나 그의 돈을 빌리지 않은 곳이 없다고 들었다. 소문으로는 어느 기업의 한 총수는 그의 앞에서 오줌까지 지렸다고도 했을 만큼 마정구 회장, 그의 위력은 엄청난 것임을 주인도 알고 있었다. 그럼에도 단지 제 손자가 데려온 여자라는 이유 하나만으로 이렇게 부드러워질 수 있다는 것 또한 주인이게는 대단해 보이기만 할 뿐이었다.

"저녁은 뭐로 먹는 게 좋을까. 아가, 네가 좋아하는 걸로 하자."

머리가 아니라 가슴부터 답해야 할 거 같았다. 둥둥 울리는 머릿속과는 다르게 간질거리는 심장이 느껴져 주인은 고개를 들 수가 없었다.

"어디 보자. 그 전에 요거 한번 맛보련?"

한복 허리춤에 매달린 주머니 하나를 집어 든 마 회장이 한참을 부시럭거리더니 주인 앞에 손을 내밀었다. 주인이 고개를 들어 마 회장이 내민 손 밑으로 두 손을 펼쳤다. 토톡 하고 두 손 위에 소박한 포장지에 싸인 호박엿 서너 개가 떨어졌다.

"애미가 나만 먹으라고 사다 준 게다. 재윤이 놈 몰래 너만 먹거라. 저놈이 알면 또 내 주머니 털려 들 테니."

그러더니 다시 고개를 돌려 유리창 밖을 바라보다,

"쯧쯧. 저놈의 자식이 내 새끼들을 죽이려 드는구나. 저 고약한 놈!"

정말 괘씸하다는 듯 마 회장이 서둘러 현관 쪽으로 발걸음을 옮겼다. 따라 나서야 하나 고민하는 주인이 "춥다. 예 있거라."라는 한마디를 남기고 돌아서는 마 회장을 바라보다 손에 들린 호박엿을 꼭 쥐었다.

유리창으로 고개를 돌린 주인의 눈에 어느새 밖으로 나가 눈덩이를 뭉쳐 재윤의 등짝을 내리치는 마 회장의 모습이 보였다. 방심하고 있던 재윤이 놀라 뒤돌아섰다. 네 마리의 진돗개들은 제 주인들이 하는 양이 마냥 재미나 보이는지 자기들과도 놀아 달라는 듯 제자리에서 더 방방 뛰어 올랐다.

그 모습을 보던 주인이 손에 들린 호박엿 하나를 껍질을 까 입에 넣었다. 아까 먹은 만두는 너무 달더니, 마 회장이 준 호박엿은 너무 짰다. 주인이 다시 고개를 들어 창을 내다보았다.

재윤이 마 회장 보란 듯 백구의 몸을 뒤집어 눈밭에 굴렸다. 그걸 본 마 회장이 재윤을 향해 손가락질하며 고래고래 소리를 지르는 것도 같았다. 주인은 가만히 미소 지으며 손에 들린 호박엿 하나를 더 깠다. 이번 건 좀 전 것보다 더 짰다. 울릉도 바닷물로 만든 호박엿인가.

"또 시작이시네. 따뜻한 차나 한 잔 더 준비해 드릴까요?"

본가에 남아 있다던 도우미였다.

"그래 주시겠어요?"

주인이 고개를 돌려 답했다. 주인을 보는 도우미의 눈이 당황하는 듯하더니 이내 대답했다.

"네, 준비할 테니 이제 그만하고 들어오시라고 해 주시겠어요? 나중에 기침으로 고생하시면 큰일이거든요."

도우미는 한두 해 이 집에 있었던 게 아니었던 모양이다. 주인이 고개를 끄덕이며 현관으로 향하는데 발끝으로 툭하니 물방울이 떨어졌다.

'어라?'

주인이 손을 들어 제 뺨으로 가져갔다. 눈물이었다.

'바보 같은 윤주인. 마재윤에게 질투가 나서 눈물까지 흘리는구나.'

주인이 거칠게 제 뺨을 닦아 내며 현관 밖으로 나섰다. 살면서 가장 잘한 선택임이 틀림없다고 주인은 속으로 생각했다. 어제 용기 내어 손에 쥔 마재윤은 벌써부터 자신을 행복하게 하고 있었다.

주인은 손에 남은 마지막 호박엿을 주머니에 챙겨 넣었다. 따뜻함, 어디서부터 시작되었는지 알 수 없는 온기. 주인은 그렇게 그 온기 속에서 설을 보냈다. 처음으로, 정말 처음으로 느껴보는 따뜻하고 평온한 풍경 속 설날에 주인이 있었다. 그리고 그 옆에 재윤이 있었다.

그리고 오늘 아침, 주인은 재윤의 집에서 바로 '비비드'로 출근했다. 설날부터 그 다음 연휴 날까지 재윤의 집에서 마냥 먹고, 놀고, 자기만 했다. 장기판을 가운데 두고 앉은 마 회장과 재윤 옆에 앉아서도 주인은 도우미가 내오는 다과상에 놓인 과일이며 한과를 먹다가, 또 그 옆에서 깜박 잠이 들기도 하면서 여유롭고 따뜻한 시간을 보냈다.

—그래서, 도대체 뭘 하셨기에 이 하나밖에 없는 동생도 잊으셨을까?

준영이 연휴 동안 연락했을 거란 생각도 잊었을 만큼 주인은 간만에 휴식다운 휴식을 취할 수 있었다. 핸드폰을 귀에 더 바짝 가져가며 주인이 옅은 미소를 지었다.

"그렇게 됐어. 미안."

—어, 어. 이거 뭔가 이준영이의 안테나가 물결치는 게. 내 하나밖에 없는 누님이 수상쩍다고 말하고 있는데 이건.

다른 볼일 때문에 '엘 로이'에서 보자는 재윤이 또다시 엉겨 붙자 간단히 프렌치키스 한 방으로 제압한 주인이었다. 거의 마무리되어 가는 '비비드'의 모습을 확인하고 돌아서자 준영에게서 전화가 와 있었다. 재윤의 집에서 핸드폰 배터리가 나간지도 모르고 있다 재윤의 차 안에서 충전한 것이었다.

"올라왔어?"

─아니요. 한 이틀 더 있으려고요. 이 노친네가 추운 날 밭에 나간다고 하도 고집을 펴서 한동안 감시 좀 들어가야겠어요.

"그래, 잘 생각했어. 어차피 비비드도 아직 마무리 남았으니 어머니께 효도 좀 하고 올라와."

주인이 지갑을 꺼내 요금을 지불하고 택시에서 내리며 걱정스런 목소리로 답했다. 그러자 이번에도 준영이 흐음 뜸을 들이더니 다시 입을 열었다.

─이것 봐라 이것 봐. 흐음, 날 못 올라가게 하는 거 보니 분명 나의 소중한 누님의 일상에 뭔 일이 있는 게 틀림없어. 아아아, 당장 올라가 버릴까.

주인이 '엘 로이' 입구에 들어서자 먼저 나온 채영이 인사해 왔다.

"어? 안녕하세요, 윤 매니저님."

주인이 고개를 끄덕였다.

"쓸데없는 소리 그만하고 이제 끊어. 나 일해야 해."

─쳇. 이제 끝내주는 연애로 바빠서 하나밖에 없는 동생은 귀찮다 이거군. 아아아, 외롭다아아아!

웃음을 터트리는 주인 앞으로 재훈도 인사를 해 왔다.

"끊어, 올라와서 보자."

뭐라고 더 말하는 듯하는 준영을 무시하고 핸드폰을 내린 주인이 빙그레 미소 지으며 답했다.

"네, 재훈 씨도 잘 보내고 왔어요?"

"당근이죠. 아, 간만에 효도를 너무 열심히 했더니 막 온몸이 뻐근한 게 오늘은 일이 안 될 거 같은 거 있죠."

"언제는 일을 너무 열심히 한 것처럼 말한다, 재훈 오빠."

뒤이어 들어온 영미 씨가 한마디 하자 재훈이 어깨를 들썩였다.

"항상 열심인 사람은 티가 안 나는 법이지. 그나저나 윤 매니저님."

재훈의 부름에 와인 셀러로 향하던 주인이 뒤돌아섰다.

"매니저님이야 말로, 엄청 잘 보내고 오신 거 같은데요."

주인이 무슨 말이냐는 표정으로, 자신을 바라보고 있는 재훈과 채영, 영미를 바라봤다.

"맞아요. 얼굴이 뭐랄까⋯⋯."

"밝아졌다고 해야 하나."

옆에 서 있던 채영과 영미도 덩달아 부추겼다.

"네네, 빛이 나는데요."

재훈의 말에 주인이 살짝 멍한 표정을 짓더니 이내 빙긋 웃으며 답했다.

"뭐, 평소에 빛나던 얼굴은 티가 안 나는 법이죠."

"지금 저분이 윤 매니저님 맞음?"

가볍게 뒤돌아서는 주인 뒤로 재훈의 목소리가 들려왔지만 주인은 그저 미소 띤 채 지하 와인 셀러로 향했다. 새로 오픈할 뉴임에 들어갈 와인 리스트를 이번 주까지 내놓아야 했다. 거기다 얼마 전에 파악해 두었던 재고 물량도 다시 한 번 확인해야 했다. 절로 주인의 발걸음이 빨라졌다.

"윤 매니저님, 정 매니저님 조금 늦으신대요. 지금 고향에서 올라오시는 중인가 봐요."

와인 셀러를 정리하던 주인이 영미의 말에 알겠다고 답하며 홀로 올라가려던 때였다.

"아, 그리고 손님 오셨는데. 5번 룸이요."

"손님?"

되묻는 주인에게 영미가 다시 말했다.

"네. 지하에서 와인 셀러 정리 중이시라니까 그냥 기다린다고 하셔서."

영미가 손목에 두른 시계를 확인하며 중얼거리듯 말했다.

"한 사십 분쯤 되셨어요. 후배라고 하시던데, 성함이…… 한지수 씨라고 하셨어요."

15.

　무슨 생각인지 아이까지 대동해 찾아온 한지수의 그 당당함에
기가 막혔다. 아무 소리 없이 뒤돌아 가게를 나오는 저의 뒤를 쫓
아 나오는 한지수와 그의 손을 꼭 잡고 있는 아이. 그 모습을 바라
보던 주인에게 뒤늦게 출근하는 정 매니저가 알은체를 해 왔다. 주
인과 지수, 그리고 아이의 얼굴을 번갈아 바라보던 정 매니저는 손
님이 찾아와 잠시 자리를 비우겠다는 주인에게 알았다며 고개를 끄
덕였다. 돌아서려는 정 매니저를 붙잡은 건 한지수였다.

　"죄송하지만 아이 좀 잠깐 부탁드려도 될까요?"

　좀 당황한 듯한 정 매니저의 표정에 이건 또 무슨 수작이냐는 듯
주인이 바라봤지만 한지수는 예전 그 어느 날처럼 아무렇지 않은
얼굴이었다.

　"저야, 상관없지만."

　정 매니저가 주인의 얼굴을 살폈다. 아무리 봐도 주인의 분위기

가 평소와 다르다는 것을 그도 눈치챈 것이었다. 한숨을 내쉰 주인이 "부탁드려도 될까요." 하자 정 매니저가 아이에게 손을 내밀었다.

"걱정 마시고 다녀오세요. 애 보는 거 하나는 잘하니까요."

주인은 아이를 데리고 가게로 들어가는 정 매니저를 확인하고는 바로 걸음을 옮겼다. 얼마 가지 않아 보이는 카페에 들어가 창밖이 보이는 한쪽 테이블에 자리를 잡고 앉았다. 금세 따라와 맞은편에 자리 잡는 한지수의 얼굴을 바라보던 주인은 왠지 웃음이 나올 것 같았다.

이런 걸 보면 정말 세상은 거짓투성이였다. 크리스마스 날에는 산타 할아버지가 착한 아이에게 선물을 주는 거라고 했던 말이 거짓임을 알았을 때, 깨달아야 했는지도 모른다. 산타 할아버지와 세상은 별개라고 믿고 싶었다. 산타 할아버지는 나의 뒤통수를 날렸지만 설마 세상만사 모두가 다 그렇게 뒤통수 까는 위인들의 것일 줄이야 꿈에도 몰랐다. 세상에 뿌려진 수많은 착한 이론들은 모두, 산타 할아버지처럼 믿고 싶은 것에 대한 열망일 뿐이었다. 착한 일을 하면 언젠가 복을 받고, 나쁜 짓을 하면 벌을 받는다는 원리는, 약한 자에게 강하고 강한 자에게는 약하게 살았을 때 주어지는 원칙일 뿐이었다.

열여덟, 그 때도 여전히 거짓된 진실을 믿고 있었던 시기였다. 새까맣게 잊었다고 생각했던 기억의 파편들이 하나하나 수면 위로 올라와 퍼즐처럼 맞춰지기 시작했다. 그래, 그 때의 한지수는 지금과는 좀 달랐다.

"그러니까 선배, 좀 더 웃고 다니라니까요."

오늘도 한지수는 제가 싸온 도시락을 풀어 놓으며 잔소리를 하기 시작했다.

"웃으면 복이 온다. 그런 말도 있잖아요. 그런 말이 생기는 이유가 분명히 있을 거란 말이죠. 그리고 선배는 입 꾹 다물고 있음 정말 냉기라도 뿜겨져 나올 것 같은 이미지란 말이에요."

자신 앞으로 감자조림 하나를 내밀며 '한 번 웃어 주면 주죠?' 하는 한지수의 옆으로 녀석의 친구들이 알은체를 했다.

"어? 지수야 오늘도 도시락이네."

"응. 오늘은 간만에 반찬이 많지롱."

"나도 하나 먹어 봐도 돼?"

한지수는 인기가 많았다. 여자 남자 구분 없이 아이들은 지수를 가까이하길 원했다. 전교생 앞에서 신입생 선서를 당차게 읽어 낸 예쁜 얼굴에 발랄한 성격을 지닌 여학생, 그것만으로도 호감 가는 아이였을 게 분명했다. 하지만 얼마 있지 않아 드러난 한지수의 어려운 가정형편에 그 호감도 물러가는 듯 보였다.

"완전 맛있다. 나도 엄마한테 도시락 싸 달라고 할까."

그런데 이게 웬걸. 순식간에 그들은 한지수의 주변에 다시 모여들었다. 제 입으로 갓난 아이였을 때 엄마가 도망가고 아버지와 단둘이 살아가고 있다는 얘기를 시작으로, 그런 아버지가 술만 먹으면 온 집안을 들쑤셔 놓아 그나마 도시락 싸 오는 날이 횡재한 날이라고 아무렇지 않게 얘기하는 한지수에게 어느덧 아이들은 동정과 친근감을 표현했다. 어느 집안에나 조금은 존재하고 있을 가족 간의 터부를 한지수를 통해 비춰 보면서 모두 자기 자신과 동일시하고 있는지도 모르겠지만. 어쨌든 적어도 한지수는 항상 아이들 속에 있었다.

"너도 이 언니의 도시락에 푹 빠졌구나. 하지만 더 이상은 안 돼. 이건 주인 선배 주려고 가져온 거거든."

장난스러운 말에 '하하호호' 하던 아이들의 시선이 주인에게 닿자마자 묘한 표정들로 바뀌었다. 거북함. 혹은, 뜨악함이라고 해야 하나. 초등학교 때부터 이어진 그 표정들에 담긴 의미를 주인이 모를 리 없었다.

"그, 그래. 그럼 우린 저쪽으로 가서……."

"음? 그럼 그러지 말고 우리랑 같이 먹을래?"

"아, 아니! 아니! 우리는 그냥 저쪽에서 먹을게. 지영이랑 선미도 곧 올…… 거라서."

누가 잡기라도 할까 봐 고개만 까닥이고 서둘러 멀어지는 아이들은 신경도 쓰지 않는다는 듯 주인은 급식 판에 담긴 국을 떠먹을 뿐이었다. 그러자 한지수는 한숨을 내쉬었다.

"선배, 도대체 그 콘셉트의 이유는 뭐예요?"

주인이 고개를 들어 마주 앉은 지수를 바라봤다.

"얼굴 돼, 성적 돼, 거기다 집안까지 받쳐 줘. 도대체 뭐가 불만이에요?"

지수가 숟가락으로 주인의 급식 판 모서리를 툭툭 쳤다. 오히려 불만은 제가 더 많다는 듯한 표정에 주인이 가만히 그 얼굴을 들여다보았다.

"불만 없어."

"또, 또, 또! 또 이렇게 슬렁슬렁 넘어가려고 하신다. 도대체 왜 자기 얘기만 나오면 굴 파고 더 들어가는 건데요. 정작 굴 파야 할 사람은 햇빛 받으려고 안간힘을 쓰고 있고만."

지수가 신입생 선서를 하고 얼마 후, 학생회 모임에서 처음으로 주인은 지수를 만났다. 물론 하고 싶어서라기보다는 톱을 달리는 성적과 선생님의 은근한 권유, 그리고 그 밑에 깔려 있는 아이들의 말없는 동조에 의해 떠밀린 주인과는 다르게 한지수는 주변 친구들의 적극적인 권유와 적극적인 동참으로 합류된 만큼 학생회 일에 언제나 적극적이었다.

한지수는 학생회 사람들과도 잘 어울렸다. 그 엄청난 사교성에 주인은 한 발자국 뒤로 물러나길 원했지만 한지수는 그런 그녀를 가만히 두지 않았다.

"식물만 광합성 작용을 해야 하는 게 아니란 말이죠. 자고로 사람도 햇빛도 받고, 광합성 작용도 좀 해야 한다고요. 정말 그렇게 굴만 파고 들어가려고 하면 애들이 진짜 선배…… 뱀파이어라고 믿을 거라구요."

하다하다 거기까지 갔구나. 그래도 중학교 때는 한 맺힌 귀신이 붙어 있다 하더니 이번엔 주인 자체를 귀신과 동급으로 만들어 버렸다.

"밥이나 먹어."

그래도 난 상관없다는 주인의 말에 지수가 또 포옥 한숨을 내쉬었다. 학생회 수련회에서 앞장 서 자신과 짝을 하겠다고 했던 것이 시작이었다. 한 학년 차이였지만 쉬는 시간이나 점심시간, 그 외의 학생회 참여 시간에도 한지수는 윤주인의 옆을 꼭 차지하려 들었다. 처음에는 그 알 수 없는 조합에 주변에서 한지수를 뜯어 말리려 했던 아이들도 있었다는 걸 주인도 알고 있다.

"지수야. 도대체 왜 윤주인 선배한테 그러는 거야."

"맞아, 맞아. 그 선배 좀 아니잖아."

"차갑거나 도도한 걸 넘어서, 뭐랄까…… 좀, 거북해."

"그래, 맞아. 너도 알지? 우리 학교 톱, 김정우 선배. 이번 모의고사에서도 전국 수석 했다잖아. 근데 얼마 전에 그 선배가 윤주인한테 고백했는데, 얄짤없이 차였대. 뭐라 그랬다더라. 어! 생각났다. 큼큼! 도대체 저의 어떤 면을 보고 사귀자고 하시는 거죠. 얼굴이요? 이건 요즘 돈만 주면 다 만들어 준다고 하던데. 아님 성적? 듣기로는 선배도 꽤나 공부 잘하신다고 들었는데요. 아…… 혹시, 집안이요. 그 집안에서 저는 키우는 애완용 개만도 못하죠. 뭐, 믿으실진 모르겠지만."

"그 집안은 애완용한테 막 금목걸이 채워 주고 사는 거 아닌가 몰라."

금목걸이까지는 아니더라도 은으로 된 목줄 하나는 달고 산다고 말해 줄까 하고 생각했었다. 수돗가 근처에 모인 서너 명의 여학생 사이에 한지수가 있었다. 그중에서도 한 여학생은 자신의 목소리까지 흉내 내면서 한쪽 머리까지 획하니 뒤로 젖히는 시늉까지 해 보이고 있었다. 그때 한지수가 뭐라고 했더라.

"도도하다거나 차갑다고 느끼는 건 아직 겪어 보지 않아서 그래. 너희들, 한번이라도 제대로 윤주인 선배하고 얘기해 본 적 있어? 아님, 인사라도 해 본 적 있어? 윤주인 선배, 자기한테 인사해 오는 사람한테서 인사 안 받은 적 한 번도 없고, 선배들한테는 언제나 먼저 깍듯이 인사해. 그리고 한 번이라도 자기와 부딪힌 적 있는 사람은 꼭 이름도 외워 놓지. 그게 좋은 쪽이든 나쁜 쪽이든 말이야. 한 번 본 사람 이름 외우는 거, 그거 생각보다 쉽지 않다는 거 너희도 알 거야. 그냥 그 선배는 낯설어하는 것뿐이야. 너희랑 나도 처음엔 낯설었잖아. 조금씩 익숙해지면 되는 거야. 그게 우리는 좀 빨랐을 뿐이고, 윤주인 선배는 조금 더딘 것뿐이야. 더딘 걸 나쁘다고 말한다면 어쩔 수 없겠지만 나는 그 더딘 게 어딘지 모르게 더 진솔해 보여서 좋은데."

그래, 그랬던 것 같다. 세상 다 산 노인처럼 한지수의 그 긴 말

에 모여 있던 아이들은 여전히 좀 못마땅한 표정을 짓고 있었음에
도 기어이 고개를 끄덕였었다. 그야말로 여자표 문지후, 그게 딱인
녀석이었다.

"맛있죠? 어제는 웬일로 아빠가 용돈이라고 오만 원이나 주는
거예요. 그래서 식재료도 좀 사고, 화장실 불 나간 거, 전등도 드디
어 살 수 있다는 거 아니겠어요. 이제 더 이상 제 욕구를 참지 않
아도 된다는 말씀. 아아, 진짜 요즘만 같으면 살겠어요. 아빠 술 안
마시시지, 도박 놀음도 뜸한 거 같고."

지수가 제 도시락에 있는 계란말이 하나를 주인의 밥 위에 올려
주고는 주인의 식판에 있는 새우튀김 하나를 제 입속으로 쏘옥 넣
었다.

"아직도 그러시는 거야?"

"그건 고질병이자 불치병이에요. 얼마나 끔찍했음 마누라가 집을
나갔을라고요."

마치 딴 사람 이야기하듯 했다. 주인이 자신의 이야기에 무시와
무관심으로 일관한다면 지수는 그와 반대인 듯하지만 오히려 더한
경멸감을 가지고 있었다. 하지만 주인은 그런 지수를 모른 척했다.

자신이 드러내고 싶지 않은 것을 일부러 끄집어 낼 필요는 없다
고 생각했다. 섣불리 아는 척 다가가서는 어쩔 것인가. 주인이 해
줄 수 있는 일은 없었다. 위한답시고 얼마 쥐어 준다고 치면, 그건
더 웃긴 일이었다. 주인 스스로도 제 삶을 어떻게 할 수 없는데 남
을 위해 그깟 돈 얼마로 위안하라는 한심한 짓거리가 될 게 분명했
다.

"이것 봐 이것 봐. 결국 또 내 얘기로 은근슬쩍 넘어가는 거. 어
떻게 매번 이렇게 휩쓸리지. 내가 바본 건지 선배가 약은 건지. 그

나저나 선배, 오늘 학생회 모임 끝나고 뭐해요?"

"글쎄."

"그럼 오늘 우리 집 갈래요?"

주인은 좀 당황했다.

"뭘 그렇게 놀라요? 그냥 내일은 주말이고 해서. 하하하, 선배 그 표정 가관이다."

자신의 얼굴을 보며 배까지 잡고 웃는 한지수 때문에 식당 안 다른 아이들 대부분의 시선이 모였다.

"아우, 내가 남자였으면 진짜 선배 확 채 가는데."

눈꼬리에 눈물까지 달며 웃어 대던 지수를 보던 주인이 식판에 남은 새우튀김을 도시락 위에 올려 주며 말했다.

"좋아. 그 대신 떡볶이 먹고 싶어. 아주 맵게."

이번엔 지수의 눈이 커졌다.

"네 표정도 가관이긴 마찬가지인 거 같은데."

"하하하."

또다시 웃어 대던 지수가 답했다.

"좋아요! 아주 매운 떡볶이. 후회하지나 마시라고요."

마치 퍼즐 판 위에서 어느 한 부분만 맞춰 놓은 듯 떠오르는 기억에 앞에 놓인 찻잔을 다시 들어 올렸다. 그날, 한지수네 집에 갔었던가. 기억나지 않았다. 주인에게 학창 시절은 낡은 졸업 앨범 속 무표정한 얼굴로 정면을 바라보고 있는 제 얼굴만이 전부였다. 가끔가다 문득문득 떠오르려 하는 기억들도 그저 묻어 버리기 바빴다. 기억한다고 해서 달라지는 게 없는데, 구태여 떠올려 제 자신을 괴롭힐 이유가 없었다. 그런데 이제 와서 선명하게 떠오르는 고등학교 시절의 한 장면에 주인은 입 안이 썼다.

"일해야 해."

주인이 손목을 들어 시간을 확인했다.

"할 말 없으면 일어나."

주인의 건조한 목소리에 마주한 지수가 잡고 있던 머그잔을 한 번 더 꼭 쥐었다.

"…… 선배."

"불러 봐, 좀 전처럼. 윤주인이 부르는 그거, 꽤 설레."

순간 재윤의 목소리가 주인의 귓전을 맴돌았다. '선배' 하고 재윤을 향해 손을 뻗었던 자신의 목소리도. 그래, 재윤이 있었다. 마재윤이 있었다. 주인은 지수의 입에서 흘러나오는 단어에 눈을 감았다 떴다. 여전히 예뻤다. 세월이 흘러 십 대 때처럼 발랄한 건 아니지만 대산그룹 맏며느리다운 우아하고 고상한 멋을 제법 풍기고 있었다. 어쨌거나 육 년 전, 승자는 한지수였다. 주인은 머그잔을 들어 여전히 씁쓸한 입 안을 적셨다.

"말해."

"잘 지내……."

머그잔을 꼭 쥐고 고개를 들며 입을 떼던 지수가 주인의 얼굴을 마주하곤 다시 입을 닫았다. 주인은 웃음이 나올 것 같았다. 네가 보기에도 그 질문은 어이가 없나 보구나. 주인은 포옥하니 속으로 한숨을 내뱉고 입을 열었다.

"누구 생각이야?"

주인의 물음에 지수가 다시 고개를 들었다.

"아이…… 말이야."

분명 아이의 이름이 '문주인'이라고 했었다. 아이 입으로 또박또

박 말했었다. 그 기막힘에 주인은 지금도 손끝이 저리고, 뒤통수까지 저려 오는 것 같았다. 주인이 무엇을 말하고 싶은지 눈치챈 지수가 머그잔을 들어 입을 축였다.

"제 생각이에요."

'하! 도대체가. 이럴 땐 어떻게 해야 해. 마재윤, 선배. 알려 줘.'

주인이 무릎 아래 올려놓은 두 손을 꾹 움켜쥐었다.

"그래서."

'그래서 대체, 뭘 어쩌고 싶은 건데. 이제 와 제 발로 내 앞에까지 찾아와 대체 뭘 확인하고 싶은 거냐고 너는. 도대체 뭘 하고 싶은 거냐고!'

주인의 야멸찬 눈이 지수를 향해 물었다.

"용서…… 빌러 온 거 아니에요 저는."

주인의 머그잔이 허공에 뜬 채 멈춰 섰다. 지수는 그 매서운 시선을 고스란히 받아 내고 있었다. 윤주인이 변한 만큼 한지수도 변했으리라. 주인은 가만히 머그잔을 티 받침대 위에 내려놓았다.

"혹시라도 저희 남편이 찾아오더라도, 만나지 마세요."

"세월에 장사 없다더니. 윤주인도 마찬가지였나 보다 생각했을 뿐이야."

지형이 그랬었다. 하, 이런 기분이었나. 이것도 세월의 힘인가. 한지수도 그러한 건가. 주인이 더 해 보라는 듯 지수를 바라봤다.

"세월이 흘렀고, 이제 그 사람, 제 남편이에요."

마재윤, 마재윤. 지수가 뭐라 말하고 있는데 주인의 머릿속은 온통 '마재윤'이란 이름으로 가득 차고 있었다. 머리가 아팠다. 이명이 이는 것만 같은 느낌에 주인이 참을 수 없다는 듯 자리에서 일어나려 할 때였다.

"아이 못 가져요."

239

말을 제대로 이해하지 못한 주인의 얼굴에 지수는 제 아랫입술을 살짝 물었다 놓았다.

"저, 아이 못 가진다고요."

주인이 털썩 의자에 다시 몸을 내렸다.

"네 번이나 잃었어요. 네 번이나 세상 빛 못 보고 내 배 속에서 죽어 가는 아이를 느끼면서 제가 누굴 떠올렸을 것 같아요?"

주인은 여전히 느껴지는 이명감에 손끝까지 떨리는 것이 느껴졌다.

"선배. 세월이 지나도 선배 얼굴은 잊혀지지가 않더라고요. 첫 번째 아이를 잃은 게 육 년 전이에요. 선배 만나러 간 날, 일주일 전에 산부인과에 다녀왔었어요."

목이 조였다. 손 끝에서부터 올라오던 잔열이 목에서 뭉쳐지는 것 같았다. 주인이 한쪽 손을 들어 목을 감싸며 간신히 입술을 열었다.

"이제 와서…… 그딴 설명이 무슨 소용이야. 더 알 필요 없어."

그래, 정말 이제 와서 왜. 한심하고 유치한 짓거리는 그만하고 싶었다. 육 년이라는 세월 동안 잘 묻고, 잘 잊고 살아왔다. 한순간에 나타난 네깟 것들에게 더 이상은 당하지 않겠다 다짐했다. 알고 싶지 않았다. 예전이나 지금이나 알아서 달라지는 게 없었다.

이제 좀 숨이 트이는데, 이제 좀 살아 보겠다는데 세상은 역시나 거짓투성이에, 강한 자만이 살아남아야 한다며 주인의 목을 조르고 있었다. 그러면서도 머릿속은 자꾸만 예전 일을 끄집어내려 하고 있었다.

한 번 열린 판도라의 상자가 닫힐 생각을 않는 듯 주인의 머릿속에 또 하나의 기억이 떠올랐다. 그래, 그 날이었다. 이제 기억이 났다. 한지수의 집에 가기로 했던 열여덟 살의 어느 날, 교문 한편에 그가 와 서 있었다.

"학교에서도 그 무시무시한 표정인 거야?"

하교하는 아이들의 시선이 모여들었다. 남학생이고 여학생이고 자신보다 나이가 많은 사람에 대한, 그 또래에 으레 있을 수 있는 질투와 경외심. 그런 것들을 담은 눈빛들이었다. 그 사이에서 주인을 발견한 남자가 활짝 웃자 여자아이들 사이에서 '꺄아!' 하는 소리가 터져 나오기도 했다. 주인이 고개를 저으며 다가섰다.

"웬일이야?"

'그 웃음 좀 그칠 수 없어!'

주인은 소리치고 싶었다. 도대체 저 헤픈 웃음은 어찌할 수가 없었다. 처음에는 하도 자신을 보고 웃어 대서 저게 진짜 저를 놀리나 하고 성질을 부려 대기도 했었다. 그럴 때마다 남자는 또 빙그레 웃으며 말하곤 했다.

"저절로 나오는 걸 어떡해. 윤주인만 보면 저절로 웃음이 나는 걸."

"반응이 좀 그렇다. 좀 더 저기 뒤에 애들처럼 꺄악은 아니더라도 요 통통 부은 귀여운 볼은 좀 어떻게 해 보지. 나 서운하려고 해."

주인의 볼이 주욱 잡아당겨졌다.

"이거 안 놔!"

"아유, 무서워. 성깔 공주 윤주인 또 나온다 또 나와. 여기 네 학교다. 난 손해 볼 거 없다고. 마구 성깔 부려서 윤주인한테 관심 있는 것들 다 도망가라아."

'훠이훠이' 하며 목소리를 높이자 주인이 서둘러 손을 올려 남자의 입을 두 손으로 막았다.

"우아, 주인 선배한테 이런 면도 있었구나."

그렇지, 한지수가 있었다. 주인이 서둘러 손을 떼고 한 발자국 뒤에 서 신기하다는 눈으로 자신과 남자를 바라보고 있는 지수를 바라보았다.

"선배가 이렇게 발끈하는 모습 처음이에요. 완전 능력자시군요."

주인이 미간을 찌푸렸다.

"엄청난 노력의 대가지. 근데 내 능력을 알아봐 주신 그쪽은 우리 성깔 공주 후배님?"

"그거 하지 말랬죠."

주인이 옆에서 투덜거렸지만 남자는 그저 주인을 제 옆으로 끌어당겨 어깨에 손을 둘렀다.

"네, 저는 한지수라고 합니다."

지수의 경쾌한 인사에 빙긋 웃던 남자가 주인의 어깨에 걸친 한쪽 팔을 제외한 남은 손을 내밀며 말했다.

"아아, 한지수 후배. 나는 이 성깔 마녀를 데려갈 문지후라고 해. 반갑다."

지수는 지후가 내민 손을 맞잡았다.

"아아, 그야말로 선배를 채 간 남자로군요."

맞잡은 손을 바라보던 한지수가 환하게 웃었다. 그날, 주인은 문지후, 한지수와 함께 장을 봤다. 다 닳았다던 전구도 사고, 주인이 원하던 떡볶이 재료도 샀다. 그리고 지수네 집에 갔다. 문지후도 함께였다. 문지후가 한지수네 화장실 전구를 바꿔 줬고, 매운 걸 질색하는 문지후의 입에 주인이 고추장이 범벅된 떡볶이를 가득 넣어 주기도 했다. 그리고 한지수가 그런 저와 문지후의 모습을 보고 한참을 웃었던 것 같기도 했다.

맙소사, 기억이 나더라도 어떻게 이렇게 선명할 수가 있을까. 주인은 당장에라도 제 머리를 테이블 위에 갖다 박고 싶어졌다. 그때부터였을까. 이제 와 생각해 보니, 문지후가 유난히 크게 미소를 지었던 것 같기도 했다. 아니, 한참을 그런 지후의 미소를 한지수가 바라보고 있었던 것 같기도 했다.

뭐가 먼저였던, 결국 그 둘은 자신에게서 돌아섰다. 그날, 문지후가 학교를 찾아오지 않았다면 어떻게 됐을까. 주인은 육 년 전, 예식시간이 넘어가는데도 나타나지 않는 지후를 기다리면서도 그런 생각은 하지 않았다. 그저 문자로 전해진 문지후의 '미안하다.' 라는 한마디를 하염없이 바라만 봤었다. 그런데 이제 와 이런 생각이 들 게 뭐란 말인가.

"알 필요 없다고요?"

지수의 말에 비웃음이 담겨 있는 듯했다.

"그래, 알 필요 없어."

웃기지도 않지. 한지수가 변했듯이 윤주인도 변했다. 네가 단단해진 만큼 아니, 윤주인은 그보다 더 단단해지고 든든해졌다. 어디 가서 손을 날리는 일이 있어도 절대로 맞고 돌아가지 않으리라 그리 약속했다.

"아니요, 선배는 알아야 해요."

단단한 눈매, 견고히 다짐한 눈동자가 주인을 향해 있었다.

"똑바로 알고, 결정해요. 선배의 그 결정에 따라 내가 죽을 수도, 살 수도 있을 테니까."

16.

주인이 눈에 보이지 않자 재윤의 신경이 곤두섰다. 오는 길에 통화할 때만 해도 별말 없었다. 며칠 만에 꽤 부드러워진 미소를 지어 보일 줄 알게 된 주인의 얼굴을 한 번 더 확인하고 싶어 회의도 삼십 분이나 일찍 끝냈건만 정작 서두른 보람이 없게 됐다는 사실에 재윤의 눈썹이 꿈틀거렸다. 그 때 조 실장이 대표실 문을 열고 안으로 들어섰다.

"그건 뭐야?"

주인을 데려오랬더니 웬 꼬맹이 하나를 데리고 들어온 조 실장을 보며 재윤이 미간을 좁혔다.

"아인데요."

'저걸 확! 누가 애새끼인지 몰라서 묻냐?' 라는 재윤의 눈빛에 조 실장이 아이를 소파에 앉히며 말했다.

"윤 매니저 손님이 데리고 온 아이랍니다. 정 매니저한테 잠시 맡겼다는데 주방 호출 들어간다고 해서 저한테까지 넘어왔네요.
자, 여기 앉자."

조 실장이 손에 들고 있던 초코 셰이크와 먹다 남은 케이크 조각
을 아이 앞에 내려놓았다.

"윤주인이 손님?"

이젠 아예 대놓고 이름으로 부르는구나.

조 실장이 그렇다고 답하며 아이의 입에 묻은 초콜릿 조각을 떼
어 주었다.

"뭔 손님이기에 외출까지 해."

'그걸 제가 어떻게 압니까!' 라고 말하고 싶지만 그는 대표, 자신
은 부하 직원이었다.

"글쎄요."

대답하는 조 실장의 말이 또 마음에 들지 않는다는 듯 재윤이 핸
드폰을 들어 통화를 시도하지만 상대가 받지 않는 모양이었다. 물
론, 그 상대야 윤 매니저겠지만. 조 실장은 가만히 고개를 저었다.
굳어진 인상을 풀지 못한 채 재윤이 소파로 다가왔다.

"어이, 꼬맹이. 몇 살인데 질질 흘리고 먹냐."

제 기분대로 행동하는 데 거리낌이 없는 대표님께서 아무래도
저 짜증을 요 조그만 꼬맹이에게 풀 심산인가 보다, 하여 조 실장
이 슬쩍 아이를 데리고 다시 나가야 하나 고민하던 차였다.

"저 꼬맹이 아니에요."

초코 셰이크를 빨대로 꿀꺽 한 모금 넘긴 아이가 당차게 대답했
다.

"저, 백한 밤 자면 유치원 갈 거예요. 꼬맹이 아니에요."

초롱초롱. 두 뺨이 불룩 나오도록 케이크를 입에 넣고 오물오물

작은 입술이 연신 쉬지 않고 움직였다. 재윤이 자신의 시선을 마주 보며 저를 무시했다는 듯 노려보는 아이의 얼굴을 내려다보았다. 마치 눈싸움이라도 하는 듯했다. 결국 재윤이 '허' 하고 웃었다.

"너, 몇 살이냐."

재윤의 물음에 아이는 들고 있던 셰이크 잔을 조 실장에게 넘기 곤 제 얼굴만큼이나 포동포동한 작은 손을 들어 하나하나 손가락을 접었다.

"다섯 살."

얼마 후, 제 한쪽 손을 쫙 편 채 재윤 쪽으로 뻗으며 답했다.

"꼬맹이 맞구만."

재윤이 제 앞으로 펼쳐진 자그만 손바닥을 바라보며 맞은편 소 파에 털썩 앉았다. 아이는 재윤의 답이 마음에 안 든다는 듯 뚱한 얼굴로 재윤을 바라봤다.

"얼굴 안 푸냐?"

"하하!"

조 실장이 기가 막힌 듯 웃었다.

"대표님, 얘 다섯 살입니다."

'그래서 뭐!'

재윤이 여전한 인상으로 조 실장을 노려봤다.

"내 애새끼 찾아오라니까 웬 쓰잘데기 없는 애새끼를 찾아와서 는."

중얼거리는 재윤의 말에 조 실장이 아이의 두 귀를 급하게 막으 며 푹하니 고개를 숙였다. 다섯 살짜리 아이와 서른 살짜리 아이 사이에 껴 있는 심정이었다. 내가 이래서 독신주의를 못 벗어나겠 다니까. 뭔 일인가 하는 듯 자신을 바라보는 아이를 향해 조 실장은 민망한 듯 미소만 지었다.

얼마간의 시간이 지나고 셰이크와 조각 케이크까지 다 먹은 아이가 소파 위에서 발을 구르며 심심해하자 조 실장이 빈 A4 종이 하나를 아이 앞으로 내밀었다.

"그림 그릴래?"

맞은편에 앉은 재윤은 또다시 핸드폰을 들고 인상을 쓰고 있을 뿐이었다.

"내가 진짜 위치 추적 장치를 붙여 놓든가 해야지."

제 머리를 거칠게 넘기는 재윤을 아이도 함께 바라보고 있었다.

"윤 매니저 성인입니다, 대표님. 손님하고 이야기가 길어지나 보죠. 중요한 얘길 수도 있고요."

확 치켜뜬 눈매가 레이저라도 쏘아 낼 기세였다. 설마하니 자신이 독신주의를 청산하기 전에 대표의 저런 모습을 보게 될 줄을 꿈에도 몰랐는데, 윤주인이라는 여자가 정말 여러모로 대단하긴 한 모양이다. 그 대책 없는 무모함의 승리인 건가. 연락 한 통 안 된다고 안절부절못하는 마 대표라니. 동물원에서 발정 난 호랑이가 탈출했다는 소리보다 더 무서운 현실이 아닐 수 없었다. 하기야. 설 전, 간만에 휴가 좀 준다 했더니 금세 불러들여 한다는 말이, '윤주인, 찾아내.' 였다.

"누가 그걸 몰라 이러는 거 같냐? 조 실장 너, 가끔 내가 니 똘마니 새끼처럼 보이냐?"

'설마요.'

조 실장이 서둘러 고개를 저었다.

'제 똘마니였으면 대표님은 지금 그 자리에 앉아 있지도 못하셨을 겁니다. 장담하죠.' 라는 말은 꾸욱꾸욱 가슴에 눌러 담았다. 아직 마재윤에게 배울 건 산더미처럼 많았다. 이런 치임 쯤이야, 그에게서 빼먹을 수 있는 수많은 노하우와 언제든지 맞바꿀 수 있다. 조 실장이 은테 안경을 추켜올렸다.

"촉이 느껴진단 말이지. 마재윤한테 달린 윤주인 촉이 자꾸 불길하게 움직여."

다시 한 번 핸드폰을 집어 들다 말고 못 참겠다는 듯 재윤이 자리에서 일어섰다. 조 실장은 '결국 우리 밖으로 탈출을 하는구나.' 하며 잊고 있었던 아이를 향해 고개를 돌렸다.

"너, 글씨 쓸 줄 아는구나?"

조 실장의 목소리에는 신경 쓰지 않고 재윤은 옷걸이에 걸쳐 놓았던 코트를 집어 들었다.

"어디 보자."

조 실장이 아이가 쓴 종이를 집어 들었다.

"주……인?"

문고리를 잡았던 재윤이 고개를 돌렸다.

"주인, 문……주인?"

조 실장의 입에서 흘러나온 익숙한 단어에 재윤의 눈썹이 치켜올라갔다. 조 실장도 이건 또 뭔 일이냐는 듯 재윤을 바라보다가 아이를 향해 고개를 돌렸다.

"이름!"

재윤과 조 실장의 시선을 받은 아이가 방그레 웃으며 자랑스럽게 말했다.

"주인이 이름이에요. 문주인! 잘 썼죠?"

재윤이 꼬맹이 주인의 이름에 놀라 하고 있을 무렵, 주인은 테이블 위에 놓인 빈 물 잔을 들었다 다시 내려놓았다. 부들거리며 떨리는 손가락을 멈출 수가 없었다. 여전히 맞은편에 앉아 있던 지수가 종업원을 불러 물 한 잔을 더 리필해 달라고 부탁했다. 종업원이 빈 물 잔을 채우는 와중에도 주인은 물 잔에서 손을 뗄 수가 없었다. 조금이라도 힘을 풀면 물 잔을 깨 버릴 것 같았다. 고개를 숙이고 돌아가는 종업원에게 감사의 인사를 전한 것도 한지수였다.

"드세요."

쉬지 않고 말을 한 건 한지수였는데 입 안이 메마르고 목이 타는 건 오히려 주인이었다. 주인이 물 잔을 들다 말고 다시 제자리에 가져다 놓으며 입술을 열었다.

"그러…… 니까……."

주인의 메마른 목소리에 지수가 들고 있던 머그잔을 내려놓으며 텅 빈 눈으로 주인을 바라봤다.

"애쓰지 말아요. 선배는 예전부터 그랬죠. 이 불쌍한 애한테 뭐라고 해 줘야 하나. 고르고 고르다가 끝내는 입을 닫아 버렸죠. 비꼬는 거 아니에요. 그런 선배 마음, 적어도 난 알 수 있었어요. 그래서 더 선배 옆에 있으려고 한 건지도 모르죠. 사람들은 내가 선배를 위해 그런다고 생각했는지 모르지만, 아니요. 선배도 알듯이 저 그렇게 착한 애 아니잖아요."

다짐하고 결심한 한지수는 주인이 생각했던 것보다 훨씬 강했다. 하지만 무엇보다도 제 일을 제 일이 아닌 것처럼 내뱉는 모습은 예전 그 어느 날과 하나도 변하지 않았다고 주인은 생각했다.

"졸업하고 얼마 후, 끌려갔어요. 끔찍했죠. 성매매 집창촌들이 다 그렇듯이 한 번 들어가면 죽을 때까지 나올 수가 없는 곳이에요, 거기가. 자의든, 타의든."

지수의 목소리는 덤덤했다. 그런 덤덤한 목소리에 주인은 누군가 자신의 목을 두 손으로 쥐고 비트는 것만 같았다.

"아버······지는?"

주인의 물음에 지수의 표정이 차갑게 가라앉았다.

"도박에 빠져 마누라까지 도망가게 하더니. 결국은 하나밖에 없는 딸자식까지 팔아먹은 인간이, 어떻게 됐을 것 같아요? 자식까지 팔아넘겨 놓고는 술에 쩔어 동사된 채로 한강 고수부지에서 발견됐다더군요."

주인은 눈을 감았다. 본 적 있었다. 지후와 함께 지수의 집을 찾아갔던 날 후로도 종종 지수의 집을 찾아갔던 적이 있던 주인이었다. 술에 취해 대문까지 박살 낼 듯 발길질을 하며 들어오는 모습도 보았고, 멀쩡한 차림으로 간식 먹으라며 붕어빵을 건네주는 모습도 본 적이 있었다.

적어도 술만 취하지 않으면 지수의 아버지는 여느 다른 아버지처럼 딸에게 살갑게 대했다. 그나마 주인이 살고 있는 저택 가장 꼭대기에 자리 잡고 있는 윤 의원보다는 낫다고 생각했었다. 하지만 그런 아버지를 보면서 한지수는 저래서 내가 어디로 도망가지도 못해. 이것도 내 팔자겠죠 선배, 했었다.

"그리고 정확히 삼 일 후, 남편이 찾아왔어요."

한지수의 남편, 문지후. 아무리 들어도 어색한 건 어쩔 수가 없었다.

"연락이 안 돼서, 선배가 걱정한다고 해서 찾았는데······ 왜 이런 곳에 있느냐고 물었죠. 아직도 기억나요. 그 더럽고 추악한 곳에서 나를 바라보며 경악하던 그 사람 눈빛, 그 시선. 전부요."

머그잔을 쥔 지수의 손끝이 떨렸다. 두 눈을 질끈 감은 두 눈꺼풀도 파르르 떨렸다.

"당장 나오라고 내 손을 잡아끌었죠. 그 손을 내치면서 수도 없이 생각했어요. 놓지 마, 놓지 마요. 더 힘껏 쥐고 어서 빨리 나를 여기서 데리고 나가 줘요."

다시 가만히 눈을 뜬 지수가 경악스런 주인의 시선을 받으며 다시 입을 열었다.

"그런데 그때 선배한테 전화가 왔어요. 핸드폰 액정을 바라보는 그 사람 눈이 흔들렸죠. 그리고 한 치의 망설임 없이 뒤돌아섰어요. 마치, 선배의 목소리조차도 그 더러운 곳에 흘러들게 하고 싶지 않다는 듯이."

기억나지 않았다. 하지만 아마도 지수에 대해 물었을 거다. 결혼까지 얼마 남겨 두지 않고 윤 의원은 주인에 대한 감시를 더욱 강화했다. 행여나 허튼짓을 하지 않을까. 꽤나 전적이 있었던 주인이 혹시라도 다시 괜한 분란을 일으켜 다 된 밥에 재라도 뿌릴까 하며 학교에서 집, 집에서 학교의 기본 스케줄에는 물론 그 이외의 일에도 사람을 붙여 숨을 조였던 시기였다.

조금이라도 눈에 거슬리거나 허튼짓할 때에는 네 정신 나간 할머니를 가만두지 않겠다는 협박도 서슴지 않고 하던 윤 의원이고, 그 협박이 단순한 협박으로 끝나지 않을 것임을 주인은 십 년 남짓한 시간 동안 톡톡히 지켜봐 왔다.

그래서 갈 수가 없었다. 학교를 다니고 지후를 만나는 것 이외에는 어디로도. 거기서 조금이라도 벗어났다가는 이제 다 이룬 주인의 계획을 스스로 무너뜨리게 된다 여겼었다.

"그리고 그날 밤, 다시 찾아왔어요."

그래서 지후에게 부탁했었다. 함께 처음으로 지수의 집을 찾아가 떡볶이를 먹은 후부터 자주는 아니지만 종종 함께 만나 밥을 먹고, 영화를 보고, 쇼핑도 했었다. 즐거웠다. 선뜻 나서서 지수에게 해 줄 수 없는 것들을 지후가 함께 하고부터 자연스럽게 해 줄 수가 있었다. 한지수의 마음이 다치지 않게, 눈치 보지 않게, 동정 따위라고 느끼지 않도록. 윤주인과 한지수 사이에서 문지후는 그런 자연스러움을 이끌어 냈다.

"내 첫…… 손님이었죠."

입술 끝이 떨리는 건 지수뿐만이 아니었다. 주인의 입술도 바들거리며 떨렸다.

"그 앞에서 옷을 벗는데 그 사람이 그러더군요. 어떻게 하면 여기서 나갈 거냐고. 몇 시간 전에 아버지가 빚진 돈의 몇 배를 들고 온 사람을 내쳤거든요. 다시는 안 올 줄 알았던 사람이 다시 찾아와 하는 말에 흔들렸어요. 자존심이고 뭐고, 당장 그 사람 손을 붙잡고 그 진절머리 나는 곳에서 벗어나고 싶었죠. 그래서 손을 뻗으려는데. 그 사람 눈에…… 내가 없었어요. 선배, 선배만 가득했죠. 눈앞에 벌거벗고 선 사람은 난데, 그 사람 눈에는 선배만 있었어요. 그제야 알았죠. 아, 그래. 이 사람, 이런 사람이었지. 지금 이렇게 내 눈앞에 있는 이유가 윤주인이라는 사람 하나 때문일 수밖에…… 없는 사람."

분명 자신을 가리켜 하는 말인데, 주인은 그저 조금씩 머릿속이 깨끗해지는 걸 느낄 뿐이었다. 그건 주인의 본능이었다. 저 스스로를 다치게 하는 것을 거부하려 드는 몸의 본능, 지금까지 그렇게 살아왔던 것에 대한 처절한 습관 같은 것이었다.

"그래서 내가 뭐라고 했을 것 같아요?"

지수의 입가에 어린 미소가 처연했다.

"다 버리고 오라고 했어요. 다 버리고, 잘난 당신 집안도 버리고, 당신이 그렇게 소중하게 여기는 윤주인도 버리고 오라고. 오로지, 한지수를 구하겠다는 생각만 가지고 오라고. 그러면, 당신 따라 나서겠다고."

더 듣지 않아도 알 수 있었다. 왠지 알 것 같았다. 문지후라면, 윤주인이 알고 있던 문지후라면 그의 선택이 어떠했을지 알 것 같았다.

"그랬더니 돌아가더군요. 또 그렇게, 돌아서더군요. 난 그 사람이 선배를 놓을 거라고는 생각하지 않았어요. 그저, 나도 분명 그들 사이에 있었는데 왜 나만 이렇게 내쳐져야 하는 건지 억울했고, 분했고, 그걸 어디에 풀어야 하는지조차 알 수 없었어요."

주인은 생각했다. 만일, 자신이 윤 의원의 말을 어기고 직접 지수를 찾아 나섰다면 어떠했을까. 어렸던 한지수가 당했던 그 끔찍함을 자신이 당했더라면 어떠했을까. 하지만 모두 이미 지나가 버린 과거일 뿐이었다. 지금 와 생각한다고 해서 한지수는 윤주인이 될 수 없었고, 윤주인 또한 한지수가 될 수 없었다.

"그리고 한 달 만에 그 사람이 다시 찾아왔어요. 그 사람이 뭘 어떻게 한 건지 한 달 동안 나는 일하지 않아도 됐었죠. 정확히 그 한 달 후, 내 죽은 아버지보다 더 늙어 보이는 남자에게 끌려가는 나를 끌어당긴 게 그 사람이에요. 만신창이로 술에 취했으면서도 죽어도 내 손을 놓지 않았어요, 그 사람. 지독한 술 냄새만 가득 나는 그 사람 품에 안기면서 나는…… 그러면 됐다고 생각했어요. 이거면 됐다. 이렇게 다시 날 찾아와 줬으니 됐다. 아무리 날 찾아온 이유가 선배 때문이건, 아니면 옛 정을 무시 못 하는 문지후라는 남자의 미련하고 모질지 못한 성격 때문이건 나는 정말, 그거면 족했어요."

당시 자신에게 지수는 잘 있다고, 새로 입학한 대학에, 아르바이트까지 힘들어 당분간 연락은 하기 힘들 거라고 말했던 문지후의 표정이 어떠했는지 주인은 기억하지 못했다. 다만, 그때도 주인은 문지후를 믿었고, 한지수를 믿고 있었다. 그들은 유일하게 윤주인의 삶에 믿음을 주고, 그 믿음을 돌려받을 수 있다고 믿게 하는 존재들이었다.

"그런데, 내가 바보였는지 그때까지도 문지후라는 남자를 알지 못했던 건지. 나를 책임지겠다는 그 사람 보면서 기가 막혔어요. 두 눈에 윤주인을 가득 달고서 나를 책임지겠다는 그 사람 보면서, 내가 이 사람한테 무슨 짓을 했나 싶었어요. 이 미련하기 짝이 없는 순정만 있는 남자한테 무슨 짓을 한 건가. 그런데 웃기게도…… 아이가 생겼죠. 그리고 보면 세상은 참, 지랄 맞아요. 아이를 지우겠다는 나를 붙잡으며 그 사람, 울더군요. 너무나 애처롭게 울었어요. 그러지 말라고, 이러지 말자고. 그런 남자를 보면서 난…… 놓을 수가 없었어요. 놓고 싶지 않았어요. 내 아이만큼은 절대 나처럼 살게 하고 싶지 않았어요."

마찬가지였다. 주인도 항상 생각했었다. 먼 훗날, 자신도 결혼을 하고 아이가 생기면 절대, 자신과 같이 살게 하지는 말아야지. 다짐하고, 또 다짐했었다.

"선배한테 얘기하겠다고 한 건, 나였어요. 절대 내 얘기하지 말고, 내가 어떻게 하든 그냥 나만 따라와 주겠다고 약속도 받았죠. 그 사람은 차라리 잘 됐다는 듯했어요. 적어도 선배까지 알게 하지는 말자라고 생각한 듯했죠. 그런데 선배 만나고 돌아오는 길에 사고가 났어요. 아이는 배 속에서 죽었고, 나는 삼 일간 혼수상태였죠. 그 사람은 내내 내 곁을 지켰고, 선배와의 결혼은 끝나 있었죠. 그리고 나는 그 이후로 아이를 가질 수 없게 됐어요. 세 번이나 더 찾아온 아이들은 내 안에서 한 달도 못 버티고 나를 떠나갔죠. 이게 육 년 전, 선배가 버려졌던…… 진짜 이유예요."

피곤했다. 그 긴 이야기를 하는 건 분명 한지수였고, 가만히 듣기만 하는 건 주인이었음에도 불구하고. 주인은 마구 가라앉는 눈꺼풀을 느꼈다.

"그 날. 내가 그토록 지키려 했던 그 얄궂은 자존심을 이렇게 내려놓는 건, 이제는 그런 자존심보다 내 남편, 문지후를 내가 지켜야 하기 때문이에요."

문주인, 아이가 있었다. 그래, 아이를 가질 수 없다는 한지수와 문지후 사이에 어떻게 아이가 있냐는 건 묻고 싶지 않았다. 그저, 이제 둘 사이에는 문주인이란 이름을 가진 아이가 있었고, 한지수는 절대 그 아이에게 자신과 같은 삶을 주려 하지 않을 것이다. 그러기 위해서라도 한지수는 문지후가 더욱 절실하다 얘기하고 있는 것이었다.

"그러니…… 이제 결정해요."

모든 걸 내려놓았다는 듯 한지수의 목소리와 표정은 허무하기 짝이 없었다. 잘도 그 수많은 이야기를 떠안고 살았구나 싶었다. 주인이었다면 절대 할 수 없는 일이었다.

"빌어."

주인의 짤막한 말에 지수의 눈가가 굳었다.

"용서를 빌러 온 게 아니야? 한지수. 내 결정이 듣고 싶다면 빌어."

지수의 두 눈동자가 흔들렸다.

"이제 와서 너 힘들었다고 징징대는 거, 한심스러울 뿐이야."

이상했다. 오히려 다 듣고 나니 가슴이 진정되는 것 같았다. 주인은 그제야 가득 채워진 물 잔을 들어 입을 축였다.

"그래서? 지금에 와서야, 육 년이 더 지나서야 니가 이런 얘길 하면 내가 그래, 너 참 힘들었겠구나 그럴 수밖에 없었겠구나 할 줄 알았니."

적어도 너는 그 세월 동안 문지후를 옆에 두고 살았다. 그게 껍질뿐인 문지후든 아니든 간에 한지수와 문지후는 함께했다. 그리고 그 육 년간 오로지 전부였다고 믿었던 사람들에게서 배신당한 윤주인은 오롯이 홀로 남겨져 모든 걸 감당해야 했다. 그건 한지수가 말하는 과거보다 더한 진실이었다.

"알게 하고 싶지 않았다고? 네 마지막 자존심이었다고? 나한테 더 큰 상처 주기 싫어서 그럴 수밖에 없었다?"

웃기지 말자. 거짓투성이인 세상에 우리까지 그러하진 말자. 주인은 매서운 눈으로 다시 입을 열었다.

"아니, 결국 한지수 너는 문지후가 탐났던 거고, 문지후는 제 실수, 잘못 감추느라 전전긍긍한 것뿐이야. 결과는 달라지지 않아. 아무리 어떤 이유가 있었건, 어떤 상황이 되었건 간에 너희 둘 다 윤주인 등에 시퍼런 칼날을 꽂아 넣은 건 변하지 않는다는 거야. 그러니 빌어. 용서해 달라고 해. 누구보다 윤주인의 진심을 잘 알고 있던 한지수가, 너한테 배신 때려서 정말 미안했다고 무릎이라도 꿇고 빌어."

윤주인은 강해졌다. 육 년 동안 갈고닦은 칼로 찔러야 할 때를, 마침내 알게 되었다. 찔러야 할 때 찌를 줄 알아야 한다고 가르쳐 준 이가 있었기에 가능했다. 어차피 강한 자가 좀먹는 세상에서 살아가야 한다면, 강한 윤주인이 되어 줄 것이다.

거짓투성이 세상아, 네 힘을 빌리지 않고도 강해질 수 있는 존재도 있으니, 너도 한번 당해 보라고. 윤주인은 더 이상, 약하지 않았다. 주인이 물 잔을 깔끔하게 비우곤 자리에서 일어섰다.

"나한테 위로받고 동정받고 싶었다면, 육 년 전 그날. 사실대로 얘기했어야 했어. 한 번 숨겨서 찔렀던 칼날을 빼기에 너와 내 시간이, 너무 길었다 한지수."

그 말을 끝으로 주인은 담담한 표정을 한 채 카페를 나섰다. 그리고 걸었다. 마구 걸었다. 어디로 가야 하지. 누군가 만나야 할 것 같은데 떠오르지가 않았다. 카페를 나오자마자 주인은 정신없이 발을 놀렸다. 주머니 속에서 윙윙거리며 울리는 핸드폰 소리도 주인에게 들리지 않았다.

눈이 왔던 거리는 차가운 기운에 얼어붙어 있었고 주인은 조금만 헛디뎌도 미끄러져 넘어질 듯한 거리를 아슬아슬 딛고 있었다. 찾아야 했다. 누굴까, 누굴 찾아야 하지. 지금 당장 보지 않고는 미쳐 버릴 것 같은 사람! 누구지, 누구였지!

"……인! 윤주인!"

그래, 있었지. 주인의 흐릿한 두 눈동자 위로 저 너머, 이제 자신을 절대 홀로 두지 않겠다던 그 사람이 있었다. 거기 있어요. 거기 있어. 내가 갈게. 이제 나도 갈 수 있어. 당당하게 갈 수 있어요, 나도. 그러니 그렇게 불안한 듯 안타까운 듯 바라보지 않아도 돼.

주인의 걸음이 빨라졌다. 미끌거리는 도로를 지나 신호등 앞에서 신호를 기다리면서도 발을 동동동 굴렀다. 멀리서도 뛰어오는 두 눈동자와 시선을 맞추곤 신호가 바뀌자마자 뛰어들었다.

끼익!

"윤주인!"

빠앙! 하고 울리는 클랙슨 소리에 주인은 정신 차렸다.

"너, 너 이 꼴통 진짜!"

마재윤이었다. 마재윤, 마재윤.

"괜찮아? 응? 어디 봐. 어디 부러진 데는 없는 거 같은데. 내가 진짜 눈 돌아가는지 알았네. 아무리 내가 좋아도 그렇지 거기서 냅다 그렇게 몸을 날리면 어쩌자는 거냐. 이 대책 안 서는 꼴통아. 아주 하루걸러 한 번씩 내 심장 펌프질 잘 하고 있나 운동시키냐?"

마재윤이구나 진짜. 내 마재윤. 내 악마 새끼.

"선배."

"왜?"

주인은 답하는 마재윤의 품속을 더 파고들며 말했다.

"나 전치 3주는 패고 온 거 같은데 뒤처리해 줄 거죠?"

"패기만 했냐?"

재윤의 얼굴을 확인하자마자 주인은 제 머릿속에 가득했던 수많은 생각들이 자취를 감춰 가는 걸 느꼈다. 마치, 대악마가 나타나자 잔챙이 악귀들이 스스로 몸을 사리듯이, 그렇게 제 머릿속이 정리되고 있었다.

"음, 정확히 기억 안 나는데, 머리채도 좀 뜯어 볼 걸 그랬나 생각 중이에요."

주인의 대답에 재윤이 말했다.

"다음엔 머리채부터 잡아채 그럼."

주인이 재윤의 품에 안기며 웃었다.

"아아, 일하기 싫다. 나랑, 땡땡이칠래요?"

품속으로 가득 안겨 오는 주인을 끌어안은 재윤이 답했다.

"어디로 모실까요, 주인님."

주인이 다시 한 번 재윤의 심장을 간질이며 '아하하' 하고 웃는
순간이었다.

17.

당장이라도 주인이 원하는 곳이면 어디든 데려다 줄 수 있었다. 허나 재윤도 예상했듯 주인이 원하는 곳은 결국 '엘 로이'였다. 다시 한 번 생각해 보라는 재윤의 말에 주인은 옅은 미소를 짓고 걸음을 떼며 예약이 세 건이나 있다며 서둘러 돌아가자고 할 뿐이었다. 그 뒷모습을 한동안 가만히 바라보던 재윤이 서둘러 그 뒤를 쫓아 뛰었다. 덕분에 재윤도 얌전히 책상 앞에 앉아 밀린 업무를 보는 중이었다.

"작년보다 일억 정도 더 생각해 두어야 할 것 같습니다. 케이엔 씨는 재무 재표 올라오는 대로 재보고 드리겠습니다. 강원도 땅은 박 실장이 원만히 해결했답니다. 대표님이 제시하신 금액에서 이천이나 더 올려 계약했다더군요. 계약금 받는 즉시, 계약서 들고 직접 찾아뵙겠답니다."

조 실장은 은테 안경을 추켜올리며 몇 시간째 미간을 찌푸리고 만년필 끝으로 책상만 두드리고 있는 대표의 얼굴을 슬쩍 내려다보았다.

"추가로 입금되는 금액, 진만이한테 쏴 줘."

또 한 건 했군 박진만. 조 실장이 '네.' 하고 답하며 들고 있던 수첩에 메모했다.

"케이엔씨 비롯한 이사분기 경영기획안입니다. 레스토랑은 몰라도 청담동이랑 한남동에 있는 클럽들의 경우 회원 관리 쪽에 좀 더 신경 써야 할 것 같습니다. 아예 세대를 구분해서 운영하는 방법이 어떻겠냐는 제의가 들어오기도 했습니다. 따로 보고서 작성해서 첨부해 놓았으니 살펴 주시면 됩니다."

자신이 내미는 서류에 척척 사인은 하고 있지만 귀만 열어 놓은 채 A4 종이 한 장에 시선을 떼지 못하는 재윤을 보며 조 실장은 궁금한 속내를 숨기느라 눈치 아닌 눈치를 봐야 했다.

"끝인가?"

재윤이 여전히 만년필로 책상을 두드리던 행동을 멈추고 묻자 조 실장이 고개를 끄덕였다.

"그건 거기다 두고 퇴근해."

"안 들어가십니까?"

"들어갈 거야. 내 거 챙겨서."

'아, 예. 어련하시겠습니까. 저야 뭐, 뱅뱅 안 돌고 집으로 바로 퇴근해서 좋긴 한데. 어째 자기 거 챙겨 돌아가신다는 표정이 영 아니십니다.'

이번에도 조 실장은 마음속에 담은 말을 꺼내 놓지 못한 채 책상 한쪽에 정리된 파일 서류들을 차곡차곡 올려놓을 뿐이었다.

"그럼 전 이만."

돌아서는 조 실장을 재윤이 다시 불러 세웠다.

"대산 쪽 투자금, 어떻게 됐지?"

"보름 전 말씀하신대로 보류 중입니다."

조 실장의 대답에 재윤은 다시 책상 위를 만년필로 두드렸다.

"담당은 누구야?"

"이기영 팀장입니다."

"대산은?"

"실무진이 움직인다고 하던데, 아마 문 이사가 직접 나설 가능성이 큰 것 같습니다."

또 한참을 대답 없는 재윤을 가만히 바라보던 조 실장이 조심스레 입을 열었다.

"진행시킬까요?"

"아니, 우선 이 팀장한테 그동안 이력 직접 보고받겠다고 해."

조 실장의 눈이 커졌다.

"직접, 움직일 생각이십니까?"

"글쎄."

조 실장은 더 믿을 수 없다는 듯 재윤을 바라보았다. 마 대표의 입에서 '글쎄' 라니. 투자를 하는 데 있어 좀처럼 보류 따위를 하는 사람이 아니었다. 보름 전 대산의 투자 작업 진행을 보고받다가 돌연 '보류시켜.' 라는 한 마디로 삼백억대의 투자를 멈춰 세울 때도 이상하긴 했었다. 그냥 주면 주는 거고 싫으면 한 번에 깨 버리는 게 원칙인 남자가, 가는 것도 아니고 아예 멈추는 것도 아닌, 그저 보류하라는 말로 기다리라고 했었다. 아무래도 대산과 뭔 연관이 있는 것 같기는 한데. 조 실장은 간질거리는 입을 주의하며 바로 준비하겠다고 답했다.

"그만 나가 봐."

고개를 숙이고 대표실을 나오면서 조 실장은 습관적으로 미간 사이를 잡아 눌렀다. 이상한 건지, 수상한 건지. 정확히 알 수가 없었다. 몇 년을 옆에서 지켜봐 왔지만 정말 요즘 들어서는 저 이상하다 못해 수상쩍은 마 대표의 행동은 지금까지 마재윤이라는 남자에 대한 조 실장의 데이터를 깡그리 무력하게 만들고 있었다.

몇 시간 전만 해도 뭔 일 난 것처럼 뛰쳐나가던 것도 잠시였다. 대표가 말하던 제 애새끼를 챙겨 돌아온 마 대표는 '엘 로이' 마감 시간까지 자리를 지킨 채, 좁힌 미간을 풀 생각을 하지 않았다. 걸음을 옮기는 조 실장을 향해 마감을 마친 직원들이 인사를 해 왔다.

"어, 조 실장님 퇴근하세요?"

"네, 간만에 칼퇴입니다."

조 실장의 말에 직원들이 농담이라도 들은 듯 웃었다. 인사를 받던 조 실장은 입구에 있는 장 앞에서 와인글라스를 정리하며 직원들과 인사를 하는 주인을 바라봤다.

"윤 매니저님, 내일 비비드 들렀다 나오시는 거죠?"

"네, 오전 타임 부탁 좀 할게요."

그래, 저 여자가 있었지. 발정 난 호랑이가 그대로 뛰쳐나가 골치 썩이게 할 줄 알았더니 얌전하게 만든 호랑이 목에 줄까지 달아 돌아왔다. 오히려 마 대표보다 더 예측 불가능한 존재일지도 모르겠군. 조 실장이 발걸음을 옮겨 주인 쪽으로 다가섰다.

"걱정 마십시오! 그럼 내일 봬요!"

"내일 봬요 윤 매니저님! 으아, 뿅 하고 집으로 순간이동 같은 거 했음 좋겠다. 밖에 넘 추울 거 같아. 으으으."

"길 미끄럽긴 하더라. 조심히 들어가요."

인사를 마치고 손에 들린 두 개의 와인 잔을 장에 넣고 문을 닫는 주인 뒤로 조 실장이 다가와 있었다.

"비비드 공사 마무리도 얼마 남지 않았겠군요."

주인이 뒤돌아서 조 실장을 향해 살짝 고개를 숙였다.

"네, 리모델링이라는 게 무시할 게 아니라는 걸, 확실히 깨닫고 있지요."

주인의 말에 조 실장이 알겠다는 듯 고개를 끄덕였다.

"예전에 제가 윤 매니저님께 했던 말 있잖습니까."

주인이 '어떤 거요?' 라는 듯 고개를 갸웃하며 조 실장을 바라보았다.

"윤 매니저님의 무모함이 그저 무모함으로 끝날 것 같다는 말."

"아, 그거요."

주인이 기억한다며 빙긋 웃었다.

"취소하겠습니다."

마무리로 홀을 둘러보던 주인이 고개를 돌렸다.

"취소합니다."

주인과 시선을 마주한 조 실장이 한 번 더 확인시켜 주듯 말했다. 당신의 그 무모함이 과감함을 손에 쥐고 휘두를 수 있다는 걸 이제야 깨달았기 때문이기도 하고, 이제 정말 그 무모함의 끝이 어디인지 보고 싶기도 하니. 조 실장의 시선에 주인은 그저 또 한 번 빙그레 미소 지을 뿐이었다.

"들어가 보세요. 기다리고 계실 겁니다."

그 말을 끝으로 조 실장도 돌아가 버렸다. 이제 남은 건, 내 악마 새끼 하나뿐인가. 주인이 가까이에 있는 테이블 위에 올려놓았던 책 한 권을 들고 걸음을 옮겼다.

똑똑.

주인이 조심스레 대표실 문을 열고 안으로 들어섰다. 재윤이 책
상 앞에 앉아 수많은 서류더미 속에서 파일 하나를 넘기고 있었다.
자신에게 보여 주는, 때로는 장난스럽기도 하고 때로는 나른하기까
지 한 표정이 아닌, 마냥 진지한 표정을 한 채 서류에서 시선을 떼
지 않는 재윤은 주인이 하는 노크 소리도 제 앞에 다가선 인기척도
못 알아차리는 듯했다.

주인은 재윤을 방해하지 않기로 했다. 때마침 정 매니저가 꽤 괜
찮게 읽었다며 빌려 준 책 한 권도 손에 들려 있었다. 주인이 조용
한 걸음으로 소파 쪽으로 돌아설 때였다.

"윤주인."

주인이 고개를 돌렸다. 자신을 불렀으면서도 재윤은 서류에서 시
선을 떼지 않고 있었다. 주인이 제자리에 서서 바라보자 재윤이 한
쪽 손을 들어 손가락을 까닥거렸다. '이리 와.' 라는 무언의 명령이
었다. 주인은 자신을 향해 손가락을 까닥거리며 여전히 시선은 서
류더미에 가 있는 재윤을 어이없다는 듯 바라보면서도 걸음을 옮겼
다.

"더 가까이."

책상 모서리 끝에 서 있는 주인에게 또 한 번 재윤의 명령이 떨
어졌다. 주인이 속으로 웃고는 재윤의 바로 옆으로 다가섰다. 보고
있던 서류 맨 밑에 사인을 한 재윤이 손에 쥐고 있던 만년필을 책
상에 내려놓고, 앉아 있던 의자를 주인을 향해 돌렸다. 금세 주인과
마주 보게 된 재윤이 제 무릎을 툭툭 쳤다. 주인이 재윤의 무릎으
로 고개를 내렸다.

"앉으라고요?"

재윤이 고개를 끄덕였다. 주인이 고민하는 듯 미간을 좁히자 재윤이 손을 뻗었다.

"제발 고민 안 해도 되는 거에 머리 좀 굴리지 마."

재윤의 힘에 순순히 끌려간 주인이 무릎 위에 앉혀졌다. 재윤이 머리를 주인의 한쪽 어깨 위에 가볍게 얹었다.

"제가 들어온지도 몰랐던 사람이 할 소린 아니지 않나요."

재윤이 주인의 등을 두드리며 답했다.

"모르긴 누가 몰라."

"좀 전까지 서류에 코 박고 계신 분이요."

재윤이 주인의 어깨에서 고개를 들어, 주인과 시선을 마주했다.

"질투하냐?"

"설마요."

주인이 시선을 피했다. 재윤이 쿡, 웃었다.

"아아, 이거 윤주인이 첫 질투 대상이 서류 더미라니. 분발해야겠군."

말과는 다르게 입가에 가득 미소를 단 재윤이 주인의 입술에 쪽, 가벼운 키스를 날렸다.

"퇴근 안 하세요?"

주인이 왠지 민망함에 책상 위에 한가득 쌓인 서류를 보며 물었다.

"누가 땡땡이치자고 꼬여 놓고, 저는 일한다고 쌩까는 바람에 그냥 일이나 하려고."

"가끔 대표님이 자신의 직책을 잊어버리는 거 같은데, 직원이 땡땡이치자 한다고 바로 그래, 어디 갈까. 이러면 안 되는 거죠."

주인이 여전히 재윤 무릎 위에 앉아 발을 굴렀다.

"공은 공이고, 사는 사다?"

재윤의 말에 주인이 씨익 웃으며 고개를 끄덕였다.

"그럼 지금 대표 무릎 위에 앉아서 애처럼 발이나 굴러 대는 직원은 어떻게 해야 하지?"

주인이 구르던 발을 멈췄다.

'말해 봐.'

재윤이 유들거리는 눈으로 물었다. 주인이 슬쩍 시선을 또 피하며 중얼거리듯 입술을 열었다.

"유치하게."

"뭐? 유치해?"

"치졸하게."

"치조올?"

'뭘 그런 걸 따지고 드냐고!'

주인이 제 무릎에 올려놓았던 책을 탁 소리 나게 책상 위에 올려놨다. 느닷없는 주인의 행동에 재윤이 고개를 돌려 자신이 보고 있던 서류 위에 놓인 책 한 권을 바라봤다.

"제 마음이에요."

주인이 재윤의 무릎에서 벌떡 일어섰다. 재윤이 손을 뻗어 책을 들어 올렸다.

"힐링이, 필요해?"

하얀 하드커버지 위에 흘림체로 쓰인 책 제목을 따라 읽던 재윤이 어느새 문 앞에 서 있는 주인을 바라보았다.

"뭐해요? 사하러 가자고요. 공은 끝, 사 시작! 싫으면 말구."

대표실을 서둘러 나가는 주인의 뒷모습을 보던 재윤이 웃으며 들고 있던 책을 챙겨 일어섰다.

"또 한 방 먹었군. 아아, 내 꼴통은 날 쉬지 않고 흥분하게 한단 말이지."

재윤은 아이처럼 신이 난 얼굴로 주인의 뒤를 따라나섰다. 주차장에서 차를 빼 와 주인을 조수석에 태운 재윤의 입가가 묘하게 올라갔다. 그런 재윤의 미소를 눈치채지 못한 주인은 그 때까지만 해도 이제야 데이트다운 데이트를 해 보는구나 하고 신나 있었다. 오전에 있었던 일쯤은 다시 되새기지 않도록 주인은 재윤에게 남은 시간을 매달려 보기로 했다. 적어도 재윤과 있으면 그에 대한 생각으로 다른 생각을 할 겨를이 없을 테니 그것도 꽤 괜찮은 유혹이었다.

이런저런 생각을 하다 '요즘에는 어떤 영화가 개봉했을라나.' 하고 핸드폰을 꺼내 검색하는 와중에 어느새 재윤이 조수석 문을 열고 주인이 내리기를 기다리고 있었다. 그리고 도착한 곳이 재윤의 빌라였다. 여기가 어디냐고 물을 새도 없었다.

주차장에서 바로 이어지는 엘리베이터에서부터 달려들기 시작하는 재윤을 떼어 놓기도 버거웠다. 그야말로 발정 난 악마 새끼의 부활이었다. 물리고 빨리는 사이에 어떻게 현관을 지나, 이층 침실까지 왔는지도 모르겠다. 아 그래, 계단에서부터는 번쩍 들려 안겼던 것 같기도 했다.

주인이 한숨을 내쉬며 포기를 모르고 손을 놀리는 재윤을 내려다보았다.

"하아, 하아."

어느새 주인의 신음 소리가 재윤의 방 안을 채웠다. 한참을 붙어 있던 입술을 떼고 제 허리에 올라탄 주인의 등줄기에 손을 뻗어 부

드럽게 쓸어내리자 참을 수 없다는 듯한 신음이 또 한 번 흘러나온
다.

"하앗."

재윤의 가슴 위에 올라간 주인의 두 손이 주먹 쥔 채 부들거리며
떨렸다. 새하얀 주인의 나신이 재윤의 눈 속에 가득 감겨들었다. 재
윤이 손을 뻗어 올려 주인의 가늘고 긴 목선을 부드럽게 쓸어내리
자 어느새 감겨 있던 주인의 눈꺼풀이 천천히 올라갔다.

"그 억울하다는 표정은 뭐지 꼴통."

주인의 시선에 재윤이 빙긋 웃으며 말했다.

"내가 말한 '샤'는 이런 게 아니었어요. 으응."

신음을 터트리는 주인의 입술을 재윤이 엄지로 쓸어내리며 물었
다.

"네가 말한 '샤'가 뭔데?"

"뭐. 영화도 보고, 손잡고 거리도 걷다가 배고프면 으응, 야식도
사 먹고. 아앗!"

주인이 말하고 있는 와중에도 재윤의 자유로운 두 팔이 주인의
이곳저곳을 쉬지 않고 건드렸다. 등줄기를 타고 한꺼번에 전해지는
전율에 주인이 허리를 무너트리려 하자 재윤이 서둘러 주인의 팔을
끌어 중심을 잡았다. 주인의 두 눈동자에 쾌감을 견뎌 낸 노곤함이
서렸다.

"아아, 난 또 뭐라고. 난 우리 꼴통이 힐링이 필요하다기에."

주인이 슬금슬금 제 가슴으로 향하는 재윤의 손을 탁 하고 내쳤
다.

"힐링이 뭔지는 알죠?"

주인의 물음에 재윤이 '으음' 하고 고민하더니 입을 열었다.

"휴식, 여유와 위로. 좀 더 하자면 치유 정도?"

'알면서 이랬다고!'

주인의 눈에 서린 의미에 재윤이 손을 뻗었다. 제 허리 위에 타고 있는 주인의 동그란 엉덩이를 톡톡 치며 재윤이 다시 입술을 뗐다.

"우리 꼴통이 아직 몰라서 그러나 본데. 섹스만큼 힐링 효과가 뛰어난 건 없다고. 기본적으로 운동되지, 혈액 순환 되지, 심장병 예방하지. 오르가슴을 느끼는 동안 엔도르핀 생성시켜 통증 완화까지 시켜 주잖아."

"하!"

주인이 어이없다는 듯 웃었다. 정말이지, 말이나 못하면. 주인이 제 엉덩이를 주물거리는 재윤의 손을 잡아떼고 그 위에서 내려오려 할 때였다.

"으으응! 앗!"

재윤이 주인의 엉덩이를 꾸욱 눌러 잡고 허리를 다시 움직였다. 재윤의 킹사이즈 침대가 쉬지 않고 흔들렸다.

"무엇보다, 하아, 상대방의 온기로, 정신적 안정을 주지. 크홋!"

"아아앗!"

재윤의 입술 사이를 비집고 나온 짧으면서도 짙은 신음 소리에 이어 주인이 천장을 향해 고개를 젖히며 크게 허리를 휘었다.

"하아, 하아."

그대로 재윤 위로 쓰러진 주인은 어느새 잠들어 버렸다.

"섹스 힐링의 가장 큰 장점이 숙면 유도와 스트레스 해소라고 꼴통."

한참을 제 위에 주인을 눕혀 놓고 머리며, 등을 쓸어 주던 재윤도 천천히 눈을 감았다. 아무 생각 없이 푹 잠들길. 눈이 감겨도 주인의 등을 토닥거리는 재윤의 손은 한참 동안 멈추지 않았다.

다른 때보다 훨씬 개운한 몸을 느끼며 주인이 눈을 뜬 것은 오전 열 시가 다 되어서였다. 잠결에 재윤의 목소리가 들린 것 같기도 했는데 정확히 기억나진 않았다. 주인이 침대 옆 협탁 위에 놓여 있던 시계를 다시 제자리에 올려놓으며 몸을 일으켰다.

"나름 조절하긴 한 건가."

처음보다 양호한 자신의 몸 상태를 확인한 주인이 중얼대며 고개를 저었다. 아무리 재윤이 먼저 덤벼들었다지만 그 허리 위에서 리듬을 탄 건 자신이었다. 다리를 침대 밑으로 내려 일어서려 하는데 발목에 이질감이 느껴졌다. 주인이 침대 위로 왼쪽 다리를 올렸다. 은빛 나선형 줄에 얼마간의 간격을 두고 보석이 박혀 있는 것이 발목에 채워져 있는 게, 발찌인 모양이었다.

"설마 이거, 다이아는 아니겠지."

얼마 전, 주얼리 숍에 데리고 가 무조건 골라 보라며 다그치던 재윤이었다.

"왜 싫어?"

"싫은 게 아니라 거추장스럽다는 거예요."

"태웅실업 박 이사가 보내준 브로치는 안 거추장스럽고?"

"그건 돌려 드렸다고 분명히 말씀드렸어요."

입 불뚝 나온 재윤을 달래 간신히 주얼리 숍에서 나왔었던 기억에 웃음이 나왔다. 재윤의 작품일 게 틀림없는 발찌를 한참 동안 매만지던 주인이 침대에서 일어섰다. 재윤이 보이지 않았다. 걸음을 옮겨 침실 옆으로 나 있는 문을 열자 재윤의 드레스 룸이 모습을 드러냈다. 종류별로 들어차 있는 명품 슈트와 셔츠, 그 밖에 캐

주얼한 옷들을 비롯해 색색의 타이와 여러 디자인의 커프스 세트, 그리고 시계까지. 그야말로 백화점 명품관을 연상케 하는 공간을 주욱 훑던 주인이 그중 하얀색 셔츠 하나를 거침없이 빼 들어 제 팔을 끼워 넣었다. 넉넉한 품에 허벅지까지 내려오는 길이가 마음에 들었다. 여전히 얼굴을 보이지 않는 재윤의 모습에 주인이 허리에 두 손을 올리며 말했다.

"거침없이 구겨 주겠어. 흥!"

주인이 재윤의 셔츠 한 장만 몸에 걸친 채 드레스 룸에서 나오자 침대 어딘가에서 '지이잉' 진동 소리가 들려왔다. 서둘러 침대에 다가간 주인이 베개 밑에서 요동치는 핸드폰을 찾아 집어 들었다. 열어 보니 아침 여섯 시도 안 돼 보내진 메시지였다. 도대체 언제 빠져나간 거람. 주인이 액정에 손을 가져갔다.

[악마 새끼(mjy): 일 있어 먼저 나왔다. 이 죄는 발목에 찬 족쇄로 대신하지. 다시 한 번 말하지만 그건 절대 액세서리가 아니야. 족쇄라고]

주인이 가만히 고개를 내려 제 발목을 내려다보았다. 죄는 자기가 지어 놓고 족쇄는 왜 나보고 차래. 흥!

[악마 새끼(mjy): 일층에 아침 차려져 있을 거야. 다 먹고, 인증 샷 찍어 보내라]

맛집이냐고. 주인이 툴툴거리면서도 핸드폰을 쥔 채로 침실을 나와 걸음을 옮겼다.

[악마 새끼(mjy): 조 실장 보낼 테니 그때까지 얌전히 집 지켜, 꼴통]

주인이 확 채팅창을 닫아 버렸다. 언젠가 한 번 단단히 일러줘야겠다. 윤주인은 마재윤이 기르는 네 마리 진돗개 사이에 끼고 싶은 마음은 전혀 없다고. 흥, 흥. 흥!

열심히 코웃음 쳤건만 재윤의 말대로 식탁에 차려진 밥도 남기지 않고 잘 먹고, 주방 한쪽에 놓인 커피머신에서 제 마음대로 커피도 내려 머그잔에 따랐다. 금세 그윽한 원두커피의 향이 퍼지자 주인의 입가에 미소가 번졌다. 따뜻해진 머그잔을 집어 든 주인은 본격적으로 재윤의 빌라를 탐색하기 시작했다.

"아주 돈으로 무장을 했구만."

주인이 일층 거실에 놓인 세계 3대 명품 오디오사 중 하나인 뱅앤올룹슨의 오디오를 바라보며 혀를 찼다. 그러다 거실 한 벽면을 장식한 와인 셀러에서 자동적으로 걸음을 멈춘 주인이 이번엔 혀 차는 것도 잊고 멍하니 와인 라벨을 훑다 그야말로 기함할 뻔했다. 로마네 꽁띠를 비롯한 수많은 고가의 와인과 양주 사이에 중앙을 장식하고 있는 '샤또 라피트 로칠드'! 1880년 루이 15세에게 바쳐졌던 젊음의 샘물이자, 올림포스 신들의 음료라고 칭해지며 순식간에 베르사유 궁전을 들썩이게 했던 왕의 와인이 마재윤의 와인 셀러 안을 장식하고 있었던 것이다. 저절로 새어 나오는 탄식도 어쩌지 못한 채 본능적으로 왕의 와인에 손을 뻗을 때였다.

"윤…… 매니저님?"

멈칫. 마치 도둑질이라도 하려다 들킨 사람처럼 주인이 서둘러 놓았던 정신을 차리고 익숙한 목소리에 애써 미소 지으며 돌아섰다.

"네, 조 실장님. 일찍, 오셨네요."

민망하기 그지없는 차림이라는 것을 뒤늦게 깨달은 주인의 목소리가 여간 어색한 게 아니었다. 그런 주인의 모습을 보며 조 실장이 난감한 듯 웃다 입을 열었다.

"네, 벨을 눌렀는데 반응이 없으시기에. 혹시나 해서 비번 누르고 들어왔습니다."

조 실장을 바라보며 주인이 또 한 번 민망한 듯 웃었다.

'한 번 뭐에 빠지면 정신 줄 놓는 윤주인! 내가 못 살아!'

주인이 한쪽 손으로 제 이마를 문지르며 자책할 때였다.

"저…… 손님이 한 분 더 계신데요."

'손님? 이 와중에 또 웬 손님.'

주인은 조 실장의 말에 서둘러 이마에서 손을 내리고 접대용 미소를 그린 채 고개를 들었다. 잠시 후, 조 실장이 주인 앞에서 살짝 비켜섰다. 그리고 주인 앞에 조 실장이 데려온 손님이 그 존재를 드러냈다.

"대산의 문지후 이사님이십니다."

18.

"그래서 현재 대산 쪽에서 부족한 자금이 얼마야?"

"저희 직원들 3차 데이터 프로그램 상으로 오백 오십억 예상입니다."

"오백 오십억 중 삼백억이라."

재윤이 앞에 놓인 서류를 넘겼다.

"삼 년 안에 삼백억의 30%를 넘겨주겠다고 합니다."

새벽 다섯 시, 주인이 잠 속에 푸욱 빠져들었을 무렵 재윤은 조실장을 통해 본사 직원 이기영 팀장을 불러들였다.

"가능해?"

재윤의 날카로운 눈이 이기영의 눈을 파고들었다.

"확률은 50%입니다. 현재 대산 쪽에서 쥐고 있는 전자산업 부분이 위태로운 건 사실입니다. 하청 업체들이 반이나 나가떨어졌고, 주가도 연일 폭락하는 추세이긴 합니다만 상반기 안으로 디엠과 합

275

작한다는 소문이 돌고 있어서 정확히 예측하기엔 무리수가 따릅니다."

"그 상황에서 미디어 쪽을 뚫겠다는 건가?"

"미디어 쪽으로 들어가는 자금은 삼분의 일입니다. 지금 현재 악화된 재정 상태를 끌어올리는데 반 이상이 들어갈 거고, 나머지 금액은 디엠과의 합작에 걸 것으로 예상됩니다."

"밑 빠진 독에 물 붓기일 수도 있다는 말이군."

재윤의 말에 이기영은 가만히 고개를 끄덕였다.

"알았어. 나머진 내가 알아서 볼 테니 나가 봐. 아, 그리고 나가면서 조 실장한테 한 시간 후, 대산 쪽이랑 미팅 잡으라고 해."

"하, 한 시간 후 말씀이십니까, 대표님."

"똥줄 타는 건 대산이야. 생각 같아선 똥구멍 다 태우게 놔두고 싶지만 내가 더는 안 되겠어. 이렇게든 저렇게든 결판을 내야지."

기영이 정확히 무슨 말인지 알 수 없다는 표정을 하면서도 재윤에게 고개를 숙이곤 사장실을 나왔다.

그로부터 정확히 한 시간 이십 분 후, 재윤과 지후가 마주 앉아 있었다. 재윤의 본사 회의실에서는 대산과 케이엔씨의 실무진들이 회의에 들어갔다. 그 사이에 껴 있는 문지후를 따로 불러낸 건 재윤이었다.

대학 시절, 같은 학교 같은 과에 입학한 후, 신입생 시절 중 한 학기도 안 되는 시간 동안 인사 몇 번을 나눈 게 다인 두 사람이었다. 극과 극을 달리는 극명한 성격 대비도 그러했지만 누가 먼저랄 것도 없이 서로가 서로에게 던져 놓은 팽팽한 줄을 누가 먼저 끊어 내는지 내기라도 하는 사람들처럼 굴었던 마재윤과 문지후였다.

하지만 모든 것에 싫증이 난 재윤이 곧 군대에 갔고, 그 사이 문지후는 졸업을 해 대학원에 입학했다. 그 이후, 간혹 동기들과 갖는 술자리나 모임에서 만날 일은 있었지만 서로가 타인처럼 멀리 대할 뿐이었다.

"거두절미하고 묻지."

먼저 입을 뗀 것도 재윤이었다.

"윤주인."

문지후는 그 이름에 누가 봐도 알 수 있을 정도의 반응을 보였다.

'윤주인이라는 이름 하나에 저런 반응이라니, 그 마누라가 애새끼 앞세워 찾아올 만도 하군.'

재윤이 못마땅하다는 듯 미간을 좁히며 말을 이었다.

"너한테 뭐지?"

문지후의 선한 눈매가 금세 치켜 올라갔다.

'저런, 저런 표정도 지을 줄 아는 놈이었군그래.'

재윤의 눈매도 매섭게 치켜 올라갔다.

"그걸 내가 너한테 말해야 할 이유가 있나. 우린 지금, 대산과 케이엔씨의 대표로 마주 앉아 있는 거 아닌가."

지후의 말에서 냉담함이 흘렀다. 투자 받으러 온 새끼가 투자해 줄 대표한테 이 따위로 굴면서 뭐가 어째. 재윤의 입가에 비웃음이 걸렸다.

"난 아닌데. 난 육 년 전에, 윤주인이 까고 토꼈던 문지후한테 묻는 거야."

"마재윤!"

참을 수 없다는 듯 테이블을 쾅! 내려치는 문지후를 보며 재윤은 여전히 느긋한 자세로 앉아 다시 입을 열었다.

"사실을 사실대로 얘기하는데 그런 반응을 보인다는 건, 여전히 미련이 남았다는 거군."

재윤이 테이블에 놓인 담뱃갑을 집어 들었다.

"네가 알고 싶은 게 뭐야? 아니, 네 입에서 왜 주인이 이름이 나오는 거지?"

입에 담배를 물고, 라이터를 들어 불을 올린 채 재윤이 문지후를 바라봤다. 차가운 눈빛, 매정한 시선. 무시하고 조롱하는 눈동자. 문지후의 얼굴이 굳어졌다. 재윤이 멈췄던 손을 움직여 담배 끝에 불을 붙였다. 후우, 담배 연기를 길게 내뱉은 재윤이 문지후 앞으로 서류 봉투 하나를 던졌다.

"계약서야."

지후가 놀란 듯 제 앞에 놓인 계약서와 맞은편에 앉은 재윤의 얼굴을 번갈아 바라보았다. 아직 반대편 회의실에선 실무진들의 회의가 한창이었다. 서로 뭐가 이득이고 손해인지 정확히 따지고 설득하는 것도 결론이 안 난 상태에서 내밀어진 계약서에 지후가 눈살을 찌푸리면서도 손을 뻗어 서류 봉투를 집었다.

"대신 사인은 다른 사람이 한다."

무슨 소리냐는 듯 문지후의 시선이 다시 재윤을 향했다.

"이번 건은 내가 아니라, 다른 사람이 결정할 거야. 그 녀석이 오케이 하면 실무팀 회의에서 아무리 반대해도 내가 밀고 나가는 거고, 그 녀석이 반대하면 그 반대의 상황으로 결론 나도 내가 좋내. 아주 가차 없이."

재윤의 말이 끝나자 조 실장이 기다렸다는 듯 노크를 하고 사장실 안으로 들어왔다.

"조 실장이 안내해 줄 거야."

재윤이 자신은 할 말 다 했다는 듯 입에 문 담배를 깊게 빨아들였다.

"이러는 이유가 뭐야. 혹시, 나를 가지고 놀 생각이라면……."

"문지후."

지후의 말을 자른 재윤이 비릿하게 미소 지었다.

"내가 가지고 놀 게 없어 보이나? 아님, 네가 그렇게 나한테 흥미를 끄는 존재라고 생각해? 그것도 아님, 육 년 전, 누가 먼저 서로를 잡아먹나 했던 유치한 놀이의 연장이라고?"

재윤이 입에 물고 있던 담배를 앞에 놓인 재떨이에 비벼 끄고는 새 담배를 다시 손에 쥐었다.

"쯧, 머리를 굴려 봐 문지후. 대산에서도 이 마재윤한테 손을 벌릴 때에는 웬만한 조사는 다 해 놓았을 거 아니야. 아니, 그건 둘째 치고라도 내가 어떤 놈인지는 문지후 네가 더 잘 알고 있지 않나?"

새로 문 담배 끝이 금세 붉게 빛나더니 이내 흰 연기를 내뿜었다.

"생각보다 나는 지금 절박해. 네 손에 쥐어 준 계약서에 삼백억이 들었지. 내가 아무리 잘나가는 한남동 큰손이라지만 나한테도 삼백억은 꽤 아까운 액수야. 근데 나는 지금 그게 별로 눈에 안 들어와. 왜일까?"

재윤이 여전히 대답 없는 지후의 얼굴을 보며 말했다.

"쯧, 머리를 굴리라니까. 뭐, 몇 시간 후면 알게 되겠지."

재윤이 부르는 소리에 대기하고 있던 조 실장이 고개를 숙이며 문지후를 재촉했다. 혼란의 빛이 가득한 문지후가 계약서를 들고 자리에서 일어섰다.

"아, 참고로 난 공과 사 구별을 제대로 못하는 인간이야. 사가 좋으면 사도 공이 되고, 공이 싫으면 공도 쓰레기 취급할 수 있는 인간."

재윤이 두 팔을 벌려 소파 등받이 위에 얹으며 차가운 미소로 마지막 말을 내뱉었다.

"그러니…… 행운을 빌어, 친구."

당황스러운 마음을 숨긴 채 조 실장을 따라 나설 때만 해도 지후는 재윤이 하는 말을 정확히 이해하지 못했다. 하지만 지금 현재 자신의 맞은편에 앉아 있는 이가 윤주인이라는 것만은 확실하게 인식하고 있었다. 마재윤 집에 있는 윤주인. 무엇보다 너무도 편안해 보이는 주인의 모습이 다시 한 번 지후의 눈앞에 그려졌다. 조 실장의 설명을 듣고 있는 주인을 바라보면서도 지후는 설마 하는 마음에 쉽사리 인정할 수 없다는 듯한 눈을 해 보였다.

"결정하시고, 저를 부르시면 됩니다. 그럼, 저는 이층 서재에 있겠습니다."

조 실장이 돌아섰다.

"선, 아니. 대표님은."

"결정 끝나시는 대로 제가 연락드리기로 했습니다."

그 말을 끝으로 계단을 통해 사라지는 조 실장의 뒷모습을 바라보던 주인이 제 얼굴에 박히는 시선에 고개를 돌렸다.

'맙소사, 마재윤. 당신 지금 뭐하자는 거야.'

눈앞에 있는 문지후를 인정할 수 없는 건 주인도 마찬가지였다. 순전히 삼백억이나 되는 투자 건을 자신이 결정하라는 거였다. 그것도 눈앞의 문지후를 상대로. 주인은 조 실장이 전해 준 테이블 위에 놓인 계약서를 내려다보았다.

이는 단순한 삼백억대의 계약서만이 아니었다. 재윤이 모른다 생각지는 않았지만 이렇게 자신을 당황하게 할 줄은 몰랐다. 몇 시간 전만 해도 그 어떤 것도 묻지 않은 채 자신에게 장난기 가득한 미소를 지어 보이며, 그저 따뜻하게 제 온기를 나누어 주었던 남자였다.

그래, 잠시 잊고 있었다. 마재윤은 천성이 악마 새끼인 남자였다. 얼마나 묻고 싶었을까. 얼마나 듣고 싶어 했을까. 조금만 제 마음에 걸리는 게 있으면 어떻게 해서든 알아내어 없애든 취하든 둘 중에 하나로 결정을 지어야 하는 남자가 바로 마재윤이었다. 주인은 저 계약서에서, 재윤이 그동안 자신을 바라보며 내뱉지 못했을 무수한 감정이 고스란히 드러나는 것 같아 아랫입술을 꾸욱 물었다. 그런 주인의 표정을 어떻게 이해했는지 맞은편에 앉은 지후가 입을 열었다.

"혹시, 마재윤한테 험한 짓…… 당했니?"

'하! 십 년 만에 처음 만나 한다는 소리가 뭐! 뭐가 어쩌고 어째?'

주인은 어이가 없다는 듯 고개를 돌렸다, 어이없이 나오는 웃음소리도 숨기지 않고 뱉어 냈다. 하기야, 좀 전에 대면한 자신의 차림새가 웃기긴 했지만 그렇다고 어떻게 저런 어처구니없는 생각을 하고 있을까. 저게 정말, 육 년 전 자신을 위해 떠날 수밖에 없었다던 그 문지후가 맞는지도 의심스러웠다.

"지금 이 상황이, 나는…… 좀, 이해가 안 가서 그래."

주인이 매서운 시선으로 문지후를 바라보며 입을 열었다.

"내가 선배를……."

잠시 멈칫한 주인이 다시 호흡을 가다듬고 입을 뗐다.

"내가 문지후 씨를 꼭 이해시켜야 하나요?"

지후가 처연한 표정으로 주인을 바라보고 있었다.

'그딴 표정 하지 마. 그딴 얼굴로 현혹하려 하지 마. 문지후 당신이나 한지수나 다 빌어먹을 과거의 잔상일 뿐이야!'

"말해 봐요."

주인의 단단해진 눈매가 지후의 시선을 받아쳤다.

"투자 받으러 온 거, 아닌가요? 내가 이 계약서에 사인해야 하는 이유, 말해 보라고요."

그 사람이 왜 당신을 나에게 보냈는지 알겠어. 이 계약서를 나한테 보내야 했던 그 사람의 마음을 내가 알겠다고. 그래서 나는 지금, 문지후 당신이 너무 미워. 너무 미워서 미치겠는 게 뭔지 알 것 같아.

"주인아."

이럴 수도 있구나. 응? 그래, 이럴 수도 있어. 그렇게 다시 되찾고 싶었던 당신의 그 목소리가 이렇게 소름 끼칠 수도 있는 거구나. 이래서 사람 마음보다 기막힌 건 없다고 하는 거구나.

"어제, 당신 아내가 찾아왔어요."

잠시 놀란 듯하던 지후가 "그래."라며 답했다.

"아이 이름을, 주인이라고 지은 게 자기라더군요."

지후의 눈동자에 고통이 서렸다. 주인은 그 고통이 가득 밴 눈동자를 보면서도 아무렇지 않은 제 가슴이 이상하게까지 느껴졌다. 적어도 열 살에 그를 만나, 한지수의 일이 터지기 전까지 문지후는 윤주인에게 영웅 같은 존재였다. 상처투성이 별 볼일 없는 윤주인을, 몇 번이고 거부하며 거칠게 반항하는 윤주인을 포기하지 않고, 제 몸에 상처가 나도 끌어안은 게 문지후였다. 아무리 잊으려고 해도 그 사실은 변함이 없는 진실이었다.

"주인이."

내뱉던 말을 멈추고 문지후는 주인의 얼굴을 살피다 또 처연히 웃었다.

"아이가 세상에 나온 지 18개월쯤 됐을 때 데려왔어. 입양했지. 그리고 얼마 후, 지수가 등본을 떼서 내밀었어. 나와 아내 이름 밑에 문주인이란 글자가 있더군."

한지수다웠다. 그러니까 제 남편과 상의 한번 없이 제멋대로 그 이름을 아이한테 붙여 줬다? 하, 도대체 이해할 수 없다는 표정을 짓는 주인의 얼굴을 보면서 지후는 그 마음을 충분히 이해했다. 처음, 지수에게 받아 들었던 등본 속 이름을 보고 저도 아마 똑같은 반응을 했었던 것 같다. 그때 아내인 지수가 했던 말을 지후는 아직도 기억하고 있었다.

"내가 당신한테 줄 수 있는 최고이자 최악의 선물이에요. 마음껏 불러요, 그 이름. 평생 불러 대도 좋아. 단, 들키지 말아요. 그게 정말 당신 딸 문주인이 아닌 윤주인을 떠올리며 부르는 이름이라 하더라도 절대, 들키지만 말아요."

그래서 자신이 물었었다.

"그럼 당신은? 당신은 괜찮은 거야? 정말 들키지만 않으면 된다고 생각하는 거냐고."

그때 아내는 허탈한 듯 웃으며 말했었다.

"난 벌써 문주인을 사랑하죠. 그 아이가 없으면 이제 살 수 없어요. 나한테 이것보다 더한 최고이자 최악의 선물이…… 있나요?"

그 애처로운 눈동자가 떠오르자 지후의 눈이 더 깊게 가라앉았다.

"지수 만났다면, 다…… 들었겠구나."

지후는 예감하고 있었다. 왠지 그랬을 것 같았다. 설 연휴 전, 백화점에서 만난 주인의 이야기를 한 번도 꺼낸 적 없는 지후였지만 그냥 지나갈 거란 생각은 하지 않았다. 오히려 아내가 주인을 찾아갔다는 말에도 가슴은 덤덤했다.

"들었다고 해서, 달라질 건 없어요."

문지후는 이번에도 '그래.' 하며 웃을 뿐이었다. 그 바람 같은 미소에 주인의 마음은 깊게 가라앉았다.

"참, 바보 같았어요."

"……그래."

"참 미련했더군요."

이번에 문지후는 대답 없이 미소만 지었다.

"참 이기적이었고요."

숙여져 있던 문지후의 고개가 살짝 올라왔다.

"지금 이 순간에도 당신은 그저 피해자인 양 하는 그 태도까지, 전부 역겨워요."

주인과 시선을 맞춘 문지후의 두 눈동자가 파르르 흔들렸다. 하지만 주인은 눈 한 번 깜박이지 않았다. 정말 싫다는 듯, 정말 역겹다는 듯한 주인의 시선에 지후는 그저 떨리는 눈을 감아 버렸다.

"몇 달 전만 해도 묻고 싶었어. 다시 만나면, 정말 우연이라도 다시 만나게 된다면, 물어봐야지 했던 게 산더미 같이 많았어. 날 정말 사랑하기는 했어? 도대체 언제부터 한지수랑 그런 사이가 된 거야? 누가 먼저였어? 한지수가 나 몰래 수작이라도 부린 거야? 아님, 문지후 당신이 열 살짜리 윤주인한테 한 것처럼 사람 좋은 척 미소 지으며 먼저 손이라도 내밀었어!"

주인의 분노가 마침내 터져 나왔다. 근 육 년 동안 제 살을 긁어

284

먹었던 문지후에 대한 수많은 생각과 고통이 숨 쉴 틈 없이 쏟아져 나왔다.

"도대체 뭐가 문제였을까. 도대체 뭐를 잘못했지? 수도 없이 생각하고, 생각하고, 생각해야만 했어! 그게 어떤 건지 알아? 그게 어떻게 인간을 좀먹어 가는지 당신이 알아! 길을 걷다가, 밥을 먹다가, 심지어 잠을 자다가도 벌떡벌떡! 수십 번도 넘게 일어나 그 어두운 방 안에 혼자 앉아서 생각했어. 조금만 더 웃어 줄걸. 조금만 더 유연해질걸. 조금만 더, 조금만 더 그랬다면! 문지후가 날 버리지 않았을 텐데. 찾고 또 찾고 끊임없이 내가 잘못한 일들을 찾아내야만 했어. 그래야 내가 당신을 이해해고 잠을 잘 수 있었으니까!"

주인의 입술 사이를 비집고 나오는 거친 숨소리가 지후의 심장을 겨냥해 마구 토해졌다.

"날 위해서였다고? 한지수처럼 당신도 그 말이 하고 싶어? 그래?"

힘겹게 뜬 지후의 눈동자 사이로 자괴감이 가득 느껴졌다.

"그래 알아. 육 년 전 문지후도 힘들었을 거야. 그랬을 거야. 하지만 그래도 그러지 말지 그랬니. 적어도 문지후는 윤주인한테 그러지 말았어야지. 적어도 내가 그 집에서 어떻게 버티고 있는지 알고 있는 문지후 당신은! 그 지긋지긋한 곳에서 하루하루 힘겹게 버티는 나한테 처음 당신이 했던 약속 기억해? 주인아, 나는 절대 너 두고 어디 안 가, 약속해."

그래, 그랬었다. 자신이 내민 새끼손가락에 어색한 듯 고리를 걸고 힘을 주었던 그 작은 손을 잊지 않았다. 잊지 못한 추억에 문지후의 입이 더욱 메말라 갔다.

"그동안 약속 따위 하지 않았어. 남들이 장난처럼 내미는 새끼손가락도 모른 척해야만 했어. 또다시 거기에 매달려 정신 못 차리게 될까 봐 겁났어. 두려웠어. 당신과 한지수는 나한테 그렇게 많은 것들을 앗아 간 사람들이야. 그리고 마재윤은."

재윤의 이름이 흘러나올 때에 주인의 목소리는 한층 잦아들어 있었다.

"마재윤은…… 참, 제멋대로인 사람이지. 근데 그 제멋대로가 나를 살렸어. 적어도 마재윤은 나를 위해 무언가를 하지 않아. 모두다 제가 원해서 한 일이라고 해. 내가 너를 위해 이만큼 해 줬어라고 말하지 않아. 그냥 지금 내 기분이 그래. 그렇게 하지 않고는 돌아 버리겠는데 어쩌란 말이야. 그게 다야. 거칠기도 하고, 있는 대로 성깔 부리기도 하고. 그 모든 걸 나한테 해 버려. 숨기지 않아. 그게 좋아. 그게 너무 좋아서 심장이 뛰어. 뛰는 심장 소리를 듣고 있으면 아, 그래. 나도 살아 있구나 싶어. 그래서 적어도 문지후 당신은, 윤주인 앞에서 함부로 마재윤에 대해 떠들 수 없어."

주인의 얼굴이 평안하면서도 어딘지 모르게 굳건해 보이기까지 했다. 그런 주인이 피를 토하듯 토해 내는 말을 듣고 지후가 입을 열었다.

"미안……하다."

주인이 눈을 감았다.

"다시 해. 제대로."

주인이 눈을 감은 채 말했다.

"미안했다. 잘못했어. 약속 어긴 벌, 받으마. 너무 늦었지만 변명 따위, 그래. 변명 따위가 있을 수 없는 일이었다. 반성해. 잘못했다 주인아."

주인은 부들거리며 떨려 오는 입술을 힘주어 닫았다. 동시에 함께 떨리는 두 눈도 힘주어 세게 눌러 닫았다. 이제 됐어. 이제 그만하자. 주인이 한참 만에 눈을 떴을 때 지후는 바닥에 무릎 꿇고 자신을 하염없이 바라보고 있었다. 그 눈을 바라보던 주인이 계약서 옆에 놓인 만년필을 집어 들었다.

"잘 들어. 육 년 전 그날로 돌아간 거야. 당신과 한지수가 내 등에 칼을 꽂아 넣기 전에 내가 먼저 당신과 한지수를 버리는 거야. 윤주인의 인생에 그깟 육 년, 버릴 수 있어."

그래, 이제부터 살아가게 될 날들을 위해 과거의 육 년 따위, 가차 없이 버려 주마. 주인이 손에 든 만년필을 고쳐 잡고 계약서 위에 사인을 날렸다.

"이건 내가 당신들을 버린 대가로 주는 위자료야. 이거 먹고 꺼져."

돌아서는 주인은 조금도 흔들리지 않았다. 마치, 정말 십 년 묵은 체증이 가라앉는다는 게 무엇인지 알 것 같은 기분이었다. 이제 할 일은 하나. 이 묵은 체증을 가라앉혀 진정한 힐링을 하게 해 준 그를 향해, 달려가는 것뿐이었다.

19.

"지금 막 계약서 다시 확인하고, 이층으로 올라갔습니다."

주인이 사라진 이층 계단을 바라보던 조민석은 계약서 한 부를 손에 들고 좀 전까지 문지후가 있던 자리에 앉아 통화를 이어 갔다.

"아니요. 문지후 이사가 거절했습니다."

"죄송합니다. 조 실장님. 부탁, 하나만 드리겠습니다. 받을 수 없다고 전해 주십시오. 그럴 자격이 없다고, 정말 다시 한 번 사죄한다고 전해…… 주십시오."

조민석은 삼십 분 전, 문지후가 한 말을 되새겼다. 대산과 관련이 있다고는 생각했지만 그게 윤 매니저와 관계돼 있을 거라는 생각은 하지 못했다. 거기에 마 대표의 이 얼토당토않은 행동이라니. 처음 삼백억이라는 계약의 결정권을 윤 매니저에게 맡기겠다는 마 대표의 말을 들으며 조민석은 그야말로 자신의 귀가 어떻게 된 줄 알았다. 자그마치 삼억도 아니고, 삼십억도 아닌 삼백억이었다. 아무리 지금 마 대표가 윤주인이라는 여자한테 미쳐 발정 난 상태라도 이건 말도 안 되는 짓이었다. 말렸었다. 충고 겸 조언도 했다. 다시 한 번 생각해 보시라고, 이기영 팀장을 비롯한 실무진들의 보고라도 한 번 받아 보고 결정하시라는 말에 마 대표는 그랬다.

"내 돈이야. 저거 날린다고 니들 돼지 밥통에 밥 안 줄 일 없으니 시키는 대로 해."

언제나 그렇듯 그는 갑이고 자신은 을이었다. 빌어먹을 자본주의를 탓하고 있는데 하얗게 질린 얼굴의 윤 매니저가 자신이 있던 이 층으로 올라와 나머지를 부탁드린다는 말에 일층으로 내려오니, 대산의 황태자가 무릎을 꿇고 있었다. 오 년 전, 화려하게 대산에 발을 들인, 그야말로 재벌가 도련님의 전형적인 엘리트 코스를 밟은 재원이라 알려져 있는 문지후였다. 조 실장은 계약서 안에 힘 있게 그려진 주인의 사인을 바라보다, 그 밑에 비워진 대산 쪽 사인란을 바라보았다.

"투자금을, 받지 않겠다는 말씀이십니까?"

문 이사는 문 이사대로 미쳤다고 생각했다. 무릎까지 꿇어 놓고 제 손의 삼백억을 날려! 이게 무슨 미친놈들 깽깽이 지랄 타는 짓들이야! 삼백억을 윤 매니저의 손에 덜컥 맡긴 마 대표나 그 삼백억의 계약서에 거침없이 사인을 날린 윤 매니저나, 그리고 대산의 미래가 걸렸다고 해도 과언이 아닌 삼백억을 한순간에 거절하는 대산의 문지후나 모두 조민석이 보기엔 이해할 수도 없고 그러기도 싫은 조합이었다.

"다시 한 번, 생각해 보시는 게 좋지 않겠습니까?"

대산은 위태로웠다. 이기영한테 들은 바로는 디엠과의 합작도 그리 쉽지 않을 거라 했었다. 대한민국의 십 대 기업 중 하나인 대산이 무너져 가고 있다는 건, 여러 언론 매체의 쟁점 뉴스이기도 했다.

"죄송합니다. 그리고 꼭 좀 전해 주십시오. 열 살 때 약속은 지키지 못했지만 오늘 한 약속은…… 꼭 지키겠다고 말입니다."

조민석은 윤주인이 문지후와 어떤 약속을 했는지 알지 못했다. 하지만 가만히 자신의 얼굴을 보며 부탁드린다는 문지후에게 고개를 끄덕일 수밖에 없었다. 참, 이래서 세상은 공평하다는 건가. 많이 가진 것들도 그저 마냥 평탄한 인생은 아닌가 보다. 조민석은 공란을 바라보며 핸드폰 반대쪽에서 한동안 아무런 반응이 없다는 것을 인식했다.

"대표님?"

민석이 한 번 더 상대를 불렀다. 그래도 반응이 없다. 가만, 설마.

"혹시, 알고 계셨습니까?"

설마, 하지만 그게 마 대표, 마재윤이라면.

"대산이, 문지후 이사가 거절할지…… 알고, 계셨습니까?"

조민석의 손에 들린 계약서 한쪽이 구겨졌다. 조 실장의 애타는 마음에도 불구하고 상대방에게서는 한참 만에 대답이 들려왔다.

—뭐, 반반.

주인은 재윤의 침실로 돌아왔다.

"그리고 다시 한 번 사죄한다고 전해 달라더군요. 열 살 때는 약속 지키지 못했지만 오늘 한 약속은 꼭 지키겠다는 말도 했습니다."

주인은 조 실장이 전해 준 문지후의 말을 되새겼다. 어렸을 적에도 그랬었다. 문지후는 모든 것을 쉽게 포기하는 경향이 있었다. 제가 아끼던 장난감도 먹고 싶던 음식도 모두 다른 이들이 원하면 '그래, 너 가져.', '그럼 니가 먹을래?' 했었다. 그게 마냥 착하고 어른스럽다고 주변에선 그를 칭찬했다. 하지만 주인은 가끔 그런 문지후가 미웠다. 왜 빼앗기는 거야. 왜 그렇게 쉽게 놔 버리는 거야. 그러지 마. 그럼 사람들이 당신을 더 좋아할 거야. 난 그게 싫어. 다른 사람한테 주지 마. 나한테만 달란 말이야. 그럴 때마다 문지후는 그랬다.

"착한 아이는 그런 말 하는 거 아니야 주인아. 우리 주인인 착하니까 양보도 할 줄 알아야지."

아무래도 주인 자신도 착한 아이는 아니었던 모양이었다. 착해지기 위해 하는 양보 따위 개나 주라지. 주인은 핸드폰을 들었다. 조실장에게 물어 핸드폰에 찍어 온 번호를 가만히 바라보던 주인이 크게 심호흡하곤 액정 속 통화 버튼을 눌렀다.

"……나야."

—알아요.

통화음이 끊기고 뜸을 들였던 자신과는 다르게 상대는 금세 답을 해 왔다. 가만히 호흡을 고른 주인이 입을 열었다.

"네 남편 만났어."

이번엔 답이 없었다.

"네가 만나라고 해서 만나고, 만나지 말라고 해서 안 만나야 한다고 생각지도 않을 뿐더러. 오늘은 대산의 투자 건 때문에 만들어진 자리었어."

상대도 숨을 고르는 걸까. 주인은 여전히 답이 없는 상대의 반응에 상관없다고 여겼다. 종료음이 나지 않으니 적어도 자신의 말을 듣고는 있다는 것이었다. 그거면 상관없었다.

"그 투자 건이 왜 나랑 관련된 건진 네 남편한테 들어. 다만, 내가 지금 너한테 친절히 전화까지 해서 이 상황을 얘기하는 건, 난 너희들과 다르다는 걸 알려 주고 싶었을 뿐이야. 이런 만남, 뒤늦게 알고 또 아이 앞세워 나 찾아오지 말라고. 알아들어?"

주인은 경고도 잊지 않았다.

—그 사람…… 괜……찮던가요?

어처구니가 없었다. 주인은 한참 만에 들려온 지수의 목소리에 털썩, 재윤의 침대 위에 앉아 버렸다.

"네 생각엔 어땠을 것 같니?"

또 한참을 말을 않던 지수가 흔들리는 목소리로 말했다.

—미안…… 해요.

주인은 눈 감았다. 눈 감은 주인 앞으로 한지수가 보였다.

—미안, 합니다. 선……배.

무릎 꿇고 울면서 비는 한지수가 있었다.

—용……서, 하세요. 제가…… 잘못…… 했어요.

한지수의 눈에서 눈물이 쉬지 않고 흘러내리고 있었다.

—그 사람은…… 그 사람은, 아무 잘못 없어요. 그러니……. 선배, 용서하세요.

핸드폰에서는 흐느끼는 울음소리만 들려왔다. 주인은 감았던 눈을 떴다. 미련 맞은 것들. 거짓투성이 세상에 너나 나나 바보 같고, 답답하다 못해 미련하기까지 한 족속들이다. 한지수는 문지후를, 문지후는 한지수를. 너희의 그 세월도 참 볼 장 다 봤겠구나.

"싫어. 용서 따윈 안 해."

그래, 그래도 윤주인은 윤주인. 문지후는 문지후, 한지수는 한지

292

수. 더 이상 너희 둘과 엮이는 짓거린 그만하고 싶다. 그걸 위해 그 사람이 쥐어 준 삼백억을 던졌던 게 아니었다. 주인의 말에 상대편에서 들려오던 흐느낌이 좀 더 짙어졌다.

"내 용서 따위 없이도 잘 살았잖아. 그러니 남은 십 년이건 이십 년이건 지금까지처럼 잘들 살아. 이제 와 내 용서가 필요하다는 말도 하지 마. 있지 한지수. 나는 그래. 나도 참 약은 사람이라 누가 나를 미워하지 않고, 상처 주지 않고, 예뻐해 주고 사랑만 해 줬으면 좋겠는 사람 중 하나야. 내가 지금 너한테 용서한다는 말 따위를 한다면 너나 문지후나 윤주인은 참 바보 같고 착한 여자야 할지도 모르지."

더 이상 떠나가는 것에 대해 아쉬워하거나 붙잡지 않겠다. 그것이 무섭고 두려워 원하지도 않는 이해와 용서 따위도 하지 않을 것이다. 거짓된 용서와 이해로 붙잡은 것들이야말로 언제든 자신을 두고 떠나갈 수 있다는 것을 주인은 이제 알고 있었다.

"그런데 그러고 싶지 않아. 어떤 사람 때문에 배운 게 있어. 싫은 건 싫고, 좋은 건 좋다고 하면서 살 거야. 그게 아무리 못됐고 이기적인 선택이라 하더라도 내가 그러고 싶으면 그렇게 살 거야. 나는 여전히 문지후와 한지수가 싫고, 아직도 다 이해할 수 없어. 그래서 해 줄 수가 없어. 용서라는 거."

다른 이가 보았다면 너 참 모질기도 하구나 할지도 모른다. 그렇다고 한다면 주인은 그냥 모질기로 했다. 자신이 마재윤처럼 제 사람을 위해 삼백억이라는 돈을 쥐어 줄 수도 없거니와 문지후처럼 제 목숨 줄이 달렸을지도 모르는 삼백억을 한순간에 포기할 수도 없을뿐더러 한지수처럼 죽을 듯 말 듯하면서도 제 진심이 상처가 될까 상대에게 제 본심을 평생 숨기며 사는 짓도 할 수 없었다. 그

어느 것 하나 주인은 할 수 없지만 적어도 하나,

"그러니 우리, 더 이상 보지 말자."

자신에게 솔직할 것. 이것 하나쯤은 할 수 있을 거라고 생각했다. 지금처럼 살자. 너희는 너희대로 윤주인은 윤주인대로. 더렵혀진 과거를 애써 깨끗한 보자기에 싸려 노력하지 말자. 결국 보자기까지 더럽히게 될 뿐이라는 걸 이제 너도 나도 알 나이니, 더러운 건 더러운 채로 저 구석 한편에 몰아넣으면 된다. 그러다 한 번쯤 생각도 나겠지. 아, 그래. 이 더러운 게 여기 있었지, 하고 돌아보게도 되겠지. 하지만 그건 이제 각자가 알아서 해야 할 몫이었다.

문지후가 한지수를 애처롭게 사랑하는 마음을 숨길 수 없는 것도 한지수가 그런 문지후의 마음을 제대로 보지 않으려 하는 것도. 그건 이제 모두 그들 몫이었다. 그러니 우리 더 이상 보지 말자. 이제 우리 사이에 남은 것도 하나. 끝이라는 인사뿐이다.

"안녕, 한지수."

'그리고, 문지후.'

전화를 끊자마자 주인은 일층으로 향하는 계단을 뛰듯이 내려왔다. 여전히 거실 소파에 앉아 통화를 하고 있는 조 실장의 뒷모습이 보였다. 주인이 빠르게 조 실장에게 다가가 그의 손에 들린 계약서를 낚아챘다. 조 실장이 당황한 눈으로 주인을 바라봤다. 주인의 눈이 조 실장을 향해 물었다.

'그 사람, 어딨어요?'

"빌라 앞……."

조 실장의 말이 채 끝나기도 전에, 주인이 뛰듯이 현관 밖으로 나가 버렸다. 그 급작스러움에 정신을 수습한 조민석은 잠시 떨어뜨려 놓았던 핸드폰을 다시 귀에 가져갔다.

"대표님, 삼백억의 대가가 곧 도착할 거 같습니다."

그게 대표님이 원하는 방향인지는 모르겠지만 말입니다. 통화를 끝낸 조민석이 하아 하고 크게 숨을 들이쉬고는 테이블에 놓인 나머지 서류들을 정리하기 시작했다. 그 시각 조 실장과의 통화를 마친 재윤은 차 조수석 문에 기댄 채 담배 끝에 불을 붙였다.

"반반이라니요? 대표님, 지금 그거 엄청 위험한 발언이라는 건 알고 계신 거죠? 본사에 있는 실무 진행팀 알면 당장 시위하고도 남는 얘기라고요."

조 실장의 말에 자신이 뭐라 답했더라. 아, '어쨌든 삼백억 안 날아갔으면 된 거 아니야.' 였었나. 후우 하고 입술을 열자 차가운 공기에 섞인 담배 연기가 하늘로 흩날렸다.

조 실장과 문지후가 출발하고 십 분 뒤, 그 뒤를 따라 나와 빌라로 향했던 재윤이었다. 지하 주차장이 아닌 빌라 맞은편에 차를 대고 운전석 시트를 뒤로 넘긴 채 눈을 감고 있은 지 한 시간도 안 돼 문지후가 모습을 드러냈다. 재윤은 손목에 찬 시계를 바라보다 고개를 들었다.

문지후의 표정은 담담했다. 저 표정이 무엇을 의미하는지 재윤은 정확히 알 수 없었지만 자신이 생각하는 문지후라면, 주인이 계약을 했더라도 거기에 응하지 않을 게 분명했다. 다만 문지후는 이제 스무 살이 아니었다. 이제 막 고등학교를 졸업한 대학생이 아닌 '대산'이라는 기업을 포함해 그 안에 수없이 많은 직원들의 삶을 등에 지고 있는 남자였다. 현재 문지후의 선택은 다를 수 있었다. 모든 것을 뒤로하고 주인이 내민 계약서를 들고 나올 수도 있다는 얘기였다. 확률은 반반.

특히나, 지금 저 앞으로 뛰어 나오는 자신의 꼴통. 윤주인 또한 그 서류에 사인을 할지 안 할지에 대한 확률도 반반이었다. 그러니 그것보다 더 정확한 대답이 어디 있냔 말이지 조 실장. 재윤이 자신을 확인한 듯 눈을 부릅뜨고 달려오는 주인을 향해 두 손을 벌렸다.

'어서 와, 윤주인. 어서 와, 내 꼴통.'

주인은 빌라 앞에 서자마자 고개를 돌려 재윤을 찾았다. 맞은편에 차를 세워 두고 비스듬히 등을 기댄 채 담배를 물고, 자신을 바라보고 있었다. 주인은 들고 있는 계약서를 힘주어 움켜쥐었다. 그리고 달렸다. 빠르게, 더 빨리. 멀지 않은 거리에서 재윤이 자신을 향해 두 팔을 벌리고 기다리고 있었다. 점점 가까워지는 거리, 점점 뚜렷해지는 마재윤의 얼굴, 점점 짙어지는 담배 향기! 재윤의 품으로 그대로 뛰어들어 안길 것 같던 주인이 들고 있던 계약서를 재윤 앞으로 거칠게 내던졌다.

파앗!

"미친놈! 돌은 놈! 이 미친 또라이 악마 새끼야!"

쉴 새 없이 터지는 거친 목소리와 두 손으로 자신의 가슴과 배를 사정없이 내려치는 주인을 재윤은 그저 묵묵히 내려다보기만 했다. 씩씩거리며 숨을 내뱉던 주인이 미동도 없는 재윤을 바라보다 발을 들어 퍽, 재윤의 종아리를 걷어찼다.

"윽!"

이번 건 참기 힘들었는지 재윤이 입에서 신음 소리를 내뱉으며 한쪽 팔로 주인에게 걷어차인 종아리를 들어 올려 매만졌다.

"삼백억이 애들 장난이죠?"

여전히 거친 숨을 토해 내던 주인이 다리를 바로하고 저절로 구부려진 허리를 펴면서 자신을 바라보는 재윤을 향해 따지듯 물었다.

"대답 안 해요? 삼백억이 애들 장난이냐고요!"

있는 대로 뿔이 났다. 재윤은 머리에서 스팀이라도 뿜어져 나올 것 같은 주인의 모습을 바라보다 입에 물린 담배를 빼 담뱃갑 위에 지져 꺼트렸다.

"왜? 너무 적었나? 좀 버겁긴 해도 오백오십억 다 쥐여 줄 걸 그랬나? 할배한테 손 좀 벌려야 했겠지만 뭐."

아무렇지 않은 말투의 재윤은 오히려 주인의 뿔난 머리에 제대로 불이라도 붙이겠다는 심산인 듯했다. 재윤은 비벼 끈 담배꽁초를 다시 담뱃갑 안에 집어넣었다.

"그걸 지금 말이라고……!"

"다 주겠다고 했잖아. 그걸 움켜쥔 건 윤주인 아니었던가."

주인의 말문이 막혔다.

"한 번 쥐면 절대 놓지 않겠다고 한 것도, 윤주인인 걸로 아는데. 아닌가?"

주인을 바라보는 재윤의 눈이 단호했다.

"솔직히 말할까. 지금도 난 상관없어. 삼백억, 대산에 투자해서 못 돌려받게 된다 해도. 뭐, 좀 머리 아프고 속 좀 썩겠지만, 그거야 다시 벌어들이면 되는 거야. 시간이 얼마나 걸린다 하더라도 말이야."

재윤이 주인의 뿔난 머리에 손을 올렸다.

"그런데 말이지. 윤주인 머릿속에 있는 문지후를 비롯한 그 기타의 것들을 더는 두고 보기 싫은 걸 어떡해. 가끔가다 불쑥불쑥 윤주인 머릿속에, 눈 속에, 심장 속에서 꿈틀거리면서 모가지 쳐들어 대는 게 싫은 걸 어떡하냐고."

"그건!"

"아무것도 아니다, 건들지만 않으면 저절로 다시 웅크려들 거다? 윤주인. 너는 괜찮아도 내가 싫다고. 윤주인은 괜찮아도 마재윤은 안 괜찮다고. 싫다고. 엿 같다고. 아니지, 엿 같으면 바꿔 먹기라도 하지."

중얼거리며 내뱉는 아이 같은 말에도 주인은 재윤의 표정을 다시 살폈다. 알고 있다. 문지후에게 말했듯 마재윤은 너무나 제멋대로다. 그런데 그런 마재윤을 보고 있으면, 그런 마재윤이 하는 이야기를 듣고 있으면 이제 습관처럼 입을 다물고 귀를 기울이게 됐다.

"결론은 내가. 삼백억……짜리란 건가요?"

주인의 말에 재윤이 좀 전까지 천진난만하게 짓던 표정을 지우고 미간을 좁혔다.

"이봐 윤주인이. 못 알아듣는 척할래? 이러니까 꼴통 소리를 듣지, 응?"

재윤의 주인의 머리를 가볍게 통통 하고 두드렸다.

"난 사인했어요."

"알아."

"문지후는 거절했어요."

"그것도 알아."

재윤의 답에 주인이 손을 올려 자신의 머리 위에 놓인 재윤의 손을 잡아 내렸다.

"미안하다고 사과한다고 용서해 달라고 했는데."

재윤의 손을 주인이 두 손으로 꼭 쥐었다.

"안 했어요. 싫었어요. 적어도 당신이, 선배가, 삼백억이라는 어마어마한 돈을 나한테 결정지으라 했을 때에는 그만큼 나를, 마재 윤이 윤주인을 믿고 있는 거라고 생각했어요."

가만히 주인의 두 손에 자신의 손을 맡긴 채, 작은 주인의 정수리를 내려다보았다.

"고마워요."

주인은 재윤을 만나자마자 정말 해 주고 싶었던 말을 꺼냈다.

"감사해요."

어떤 말로 전할 수 있을까. 어떤 말을 해야 당신이 나에게 해 주었던 것에 대한 마음을 전할 수 있을까 생각했어. 근데 할 말이 이런 것뿐이야. 고맙고 감사해. 그걸 가장 진중하게 진심을 담아 표현하려고 했는데, 그 표현이 결국 이런 말 뿐이야. 주인의 작은 머리통이 흔들렸다. 재윤이 남은 한쪽 손을 들어 주인의 턱을 가볍게 잡아 고개를 들게 했다.

"네가 계약서에 사인하든 안 하든 문지후가 그걸 받든 안 받든 중요한 건 그게 아니야."

시선을 마주한 주인과 재윤 사이에 그 어떠한 틈도 없었다.

"윤주인 스스로, 네 등에 꽂힌 칼날을 빼기로 마음먹었다는 게 중요한 거지. 내가 그걸 몰랐을 거라 생각지 마. 육 년 넘게, 어쩌면 이제 네 몸의 한 부분이라고 여겼을 수도 있는 그 칼날을 빼내는 게 어떤 건지 내가 몰랐을 거라고도 생각지 마. 칼날 위를 덮고 간신히 오른 살을 네 스스로 찢어 내야 했던 고통도, 그래서 지금 네 등이 피투성이가 되어 있을 거라는 것도, 마재윤은 알고 있어."

주인의 눈이 흔들렸다. 울지 마, 울어서 너를 바라보는 그의 얼굴을 흐릿하게 만들지 마. 똑바로 바라봐. 지금 너보다 더 피칠갑을 하고 있을지도 모르는 그를 바라봐 줘. 주인은 힘겹게 제 눈을 부릅떴다.

"그런데도 나는 너한테 그 계약서를 보냈지. 통 큰 척, 배포 큰 척하면서 모르는 척 네 손에 넘겼어. 그리고 문지후를 보냈지. 보여 주고 싶었어. 내 집에서 내 향을 가득 달고 있는 윤주인을 보는 문지후도 상상했어. 짜릿했지. 어때? 이래도 아직 네놈이 남길 미련 따위가 남아 있어? 으스대고 싶었어. 경고하고 싶었지. 두 번 다시 네 미련이란 공간에 윤주인이라는 이름을 거론하지 말라고."

문지후는 재윤의 경고를 알아들었을 것이다. 재윤이 했던 말을 차치한다 하더라도 직접 제 눈으로 보고, 느꼈을 것이다. 육 년 만에 지후와 마주 선 주인은 재윤의 셔츠 한 장을 걸치고도 너무 자연스럽고 평안한 모습이었다. 마재윤이 문지후에게 날리는 경고로 그것보다 더한 것이 있을 리 없었다.

"그리고 다시 한 번 말하지만 네가 할 어떤 결정이든 간에, 난 따랐을 거야. 그건 윤주인이 삼백억짜리라는 게 아니라, 그렇게 해서라도 온전한 윤주인을 갖고 싶었던 마재윤의 욕심 때문인 거야. 말했잖아. 난 이런 놈이라고."

결국 어쩌지 못한 눈물이 주인의 눈에서 흘러내렸다. 거봐, 마재윤은 이번에도 제멋대로지. 어쩌면 이렇게 제멋대로일 수가 있어. 어쩜 이렇게 제 욕심이라고만 할 수 있어.

주인은 가만히 제 입술로 내려오는 재윤의 입술을 보며 눈을 감았다. 따뜻하게 감싸 오는 체온에 저절로 입술이 열렸다. 달콤하게 흘러내리는 타액을 넘겨받으며 주인과 재윤은 그렇게 서로의 상처를 핥아 내렸다.

육 년 동안 박혀 있던 칼날을 이제야 빼낸 주인도, 그런 주인을 기다리며 어쩌면 더한 고통을 참아 냈을 재윤도 이제, 상처가 아물기를 기다리기만 하면 될 뿐이라고 생각했다.

20.

　시간은 잘 흘러갔다. 문지후와 한지수에게 마지막 인사를 전하고 몇 개월 후, 뉴스에서는 연일 대산그룹의 합병 소식을 전해 왔다. 미국계 투자기업인 디엠과의 합작이 아닌 흡수합병으로 결정이 난 대산은 대표이사 사임과 더불어 대대적인 인사이동 감행안과 자금 승계 문제로 연일 언론의 도마 위에 올랐다. 그런 내용 위로 간혹 문지후의 얼굴이 뉴스나 신문에 찍혀 나오기도 했다. 결정은 문지후가 했고, 그에 따른 결과도 그의 책임이었다.

　그게 이번엔 약속을 꼭 지키겠다던 문지후가 제 나름대로 벌을 받겠다는 것을 의미하는지 아닌지는 더 이상 주인과 상관없는 일이었다. 그저 주인은 나름대로 바쁜 시간을 보냈다. 한남동에 '뉴임' 개업이 얼마 남지 않았고, '엘 로이'에서 주인을 찾는 고객도 점점 늘어만 갔다. 무엇보다 '비비드'의 리모델링이 끝이 났다. 고향에서 올라온 준영은 그동안 준비했던 메뉴를 재정리하고 주방과 상의

해, 메뉴를 만들어 내기도 했고, 한 번씩 지아가 들러 준영이 내놓는 음식을 맛보기도 했다.

"으음, 이것도 맛있다. 이것도 맛있고, 이것도 맛있어. 그리고 이것도……."

"공지아, 그냥 맛있다고 하는 게 아니고. 뭐가, 어떻게 맛있는지를 말해 봐."

오늘도 그런 날들 중의 하루였다.

"맛있는 걸 맛있다고 하지 더 어떻게 말해."

지아가 테이블 위에 놓인 치킨 파스타에서 치킨 조각 하나를 콕 찍어 입에 넣었다.

"이것도 맛있고, 저것도 맛있고, 대체 공지아가 안 맛있는 게 어딨냐?"

"주인 언니, 준영이가 나 구박해요."

주인이 자신을 향해 아이처럼 '쟤 좀 혼내 주세요.' 하는 지아의 얼굴을 바라보다 웃음을 터트렸다.

"내가 언제! 그리고 너, 다른 사람들한테는 오라버니 오라버니 잘도 하더니 왜 나한테는 자꾸 반말까! 내가 만만하냐!"

준영이 발끈거리며 지아를 향해 손가락질까지 하며 열을 내는데도 지아는 '나는 몰라요' 라는 얼굴로 앞에 놓인 음식만 오물거리며 먹고 있었다. 그런 평범한 일상들이 주인은 좋았다. 따뜻한 사람들이 있고, 그걸 바라볼 수 있는 여유가 생겼다.

새 옷을 멀끔하게 차려입은 '비비드' 안에서 주인은 진유진 사장을 떠올렸다. 도대체 어디 있는 거야 이 멍청한 사장 놈아. '비비드' 가 이렇게 근사해졌는데 보러 오지 않을 거야? 주인이 와인 잔을 닦아 내던 손을 멈추고 홀을 둘러보았다.

"이게 뭐하는 짓이죠."

고개를 돌리던 주인의 볼 한쪽을 콕, 누르고 있는 건 재윤이었다.

"무슨 생각을 하기에 서방님 오신 줄도 모르고 딴짓이지?"

미간을 좁힌 주인의 얼굴을 보면서도 재윤은 부드러운 볼을 계속 콕콕 눌렀다.

"그 소리 하지 말랬죠."

"언제나 그랬지만 난 하고 싶은 건 해."

"누가 들으면 진짜 나 유부녀인 줄 안단 말이에요!"

"그러라고 하는 거야, 꼴통."

주인이 뭐라고 한마디 더 할 사이도 없이 홀에 있던 지아가 알아채고는 '까아!' 하며 금세 재윤 옆으로 쪼르르 달려왔다.

"지금 뭐하는 거예요? 응? 지금 뭐하는 거야? 지금 막막, 이렇게 재윤 오라버니가 주인 언니한테 막막!"

"볼을 찔렀다고."

어느새 준영도 지아 옆에 다가와 있었다. 준영은 이제 저런 모습이 어느 정도 익숙해졌다는 듯 그저 어깨만 으쓱해 보였다. 하지만 지아는 준영의 말에 고개를 크게 끄덕거리며 진짜 별이라도 쏟아낼 듯한 초롱초롱한 눈으로 재윤과 주인의 얼굴을 번갈아 바라보았다.

"약속 지켰다, 공지아."

지아의 공격적인 듯한 눈빛이 빠르게 재윤을 향했다.

"다음 모임 때 데려오기로 했잖아."

잠시 재윤이 한 말의 의미를 되새기는 듯하던 지아가 더 이상 커질 수 없도록 눈을 크게 뜨며 말했다.

"지형 오라버니한테서 뺏어 왔구나!"

주인의 손에 들린 와인 잔이 간신히 바닥으로 낙하하는 걸 모면하는 순간이었다.

"결국 뺏긴 거네 뭐."

오랜만에 갖는 모임이었다. 적어도 한 달에 한 번은 만나던 모임이 각자의 스케줄에 한 사람씩 빠진다고 하자 '그럼 그냥 나중에 다 함께 만나지 뭐.' 한 게 벌써 몇 개월 전이었다. 모임 장소는 오로지 지아의 결정으로 결론 나는 듯했다. 이번 모임도 '비비드'에서 하겠다는 지아의 연락을 받은 준영이 주인에게 연락해 왔다. 주인도 다른 스케줄을 이동해 '비비드' 근무에 맞춰 놓았던 참이었다.

"그런 게 아니라니까 얘기야."

지아가 입을 부루퉁하게 내밀고 있자 옆에서 태현이 등을 토닥이며 말했다.

"아니긴 뭐가 아니야. 내가 뺏긴 거 맞아 지아야."

맞은편에 앉은 지형이 옆에 앉은 연석과 술잔을 부딪치며 말하자 지아가 고개를 홱 돌려 태현 옆에 앉아 있는 재윤을 노려봤다. 재윤은 그러든지 말든지 상관없다는 얼굴로 준영과 함께 메인 요리를 들고 룸 안으로 들어서는 주인만 바라보았다.

"제대로 된 시누이 만났다 마재 마누라."

연석이 재윤을 향해 잔을 내밀며 웃었다. 그런 것 따위 신경 쓰지 않는다는 듯 재윤이 연석이 채운 잔을 들어 술을 한 번에 입안으로 털어 넣었다. 그 순간에도 재윤의 관심사는 오로지 주인뿐이었다.

"꼴통."

재윤이 주인의 잔을 채워 주려 연석에게 술병을 받아 들었다. 하지만 지아는 누가 봐도 주인을 부르는 장난스런 호칭에 홀로 흥분했다. 귀엽고 사랑스러운 호칭이 얼마나 많은데 하필 꼴통이라니. 지아는 재윤이 주인을 소중히 생각하지 않는 것만 같아 속이 상했다.

"이 화상들!"

그런 지아의 마음을 모를리 없는 태현이 친구들을 노려봤다.

"아아, 우리 지아 형수님 화 나셨다."

지형이 때를 놓치지 않고 입을 놀렸다. 태현이 지아를 품에 안고 지형을 향해 주먹을 들어 보였다. 지형이 이번에도 어깨를 들썩이며 연석과 잔을 부딪쳤다.

"꼴통이 뭐야, 꼴통이. 주인 언니가 왜 꼴통이야."

순수하다 못해, 백치미가 매력이라던 공지아였다. 세상 물정 아무것도 모르고 집 안에서 곱게 배양하다시피 길러진 아이였다. 이제 스물셋. 울먹거리던 지아가 결국 울음을 터트렸다. 울음을 멈추지 않는 지아의 모습에 주인이 재윤을 밀치고 지아 옆으로 다가가 앉았다.

"그만 울어 지아야."

도대체 이게 어디가 울 일인데. 울려면 내가 울어야지 왜 네가 우니. 이 조금은 우스운 상황에서도 주인은 어린 지아가 흘리는 눈물에 마음이 썩 좋지 않았다.

자기가 아끼고 사랑하는 것이 조금이라도 상처 받지 않길 원하는 게 주인이었다. 떠나간 것들은 어쩔 수 없지만 지금 현재 옆에 있는 소중한 것들을 잘 지켜 내고 싶다. 그중엔 공지아도 포함되어 있었다. 주인이 태현의 품에 안겨 울음을 멈추지 않는 지아의 등을 토닥거리며 안쓰러워하자 지금까지 가만있던 재윤이 드디어 입을 열었다.

"그것만 바꾸면 되냐?"

태현의 품에서 빠져나온 지아가 여전히 훌쩍거리며 재윤을 바라봤다.

"꼴통만 아니면 되냐고."

주인의 고개도 재윤을 향했다. 그와 동시에 태현을 비롯한 지형, 연석도 설마 하는 시선으로 재윤을 보았다. 지아가 어디 한 번 해 보라는 표정으로 재윤을 바라봤다. 재윤이 슬쩍 눈꺼풀을 반으로 접으며 잠시 뜸을 들이더니, 이내 입을 열었다.

"애기야, 이거 먹어 볼래?"

주인이 서둘러 손을 올려 재윤의 입을 막았고, 지아의 눈물이 쏙 들어가는 순간이었으며 동시에 이제 막 룸 안으로·들어서던 준영이 쟁반에 올려 온 살루트를 놓칠 뻔한 아찔한 순간이기도 했다.

재윤이 갑작스럽게 던진 '애기야' 폭탄으로 인해 잠시 어수선하던 룸이 정리된 건 삼십 분 후였다. 주인이 미리 말 못해 미안하다며 칵테일을 만들어 주겠다고 룸을 나가고 지아가 쪼르르 그 뒤를 따라 나서자 룸 안에는 태현이 입버릇처럼 말하던 불알친구들만 남게 되었다.

"병원에 데려가 봐야 하는 거 아니냐?"

"동감임. 마재의 입에서 애기 소리가 나올 줄이야."

"맞아, 애새끼가 아니라 분명히 애기야 라고 불렀지?"

연석의 말에 태현이 끄덕끄덕 고개를 끄덕였다. 본인의 얘기에도 재윤은 그저 비워진 술잔만 채우려 들자, 맞은편에서 지형이 술병을 뺏어 잔을 채워 줬다.

"야, 그것도 웃겨. 애새끼야."

채워진 술잔을 네 사람이 한꺼번에 비우고 나자, 다시 빈 세 개의 잔에 술을 채운 태현이 우는 흉내까지 내며 제 잔도 채우곤 잔을 들었다. 자동으로 부딪쳐 오는 세 개의 술잔이 또다시 금세 비워졌다.

"내가 저 새끼, 중학교 때 애들 붙잡고 무조건 주먹부터 들이밀었던 때만 생각하면 아직도 골이 흔들려."

연석의 말에 지형도 질 수 없다는 듯 입을 열었다.

"하긴, 초등학교까지 그런대로 얌전했던 놈이 중학교 들어가자마자 마치 기다렸다는 듯 발광을 떨어 대긴 했었지. 진짜 악마의 재림이었어."

"맞다. 마 회장님이 워낙 거물이긴 하셨어도 마재 부모님 두 분 모두 선생님에 모범적인 가족 분위기였고, 누구보다 마 회장님이 마재라면 끔찍해하셨고. 대체 그때부터 발광하기 시작한 이유가 뭐냐?"

태현이 정말 궁금하다는 듯 물었다. 재윤이 소파에 느긋하게 등을 기대며 스르르 눈을 감았다.

"기다렸는데 안 왔어."

"뭐?"

연석이 물었다.

"내 첫사랑."

푸웃! 태현의 입에 든 술이 터져 나왔다.

"이런 씨댕! 죽을래, 개태현!"

맞은편에 앉은 연석이 더럽다는 듯 테이블에 있는 냅킨을 들어 옷 위를 닦아 냈다.

"첫사랑?"

의아하다는 듯 지형이 물었지만 재윤은 더 이상 아무 말도 하지 않았다. 그저 소파 등받이 위에 머리를 젖히고 무언가를 생각하는 듯하더니 자리에서 벌떡 일어났다.

"아, 깜짝이야!"

재윤의 얼굴을 가만히 들여다보던 태현이 놀라 했지만 재윤은 그저 걸음을 옮겨 룸 밖으로 나가 버렸다.

"여전히 매정한 마재 새끼. 그건 그렇고. 그러니까 지금, 마재를 뺑 돌게 했던 게 사랑, 때문이라는 거냐?"

태현의 말에 연석이 '설마.' 하며 고개를 저었다.

"뭐, 현재 윤주인을 대하는 마재 보면 모르겠냐?"

지형의 말에 태현과 연석이 고개를 끄덕였다.

"뭐, 원래 악마가 더 사랑에 약한 법이니까."

지형이 씨익 웃으며 잔을 내밀었다.

"그건 그렇지."

태현과 연석이 또 한 번 고개를 끄덕이며 잔을 부딪치는 동안, 주인을 따라 룸 밖으로 나간 지아는 초롱초롱한 눈으로 자신 앞에 놓인 칵테일 잔을 들어 입술에 가져갔다.

"우아, 맛있다!"

지아의 말에 준영이 '그럼 그렇지.' 하는 표정으로 풋, 웃었다.

"브랜디 알렉산더라는 거야."

언제 그렇게 서럽게 울었냐는 듯이 주인이 내밀어 준 칵테일 잔을 들고 헤헤 웃는 게 영락없이 어린아이였다. 주인이 지아의 새빨개진 코끝을 안쓰럽게 바라보며 다시 입을 열었다.

"영국 왕 에드워드 7세가 결혼 기념으로 왕비 알렉산드라에게 바쳤다는 디저트 칵테일이야. 저번에 만들어 줬던 허니문과는 또 다른 맛이지?"

주인의 말에 지아가 칵테일 잔에서 입을 떼지 않고 끄덕끄덕 조심스레 고개를 흔들었다. 그 모습이 또 귀여워 주인이 조용히 미소 짓는 와중에 재윤이 지아의 뒤로 다가왔다.

"내 첫 질투 대상은 아무래도 공지아로군."

지아가 제 머리 위에 손을 툭하니 올리는 재윤을 향해 의문을 담은 얼굴로 바라보았다. 하지만 재윤은 맞은편 칵테일 바에 서 있는 주인을 향해 있었다.

"우리 애……."

탕!

또다시 셰이커를 흔들어 대던 주인이 재윤의 입에서 짤막하게 흘러나오는 단어에 거칠게 셰이커를 내려놓았다.

"하지 말아요."

"뭘?"

"지금 하려고 했던 거요."

재윤의 옆을 지키던 지아가 가만히 재윤과 주인의 얼굴을 번갈아 바라보았다. 주인은 입을 꾸욱 다문 채 재윤을 노려보는 듯했고, 재윤은 그런 주인의 시선을 받으면서도 유유히 입가에 호를 그리고 있었다. 아무리 생각해도 저 둘 어디가 끝내주는 연애를 하는 사이라는 걸까. 여전히 이해할 수 없다는 표정의 지아가 칵테일 잔을 들었다.

"그럼 뭐라고 불러?"

"저도 사람이거든요."

"그랬군."

놀리고 있는 게 분명했다. 주인은 넘어가지 않겠다 마음먹었다.

"좋아요. 그건 넘어가고. 사람한테 이름이 왜 있을까요?"

"글쎄."

주인이 들고 있던 셰이커가 부들거리며 떨렸다. 후우 하고 한숨을 내쉬던 주인이 억누르는 듯한 목소리로 말했다.

"부르라고 있는 거거든요. 이름으로 부르면 되잖아요."

도대체 이 엄청 상식적이면서도 또 전혀 그렇지 못한 대화는 뭐란 말인가. 주인은 여전히 재윤의 옆에 앉아 있는 지아를 보며 민망해 죽을 지경이었다.

"좋아."

그런 주인의 마음을 이제 알겠다는 듯 재윤이 다시 입을 뗐다.

"주인아."

셰이커에 담긴 칵테일을 잔에 따르던 주인의 손이 멈칫했다.

"윤주인, 주인아."

좀 전에 부르던 '애기야'를 들었을 때보다도 주인은 왠지 더 고개를 들 수 없을 것만 같았다.

"불렀으면 대답을 해야 하는 거 아닌가?"

여전히 아무 대답 없이 고개도 못 들고 남은 칵테일을 잔에 따르는 주인 대신 지아가 재윤을 바라보며 말했다.

"재윤 오라버니, 정말 주인 언니 사랑하는 거 맞구나?"

주인이 숙였던 고개를 들어 지아를 바라봤다.

"막 간질거려요. 뭔가 막 따뜻하고, 또 막, 사랑이 느껴져요. 재윤 오라버니가 주인 언니 이름 부를 때."

지아의 말에 재윤이 조용히 미소 지으며 말했다.

"우리 지아 뭐 갖고 싶어?"

"꺄아! 지아는 이번 루피아에서 나오는 크리스털 시리즈요! 그거 갖고 싶어요!"

기다렸다는 듯 외치는 지아의 목소리에 주인은 어이가 없었다. 너 좀 전까지 저 마재윤에게 눈 흘기며 나 돌려 놓으라고 했던 공지아거든! 마치 자기를 잘 따르는 강아지를 어르는 듯한 재윤의 앞으로 주인은 탁! 칵테일 잔을 내려놓았다.

"오르가슴이에요! 그만 하고, 오늘은 이걸로 좀 냅시다!"

주인의 경고성 짙은 눈매에 재윤이 칵테일 잔을 들고 하하하 기분 좋게 웃으며 답했다.

"우리 애기는 칵테일 이름도 내 마음에 쏙 들게 내오지!"

하루하루가, 매일매일이, 재밌고 신이 났다. 즐거웠고, 행복했다. 가끔, 말도 안 되는 말이나 행동은 오히려 그 하루를, 그 매일을 더욱 기쁘게 하는 요소일 뿐이었다.

21.

　친구들 모임이 있은 지 일주일이 흘렀다. 재윤은 한동안 출장으로 바빴다. 주인은 틈을 내 홀로 재윤의 본가를 찾았다.

　"어서 오세요! 왜 이렇게 오랜만이세요."

　이제는 주인에게도 익숙한 얼굴들이었다. 대문을 들어서자 이제 봄기운이 완연한 정원이 주인을 반기고 있었다. 돌계단으로 올라서자 정원 한쪽에서 네 마리의 진돗개를 붙잡고 씨름 중인 도우미 둘과 지난번에 와서 처음 만난 정원사가 물에 흠뻑 젖은 채 주인을 향해 인사해 왔다.

　"식사는 하셨어요? 아유, 이 녀석들 좀 가만히 못 있어!"

　주인의 목소리가 들렸는지 귀를 쫑긋하던 백구 녀석이 제일 먼저 주인을 알아보고 달려들려 하는 걸 도우미 하나가 간신히 녀석의 목줄을 잡아끌었다.

　"왈! 왈왈!"

"목욕하는 건가요?"

주인이 목줄이 잡힌 채로도 바둥거리며 자신을 향해 달려들려는 백구 앞에 무릎을 낮춰 앉았다. 젖은 털을 가만히 쓸어 주자 기분 좋다는 듯 금세 얌전해진 백구가 그르릉거리기까지 했다.

"어어, 가만히 못 있어? 주인 씨 물러나 있어요. 이러다 주인 씨 도 다 젖겠다."

"그래요, 그렇게 해요. 요 며칠, 날이 좋다고 간만에 어르신이 풀어 주셨거든요. 이리저리 정신없이 쑤시며 놀아 대는 통에 정원이고 녀석들이고 남아나질 않겠어서 시작했는데, 이 녀석들이 도통 말을 들어야 말이죠."

굽혀진 허리를 툭툭 치는 도우미의 모습에 주인이 오히려 두 손을 걷어붙였다.

"왈! 그르릉, 왈왈!"

주인이 손을 뻗어 옆에 놓인 호스를 들었다. 물이 나오는 걸 확인한 주인이 제일 얌전한 황구의 등에 뿌려 주었다. 봄이라고 느낀지도 얼마 되지 않은 것 같은데, 조금만 움직여도 후끈한 기운이 올라왔다. 벌써 여름이 오나 싶기도 한 날씨였다. 사람도 그러할진대 털 달린 녀석들이야말로 어떠할지.

주인이 정원사 다리 사이에 껴 있듯 붙잡혀 있는 블랙탄의 얼굴을 물기 젖은 손으로 쓰윽쓰윽 닦아 주고, 그 옆에서 가만히 제 얼굴을 확인하는 듯한 재구에게 손을 뻗었다. 가만히 제 눈을 바라보던 재구가 얌전히 주인 앞에 다가와 엎드렸다.

"어머, 쟤 봐라."

'너 배신이다.' 하고 웃음기 담긴 말을 덧붙이는 도우미의 목소리에도 여전히 근사한 잿빛의 재구는 가만히 주인의 손길을 받고 있었다.

"뭐, 이렇게 된 거 주인 씨 도움 좀 받읍시다. 어차피 회장님, 손님 오셔서 당장 뵙지 못할 테니."

정원사의 말에 도우미 둘도 고개를 끄덕였다.

"손님, 계신가요?"

주인이 정원사를 향해 물으며 재구와 재구를 잡고 있는 팔 틈으로 낑낑거리며 제 고개를 밀어 넣는 백구의 머리를 쓸어 주었다.

"크르릉! 컹! 왈왈!"

"커어엉! 컹! 크르릉! 왈!"

좀 전까지 주인의 손길에 얌전히 굴던 녀석들이 몸을 곧추세우고 금방이라도 달려들어 물어뜯기라도 할 듯 위협적인 태도를 취했다. 주인이 잔뜩 곤두선 재구의 털을 쓸어내리며 네 진돗개들이 너나 할 것 없이 시선을 주고 있는 쪽으로 고개를 돌렸다.

"!"

그 상태 그대로 얼마를 있었는지 모르겠다. 주인은 굽히고 있던 무릎을 천천히 세웠다. 주인이 자리에서 일어서자 현관 앞에 한참을 서 있었던 듯한 이도 걸음을 내디뎠다. 점점 가까워져 오는 그 낯설면서도 낯익은 얼굴에 주인의 손끝이 떨려 왔다.

"왈! 크르릉! 왈왈!"

"이 녀석들이 갑자기 왜 이래! 어, 가만히 있어! 박 씨, 거기 그 재구 놈 좀 잘 붙들어 매고 있어요."

"아유, 그러게. 손님 앞에서 이게 웬 추태야 이 녀석들아!"

네 마리의 진돗개들이 주인을 에워싸는 듯한 형태를 하고는 짖는 것을 멈추지 않았다. 그러자 다가오던 이도 정원 멀찍이에서 걸음을 멈췄다. 아무 말 없이, 그렇게 자신을 바라보기만 하는 상대의 시선을 주인도 피하지 않았다. 유난히 주인의 앞을 가로막고 선 재구를 끌어당긴 정원사가 맞은편에 선 사람을 향해 고개를 숙였다.

"이제 가십니까, 윤 의원님."

육 년 전, 마지막으로 식장에서 보았을 때보다 많이 늙어 보이는 얼굴이었다. 특히나 저 백발은 먼발치에서도 확연히 눈에 띄었다. 경상남도 마산 출생으로 문화대 법학과를 나와 서울지검 검사를 거쳐, 삼 년간 개인 로펌을 운영하며 오십이 다 된 나이에 정치에 입문했다 들었다. 제15대 국회의원으로 다음 해 새신당에 입당, 원내대표를 거쳐 이 년 전 당대표를 역임한 인물이 눈앞에 서 있었다. 윤치형 의원, 주인의 아버지.

'지금부터 너는 윤주인이다.'

열 살, 주인은 그의 한마디로 이주인에서 윤주인이 되었다. 기억 속, 주인의 귓전을 울리는 목소리는 항상 냉담했다. 어쩌면 지금 건너편에서 자신을 바라보고 있을 윤 의원의 표정도 그러할지 모른다. 제대로 된 인사라도 하려는지 정원사가 발을 떼자 윤 의원이 손을 들어 됐다는 표시를 해 왔다. 물론, 여전히 그의 시선은 주인을 향하고 있었다.

주인은 윤 의원이 당장이라도 자신 앞으로 다가올 것 같았다. 본능적인 두려움이 주인의 온몸을 휘감는 듯했다. 뒤에서는 여전히 네 마리의 사나워진 진돗개들과 사투를 벌이는 도우미들의 신음 소리가 들려왔지만 주인은 뒤돌아서지 않았다.

그의 집안에서 벗어난 육 년이라는 세월이 그나마 주인을 그렇게 만들었는지, 아니면 조금이라도 주인에게 위해를 가하면 금세라도 달려들어 물어뜯겠다 경고하는 네 마리의 든든한 짐승들 덕분인지, 그것도 아니면 지금은 자신 곁에 없어도 한쪽 가슴을 든든하게 채우고 있는 저 네 마리 짐승들의 주인 때문인지 모르겠지만. 주인은 적어도 예전처럼 그의 시선조차 피하며 숨으려 들지 않겠다 마음먹었다.

그런 주인의 마음을 알아차렸는지, 아니면 이내 이젠 그럴 필요도 없다 느꼈는지 윤 의원은 한참을 주인을 바라보던 것과는 다르게 순순히 물러났다. 그와 함께 왔던 비서진까지 완전히 대문 밖으로 사라지자 주인의 눈이 스르르 감겼다. 동시에 입술 사이에서 나오는 깊은 한숨을 내뱉던 주인이 고개를 돌려 저택을 바라보았다.

정원을 향하는 전면 유리 앞에 뒷짐을 지고 서 있는 마 회장이 보였다. 주인의 시선을 알아챈 마 회장이 어서 들어오라는 듯 손짓했다. 주인은 고개를 끄덕이곤 아직도 흥분이 안 가셨다는 듯 여전히 으르렁대는 네 마리 진돗개의 등을 하나하나 잊지 않고 쓸어 주며 속으로 되뇌었다.

'괜찮아, 이젠 괜찮아.'

하지만 잘 달랬다고 생각했던 두려움은 사라진 것이 아니라 눈에 보이지 않았을 뿐이었던 모양이다. 마 회장을 만나 저녁을 먹고 집으로 돌아오는 길까지는 멀쩡했었다. 그러나 그날 밤, 주인은 곤히 잠들지 못했다.

쾅쾅!

"잘못했어요! 흐윽. 다신 흑, 안 그럴게요. 흐윽. 잘못했어요! 꺼내 주세요!"

"싫어! 거짓말! 보내 줘! 할머니한테 갈 거야! 할머니한테 보내 주겠다고 했잖아!"

"그러지 마세요. 다신 안 그럴게요. 제발, 제발요. 할머니, 할머니만……!"

"헉! 하아, 하아."

결국 주인이 번쩍 눈을 떴다. 가슴이 오르락내리락하며 가쁘게 뱉어지는 호흡과 거칠게 두근거리며 심장을 압박하는 고동 소리, 그리고 온몸을 흥건히 적신 식은땀. 그대로 가만히 누워 잠시간 숨을 고르며 고개를 돌리자 창밖으로 들어오는 달빛이 환했다. 손을 뻗어 침대 머리맡에 있는 스탠드를 켜고 그 옆을 더듬어 핸드폰을 찾았다. 액정을 건드리자 들어오는 빛이 새벽 세 시를 조금 넘긴 시간을 알려 주었다.

주인이 침대 밑으로 무겁게 가라앉는 몸을 느끼며 힘겹게 상체를 일으켜 세웠다. 손바닥을 들어 이마에 송글송글 맺힌 식은땀을 훔쳐 내자 땀에 젖은 앞머리가 함께 딸려 올라갔다. 가만히 어둠에 묻힌 자신의 방 안을 고요히 바라보던 주인이 손에 들린 핸드폰을 고쳐 들었다. 최근 통화 목록 중 가장 위에 있는 목록에 손을 대자 짧은 신호음과 함께 금세 상대의 목소리가 주인의 귓전을 감쌌다.

—누구야?

평소보다 조금은 가라앉은 목소리지만 그래도 여전히 이 목소리만큼 자신을 안정시켜 주는 게 없구나 싶었다.

"마재윤의 꼴통입니다."

지난 모임 이후, 그 기가 막힌 '애기야' 보다는 차라리 '꼴통'이 낫다는 결론에 주인은 결국 백기를 들어 버렸다.

—아아, 난 또 내가 너무 그리워한 나머지 내 핸드폰이 알아서 '내 꼴통'을 띄우고 있는지 알았지. 이거 영광인걸. 드디어 내 꼴통이 먼저 전화를 하는 날이 왔군.

주인이 가만히 재윤의 목소리에 귀를 기울이며, 두 다리를 가슴으로 당겨 모았다.

"그랬나요?"

—그랬나요? 이봐 꼴통. 내가 말을 안 해서 말인데, 적어도 끝내 주는 연애의 기본은 무한한 통화와 문자질이라고.

주인의 입가에 편안한 미소가 그려졌다.

"지아군요."

—태현이 놈도 옆에서 맞장구 치더만.

주인이 한쪽 발목에 채워진 발찌를 손으로 매만지다 무릎 위로 고개를 내렸다. 땀이 차갑게 식자 으슬으슬한 게 몸이 떨려 오는 것도 같지만, 적어도 몸 밖으로 튀쳐나올 것 같던 심장은 조금씩 얌전해지고 있었다.

"언제 와요."

재윤은 홍콩에 있었다. 조 실장과 본사 실무팀 팀장 하나와 함께 출장을 다녀온다 했던 게 삼 일 전이었다. 하필 그날 유난히도 바빠 제대로 된 배웅을 해 주지 못했다. 비행기 타기 전에 전화를 했던지 '비비드' 마감을 마치고 확인한 주인의 핸드폰에 재윤에게서 온 부재중 전화가 찍혀 있었다.

—……큰일이군.

한참을 답이 없던 재윤이 드디어 입을 열었다.

—윤주인이 그 말 한마디에 심장이 미친놈처럼 팔딱거리기 시작 했어.

두근, 두근.

재윤의 팔딱거린다는 심장과는 달리 주인의 심장은 어느새 제 페이스를 찾아 기분 좋은 울림을 내고 있었다. 그 부드러운 리듬에 귀를 기울이고 있자, 상대편에서 갑자기 '젠장!' 하는 거친 음성을 내뱉었다.

"왜요?"

혹시, 무슨 일이 있나. 혹은 아직 일하는 중에 방해를 한 건가 싶어 주인은 무릎에 묻었던 고개를 들고 걱정스런 음성으로 물었다.

—심장이 펄떡대더니, 얌전히 잠자던 아들내미까지 깨워 버렸네.

주인의 눈이 껌벅껌벅 몇 번이고 반복하며 닫혔다 열렸다. 그러다 이내 다시 푸욱, 무릎 사이에 얼굴을 묻어 버렸다.

'내가 못살아.'

아무래도 지금쯤 마재윤 특유의 그 악마스런 미소를 짓고 있을 게 분명했다.

"일하던 중 아니에요?"

이럴 땐 서둘러 화제를 바꾸는 게 좋다는 것을 이제 주인은 너무나 잘 알고 있었다.

—괜찮아. 일하는 중이든 잠을 자는 중이든 우리 꼴통이 전화까지 하셨는데.

아무래도 다음부터는 꼭 먼저 전화를 해 줘야겠다고 생각했다. 하긴 재윤은 항상 주인이 먼저 연락할 틈을 주지 않기도 했다. 꼭 주인이 재윤을 궁금해할 때쯤이 되면 어떻게 눈치채고 항상 먼저 연락을 하는지. 그야말로 언젠가 장난처럼 말했던 것처럼 마재윤에겐 윤주인이라는 촉이 붙어 있는지도 모르겠다는 생각이 들 정도였다.

"어제, 본가에 다녀왔어요."

—들었어. 할배가 그거 자랑하느라 전화하셨더군.

안 그래도 도우미에게 핸드폰으로 사진까지 찍어 달라 하셨다. 설날 이후, 주인은 종종 재윤의 본가를 찾아가 마정구 회장을 뵈었다. 처음엔 재윤과 함께 갔지만 재윤이 바쁘다는 핑계를 대며 주인을 빼돌리려 하자 이를 눈치챈 마정구 회장이 몰래 주인에게 연락해 간혹 따로 보는 일도 잦아지고 있었다.

그러던 어느 날, 주인의 손을 꼭 붙잡고 할머니 대신 '할아버지'가 되어 주겠다는 마정구 회장의 말에 주인은 펑펑 울었다. '우는 아이에게 이것보다 좋은 게 없지.' 하며 또 자신의 주머니를 털어 주인의 두 손 가득 호박엿을 쥐여 주던 마정구 회장이었다. 하지만 주인은 두 손을 가득 차고도 넘칠 호박엿을 꼭 쥐고는 더 크게 울 수밖에 없었다.

—그러고 보니, 우리 함께 사진 찍은 적도 없더군. 할배한테 선수를 빼앗기다니. 내 이 원통함을 우리 꼴통이 알라나 몰라.

정말 속이 쓰리기라도 한 것처럼 말을 내뱉는 재윤의 목소리 사이로 후우, 숨이 내뱉어지고 있었다. 아마도 입술 사이에 또 담배 한 개비를 물고 있나 보다고 주인은 생각했다. 또 한 번 짙게 뱉어지는 재윤의 숨결이 느껴지고 얼마 후, 재윤이 다시 입을 열었다.

—괜찮아?

조금 전과는 다르게 걱정스러움이 짙게 밴 목소리에 주인이 가만히 눈을 감으며 고개를 끄덕였다. 재윤은 얼굴이 보이지 않더라도 느끼고 있으리라. 주인이 보지 못해도 지금쯤 얼굴 가득 걱정스럽고 초조한 표정으로 미간을 찌푸리고 있을 재윤을 느끼고 있는 것처럼.

재윤도 자신이 본가에 들렀다 마주한 뜻밖의 인물에 그리 당황하지 않고 그 순간을 잘 넘겨 냈다는 것을 알고 있을 것이다. 그제야 주인은 정말 괜찮아짐을 느꼈다. 단지, 육 년 만에 본 얼굴에 예전의 기억이 떠올라 악몽을 꾸긴 했지만, 꿈은 꿈일 뿐이었다. 발목에 있는 발찌를 한 번 더 매만지던 주인이 입술을 열었다.

"뭐가요."

재윤의 괜찮냐는 물음에 주인은 그저 그렇게 답했다. 괜찮다는 대답보다 오히려 자신이 한 대답이 더 괜찮은 것만 같았다. '뭐가요?' 하고 넘길 수 있어, 이제 그럴 수 있어, 윤주인은. 그러니 당신, 이제 그만 걱정해.

—그렇군.

그래, 걱정 안 해. 누구 꼴통인데. 마치 그리 답하는 것 같았다. 그래, 우리 이제 이런 사이구나. 참 그럴듯하지. 괜찮아? 뭐가요. 그렇군. 우리 이제 이 간단한 대답들로도 마재윤은 윤주인을, 윤주인은 마재윤을 너무나 잘 이해할 수 있게 되었잖아. 윤주인은 정말 그것만으로도 행복해. 그러니, 이제는 다시 잠들 수 있을 거야. 두근거리며 가볍게 울리는 자신의 심장 소리를 자장가 삼아 주인이 다시 눈을 감았다. 주인의 고른 숨소리를 느낀 재윤이 작은 목소리로 말했다.

—잘 자라, 내 꼴통.

'빨리 와요.'

주인은 잠꼬대처럼 중얼댄 마지막 말을 재윤이 들었는지는 알 수 없었다. 그 후로 주인은 더 이상 악몽을 꾸지도 중간에 잠에서 깨어나지도 않았다. 마치, 재윤이 옆에서 재워 주었던 그 어느 날처럼 남은 시간 푹 잠에 빠졌다. 그 덕에 조금 늦은 아침을 맞이한 주인이 침대 한쪽에 엎어져 있는 핸드폰을 확인했다. 재윤에게서 문자가 와 있었다.

[덕분에 이 새벽에 찬물로 샤워 중. 오늘따라 아들내미가 영 말을 안 듣네]

어디에 있든 악마 새끼의 본능은 죽지 않는구나. 주인이 핸드폰 액정을 바라보다 장난기 가득한 미소를 지으며 손을 놀렸다. 짤막하게 답장을 완성해 전송 버튼까지 누른 주인이 침대에서 일어나 두 팔을 하늘 높이 올렸다. '으으으으' 하는 소리와 함께 크게 기지개를 켜며 화장실로 향하는 주인의 머릿속에 빠르게 오늘 스케줄이 가득 차기 시작했다.

서둘러 움직인 탓에 지각은 면한 주인은 아침에 '엘 로이'로 출근해 정 매니저와 간단한 회의를 마친 뒤, 두 달 후 오픈 예정인 '뉴임'에 와 있었다.

"지금도 좋지만, 오픈형 주방을 좀 더 돋보이게 할 순 없을까요?"

주인의 말에 뉴임을 담당하는 디자이너가 고개를 끄떡이며 손에 든 다이어리에 메모를 했다.

"들어오자마자 시선을 잡아끌 수 있도록 말이죠?"

"그렇게 되면 더할 나위 없이 좋죠. 적어도 보름 전에는 마무리해 주셔야 해요. 그전에 대표님도 한 번 더 오실 수 있고요. 직원들 교육도 이곳에서 미리 들어갈 예정이라서 사실상 저희 스케줄이 그리 여유롭지는 않거든요."

"맞춰 드리겠습니다."

시원한 대답에 주인이 감사하다며 미소 지었다. 손목을 들어 시간을 확인하니 바로 '비비드'로 넘어가야 할 시간이었다. 서둘러 인사를 하고 아직은 어수선한 공사 현장을 나가려 하는 주인을 디자이너가 불러 세웠다.

"아, 윤 매니저님. 저, 와인 하나 추천받고 싶은데 괜찮으십니까?"

"그럼요."

주인이 좀 전에 디자이너가 했던 것처럼 시원하게 답해 줬다.

"사실은 얼마 전에 소꿉친구와 다퉜거든요. 한동안 전화도 안 받더니 오늘 아침에야 간신히 연락돼서 약속을 잡았는데 와인 한잔하면 분위기가 좀 괜찮을까 해서요."

레스토랑을 전문으로 인테리어 하는 디자이너 중 올해 가장 핫한 인물이라고 했다. 이곳저곳 그가 인테리어 한 가게들의 사진과 함께 간혹 잡지에 인터뷰 기사가 실린 걸 주인도 몇 번 본 적이 있었다. 주인은 가만히 그의 얼굴을 들여다보았다. 스물여덟이라고 했던가. 그냥 단순한 소꿉친구와의 만남이 아니라는 걸 직감한 주인이 으음 하고 한동안 고민하다 입을 열었다.

"소비뇽 블랑 클라우디 베이라는 화이트 와인이 있어요. 구름 낀 언덕이라는 뜻인데, 그 싸웠다는 소꿉친구와 함께 마시면 구름이 걷히지 않을까요."

디자이너가 닫았던 다이어리를 다시 열어 메모를 하며 고개를 끄덕였다. 감사하다는 말에 주인이 다시 걸음을 옮기다 돌아섰다.

"아, 매콤한 해산물 요리가 특히 잘 어울린답니다."

'참고하시라고요.' 라는 말을 끝으로 주인이 걸음을 서둘러 내디뎠다. 모쪼록 일에서는 프로지만 연애에서는 주인 자신보다 더 미성숙할 게 분명한 디자이너에게 행운이 있기를. 바쁘게 치이는 하루였지만 주인의 발걸음이 그 어느 때보다 가벼웠다.

점심시간이 조금 지나서야 주인은 '비비드' 입구에 들어설 수 있었다. 점심 타임이 지난 늦은 오후라 그런지 홀 안이 한적했다. 고개를 돌리던 주인의 시선에 홀 끝에서 뭐가 그렇게 신이 나는지 고개를 끄덕이며 콧노래까지 흥얼거리고 있는 준영이 보였다. 마지막 손님 테이블이었는지 정리를 끝마치고 돌아서는 준영도 주인을 발견했다.

"사랑하는 이들의 날이여. 바로 오늘이 마지막이네. 죽도록 사랑하라! 크하! 가사 죽이죠 누님."

뭔가 했더니 귀에 이어폰을 꽂고 있었다.

"누가 보면 내가 어디 조폭 마누라쯤 되는 줄 알겠다."

"뭐, 막상 막하 아니던가요."

넘겨받은 쟁반으로 주인이 준영의 머리를 툭하니 내려쳤다. 윽, 제 머리통을 문지르던 준영이 허리춤에 매달린 작은 기계 하나를 주인 앞에 내려놓았다.

"미니 라디오예요. 중학교 땐가 아버지가 오일장에서 사 오신 건데, 저번에 고향 내려가서 겸사겸사 방 정리하는데 이게 나오는 거 있죠. 거기다 아직 사운드도 괜찮아요. 간혹, 지지직거리기는 한데 그게 또 라디오의 매력 아니겠어요?"

준영이 들어 보라며 미니 라디오 한쪽에 꽂혀 있던 이어폰 코드를 빼자 정말 지지직거리던 라디오에서 작게나마 소리가 들려왔다. 때마침 준영이 가사가 죽인다던 노래가 끝이 나고, 단정한 아나운서가 '오후의 뉴스를 알려드립니다.' 라고 말을 했다.

"아아, 나 이 아나운서 좋더라. 다리가 웬만한 여자 연예인보다 더 끝내줘요."

준영이 정리해 온 그릇을 주방 쪽으로 밀어 놓고, 와인 셀러를 점검하던 주인이 준영을 향해 한심하다는 듯한 시선을 던졌다.

"도대체 거의 상반신만 나오는 아나운서 다리는 언제 그렇게 다 챙겨 보셨어?"

"그건 수컷들의 본능이거든. 그 본능을 가지고 뭐라 하면 쓰나."

대답하는 목소리는 준영이 아니었다. 놀란 듯 준영도 고개를 돌렸고, 주인도 낯익은 목소리에 재빨리 고개를 돌렸다.

"그렇죠, 대표님! 역시 대표님은 수컷들의 제왕이십니다!"

먼저 알은체를 한 건 준영이었다. 어느새 주인 앞으로 바짝 다가온 재윤에게 엄지까지 치켜들며 아부하느라 바빴다.

"어떻게 된 거예요. 아직 이틀 더 있어야 한다고……."

오전에 들렀던 '엘 로이'에서 정 매니저에게 분명 그렇게 들었다. 일정이 조금 더 길어질 것 같다는 조 실장의 연락을 받았다고 했는데, 지금 자신의 눈앞에 있는 건 분명 마재윤이었다. 생각지도 않았던 재윤의 등장에 주인의 가슴이 두근거렸다.

"아아, 어제 새벽에 누가 전화해서 미치도록 보고 싶으니 빨리 날아오라기에 스피드 좀 냈지. 뭐, 대신 조 실장 눈 밑이 시커멓게 변하긴 했지만. 그거야, 제 연봉 좀 올려 준다고 하니 알아서 감내하겠다더군. 아, 나 브랜디 한 잔 부탁하지."

"아, 제가 할게요."

재윤의 말에 옆에 있던 준영이 일어섰다.

"저번에 키핑하신 헤네시랑 레미 마틴이 있는데."

재윤과 그의 친구들 모임이 있은 뒤 '비비드'에도 고가의 술들이 배치되기 시작했다.

"레미 마틴."

"알겠습니다."

준영이 돌아서기 무섭게 주인이 그를 노려보며 말했다.

"제가 언제 그런 말을 했어요?"

딱 잡아떼려는 주인의 표정에 재윤이 씨익 웃으며 말했다.

"몰랐나? 윤주인의 언제 와요에는 미치도록 보고 싶다. 빨리 내

326

곁으로 달려와서 나를 꼭 안아 달라. 뭐 그런 의미가 담겨 있지. 윤주인표 사전 오십 페이지 둘째 줄에 있는 거야. 나 꽤 공부했지?"

재윤의 말에 주인은 이번엔 자신이 한 방 먹었다는 것을 눈치챘다.

"거기다 이런 문자를 받고 어떻게 가만있나."

재윤이 주인 앞으로 핸드폰을 내밀었다. 재윤이 술과 함께 먹을 간단한 요깃거리를 준비하며 분주하게 손을 놀리던 주인이 고개를 들어 액정을 바라보았다.

[그 아들내미의 소유권은 윤주인이니 너무 혼내지 마세요]

오늘 아침 재윤의 문자에 주인이 답문으로 보냈던 내용이었다. 주인이 누가 볼세라 서둘러 핸드폰을 뺏어 창을 닫았다.

"이런 건 혼자만 보셔도 돼요."

주인이 재윤에게 핸드폰을 넘겨주며 읊조렸다.

"아니지. 소유권이라는 건 널리 알려서 다른 사람이 절대 넘볼 수 없게 해야 하는 거야, 꼴통. 아, 이번 참에 아예 저당권 설정이라도 해 놓는 건 어때?"

재윤이 턱을 괸 채 비스듬히 주인을 바라보며 웃었다. 저 말도 안 되는 뻔뻔함이 감당이 안 되면서도 힘든 스케줄을 당겨 돌아와 지금 자신 앞에 있는 재윤의 얼굴을 보고 있으려니 주인도 웃음이 나올 것 같아 애써 시선을 돌렸다.

"어? 어서 오세요 손님."

재윤의 술을 가지고 오던 준영이 입구에 들어서는 손님에게 인사를 하는 소리가 들렸다. 주인이 서둘러 고개를 내밀고 바라보다 드러나는 얼굴에 멈칫했다. 주인의 굳은 표정을 바라본 재윤이 천천히 고개를 돌렸다.

"주인아."

선경그룹 맏며느리 윤진서. 재윤이 그 이름을 떠올리는 순간, 준영이 한쪽에 내려놓았던 미니 라디오에서 지지직거리는 소리와 함께 아나운서의 목소리가 들려왔다.

[지지직직. 대산그룹은 내일 오전 이사진들을 비롯한 대표 인사들과 함께 대국민 사과를 할 예정이라고 발표했습니다. 다음 소식입니다. 원내대표를 거쳐 재작년 당대표를 역임한 새신당 윤치형 의원이 오늘 오전, 저택에서 숨진 채 발견되었습니다. 현재 자세한 사인은 아직 밝혀진 바가 없으며 추후 경찰 관계자들의 브리핑이……]

지지직하고 또다시 소음을 내는 라디오 소리 위로 다시 윤진서의 목소리가 흘렀다.

"아버지, 뵈러 가야지."

윤진서, 그녀는 선경그룹 맏며느리이자 윤치형 의원의 장녀, 그리고…… 윤주인의 언니였다.

22.

"녀석이 가야 할 이유가 있습니까?"

앞을 막아서는 재윤을 바라보던 윤진서가 재윤의 얼굴을 바라보
다 조금 놀란 표정을 짓더니 말했다.

"있죠. 주인이 내 동생이니까요. 그리고 내가 아버지 자식인
이상, 주인이도 아버지 자식이죠. 이유가 더 필요한가요?"

윤진서의 남편이 대표직에 오른 지 십삼 년이었다. 그 시간 옆을
지키며 내조해 온 윤진서의 눈은 재윤을 보면서도 전혀 두려워하거
나 거북해하지 않았다. 오히려 그의 얼굴을 한 번 더 확인해 보고
싶다는 듯 두 눈을 바로 뜨며 재윤을 바라보고 있었다.

"이렇게 보니, 어릴 때 얼굴이 남아 있네요. 나도 잠깐 본 거지
만."

윤진서의 말에 당황한 건 오히려 재윤이었다. 선경그룹의 차 대
표라면 모를까 윤진서를 따로 만난 적은 없었다. 특히나, 그녀가 말

하는 어릴 적에는 더더욱. 재윤의 표정을 알아차렸는지 진서가 그
럴 줄 알았다는 듯 입을 열었다.

"기억 못할 거예요. 주인이도 그런 것 같았으니까. 뭐, 그건 어
차피 지나간 일이고. 나는 꼭 주인이를 데려가야겠는데 여전히 비
켜 줄 생각, 없나요?"

진서의 말에 재윤은 대답 없이 그저 그 자리를 지켰다. 물러서지
않겠다는 것이었다. 윤진서는 팔을 들어 손목에 찬 시계를 확인하
더니 작게 한숨을 내쉬고 근처에 있던 테이블 앞에 앉았다.

"좀 앉죠. 그리 짧은 이야기는 아닐 거 같은데."

진서의 말에 여전히 같은 표정을 고수하는 재윤이 맞은편에 앉
았고, 그동안 분위기를 타며 안절부절못하던 준영이 들고 있던 브
랜디와 잔을 테이블에 올려놓았다. 그리곤 가게 입구로 가 'close'
푯말을 걸어 놓고는 주인이 있는 주방 쪽으로 사라졌다.

"식장에서 주인이 데리고 도망친 게 그쪽이죠? 이름이, 아 그래
요. 마재윤. 마정구 회장님의 하나밖에 없는 애지중지 친손자님. 맞
죠?"

그러면서 때에 맞지 않게 여유 있는 웃음까지 지어 보이는 윤
진서였다. 소문이 자자했었다. 윤치형 의원의 장녀는 어느 가문
에서나 노리는 맏며느릿감에 틀림없다는 내용이 주였지만, 특히
나 아들이 없는 윤씨 가문에서 아들 노릇까지 톡톡히 해 낼 인재
라고도 하는 말들도 들었다. 아무래도 괜한 소문은 아니었던 모
양이다.

"흠. 어디서부터 얘기해야 하나. 하나하나 다 얘기하자면 아버지
장례 다 치러도 모자라겠고. 아, 그래요, 주인이가 집에 들어온 게
열 살 때였어요. 그때 내가 열아홉 살이었고요. 으레 그렇듯, 남편

330

과 정부 사이에서 태어난 아이를 곱게 보는 집안은 없죠. 안타깝게
도 우리 집안도 마찬가지였고요."

보이는 모습처럼 단정함을 넘어 우아한 목소리였다. 윤진서가 하
는 말에 담긴 내용은 그와 정반대되는 것이었지만 마치 어느 위인
의 소설이라도 읽어 주는 듯한 분위기에 재윤의 미간이 더욱 좁혀
졌다.

"처음에는 보기와 다르게 잘 버티더라구요. 누가 윤씨 집안 피
아니랄까 봐. 어린 게 강단도 있고, 무엇보다 똑똑하고 야무졌죠.
제가 어떻게 하면 이 집안에서 버틸 수 있는지 잘 알고 있었어
요."

윤진서는 옆에 내려놓았던 가방을 열어 담배 케이스를 꺼내 들
었다.

"불 좀 빌릴까요?"

그리곤 유독 가는 담배 하나를 빼어 들더니 재윤을 향해 태연히
물어 왔다. 재윤이 생각했던 것과는 갭이 참 큰 윤진서의 모습이었
다. 재윤이 내민 라이터로 불을 붙인 윤진서가 입술 사이에 문 담
배를 깊게 빨아들이더니 다시 입을 열었다.

"그런데 결국 얼마 되지 않아 일이 터졌죠. 똑똑한 게 저대로 두
면 알아서 잘 버티고 살겠거니 했는데, 우리 모두 간과한 게 있었
죠. 녀석의 할머니. 한 달에 한 번은 만나게 해 주겠다고 아버지가
약속하신 모양인데 한두 번 지켜졌나. 뭐, 아버지 성격에 한두 번도
대단한 거라고 생각하지만 주인이한텐 아니었죠. 오로지 할머니 만
날 날만 고대하고 남은 한 달을 버텼는데 그게 무너졌으니, 아무리
똑똑해도 이제 겨우 열 살인 아이가 견뎌 내기엔 힘도 들었을 거예
요."

진서가 손가락 사이에 담배를 낀 채 테이블 위에 놓인 브랜디를 열어 잔에 부었다.

"몇 번을 어른들 눈 속이고 제 할머니를 찾으러 가겠다고 하다가 나간 횟수만큼 도로 붙잡혀 들어왔죠. 특히나."

잠시 말을 멈춘 진서가 재윤의 얼굴을 한 번 더 바라보더니 다시 입을 열었다.

"두 번째로 없어졌을 때는 일이 커져서 집안이 발칵 뒤집어지기도 했고요. 내 기억이 맞는다면 아마도 그쪽이 중학교 때쯤이었던 거 같은데. 교복을 입고 있던 거 같거든요."

진서의 말에 재윤이 테이블 위로 올린 손에 힘을 주어 주먹을 탕! 내려쳤다.

"결론이 뭐야 그래서."

맹수의 눈이었다. 진서는 마주 앉아 있는 재윤의 두 눈에 가득 피어오르는 거칠고 두려울 것 없는 속내를 읽어 내면서도 그 눈을 피하지 않았다.

"나도 그 일에 대해선 정확하게 알지는 못해요. 그저, 그 두 번째 탈출 후, 주인이 그 일에 대해 아무것도 기억하지 못한다는 것 정도. 그리고 그 후로도 계속되는 가출 시도가 있었다는 것. 그리고 그때마다."

진서가 잔을 들어 브랜디를 입 안으로 넘겼다. 독한 알코올 향에도 눈 한번 깜짝 않던 진서가 가만히 눈을 감으며 말했다.

"지하실에 갇혔다는 거."

진서가 눈을 뜨자, 맹수의 눈에는 좀 전보다 짙은, 어쩌면 살기와도 같은 그림자가 드리워져 있었다. 그럼에도 진서는 말문을 닫지 않았다.

"아버지가 직접 가두셨죠. 처음에는 죽어도 포기 않겠다던 녀석도 결국 울며불며 사정했죠. 잘못했어요. 다신 안 그럴게요. 가두지만 마세요."

쾅! 진서와 재윤 사이에 있던 테이블이 그대로 엎어졌다. 그 광폭한 파열음에 주방에 있던 준영이 서둘러 홀로 나왔다. 테이블은 엎어졌고, 그 위에 있던 술병은 홀 저 멀리에 내팽개쳐져 있었다. 하지만 준영은 선뜻 가까이 다가가 치울 생각도 하지 못했다.

윤진서를 바라보는 재윤의 눈에 서린 그 몸서리쳐질 듯한 살기에 준영은 그 자리에 주저앉을 것 같은 자신을 추스르기에도 벅찬 느낌이었다. 그런데도 윤진서라는 여자는 한쪽 손에 들린 담배를 다시 입에 물어 깊숙이 빨더니 여전한 목소리로 말했다.

"그럼 그동안 난 뭘 했냐고 묻고 싶은가 보군요."

'하아' 하고 뱉어지는 담배 연기를 바라보던 진서가 처연히 웃더니 말했다.

"지켜봤죠. 아니, 좀 더 정확하게 관망했다고 해야 하는 게 더 옳겠죠."

"그러고도!"

"언니라고 할 수 있냐고요?"

진서가 들고 있던 브랜디를 한 모금 더 입에 넘겼다.

"같이 갇히는 것보다는 낫다고 생각했죠. 그때는."

진서가 남은 브랜디를 한꺼번에 입에 털어 넣었다.

"솔직히, 내게도 주인이는 예뻐할 수만은 없는 동생이었어요. 어찌 됐든 정부에게서 태어난 아이였으니까. 그렇다고 해서 또 밉기만 했던 것도 아니에요. 말했듯이 주인이는 어렸지만 똑똑했어요.

어떻게 해야 예쁨을 받는지 알고 있었다는 얘기에요. 혼자 자란 내가 정을 줬을 정도로. 다만 아버지는 아니었어요."

숨을 깊게 들이쉬는 그녀의 표정이 살짝 어두워졌다. 살짝 아랫입술을 물고 다시 입을 열었다.

"내 아버지이자 주인이 아버지인 아, 이제는 고인이 되신 윤치형 의원님에게 자식은, 그저 자신의 정치 생활을 더 평탄하게 할 하나의 도구에 지나지 않았죠. 태어날 때부터 그 옆에서 자라 온 내가 주인이보다 좀 더 빨리 터득한 게 바로 그 점이에요. 그래서 나는 그 집에서 버틸 수 있었고. 주인이는 저 나름대로 문지후라는 도피처를 찾았지만, 그 또한 배신당해 버렸죠. 그 자식도 꽤나 만만치 않은 결과를 얻은 것 같긴 하지만 뭐, 그건 이제 지난 일이고. 결론은 주인이가 지금까지 도망치긴 했지만 꼭 그러하지만도 않았다는 거, 눈치챘을 거예요."

계속 감시 중이었단 얘기였다. 그물을 치고, 근 육 년 동안 다시 낚아챌 날만 기다리고 있었다는 것이었다. 어제 자신의 본가에 들렀던 윤 의원의 방문은 우연만이 아니었다는 의미이기도 했다.

하, 도대체 윤주인 너란 자그만 여자는 도대체 어디까지 견뎌 내고 살았던 거니. 어떻게 그러고 견뎌 낼 수가 있었던 거야! 뭔가 사정이 있을 거라고는 여겼지만 알고 나니 더 기가 차다 못해 말문이 막힐 지경이었다. 겨우 열 살짜리 아이를 지하실에 홀로 가둬 두는 아비가 세상 천지에 어디 있단 말인가.

"더 들을 필요도 없군."

"나도 더 할 얘기는 없군요."

"오히려 녀석이 가지 말아야 할 이유투성이야."

물고 있던 담배를 브랜디 잔에 구겨 넣은 진서가 자리에서 일어서며 말했다.

"이래서 남자는 여자를 다 이해하지 못한다는 거죠."

재윤도 자리에서 거칠게 일어섰다.

"나 같으면 보고 싶거든요. 끊임없이 자신을 괴롭히던 아버지의 죽음. 적어도 그 영정사진 앞에 서서 따지고 싶을 것 같기도 해요. 당신 진짜, 내 아버지가 맞긴 하냐고."

진서가 옆에 두었던 가방을 들었다.

"적어도, 이건 해 주고 싶었어요. 순간이었지만 내가 그 애 언니였던 기억, 꽤나 좋았거든요 난."

나머지 일은 재윤에게 맡기겠다며 돌아서던 진서가 준영에게 사탕을 받아 입에 넣으며 가게를 벗어났다. 재윤은 거칠게 머리를 넘기며 주인이 있는 주방을 바라보았다. 도대체 그 조그만 몸에 꽂힌 칼날은 몇 개나 되는 건지. 빼고 또 빼내 주어도 끝이 없을까 봐 이젠 두렵기까지 했다.

재윤이 엎어진 테이블을 걷어차고 준영을 지나쳐 주방으로 들어갔다. 하얗게 질린 채로 주방 싱크대 앞에 물을 틀어 놓고 가만히 서 있는 주인의 팔을 잡아끌어 품에 안았다.

"혼자 아니야."

힘없이 늘어진 주인의 어깨가 바들거리며 떨렸다.

"윤주인, 주인아."

재윤의 부름이 신호라도 된 듯 주인이 두 팔을 힘겹게 올려 재윤의 허리를 감쌌다. 그 행동의 의미를 모르지 않았다. 예전 같으면 그저 혼자 내버려 두라고 소리를 지르거나 아니면 그저 생명 없는 마네킹처럼 축 늘어져 있었을 주인이었다. 하지만 이제 재윤의 부

335

름 한 번에 온기를 찾아 손을 뻗고 있었다. 그래, 이제 혼자가 아니야. 마치 그 말을 확인하는 듯이.

"가고 싶어?"

한참을 제 온기를 나누어 주던 재윤이 물었다. 대답을 미루던 주인이 재윤의 허리를 더 꼬옥 안으며 말했다.

"같이…… 가 줄 거죠?"

재윤이 주인의 머리 위에 고개를 내리며 답했다.

"내가 출장까지 일찍 끝내고 돌아온 이유가 뭐라고 생각하는 거야 꼴통. 당연히 네 옆에 있기 위해서잖아."

재윤이 열이 오르는 듯한 주인의 얼굴을 다시 한 번 제 가슴에 기대게 했다.

이른 저녁, 재윤과 함께 도착한 장례식장은 그야말로 정신이 없었다. 주인과 재윤을 향해 마구 달려드는 카메라와 정신없이 터져 대는 플래시 세례에 뒤늦게 연락을 받은 연석과 태현, 그리고 조 실장이 간신히 가드를 쳐 주었다. 간신히 안으로 들어선 재윤은 주인의 소복을 직접 챙겨 주었다.

"세상 참. 내가 저 모습을 또 보게 될 줄은 몰랐다."

태현과 연석이 장례식장 한쪽 구석에 앉아 술잔을 부딪치며 흰 소복을 입고 윤진서 옆에 서 있는 주인의 얼굴을 바라보았다.

"누군 알았겠냐. 대체 사인이 뭐래? 지형이 놈이 담당이랬지."

"그렇다는 거 같지? 지병이 있었다는 얘기도 있고. 우리 신문사 정보원에 따르면 검찰 쪽에서 비자금 문제로 은밀히 조사하던 게 있었던 모양이던데. 곧 들쑤셔지겠지."

"그나저나, 마재 저건. 윤주인보다 더 죽을상이네. 누가 보면 마재가 윤 의원 숨겨 놓은 아들내미인지 알 거다."

윤치형의 아내인 진서연 여사는 남편의 사체를 발견한 첫 번째 인물이었다. 결국 그 자리에서 실신해 아직까지 정신을 차리지 못했다고 했다. 대신 윤진서의 옆에 그의 남편인 차무진이 서 있고, 주인의 옆엔 검은 상복의 재윤이 서 있었다. 조금의 미동도 없이 서 있는 주인의 모습을 바라보는 재윤의 표정이 영 편치 않아 보였다.

장례식장에는 조문객들이 쉬지 않고 들어왔다. 전현직 의원들을 비롯해 이름만 대면 알 만한 정재계 인사들의 연이은 방문이 잠시 뜸해진 건 새벽 세 시를 조금 넘긴 시간이었다. 좀 전까지 각종 언론매체에서 나와 카메라를 들이밀며 사진을 찍어 대던 소란도 조금 잠잠해졌다. 그 틈을 이용해 잠시 쉬기로 한 모양인지 재윤이 종이컵에 물을 떠와 주인의 입가에 가져다 주고 있었다.

"좀 앉자."

주인이 고개를 저었다.

"너 이러라고 데려온 거 아니야."

재윤이 주인의 머리를 쓰다듬었다. 그래, 적어도 니가 이렇게 힘들고만 말 거면 이런 곳 곧 죽어도 데려오지 않았을 것이다.

어린아이처럼 재윤이 하라는 대로, 이끄는 대로 서 있던 주인이 기계처럼 고개를 숙이던 것도 잠시. 재윤이 내민 물을 간신히 넘기자 정신이 조금 돌아오는 것 같았다. 좀 쉬어야 한다는 그의 말에 팔이 잡힌 채로 이끌려 가던 주인이 영정 사진 앞에 멈춰 섰다. 재윤이 살짝 힘을 줘 봐도 그녀는 움직이지 않았다.

"그냥 둬요."

윤진서가 주인 앞에 서며 말했다.

"니가 하고 싶은 거 다 해. 비록 사진이지만 욕을 하든 침을 뱉든, 너 하고 싶은 거 다 해."

"여보!"

진서의 남편인 차무진이 당황한 목소리를 내뱉었지만 윤진서는 그런 남편의 얼굴을 깡그리 무시했다.

"내가 막아. 적어도 이젠 그건 해 줄 수 있어. 너 열 살 때 함께 갇혀 주진 못했지만, 이건 해 줄 수 있어. 그러니 너 하고 싶은 거 다 해. 불사 지르고 싶으면 그렇게 하고, 구정물을 뒤집어씌우고 싶으면 그렇게 해. 그래도 이제, 두 번 다시 지하실에 가둘 수는 없을 테니."

진서가 고개를 돌려 윤치형의 영정 사진을 매섭게 바라보다 뒤돌아섰다. 그 뒤를 그의 남편이 따라 가 버리자 영정 사진 앞에는 주인과 재윤만 남았다. 재윤이 주인의 등 뒤로 가서 섰다. 그래, 네가 하고 싶은 거 다 해. 그러다 힘들어 지치면 내가 언제라도 뒤에서 받쳐 줄 테니 걱정 말고 다 하고 와.

재윤이 뒤에서 손을 뻗어 주인의 앞머리를 쓸어내렸다. 이마에서 미열이 느껴지는 게 몸 상태가 영 아니라는 것이 느껴졌다.

"한 번도…… 아버……지라고 부른 적, 없었어요."

메마른 입에 목이 찢어질 듯 아파 왔지만 주인은 상관치 않았다.

"도대체 왜, 왜 당신이…… 내 아버질까 수도 없이…… 절망, 했어요. 그러다, 그것도 지쳐서…… 엄마까지 원망했어요. 한 번도, 본 적 없는 엄마 사진 보면서 따졌어요. 대체 왜, 도대체 왜 엄마는 저런 사람을 사랑했어. 아니, 정말 사랑은 했어? 엄마가 사랑했던 남자가 정말…… 저 사람 맞아? 이해할 수가 없었죠."

주인의 몸이 휘청거렸다. 재윤이 서둘러 주인의 앞으로 팔을 뻗어 뒤로 끌어당겼다.

"처음 당신의 손이 닿던 날을 기억해. 할머니 찾으러 갔다가 잡혀 돌아온 후, 뺨을 맞으며 들었던 말도 기억해."

"이런 짓 하려면 윤주인을 버려라. 그와 동시에 네 할머니도 버려지게 된다는 것만 기억하고. 내가 필요한 건 윤주인이지 이주인이 아니야."

"열 살이었어. 열 살이라는 나이인 아이한테는 적어도, 그렇게 하지 않아. 아니, 적어도 아버지란 사람이 딸에게 하는 말은 아니야. 그러니 당신은, 내 아버지가 아니야. 나는 그저, 보고 싶었어. 죽은 당신은 어떤 모습일까. 죽어서도 나를 바라볼 땐 그렇게 냉담할까."

어제 재윤의 본가에서 마주쳤던 모습이 마지막일 거라고는 생각하지 않았다. 각종 언론 매체를 통해 어디에서나 종종 나오는 그 얼굴이 보기 싫어 텔레비전도 사지 않았었다. 백발의 윤치형. 윤주인에게 다가오지 않던 윤치형. 결국, 그게 끝이었구나.

몇 번을 더 만났다 하더라도 아마, 윤 의원은 사과 따위 하지 않았을 것이다. 적어도 문지후나 한지수처럼 제 행동이 잘못됐다고 생각은 해야 사과라도 할 터인데, 윤치형은 절대 자신의 잘못을 인정하지 않을 사람이었다. 설사, 제 스스로 목숨을 끊는 날이 온다 하더라도.

"사람은 참, 쉽게 변하기도 하지만, 참 변하기 어려운 족속이기도 한다던데. 죽어서도 절대 변하지 마. 차갑고, 냉정하고, 이기적이고, 독선적인 게 당신이야. 제 욕심 채우려 자식까지 내팔았던 게 당신이야. 그러니 그대로 가. 그대로 그 모든 것 안고 가."

결국 주인이 무너져 내렸다. 뒤에서 받치고 있던 재윤이 천천히 주인의 몸을 바닥에 내려앉게 도와주었다.

"아가, 주인아."

언제 왔는지 주인 옆에 마정구 회장이 있었다. 주인이 숙였던 고개를 들어, 마정구 회장의 얼굴을 확인하며 입술을 꼭 물었다. 울지 않겠다 마음먹었는데, 적어도 당신이라는 사람 앞에서 눈물도 아깝다 여겼는데 마냥 따뜻한 목소리가 들려오자 주인은 마음이 흔들렸다. 마 회장이 무너져 가는 주인의 어깨를 보듬어 안았다.

"이제 됐다. 이제 됐어. 자아, 이렇게 하자. 이제 죽은 사람, 이제 어떻게 해도 너나 나나, 재윤이 녀석이나 손댈 수 없는 사람이지 않던. 네 어미나 네 할머니는 너 때문에 윤 의원 얼굴 보기도 싫다 할지 모르니 내가 내 마누라한테 부탁해 놓으마. 분명 곱게 두지 않을 테니 걱정 말거라. 이래봬도 동대문 호랑이를 낚아챈 여인네거든. 그러니 이제 그만 내려놓자. 아가, 너 힘들면 나나 재윤이 이놈이나 가슴 아파하는 거 알지. 자아, 이제 얼굴 좀 보자."

마 회장이 고개를 내려 주인의 눈과 마주했다. 그 따뜻한 눈을 보자 저절로 할머니의 눈이 떠오른 주인은 결국 울음을 터트렸다. 아이처럼 울부짖는 처절한 울음에 마 회장과 재윤은 그저 주인의 얼굴을, 등을 쓰다듬어 주기만 했다.

"그래, 다 울어라. 차라리 다 울어. 다 토해 내고, 이제 좋은 것만, 예쁜 것만 고운 것만 줄 터이니 우리 그렇게 살자꾸나."

울다 지쳐 잠든 주인을 안아 든 재윤이 마 회장과 함께 차에 올라탔다. 재윤은 잠든 주인을 한시라도 제 품에서 떼어 놓지 않으려 했다.

부드럽게 차가 움직이자 재윤이 주인이 깰까 등을 토닥였다. 울어 붉게 물든 뺨이며 이마를 가만히 쓸어내리던 재윤이 옆에 앉은 마 회장을 향해 물었다.

"저한테 해 주실 말이 있으실 텐데요."

여전히 주인만 내려다보는 손자의 말에 마 회장은 조용히 눈을 감았다.

23.

　재윤이 손에 들린 서류를 넘겼다. 천천히 서류를 훑던 눈이 번쩍
빛났다.

　"판도 크게 벌렸군요."

　대한민국에서 그야말로 한 정치 한다는 인물들에게 비자금이란
본처가 인정한 정부와도 같은 것이었다. 알고는 있지만 인정하진
못하며, 그렇다고 만들지 않기엔 너무나 유혹이 강한 존재. 한때 당
대표까지 역임한 윤 의원에게 비자금이 없다는 게 더 이상할 일이
었다.

　"국방부가 얽혔으면 단순히 끝날 문제도 아니겠고, 한동안 지형
이나 연석이도 바빠지겠군요."

　허나 문제는 비자금 조성이 단순히 제 자산을 불리기 위함이 아
니었던 것이다. 아직 군사 휴전 중인 대한민국에서 국방부로 들어
가는 무기 관련 사업에 손을 댄 내역이었다. 러시아에서 제외 판정

을 받은 무기들을 개인적으로 들여와 그걸 역으로 국방부로 팔아 넘겼다. 윤치형이라는 작자, 여러모로 대단하긴 정말 대단한 인간이다. 재윤은 '허!' 하고 기막힌 듯 웃음만 내비쳤다.

"그럼, 본가에 찾아온 이유도 이거겠군요."

마 회장이 녹차가 담긴 찻잔을 내려놓으며 고개를 끄덕였다.

"검찰 쪽에 제보가 있었던 모양이더구나. 처음에는 단순 비자금인지 알고 건드렸겠지. 윤 의원도 점점 제 목을 조르고 있는 걸 몰랐을 리 없고, 국방부 쪽에서야 당연히 사건 크게 만들지 않고 싶은 마음일 게 뻔하지. 윤 의원 쪽에서 모두 감당하라 했을 거고, 그러기 위해서는 또 자금이 필요했을 거다. 일을 너무 키웠어."

마 회장이 고개를 저었다.

"거절하셨습니까?"

재윤의 물음에 마정구 회장은 가만히 눈을 감았다.

"윤 의원을 당대표까지 올리는 데 내 돈도 한몫했다."

알고 있다. 기업가뿐 아니라 현 정계 인물들까지도 마정구 회장 앞에 머리를 조아리지 않고는 대한민국에서 웬만한 정재계 인물이 될 수 없다는 말이 있을 정도였다.

"너도 알다시피 나는 내가 한 일에 대해 후회는 하지 않는다. 돌아보고 후회할 시간에 다가올 앞날엔 두 번 다시 똑같은 짓을 반복하지 않겠다고 다짐하는 게 나다. 그런데 윤 의원은 단순히 내 객이 아니게 되지 않던."

주인을 가리키는 말이었다. 속사정이야 어떻든 재윤이 주인을 품은 이상, 주인을 제집으로 들이기로 마음먹은 이상 윤치형은 사돈이 될 사람이었다. 마정구 회장이 앞에 놓인 찻잔을 다시 들어 입가로 가져갔다. 알싸한 녹차 향이 마정구 회장의 입 안을 맴돌았다.

가만히 찻잔을 내려놓은 마 회장이 마주 앉은 재윤을 덤덤히 바라보았다.

"똑똑한 아이라 했다."

재윤이 들고 있던 서류를 내려놓았다.

"모를 리가 없었겠지. 너나 주인이나 인정하진 않겠지만 무슨 의도였건 지난 육 년간 윤 의원이 아이를 그냥 방치하고 있진 않았을 거다. 당연히 아이가 네 사람이 되었다는 것도 들었을 테고, 이 마정구 회장이 시도 때도 없이 집으로 불러들인다는 보고도 들어갔겠지."

"그저 협박입니다."

재윤이 이를 갈며 분노한 눈으로 말했다. 똑똑한 아이라는 건 주인을 겨냥한 것일 테다. 뻔뻔스럽게도 감히 주인을 들먹여 돈을 내놓으라는 은밀한 협박임을 마정구 회장도 알고 있을 터였다. 그런 재윤의 얼굴을 바라보던 마정구 회장이 입가에 잔잔한 미소를 띠웠다.

"들어줄 수 있는 협박이니 다행이지 않던."

"승낙하셨다는 겁니까!"

입가에 띠운 미소를 더 짙게 만들던 마 회장이 혼란의 빛을 가득 담은 재윤의 눈을 바라보았다.

"준다 했다."

"할아버지!"

재윤이 자리에서 벌떡 일어섰다. 그럼에도 마 회장은 옆에 놓인 다관을 들어 빈 찻잔을 채웠다.

"대신."

다관을 다시 제자리에 내려놓은 마 회장이 고개를 들어 두 주먹을 쥐고 거칠게 성을 내는 재윤을 바라보았다.

"아이의 삶에 쳐 놓은 그물망은 당장 회수할 것. 그리고 두 번 다시, 아이의 이름을 그 입으로 거론하지 말 것."

마 회장의 말에 재윤의 어깨에 잔뜩 실렸던 힘이 스르르 빠졌다. 그 모습을 확인한 마정구 회장은 다시 찻잔을 들었다.

"네가 보다 만 서류 끝 장에 윤 의원이 남긴 각서도 들어 있다."

재윤의 고개가 테이블 한쪽에 내려놓았던 서류를 향했다. 하지만 애써 다시 그 마지막 장을 확인하진 않았다. 무엇보다 자신의 할아버지인 마정구 회장의 입에서 나온 말이다. 그 어떤 각서를 눈앞에서 확인했다 하더라도 그의 말보다 더 믿을 수 있는 건 없다.

재윤이 손목에 찬 시계를 바라보았다. 주인을 본가 제 방 침실에 눕힌 지 두 시간이 지나가고 있었다. 더 이상은 혼자 두고 싶지 않았다. 고개를 숙이고 뒤돌아선 재윤이 멈칫하며 다시 입을 열었다.

"제가 알아야 할 게 더 남아 있습니까?"

재윤의 물음에 마 회장은 지그시 그 시선을 마주했다.

"굳이 잊어버린 것에 대해 알고 싶은 거냐. 무언가를 잊어버렸을 때에는 다 그만한 이유가 있을 터다."

더 묻고 싶었던 게 사실이지만 누구보다 마정구 회장을 잘 알고 있는 게 재윤이었다. 적어도 주인과 관련 있다는 게 확실한데, 윤진 서나 할아버지나 도통 쉽사리 입을 열지 않았다.

"재윤아. 내가 지금 와 네 그 궁금증을 풀어 준다 하여 달라질 게 있더냐?"

굳건한 눈매가 재윤을 뚫어지게 바라보고 있었다. 재윤은 한참 다물었던 입을 열어 '없습니다.' 라고 답했다. 어떤 일이든 이제 와 잡은 것들을 놓을 수도 없거니와 놓쳐 버린 것에 대해 뼈저리게 후회하며 뒤돌아보는 것 또한 제 적성에 맞지 않는 일이었다.

"한 가지는 확실하다. 잊어버린 것이지 잃어버린 것은 아니야. 내 장담하마."

그러니 이 얘기는 여기서 그만하자는 의미였다. 재윤은 알겠다는 뜻으로 고개를 끄덕였다.

"한 가지만 더요. 윤 의원 마지막. 본인 선택이…… 맞는 겁니까?"

입가에 찻잔을 댄 채 마 회장이 재윤의 뒷모습을 바라보았다.

"글쎄다. 심장이 안 좋다 하긴 했지. 약물 치료로 버티고 있다 들었다."

재윤이 멈췄던 걸음을 옮겨 마 회장의 방을 나섰다. 스르르 닫히는 미닫이문을 바라보며 마 회장이 작게 읊조렸다.

"그 순간에 약이 있었을지는 모르겠구나."

조금은 처연한 듯한 미소가 마 회장의 입가에 그려졌다.

"오늘은 특히나 녹차향이 좋군."

마 회장 뒤에 서 있는 병풍 속 호랑이가 거세게 포효하는 듯했다. 새벽빛을 몰아낸 해가 얼굴을 들이밀기 시작했다. 재윤은 조용히 방을 나와 주인이 누워 있는 이층 방으로 발걸음을 돌렸다.

영정 사진 앞에서 한참을 울던 주인을 그대로 본가에 데려와 눕힌 후, 꼬박 삼 일을 그 자리에서 일어나지 못하고 앓았다. 눈도 제대로 못 뜨면서 할머니를 찾아 대는 주인의 모습에 재윤은 한시도 그 옆을 벗어나지 않았다. 잠결에도 흐르는 눈물을 닦아 주고, 땀에 젖은 옷을 갈아입히고, 가쁜 숨을 토해 내는 주인의 가슴을 토닥여 주었다.

그렇게 꼬박 삼 일을 앓고 나더니, 주인은 참 화사하게 웃었다. '아, 개운하다.' 하면서. 그리고 기다렸다는 듯 '비비드'로 출근했다. 말려도 소용없는 일이라는 걸 알면서도 재윤은 하루만 더 쉬라고 막았다. 하지만 역시나 재윤은 주인의 고집을 꺾을 수 없었다. 그저, 재윤이 '엘 로이'가 아닌 '비비드'로 함께 출근하는 것만은 주인도 막지 못했을 뿐이었다.

"곧 끝날 것 같습니다."

준영이 재윤 앞에 진 한 잔을 내려놓으며 말했다. 재윤이 고개를 돌려, 중앙 테이블 쪽을 바라보았다.

"삼성동 빌라와 대치동 오피스텔은 처리하더라도 경북에 있는 땅은 지금 처분하시면 손해가 큽니다."

윤 의원 집안의 고문 변호사였다.

"상관없습니다."

변호사에게 답하는 주인의 대답이 단호했다. 시간이 흘렀지만 세상은 여전히 대산의 몰락과 윤 의원의 죽음에 관해 끊임없는 이슈를 만들어 냈다. 하지만 주인은 언제나 그렇듯 자신과는 전혀 상관없다는 얼굴로 하루하루를 보냈다.

그러던 중, 윤진서가 연락을 해 왔다. 주인이 아닌 재윤에게. 두 번 다신, 윤 의원 쪽 사람과는 그 어떤 만남도 싫다는 듯 진서의 연락을 피하는 주인이라는 걸 알기에 재윤이 할 수 없이 응했던 것이었다. 윤진서는 주인에게 변호사를 보내겠다고 했다. 윤 의원이 남긴 재산 상속에 관한 문제라고 했다. '어떡할래?' 하고 묻는 재윤의 물음에 처음엔 자신과 상관없다고 매몰차게 굴던 주인이 재윤을 향해 다시 말했었다.

"그거면, 비비드를 찾아올 수 있겠군요."

"알겠습니다. 그럼, 말씀하신대로 처리하고, 연락드리겠습니다."

조금의 군더더기도 없는 변호사의 태도에 주인도 고개를 숙이며 자리에서 일어섰다. 입구까지 따라가 배웅을 한 주인이 재윤에게 다가왔다.

"진이네요."

주인이 의외라는 듯 재윤 앞에 있는 술잔을 바라보았다.

"왕도 부럽지 않을 가난이라며."

진의 별칭. 준영에게서 들은 모양이었다. 저렴한 가격에 주인이 간혹 마시는 술이라며 내주었을 게 분명했다.

"이제 윤주인에게는 어울리지 않게 되는 건가?"

재윤이 주인의 손에 들린 서류 봉투를 바라보고 있었다. 삼성동에 있는 빌라 하나만 쳐도 어마어마한 액수가 분명했다. 재윤이 하는 말이 무슨 뜻인지 눈치챈 주인이 허탈하다는 듯 웃었다.

"참 희한하죠. 그렇게 움켜쥐려고 했을 게 분명한 이런 게. 결국은 나한테 있네요."

돈이라는 게, 권력이라는 게 왜 그렇게 달콤한 건지. 겁이 나고, 두렵지만 한 번 맛보면 너무 달콤해 움켜쥐지 않고는 버틸 수 없었을 것이다. 윤치형 뿐 아니라, 주인을 비롯한 모든 사람들에게 마찬가지일 공식이었다. 다만 너무 달콤한 것만 좋아하다가는 이가 썩고, 병에 걸리게 된다. 움켜쥐고 있는 것만으로는 더는 어찌할 수 없게 되어 버린다. 실컷 유혹하고 나서는 처절하게 버려진다.

가끔 생각한다. 도대체 윤치형이 원하던 게 무엇이었을까. 돈? 권력? 명예? 아니, 어쩌면 그 누구보다 모든 것을 내려놓고 싶던 사람이 윤치형이 아니었을까. 평소 그랬던 것처럼 조금의 흐트러짐 없이 서재 의자에 앉아 잠들 듯 떠났다 들었다. 심장 발작이 원인이라고 했던 말대로라면 엄청난 고통에 가슴이 짓눌려 괴로웠을 텐데. 마지막도 참 그답다 생각했다.

주머니에 약이 들어 있었지만 고통 때문에 먹지 못했을 거라는 경찰의 브리핑은 주인을 이해시키지 못했다. 어쩌면, 그 고통까지도 이기려 하지 않았을까, 그 윤치형이라면. 그저, 그렇게 자신만의 결론을 내린 주인이었다.

"어쨌든 전, 여전히 가난해요."

재윤의 손에 들린 진을 빼앗아 한 모금 넘긴 주인이 서류를 꺼내 테이블 위에 올렸다. 확인해 보라는 듯 내밀어진 서류를 눈으로 훑던 재윤이 주인을 바라보았다.

"이러니 꼴통 소리를 듣지."

주인이 미간을 찌푸렸다.

"설마하니 내가 칭찬이라도 해 줄지 알았어?"

재윤이 주인의 미간에 손을 올렸다.

"설마요."

"대답하고 표정하고 영 딴판인데."

주인이 재윤의 손을 탁 쳐냈다.

"뭐, 좀 해 주면 안 되나. 내가 이런 거 얼마나 해 보고 싶었는데. 뭐, 그렇지. 왕이 가난한 서민의 마음을 어떻게 알겠어요."

주인이 부우 하고 입술을 내밀었다.

"비비드는 못 찾아가겠군."

재윤이 주인의 내밀어진 입술을 꾸욱 잡았다. 주인은 그 손을 잡아 내리며 씨익 웃었다.

"비비드를 가진 마재윤이 내 건데 무슨 상관이람."

그 미소를 바라보며 잠시 멈칫하던 재윤이 남은 진을 들고 주인을 향해 말했다.

"왕을 가진 서민을 위하여."

모든 상속 재산을 사회에 기부하겠다는 주인의 확인서가 재윤의 남은 한쪽 손에 들려 있었다.

그 확인서는 며칠 평온히 지내던 주인에게 또 다른 골칫거리가 되었다. 비공식적 기부였는데도 불구하고 어디서 소문이 났는지 인터뷰를 하겠다며 연락해 오는 기자들로 인해 주인의 생활공간이 재윤의 집으로 옮겨졌다. 간만에 쉬는 날이었다. 침대 위에 늘어지게 몸을 눕히고 얼마 지나지 않아, 쉬지 않고 울려 대는 진동에 주인은 결국 핸드폰을 집어 들었다.

─누나!

받자마자 귀가 떨어져라 소리치는 목소리에 주인은 서둘러 손을 들어 핸드폰을 막았다. 고개를 돌리자 다행히도 재윤은 여전히 꿈나라였다.

"잠깐만."

주인이 작게 읊조리곤 허리에 둘러진 재윤의 손을 떼어 내려 했다. 하지만 더 세게 힘이 들어가는 손에 오히려 몸이 딸려 갔다.

'깼네.'

주인이 여전히 눈은 감은 채로 제 허리를 힘주어 끌어당기는 재윤의 얼굴을 바라보다 간신히 상체만 들어 올렸다.

"그래, 네 소중한 누나 오늘 간만에 오프야."

주인이 베개를 세워 등을 기댄 채 손을 뻗어 여전히 눈을 감고 있는 재윤의 머리카락을 쓸어 넘겼다.

─알죠, 아는데. 좀 급해요. 어디예요? 집에도 없는 거 같던데.

"……집 아니야."

350

—헐, 이젠 아주 외박도 당당히 하시고. 진짜 끝내주는 연애의 끝장을 보시는구나.

　이럴 줄 알았다. 그래서 얘기할까 했는데. 뭐, 이젠 시간 날 때마다 붙어 있냐며 잔소리하는 준영에게 숨기는 게 더 웃기다 생각했다.

　—역시 늦바람 난 고양이가 부뚜막에 먼저 앉는다더니.

　그건 또 웬 해괴망측한 소리냐고 하려다 말았다. 재윤이 자신의 머리카락을 쓰다듬는 주인의 손을 잡아끌어 손바닥을 입술로 가져갔다. 촉촉 몇 번이고 입술을 맞대는 장난스러운 행동에 주인이 쿡, 웃기도 했다.

　"급한 일이 바람 난 고양이는 아닐 거고."

　주인의 말에 '아차참!' 하는 소리와 함께 준영이 다시 말했다.

　—사진 하나 보냈어요.

　"사진?"

　—보고 까무러치지 말아요. 내가 진짜 어이가 없어서.

　주인이 잠깐 귀에서 휴대폰을 떼고 준영이 보냈을 사진 파일을 열었다. 처음에는 뭘 찍어 보냈는지 제대로 보이지도 않았다. 창을 넓히고 잡아당기자 보이는 선명한 글씨에 주인은 그제야 준영의 말을 이해할 것 같았다.

　—여보세요? 설마 진짜 까무러친 건 아니죠? 누나? 주인 누나?

　주인이 다시 핸드폰을 귓전에 가져왔다.

　"누가 보낸 거야?"

　—글쎄요. 받는 사람 주소만 나와 있어서. 근데, 한 사람밖에 더 있을까요?

　주인이 잠시 눈을 감으며 입을 다물었다.

―이번 주에요.

"그래, 알았어. 이따 들를게."

통화를 끝낸 주인이 한쪽 손바닥을 축축이 적시는 간지러움에
고개를 돌렸다.

"거기서 꿀이라도 나와요?"

답이 없다. 재윤은 여전히 두 눈을 꼭 감고 한 손은 주인의 허리
에 두르고 나머지 한 손으로는 팔목을 잡고 손바닥을 혀로 지분거
리고 있었다.

"으음."

뜨겁고 오묘한 감각이 손바닥을 타고 올라와 주인의 목을 울렸
다. 좀 전에 덤덤히 물었던 것과는 다르게 점점 달뜬 신음이 입술
사이를 비집고 나오고 있었다. 그제야 마음에 든다는 듯 슬그머니
눈을 뜬 재윤이 입술을 내려 주인의 손목 위에서 콩콩대며 생명을
알리는 핏줄 위를 콱 하고 물었다. 웃, 하고 좀 전과는 조금 다른
신음과 함께 저절로 감겼던 주인의 눈꺼풀이 다시 열렸다.

주인이 재윤에게 고개를 내리자 곧장 시선을 부딪쳐 온다. 조금
의 틈도 주지 않고, 시선을 주면서도 제가 남긴 잇자국 위를 또 혀
를 놀려 지분댄다. 그 노곤하면서도 퇴폐스러운 눈동자와 그보다
더한 혀 놀림에 주인이 팔목을 빼내려 하지만 언제나 그렇듯 오늘
도 패배. '하아' 하고 내뱉어지는 주인의 포기 선언에 재윤이 그제
야 웃으며 마지막으로 입술을 꾸욱 누르고 떨어졌다.

주인이 팔을 들어 제 왼쪽 손목을 바라보았다. 선명한 잇자국과
더불어 새빨갛게 올라온 피부에 주인이 고개를 저으며 또 한 번 깊
게 한숨을 내뱉었다.

"마재윤 침대에 올라와 다른 놈이랑 통화를 하는 무모함의 벌이야."

"준영이거든요."

"그놈도 남자지."

어처구니가 없다는 듯 주인이 웃었다. 그럼에도 재윤은 그저 남은 팔 하나를 더 들어 주인의 허리를 감을 뿐이었다.

"악마 새끼 침대 위에 올라간 벌이겠죠."

차라리 그 말이 더 옳다며 주인이 중얼거렸다. 재윤이 또 웃자 그 숨결이 그대로 주인의 허리에 와 닿았다.

"그렇군. 맞아, 악마 새끼 취미가 물고 빨기야. 마음에 들어."

하하하 웃던 재윤이 그대로 주인의 허리를 잡아 끌어당겼다. 갑작스런 힘에 주인의 엉덩이가 그대로 빠지고 일으켰던 상체도 그대로 침대 위로 떨어졌다.

"도대체 이 밑도 끝도 없는 힘은 어디서 나오는 거예요?"

주인이 같은 눈높이에 있는 재윤의 눈을 응시하며 물었다.

"윤주인 왼쪽 손바닥."

재윤이 다시 한 번 주인의 손바닥에 입술을 내밀었다.

"아주 엄청난 로얄젤리거든. 마재윤만 채취할 수 있는 거라고 이게."

이번엔 주인이 웃었다. 아아, 정말 웃음이 늘었다. 시도 때도 없이 흘러나오는 웃음을 이제 감추려는 척도 하지 않는다. 웃고 싶을 때 웃고, 울고 싶을 때 울기도 하고. 화가 날 땐 거침없이 화도 내고. 인간으로서 마땅한 희로애락을 다 누리며 살 거다. 그중에서도 사랑만큼은 더욱더 끝내주게. 주인이 행복해 죽겠다는 듯 웃으며 재윤의 품으로 더욱 파고들었다.

결국 한 시간을 더 침대 속에서 뒹굴던 재윤과 주인이 허기진 배를 붙잡고 자리에서 일어났다. 재윤이 주인을 식탁 앞에 앉혀 놓고 본가 도우미가 들러 채워 놨을 냉장고를 열었다.

"삼계탕인가 본데. 괜찮아?"

주인이 고개를 끄덕였다. 여름이라고 보양식을 해 둔 모양이었다. 재윤이 냄비째 들고 가스레인지 쪽으로 다가섰다. 불을 올리고, 뒤돌아서 수저를 세팅하는 주인을 향해 재윤이 말했다.

"이제 말해 봐."

'뭘요?'

주인이 눈으로 물었다.

"오늘 하루 종일 악마 새끼랑 놀아 주기로 약속한 건 내팽개치고 조금 있다 비비드에 가야 하는 이유."

주인이 테이블 냅킨 위에 수저를 올려놓다 잠시 멈칫하더니 아무렇지 않게 입을 열었다.

"결혼한대요."

"누가?"

테이블 끝에 정갈하게 놓인 수저를 바라보던 주인이 고개를 들었다.

"진유진 사장이요. 와인도 한 잔 할래요?"

주인이 아무렇지 않게 식탁에서 일어나 재윤의 와인 셀러로 걸어갔다. 그 모습을 가만히 바라보던 재윤이 '흐음' 하며 손으로 턱을 쓸었다.

"결혼이라……."

"요리오 어때요?"

이태리 와인 이름을 대는 주인의 목소리에 재윤이 중얼거리듯 답했다.

"탁월한 선택이 되겠군."

재윤의 입가에 짙은 미소가 그려졌다. 그렇게 아침 겸 점심을 해결하자마자 주인은 바로 '비비드'를 찾았다. 입구에 들어서기 무섭게 준영의 한탄이 쏟아지기 시작했다.

"제가 진짜 어이가 집 나가서 돌아올 생각을 안 해요. 기가 막히다 못해 코가 막히고, 귀가 막히고, 입까지 막히면 도저히 누나 올 때까지 살아 있지 못할 거 같아서 그나마 입만 뚫어 놓은 거라고요."

'비비드'에 도착하자마자 준영이 주인 코앞으로 다가와 손바닥만 한 종이를 내밀었다. 청첩장이었다.

"도대체가 말 한마디 없이 사라졌다가 이런 어이상실 청첩장이나 보내 놓다니. 정말 너무나 진유진 사장님다워서 아주 까무러칠 뻔했다니까요."

발신 주소와 우체국 도장이 찍히지 않은 걸로 봐서는 아마도 그가 직접 놓고 간 것일 테다. 적어도 살아는 있었군. 주인이 가까운 테이블 앞에 앉았다. 한창 열을 내며 머리를 쓸어 넘기던 준영도 아무 말 없는 주인의 눈치를 슬쩍 보며 맞은편에 앉았다.

"근데, 웬일로 혼자예요?"

"통화 중."

"그럼 그렇지."

재윤을 가리키는 말이라는 것을 아는 주인이 답하자 준영이 고개를 끄덕였다. 주인이 테이블에 올려놓은 청첩장을 내려다보았다.

"다른 연락은 없었고?"

"연락은 무슨. 떡하니 입구 앞에 그거 한 장 밀어 넣은 게 다예요."

날짜는 이번 주 금요일. 오늘이 월요일이니 사흘 후다. 거기에 장소는 '비비드' 였다. 아주 제대로 된 통보용 청첩장이었다.

"금요일에 예약 손님 잡힌 거 있니?"

"아직은 점심에만요."

주인이 고개를 끄덕였다.

"준비하려고요?"

준영이 말도 안 된다는 듯 커다랗게 눈을 키우고 주인을 바라보고 있었다.

"좋아요. 다 좋다고요 그래. 결혼? 해야죠. 뭐 말없이 사라졌다 나타나서 결혼하겠다 통보하는 거? 네 뭐 좋습니다. 날짜가 나흘밖에 안 남고 장소가 비비드라는 거? 뭐 그것도 다 좋다 이겁니다. 하지만!"

탕, 테이블을 내려치는 준영은 정말 화가 난 듯 보였다. 주인도 그 마음을 모를 리 없었다. 충분한 반응이었다.

"상대가 민지연이라고요!"

"명의 넘겨받자마자 비비드를 팔았다던 그 여자 말인가?"

통화를 끝냈는지 모습을 드러낸 재윤이 주인이 있는 테이블 쪽으로 걸어오며 물었다.

"맞아요!"

준영이 세차게 고개를 끄덕였다.

"말이 된다고 생각하세요? 그 여잔 사기꾼이에요. 온갖 장난질로 서른여섯 순진한 남자 하나 꼬여서 한 건 해먹으려다가 그게 안 되니까 아예 이런 식으로 더 가지고 노는 것뿐이라고요."

다시 한 번 테이블을 치는 준영의 모습을 보던 주인이 다시 청첩장을 바라봤다. 신랑 진유진, 신부 민지연. 그래, 잊으려야 잊을 수가 없는 이름이다. 누구보다 민지연이 한 계약서를 들고 재윤이 있는 클럽으로 쳐들어간 것도 주인이었다.

"그러니까 누나, 이번에는 절대 그냥 넘어가지 말아요. 그런 식으로 누나가 자꾸 받아 주니까 진유진 사장님도 이러는 거라고요. 사장이면서 말 한마디 없이 사라져, 그것뿐이에요? 결국 그 뒤치다꺼리는 누나랑 나랑 다 한 거나 마찬가지라고요. 비비드가 자기 분신이라고 했던 사람이에요. 그 분신 버리고, 사기꾼 여자 찾아 나서서는 결국, 그 결론이 결혼이라고요? 난 절대 인정 못 해요."

'난 이 결혼 반댈세.' 하는 어느 집 아버지와도 같은 모습이었다.

"음, 듣고 보니 그렇긴 하군."

어느새 주인 옆에 앉은 재윤이 동조해 주자 준영이 '그렇죠!' 하며 눈을 번쩍 빛냈다.

"전 도저히 이해가 안 가요. 이게 어떻게 가능해요? 자기 뒤통수 치고 달아난 여자 잡으러 갔다가 결국 다시 제자리. 아니다 이건 제자리도 아니야. 한 번 맞아 봤으면 정신 좀 차려야 하는 거 아닌가. 대체 진유진 사장님 속엔 뭐가 들어 앉아 있는 거냐구요!"

결국 자리까지 박차고 일어선 준영의 목소리 뒤로 낯익은 또 하나의 목소리가 들려왔다.

"사랑이지."

24.

"잘 있었어 영쓰, 그리고 윤매."

진유진. 한동안 그의 입에서 듣지 못했던 호칭이 들려오자 주인은 그제야 실감할 수 있었다. 아, 정말 진유진 사장이구나 하고. 준영인 손가락까지 들고 삿대질이라도 하는 양 유진을 보며 흥분했고, 주인은 여전히 그 자리에 앉아 가만히 진유진 사장의 행색을 훑었다.

텁수룩하게 자란 수염에 어깨까지 닿는 머리카락은 예전과는 다르게 풀어 헤쳐져 있다. 간신히 벙거지 모자로 감춘다고 했나 본데 반년 전까지 이 '비비드'의 사장이었던 진유진을 알고 있는 사람이라면 절대 동일인이라고는 못할 모습이었다. 주인의 시선을 이해한다는 듯 바라보던 유진이 주인의 옆자리에 앉아 있는 재윤을 바라보며 싱긋 웃었다.

"아, 그쪽이 마재윤 대표님이시군요."

저 웃음 하나는 그래도 여전하네. 주인이 재윤 앞으로 다가오는 유진을 바라보다 고개를 저었다. 그러거나 말거나 유진은 주인의 어깨 한쪽을 톡톡 두드리더니 재윤을 향해 손을 내밀었다.

"반갑습니다. 그 유명한 한남동 큰 손을 이렇게 직접 뵙는군요. 아, 대표님도 제 결혼식에 오시겠습니까?"

그 어이없지만 참으로 당당한 태도에 준영은 흥분도 잊고 다시 자리에 털썩 앉아 버렸고, 주인인 하아, 깊은 한숨만 내쉬었다. 하지만 단 한 명, 재윤은 평소의 모습을 잃지 않고 유진의 손을 맞잡으며 알 수 없는 미소를 지어 보였다. 그리고 그 미소가 전염된 이처럼 재윤과 마주 서 미소를 짓고 있는 유진이었다.

그렇게 두 사람 사이에 묘한 눈빛이 짧게 오고 가는 것도 잠시, 유진이 걸음을 옮기며 여기저기 가게 구석구석을 살피기 시작했다.

"아아, 이렇게 해 놓으니 정말 다른 곳 같기도 한데? 창도 예전보다 커진 게 멀리 산도 보이고 무엇보다 끝내주는 경치도 건졌네."

창가에 한참을 서 있다가 자리로 돌아와 테이블 위에 놓인 물 잔을 들어 목을 축이는 진유진 사장을 보며 주인은 여전히 제 옆을 지키고 있는 재윤을 먼저 돌려보내야 하나를 고민했다. 하지만 간만에 잡은 오프를 누구보다 기다린 재윤이었다. 먼저 돌아가라 한다고 쉽사리 '그래.' 하지는 않을 것이다. 차라리 이 자리를 빨리 해결하는 편이 낫겠다 싶었다.

유진이 물 잔을 들고 물을 마시기 시작하는 순간 때마침 손님이 들어왔고, 준영은 자리에서 일어났다. 아빠, 엄마, 딸로 구성된 가족 같았는데 홀 중앙으로 안내한 준영이 주문을 도와주고 있었다.

"영쓰도 많이 컸네. 이제 윤매만큼 하겠어."

준영의 모습을 바라보며 유진이 흐뭇하다는 듯 말했다.

"준영이 말에 저도 동감이에요."

주인의 말이 의외라는 듯 바라보는 사람은 재윤이었다. 오히려 마주 앉은 유진은 그럴 줄 알았다는 듯 또다시 그 특유의 미소를 지어 보였다. 서른여섯의 남자가 보여 주는 저 미소는 여전히 순수하고 맑았다. 세상의 온갖 것들을 안 겪어 봤을 리 없는 진유진임에도 불구하고 그는 언제나 그렇게 웃었다. 힘이 들어도, 즐거워도, 슬퍼도. 그래, 그래서였는지도 모른다. 준영의 말처럼 주인이 유진에게 약한 것은.

"사랑? 좋죠. 해요. 그런데 그 사랑을 꼭 결혼이라는 걸로 끝내야 하는 건지 모르겠어요."

주인은 유진의 선한 눈매를 곧게 바라보았다.

"좀 더 솔직히 말해서, 사장님이 또다시 뒤통수 맞지 않을 보장은 없어요."

재윤이 역시 윤주인이군 하는 듯 흥미롭다는 시선을 거두지 못했다.

"사장님 뒤통수 맞을 때마다 마음 졸이고 고생하기도 싫어요."

유진은 그저 웃었다. 미안함의 미소다.

"준영이도 마찬가지예요. 저래 보여도 누구보다 속 깊은 녀석이에요. 그리고 누구보다 사장님을 잘 따르던 녀석이고요. 준영이가 이렇게 나오는 거."

"알아, 이해해."

유진이 테이블 위를 세팅하는 준영의 모습을 한 번 더 바라보았다.

"근데 윤매, 아니 주인아."

주인의 눈동자가 흔들렸다. 제 이름에 약한 건 분명하군. 재윤이 슬쩍 웃었다.

"모든 사람에게는 다 각자의 길이 있어. 엄마 배 속에서 작은 끈 하나에 매달려 나와 그걸 끊어 내면서부터 사람은 울음부터 터트리지. 아직 자기는 걷지도 말하지도 못하는데 오로지 홀로 자기 앞에 놓인 길을 걸어가라고 하는 것 같아서일지도 몰라. 두렵고, 낯설고, 무섭지. 그래도 가야 해. 가지 않고는 견딜 수가 없거든. 그 자리에 멈춰 있다가는 계속 그렇게 혼자일 테니 말이야. 본능적으로 알고 있는 거야. 이 세상에 그것보다 무섭고 두려운 일은 없다는 걸. 그래서 열심히 걸음마도 배우고 말도 익히지."

차분하게 말을 잇는 유진의 목소리가 가만히 세 명을 감싼 공기를 울렸다.

"물론, 쉽지 않아. 넘어지기도 하고, 무릎이 까져서 피가 나기도 하고. 그러면서도 또 생각해. 내가 넘어졌을 때, 내가 상처가 났을 때 나를 일으켜 줄 사람은 도대체 어디 있을까 하고. 그런 이만 있다면 얼마든지 다시 일어나 걸을 수 있을 것 같은데, 이 따위 상처쯤이야 얼마든지 견딜 수 있는데 하고 말이야. 그러면서 열심히 두리번거리며 찾는 거야. 이 사람인가? 아니, 그 사람은 그저 내 길을 잠시 지나치는 나그네일 뿐이야. 그럼 이 사람인가? 아니, 그도 마찬가지야. 힘들지. 너무 지쳐. 혹시 내가 선택한 이 길이 잘못된 건 아닐까 하는 생각도 들어. 그런데 어느새 나는 또 걷고 있지."

잔잔한 목소리, 귀가 아닌 가슴 한쪽이 그의 말에 귀를 기울이는 듯했다.

"습관인 거야. 목표가 된 거지. 아무리 걷고 또 걸어도 찾는 이는 보이지 않아. 다른 길을 가는 무수한 사람들은 잘도 찾아내는 것 같은데 왜 나에게만 이럴까. 여전히 힘은 들고, 실수도 여전하지. 고통은 배가 되고, 숨은 턱까지 차올라. 그래도 포기 못해. 왜냐고, 그게 사람이니까. 나는 사람이 세상에 던져졌을 때 끊어진 끈을 다시 이을 상대를 찾기 위해 사는 거라고 생각해. 그리고 그런 사람을 찾았다면 망설이지 말아야 하지. 나는 지금 그 상대를 찾았고, 망설이지 않을 생각이야."

주인은 어느 순간부터 제 얼굴을 뚫어져라 바라보는 재윤의 시선을 느꼈다. 그럼에도 고개 한번 돌리지 않았다. 왠지 그래야 할 것 같았다.

"처음 시작이 어땠는지도 물론 중요하겠지. 다만 그 시작이 엉켰다고 해서 아예 그 끈을 잘라 버리고 싶지 않아. 시간을 들여서 차근차근 하나하나 풀다 보면 그 어떤 끈보다 더 단단한 녀석이 나와 그 사람을 연결하고 있다는 걸 알게 되거든. 그렇게 힘들게 찾았으니 당연히 함께 하고 싶어. 내가 살고 있는 대한민국이라는 세상에선 그걸 결혼이라 한다면 난 할 거야. 단지 한 번 더 뒤통수 맞는 게 무서워서 그걸 놓쳐 버리기엔 앞으로 가야 할 길이 너무 멀잖아."

진유진 사장의 얼굴은 너무나 평화롭고 따뜻해 보였다.

"뭔가 엄청나게 장황해졌지만 이게 내 사랑이야."

정말 엄청난 여정을 해 온 사람이지만 이제는 더 잘 걸어 나갈 수 있을 것 같다고 말하는 듯했다.

"자, 그럼 주인. 너는 어때?"

생각지 못한 유진의 질문에 주인은 당황했다. 처음에는 무엇을 묻는지조차 알지 못했다. 하지만 유진의 시선이 자신을 빗겨 옆에 자리한 재윤을 향하고 있다는 것을 눈치챈 주인은 멈칫하며 살짝 벌어졌던 입을 오히려 꾹 다물어 버렸다. 주인을 잘 아는 유진은 맞은편에 자리한 재윤을 다시 한 번 바라보았다.

능청스런 자신의 인사에 전혀 거리낌 없이 손을 마주 잡았던 마재윤이라는 남자. 실은 처음이 아니었다. 유진은 일 년 전 재윤을 만난 적이 있었다. '비비드'를 넘기라는 권유는 계속 들어왔지만 한사코 거절하던 유진 앞에 소문만 무성하던 한남동 큰손이 직접 얼굴을 내밀었던 것이다.

그 때는 유진도 알지 못했다. 가게를 둘러보던 그의 눈이 진정 얻고자 하는 건 다른 것이라는 것을. 절대 '비비드'를 넘길 일은 없을 거라는 자신의 대답에 그가 했던 말도 떠올랐다.

"인간에게 있어 절대라는 말은 그리 신뢰할 수 있는 단어는 아니죠."

몇 개월 후 일어날 일을 알고 있었다는 듯 그는 그리 말했었다. 지연이 '비비드'를 넘기려 한다는 것을 알려 준 것이 다름 아닌 저 마재윤이라는 남자의 최측근인 조 실장이라는 남자였다. 믿지 못하겠다는 자신 앞에 직접 계약서를 내밀었던 조 실장. 그 옆에 말없이 앉아 있던 마재윤의 표정이 말하고 있었다. 자신의 말이 맞지 않았냐고.

"절대라고 자신했던 것들이 무너지는 건 한 순간이죠. 그것도 아주 작은, 생각지도 못했던 어떤 것 때문에. 그게 진 사장님처럼 가게일 수도 있고, 또는 사람일 수도 있고."

그러면서 자신 앞에 와인 잔을 하나 내려놓았었다. 금세 채워지는 붉은 빛 액체를 바라보며 유진은 혼란스러웠다. 하지만 금세 깨달았다. 아니, 깨달을 수밖에 없었다. 아, 이 남자 원하는 게 있구나. 아마도 그게 저 남자의 절대를 무너지게 한 것이리라.

"요즘 와인을 공부하기 시작했죠. 무너진 내 절대의 틈을 막아 줄 수

단이 될 거거든요. 거기에 진 사장님이 좀 도와주신다면 그 틈을 좀 더 쉽게 막아 낼 수 있을 것 같은데."

그 말을 끝으로 와인 잔을 들어 올리던 그 때 재윤의 표정을 유진은 잊을 수가 없었다. 자신의 맞은편 주인의 옆자리를 당당히 지키고 있는 재윤을 바라보며 유진은 다시 입을 열었다.

"아직도 망설이고 있어?"

주인이 멈칫하며 유진을 바라봤다. 고요히 미소 짓는 유진의 얼굴을 보고 있던 주인은 이번에도 대답을 아꼈다. 그저 테이블에 놓인 청첩장을 다시 한 번 내려다보더니 이내 입을 열었다.

"남은 시간은 준영이 좀 도와주세요. 금요일 장소 제공은 준영이랑 얘기하시고요. 물론 현재 '비비드' 대표이신 마 대표님도 동의하셔야겠지만 준영이가 끝까지 반대하면 '비비드'는 열어 드릴 수 없어요."

자신이 한 질문에 대한 답은 피한 채 말문을 돌리는 주인이었지만 유진은 알겠다 하고 고개를 끄덕였다.

"마 대표님께서는 허락해 주실 거야."

주인의 어이없다는 표정에도 유진은 그 단정한 미소를 지으며 말했다.

"한남동 큰 손이시라는데 설마 그 정도는 양해해 주시겠지."

물론, 내게 진 빚보다 훨씬 못하지만 말이야.

정작 진실이 담긴 말은 마음에 묻어 둔 유진이 재윤을 바라보며 좀 더 짙은 미소를 지어 보였다. 주인은 묘한 기분에 고개를 들어 유진을 한 번 더 바라보고는 재윤을 향해 말했다.

"우린 그만 가요."

주인이 자리에서 일어서자 재윤도 따라 일어섰다. 재윤과 인사를 나누던 유진이 '윤매.' 하고 뒤돌아서는 주인을 불러 세웠다.

"고마워."

주인은 답하지 않았다. 아직 고마워할 필요 없었다. 여전히 주인은 유진을 전부 이해하지 못했으니까. 주인의 표정에서 그것을 읽은 유진이 괜찮다는 듯 웃으며 다시 입을 열었다.

"그리고, 축하해."

무슨 말이냐는 듯 주인이 유진을 바라보았다. 축하 받을 사람이라면 오히려 결혼을 코앞에 둔 유진이었다. 물론, 상황이 상황인지라 아직 그 말을 해야 하는지조차 의심스럽긴 하지만.

"찾아냈잖아. 윤매도."

유진의 뜻 모를 말에 고개를 갸웃하던 주인이 유진이 바라보고 있는 입구 쪽을 바라보았다. 그리고 주인은 알아차렸다. 유진이 말하고 있는 찾았다는 존재가 재윤을 가리키고 있다는 것을.

"망설이지 마."

주인은 여전히 아무 대답 없이 재윤보다 한 발 앞서 가게를 나섰다. 그 뒤를 따라 나서려던 재윤을 유진이 또 한 번 불러 세웠다.

"마 대표님의 절대, 이제 신뢰할 수 있게 됐습니까?"

천천히 고개를 돌린 재윤은 몇 개월 전 그 때 그 표정보다 조금 더 짙은 미소만 지어 보일 뿐 주인처럼 명확한 답 없이 등을 돌렸다.

"망설임 따위 절대 모른다는 표정이군."

그때야 비로소 유진은 어느 때보다 호탕한 웃음을 터트릴 수 있었다.

유진의 끝날 줄 모르던 웃음이 그칠 무렵, 주인은 재윤의 차 안 조수석에 앉아 유진의 질문을 몇 번이나 곱씹었다. 하지만 재윤의 빌라 주차장에 차가 주차될 때까지 주인은 질문에 대한 답을 찾지 못했다. 결국 자신만의 생각에 빠져 재윤이 손수 차 문을 열어 주기까지 했다. 주인의 생각은 집 안으로 들어설 때까지 이어졌다.

"뭐라도 마실래?"

주인은 고개를 저었다. 재윤이 주방으로 들어가는 사이 주인은 이층으로 향하는 계단을 성큼성큼 밟고 올라가 침실로 들어갔다. 그리고는 그대로 재윤의 침대로 들어가 얇은 시트 속으로 몸을 구겨 넣었다.

얼마 후, 달각거리는 소리가 들렸다. 재윤이 들어온 것이다. 그래도 주인은 머리끝까지 올린 시트를 내리지 않았다. 재윤이 손에 들린 물 잔을 테이블 위에 내려놓고, 리모컨을 들어 에어컨 온도를 조절했다. 띠링 하며 울리는 전자음 소리를 확인한 재윤이 고개를 돌려 시트로 온몸을 감싼 채 침대에 누워 있는 주인을 바라보았다.

평소라면 당장에 주인 곁으로 다가가 시트를 잡아당기거나 아니면 그 속에 같이 들어가 누웠을 게 분명한 재윤이었지만 오늘은 그러지 않았다. 혼란스러울 것이다. 걱정되기도 하고, 다행이다 싶기도 할 테고. 재윤은 소파에 다리를 꼬고 앉은 채 시선은 여전히 침대 위 주인에게 두었다.

"우는 거 아니에요."

주인의 목소리였다. 재윤이 씨익 웃으며 입을 열었다.

"그럼 얼굴이라도 좀 보여 주는 건 어때."

잠시 가만히 있더니 곧 꿈틀거리며 시트 밖으로 제 얼굴을 쏘옥 내민 주인이 소파에 앉아 자신을 바라보고 있는 재윤 쪽으로 고개를 돌렸다. 가만히 한동안 시선을 마주친 채 아무 말 없던 두 사람 사이를 깨운 건 재윤이었다.

"민지연이라는 여자가 문제야? 둘이 결혼을 한다는 게 충격인가?"

주인은 긍정도 부정도 하지 않았다.

"그것도 아님, 진 사장이 던진 질문이 문제야?"

이어진 재윤의 물음에 주인은 아랫입술을 꾸욱하고 한 번 물더니 말했다.

"모두 다요."

엎드려 누워 있던 주인이 고개를 돌려 침대 위에 얼굴을 처박듯 짓눌렀다. 재윤이 어이없는 듯한 웃음을 지으며 소파에서 일어나 주인 곁으로 다가가 앉았다. 재윤이 손으로 주인의 얼굴을 들어 고개를 옆으로 돌렸다.

"너야말로 결혼도 하기 전에 질식사할 생각이야, 꼴통?"

주인은 멈칫했다. 재윤이 은근히 돌리듯 하는 말에 얘기의 중심이 달라질 것이라고 주인은 직감했다.

"사랑이라는 관계로 묶인 사람들은 그들만 공유하는 것들이 있을 테지. 진유진 사장이나 민지연이라는 여자도 그러할 거야. 세상에 아무리 많은 잣대가 있어도 사랑이라는 걸 잴 수 있는 건 없다고 봐. 누가 짧고 누가 긴지 따지는 건 더없이 웃긴 일이야. 그런 면에서 나는 진유진 사장의 선택이 나쁘다고 생각하지 않아. 결국 결혼은 진유진 사장의 선택이지. 아프고 깨져도 좋다잖아. 그걸 말릴 수 있는 건 아무것도 없다고 선전포고 한 거나 다름없지. 적어도 나는 이해하겠던데. 우리 꼴통은 영 아닌가 보네."

재윤이 주인의 머리를 부드럽게 쓸어내렸다. 주인이 가만히 재윤의 손길을 느끼며 스르르 눈을 감을 때였다.

"그럼 이건 어때. 마재윤과 윤주인의 결혼은?"

번쩍! 거짓말 같게도 눈꺼풀이 언제 감겨 들었나 싶게 주인의 두
눈이 번쩍하고 떠졌다. 그와 동시에 상체를 일으킨 주인이 여전히
그 자리에서 자신을 보고 있는 재윤을 바라봤다.

"반응을 보니, 이번 것도 영 내 마음에 드는 대답은 아니겠군."

재윤이 다시 손을 들어 주인의 얼굴을 쓰다듬었다. 가만히 그 손
에 얼굴을 맡기면서도 주인은 혼란스런 눈빛으로 재윤의 두 눈을
바라보았다.

"내가 예상했던 반응이랑 조금도 빗나가지 않기는 한데, 이건 이
것대로 꽤 상처가 되는군."

주인은 뭐라 답해 주기는 해야 할 것 같은데 도대체 무슨 말로
시작을 해야 할지 감이 잡히지 않았다.

"설마, 마재윤은 결혼이라는 거에 도통 관심이 없다고 생각했나?
그도 아니면, 여전히 우리 꼴통은 마재윤이라는 악마 새끼 적당히
놀아 주기면 하면 된다고 생각했던지. 아, 말은 내가 하는데 속도
내가 쓰리네."

재윤의 어조는 무겁지도 그렇다고 마냥 가볍지도 않았다.

"그런 거 아니에요. 알잖아요."

주인이 정작 속상한 건 저라는 듯 인상을 쓰며 말했다. 그러자
재윤이 입가에 잔잔한 미소를 띠우며 다시 입을 열었다.

"그래, 알아. 윤주인이 이제 마재윤 없이 안 된다는 것도 알고,
마재윤이 우리 꼴통 없이 안 된다는 것도 알지."

주인이 두 팔을 들어 재윤을 안았다. 품으로 안겨 오는 주인을
더욱더 당겨 안은 재윤이 부드럽게 그녀의 머리를 쓸어내렸다.

"그러니까 생각해 봐. 이미 마재윤과 윤주인은 한 길에 섰고, 앞
에 놓인 길을 따로 갈 생각 따윈 할 수 없어. 그렇다면 진유진 사

장 말대로 결혼이라는 건, 꽤나 근사한 선택이 될 거야."

주인은 이번에도 답하지 않았다. 재윤도 주인에게 답을 강요하지
않았다. 그저 한참을 서로를 안고 쓰다듬다, 여느 날처럼 남은 하루
를 보내고 그렇게 잠이 들었다. 재윤의 품에서 눈을 감는 주인의
귓전에 유진의 음성이 되뇌어졌다.

"찾았잖아. 망설이지 마."

주인이 유진과 재윤이 한꺼번에 던져 놓은 두 개의 폭탄에 이러
지도 저러지도 못하고 있는 와중에 유진의 결혼식이 하루 앞으로
다가와 있었다. 전날까지도 아무 소식 없더니 새벽 두 시가 된 시
간에 주인의 핸드폰이 울렸다. 준영이었다. '어허헝' 하고 터지는
준영의 울음소리로 시작되는 목소리에 주인은 가만히 귀를 기울였
었다.

—내가 진짜, 진짜, 진짜! 안 넘어가려고 했거든요. 도대체 사랑
이 뭔데요, 누나? 사랑이 뭐예요? 뭔데 이렇게 사람을, 남자를 바
보 등신 천치로 만들어 놓을 수 있냐고요."

그러고서는 또 준영이 '어허헝' 하고 한참을 울었다. 그 울음소
리를 들으며 주인은 두 손에 들고 있던 폭탄 심지가 녹아드는 것
같은 기분을 느꼈다.

그래, 준영아. 대체 사랑이 뭐기에 남자만이 아닌 여자도 이렇게
바보로 만들어 놓는 걸까. 진유진이 어쩔 수 없는 남자이듯 윤주인
도 어쩔 수 없는 여자구나.

새벽 내내 준영의 한 섞인 목소리를 들어 주던 주인은 해가 뜨기
도 전에 일어나 '비비드'를 찾았다. 말은 그래도 준비는 착실히 했
던지 뒷마무리만 손을 봐줬을 뿐인데도 '비비드'는 어느새 그럴 듯
한 결혼식 분위기를 한껏 풍겼다. 어찌할 수 없는 순둥이, 속 깊은

이준영이었다.

"꺄아! 너무 예쁘다!"

축하는 많이 받을수록 좋은 거라며 부를 수 있는 사람 다 불러 달라는 유진의 말에 준영이 흥흥거리면서도 지아에게 연락을 한 모양이었다.

"우리도 비비드에서 리마인드 웨딩 할까, 오빠?"

"그, 그럴까."

지아의 말에 태현은 답하면서도 속으로는 '그 엄청난 걸 또 하자는 거니.' 하며 고개를 돌려 한숨 쉬었다. 그런 태현의 마음을 이해한다는 듯 옆에 있던 연석이 어깨를 툭툭 쳐 주었다. 태현을 비롯해 연석과 지형도 초대했는데, 지형은 아직 도착 전이었다.

"지형이는? 여전히 제일 바쁜 공무원이라 이거냐?"

연석의 말에 태현이 '아마도.' 라고 답했다.

"공지아 님, 그거 그렇게 잡아당기시면 다 망가지거든요!"

"아휴, 잔소리쟁이!"

입구를 장식하고 있는 색색의 리본을 잡아당기는 지아가 뒤에 다가온 준영의 목소리에 홱, 고개를 돌렸다.

"그래, 나는 잔소리쟁이다. 그러니 이제 그만 그건 놓고 자리에 착석해 주시지요. 곧 예식이 시작될 예정입니다. 근데 대표님은요?"

준영이 바삐 움직이는 와중에 주인을 보며 물었다.

"오는 중이야."

새로 오픈 한 '뉴암' 에 들렀다 온다 했다. 금요일 저녁 시간, 차가 밀리기도 할 터였다. 사회까지 맡은 준영이 마이크 앞에 섰다.

"지금 곧 예식을 시작할 예정이오니, 하객 여러분께서는 모두 자리에 앉아 주시기 바랍니다."

주인이 입구를 바라보다 맨 끝자리에 앉았다. 손님은 다 해 봐야 열 명 정도, 주례 없이 행해지는 결혼식. 무엇보다 행복하다는 유진의 얼굴에서는 그 어떤 후회나 두려움 따위는 보이지 않았다.

"자, 그럼 지금부터 신랑 진유진 님과 신부 민지연 님의 결혼식을 시작하겠습니다. 모쪼록 일당백으로 많은 박수, 환호 부탁드립니다. 신랑 신부 입장!"

준영의 커다란 목소리에 유진과 지연이 나란히 팔짱을 낀 채 중앙 홀 안으로 들어섰다. 멋진 턱시도도 화려한 드레스도 아닌 그저 네이비색 정장 슈트에 하얀 원피스를 입고 마주 선 두 사람의 모습을 바라보던 주인은 준영이 했던 말을 떠올렸다.

"지연 누나 아버지가 암이었대요. 대장암. 너무 늦게 발견했나 본데, 그거 알고 지연 누나도 속이 말이 아니었겠죠. 하나 있는 외동딸한테 말도 못 하셨나 보더라고요. 그게 또 누나는 죄스러웠을 거고. 집 하나 있는 거 대출 받아도 될 턱이 없었대요. 유진 형 사정도 뻔히 아니까 쉽사리 말도 못 했을 거고. 그래서 결국 그런 선택을 했나 본데, 그래도 다 이해한 건 아니에요. 사랑하는 남자 가슴에 칼 꽂은 건 변함없는 거니까."

흥! 말하면서 흥분하는 준영이 세게 콧바람을 내뿜었다. 하지만 잠깐 말을 끊은 사이에 이내 차분해졌다.

"근데 누나, 만약 울 엄마가 그랬다면요. 그랬다고 생각해 봤는데, 나도 장담은 못 하겠더라고요. 정말 그런 상황이 닥치면 내가 누나한테 그럴 수도 있겠다 그런 생각이 들기도 했어요. 뭐, 실상 본인이 당해 봐야 알 수 있는 거겠지만요."

주인은 가만히 지연의 얼굴을 바라보았다. 유진을 바라보는 지연의 얼굴에서 애잔함과 함께 노곤함이 느껴졌다. 그래, 당해 보지 않고서는 모르겠지. 하지만 두 번 다시 그러지는 말아요. 당신이 느끼고 있을 아픔을 더한 고통으로 지켜봤을 앞에 있는 그 사람에게 두 번 다시 상처 입히지 말아요. 간단한 인사와 함께 주례 없는 결혼식은 소박한 반지 하나씩을 나눠 끼는 것으로 마무리되었다.

"자, 그럼 신랑 신부. 일당백 하객들을 향해 감사의 인사!"

유진과 지연이 하객석을 향해 고개를 숙였다.

"축하합니다! 잘 살아야 해요! 허니문 베이비 원츄!"

행복하다는 듯 인사를 받으며 퇴장하던 유진이 주인을 바라보았다.

'축하해요.'

입 모양만으로 전한 마음에 유진은 더없이 활짝 웃어 보였다.

"헤헤, 언니 그거 받고 육 개월 안에 결혼해야 한대요."

지아가 주인의 손에 들린 부케를 바라보며 묘하게 웃었다. 주인은 난감한 듯 제 손에 들린 부케를 내려다보았다. 식을 마치고 간단히 식사 겸 파티를 즐기는 와중에 지연이 주인에게 다가왔다. 미안했다며 고개를 숙이는 그녀의 눈에서 결국 눈물이 흘렀다.

"잘 살아요, 행복하게."

주인에게서 그 말을 듣고서야 고개를 든 지연은 주인에게 들고 있던 부케를 넘겨주었다.

"고마워, 주인아. 너도 행복했으면 좋겠어."

그 말에 받지 않을 수가 없었다.

"어? 지형 오라버니랑, 재윤 오라버니다!"

포크에 찍은 소시지 하나를 입에 넣던 지아가 입구 쪽을 바라보며 말했다.

"뭐냐, 마재. 너도 공무원이랑 동급이다 이거냐."

태현과 연석이 샴페인 잔을 잡은 손을 들어 올리며 알은체를 했
다. 지형이 준영에게 봉투 하나를 내밀기도 했다.

"오랜만이다 윤주인."

이제 지형과 인사를 주고받는 것도 익숙해졌다. 주인이 고개를
끄덕이자 어느새 다가온 재윤이 연석이 내민 샴페인 잔을 받아 들
었다.

"갔던 일은 잘 해결됐어요?"

주인의 물음에 재윤이 손을 들어 주인의 이마의 머리카락을 정
리하고 촉 입술을 누르며 고개를 끄덕였다.

"오늘의 신부가 내 꼴통이었나. 오늘따라 더 빛이 나네."

주인이 재윤의 입술이 닿았던 이마에 손을 올리며 못 산다는 듯
눈에 힘을 주었다.

"야, 야. 오늘 주인공은 따로 있거든? 이럴 거면 니들 저기 구석
가서 둘이 놀아."

태현의 말에 연석과 지형이 고개를 끄덕였다. 재윤은 아쉬울 것
없다며 주인의 손을 잡고 룸 쪽으로 걸어갔다. 가는 도중 유진과
눈인사도 했다.

"야, 가란다고 진짜 간다, 마재 저 새끼."

"이젠 더 놀랍지도 않다."

"놀라서 뭐 해. 근데 우리 애기는 또 어딜 가려고 하시나?"

태현이 지아의 허리를 붙잡았다.

"나도 구석 가서 주인 언니랑 마재 오라버니랑 놀려고."

태현이 '아이고야.' 하며 지아를 돌려세웠다.

"우리 애기는 오빠랑 놀아. 주인 언니 육 개월 안에 시집보내야 할 거 아니야."

지아가 두 눈을 꿈벅꿈벅거리던 것도 잠시, 아항 하고 주인과 재윤이 들어선 룸 쪽을 보며 밝게 미소 지었다.

룸으로 들어선 재윤이 문이 닫히자마자 주인을 밀어붙이며 입술을 부딪쳐 왔다. 잠시 당황하던 주인도 입을 벌려 재윤을 받아들였다. 으음, 질척거리며 맞물린 두 입술이 떨어지고, 하아 하고 내뱉는 숨결을 주고받던 재윤이 주인의 입술에 쪽, 한 번 더 키스를 날리곤 손을 잡아 소파에 앉혔다. 그리곤 주인의 허벅지 위에 머리를 내려 잠시 눈을 감고 호흡을 가다듬었다.

"잠시 발정 난 거야. 알아서 조절할 테니 오 분만 줘."

가끔가다 일이 문제가 있다든지 아니면 뭔가 마음에 들지 않는다든지 할 때면 종종 재윤이 하는 행동이었다. 주인이 긴장된 몸을 풀고 재윤의 머리를 가만히 쓸어 주었다.

"그래서 어땠어?"

"뭐가요?"

주인이 재윤을 내려다보았다. 어느샌가 재윤은 눈을 뜬 채 주인을 올려다보고 있었다.

"결혼이라는 거, 해 볼 마음이 들어?"

재윤의 머리를 넘기던 주인의 손이 멈췄다. 하지만 이내 멈춘 손을 다시 움직여 재윤의 머리를 쓸어 넘기며 주인이 다시 입을 열었다.

"그 전에 뭐 하나만 물어봐도 돼요?"

재윤이 손을 뻗어 주인의 고개를 끌어내려 짧게 입술을 맞췄다.

"세상에 공짜는 없지. 자, 이제 해 봐."

주인이 어쩔 수 없다는 듯 웃었다.

"내가 접수한 정보가 있어서 하는 말인데요. 혹시, 내가 그 날 찾아갈 거라는 거 알고 있었어요?"

더 해 보라는 듯 재윤이 주인을 향해 눈을 빛냈다.

"아니, 그러니까 내 말은."

"윤주인."

웃고 있었다. 주인은 제 무릎 위에 머리를 대고 한껏 눈을 빛내고 있는 재윤을 내려다보며 하려던 뒷말을 고이 접었다.

"그 궁금증을 풀어 주면 달라질 게 있어?"

재윤은 언젠가 마 회장이 자신에게 했던 말을 그대로 주인에게 전했다. 주인은 질문이 자신에게 되돌아왔다는 생각도 하지 못한 채, 그저 한동안 가만히 생각에 잠겼다. 그러다 이내 고개를 저었다.

"아니, 됐어요. 괜한 질문이었어요."

언제부터 나를 지켜보고 있었어요? 소믈리에 자격증도 나 때문이었나요? 혹시, 나를 기다리고 있었던 건가요? 대체 언제부터였어요? 재윤을 만나고부터 주인의 머릿속을 조금씩 채웠던 수많은 물음표들이 순식간에 사라졌다.

"한 가지는 확실해. 뺏기 위한 게 아니었어, 주기 위함이었지."

그게 '비비드'건 '사랑'이건.

"장담하지."

재윤의 당당한 눈동자에 주인은 말간 미소를 지었다. 왜 모를까. 저 자신만만하고 오만한 남자가 하는 일은 언제나 자신을 풍족하게 했다는 것을.

"자, 그럼 이제 본론으로 돌아가서. 대답해 봐. 결혼이라는 거 어때?"

"사랑을 하면 꼭 결혼을 해야 한다고 생각지는 않아요. 하지만 결혼이 사랑이라는 감정을 좀 더 단단히 할 수 있을 거라는 생각도 했어요. 물론, 둘의 노력이 필요하겠지만. 무엇보다 가족이라는 거, 결혼을 하면 가족이 생긴다는 점은 무시 못 할 유혹이기도 하고요."

주인의 말에 재윤이 씨익 웃더니 갑작스레 상체를 일으켰다.

"그래서, 넘어올 준비 중이신가?"

재윤이 테이블 위에 올려져 있는 부케를 바라보았다.

"유혹한다고 홀라당 넘어가는 건, 제 성격에 안 맞아서요."

주인이 얼른 부케를 집어 쓰윽 하고 제 뒤로 감췄다.

"악마 새끼가 하는 유혹에도 말이지."

오랜만에 보는 눈이다. 바라보고 있으면 피하고 싶어도 결국 피할 수 없게 하는 눈. 주인이 또 뭔 짓을 꾸미냐는 듯 바라보자 재윤이 씨익 웃더니 슈트 안쪽에 넣었던 손을 빼내 주인 앞에 내놓았다.

"받으라고요?"

재윤이 고개를 끄덕였다. 가만히 손바닥을 펴자 눈에 익은 봉투 하나가 놓여졌다. 주인이 여전히 의심스러운 눈을 거둬들이지 않고 봉투를 열었다. 역시나, 유진과 지연이 보냈던 청첩장이었다. '이게 뭐요?' 하는 주인의 시선에 다시 잘 보라는 듯 재윤이 눈짓했다. 청첩장을 다시 들여다보았다.

신랑 마재윤 신부 윤주인

수정펜으로 지운 신랑과 신부 이름 위로 재윤과 주인의 이름이 덧쓰여 있었다. 그리고 봉투 안에 느껴지는 감촉, 보지 않아도 알 수 있었다.

"나는 찾았는데, 마재윤 주인. 우린 이름부터가 꽤 그럴듯하잖아."

주인이 들고 있는 봉투 속에 손을 넣었다 뺀 재윤의 손가락 사이에 반지 하나가 걸려 있었다.

"우리 꼴통이 알려나 모르겠는데, 유혹 중에서도 악마의 유혹은 가장 강하지. 특히나 네가 알고 있는 악마 새끼는 더 해."

재윤이 주인 앞에 무릎 꿇었다.

"네 발목 잡는 걸로는 이제 성이 안 차서 그래."

재윤이 주인의 발목 위에 둘러진 발찌를 잠시 바라보다 말했다.

"나는 예전에 넘어갔어. 그러니 윤주인."

재윤이 주인의 왼쪽 손을 잡아 올렸다.

"너도 그만 넘어와."

주인의 왼쪽 약지에 심플한 디자인의 다이아 반지가 끼워졌다.

"대답?"

한참을 말없이 약지에 끼워진 반지를 내려다보는 주인을 보던 재윤이 물었다. 하지만 주인은 두 눈에 눈물을 그렁그렁 단 채, 고개를 들어 재윤의 얼굴만 바라볼 뿐이었다.

"뭐, 상관없어. 이번엔 절대, 넘어오지 않곤 못 배기게 해 주지."

언젠가의 그날처럼. 주인을 향해 씨익 하고 웃어 보이는 재윤을 바라보던 주인의 눈에서 주르륵 눈물이 흘러내렸다.

"기대하죠, 악마 새끼 유혹이 얼마나 강한지."

재윤을 향해 두 팔을 벌리는 주인의 귀로 한 번 더 유진의 목소리가 들려왔다.

'축하해.'

에필로그
— 비비드 베이비

"60년 동안 전 세계에서 와인 마스터 자격증을 가져간 사람이 300명밖에 되지 않는다 하던데 일 하시면서 힘든 점이나 애로 사항이 있다면 뭐가 있을까요?"

"자격증을 따기 까지도 힘이 들었지만 그 이후 와인 마스터로서의 삶도 힘이 들지 않는다면 거짓말이죠. 겉은 화려하고 근사해 보일지 모르겠지만 홀로 감당해야 하는 것들도 분명 존재하거든요. 와인 시음 행사가 있을 때면 하루에 여덟 시간 동안 백 잔이 되는 와인을 마셔야 하는데 일정이 모두 끝나면 입안이 얼얼해져요. 하지만 와인 마스터로서 얻게 된 기쁨과 행복이 더 크기 때문에 또다시 그 자리에 설 수 있는 거겠죠."

'러블리 와인' 이라는 와인 전문 잡지사에서 나온 기자의 말에 주인이 입가에 미소를 그렸다.

"백 잔이라 어마어마하군요. 그럼 포기하고 싶을 때나 지쳤을 때 어떤 방법으로 이겨내셨어요?"

"가족들의 힘이 컸습니다. 특히, 남편이 많은 도움을 줬어요. 제 대신 육아휴직까지 한 사람이죠. 첫째 아이 때는 제 대신 엄마 역할까지 하느라 고생했고요. 그 사람이 없었다면 와인 마스터 윤주인은 태어나지 못했을 겁니다."

기자가 고개를 끄덕이며 열심히 넷북을 두드렸다.

"그럼 올해는 한국에서 보내시는 건가요? 추후 일정에 대해서 간단히 말씀해 주시겠어요?"

"네. 가족과 함께 연말을 보낼 생각입니다. 아, 그 전에 잡힌 강의만 세 개네요. 재작년부터 초청받은 강의가 있는데 올해에는 꼭 마무리 지으려고 합니다."

"새로운 와인 전문숍도 계획 중이시라고 들었는데요."

"맞습니다. 모든 연령층에 상관없이 편하게 와인을 즐길 수 있는 가게가 내년 상반기에 오픈 예정이에요. 여전히 와인에 대해서 어렵게 느끼시는 분들에게 좋은 장소가 될 거라 생각합니다."

"그럼 마지막으로 현재 또 다른 와인 마스터를 꿈꾸는 이들에게 조언 한 말씀 남겨 주세요."

"세상에 수많은 직업들이 모두 힘든 길이겠지만 와인 마스터라는 길은 자칫 화려함 속에 그 진실성이 묻혀 질 수 있는 일이죠. 끝까지 이 길을 가야겠다고 생각하신 분이라면 포기하고 싶고, 좌절감이 느껴질 때 와인이 만들어지는 순간을 기억해 보셨으면 합니다. 척박한 땅에서 열매를 맺기 위해 엄청난 사투를 벌였을 포도가 인고와 고뇌의 세월을 거쳐 짙게 숙성된 와인이 되는 순간을 말입니다. 그리고 그 숙성된 와인을 내 입안에 넣었을 때의 환희와 짜릿함을 잊지 않는다면 꼭 이뤄 내실 수 있을 거라 생각합니다."

감사했다며 마지막으로 사진 몇 컷만 더 부탁한다는 기자의 말에 주인은 고개를 끄덕이며 환하게 웃어 보였다. 주인의 얼굴 위로 반짝이는 빛이 터졌고, 귓전으로 경쾌한 크리스마스 캐럴송이 울려 퍼졌다.

주인의 마음이 급해졌다. 어서 빨리 집으로 가고 싶었다. 따뜻한 온기와 달큼한 아이들의 살내가 너무도 그리웠다. 하지만 주인의 마음과는 달리 때가 때인지라 교통 체증으로 인해 주인은 예상보다 한 시간이나 늦게 집에 도착했다.

대문을 넘자마자 들려오는 소리에 저절로 입가에 미소를 띠웠다. 몇 개의 계단을 오르자 이틀 전부터 내린 눈이 쌓여 근사하게 변한 하얀 정원에서 네 마리의 진돗개들이 이리저리 뒹굴며 놀고 있었다. 그러자 역시나 제일 먼저 주인의 인기척을 느낀 재구가 귀를 쫑긋하더니 순식간에 앞으로 다가왔다.

"잘 있었지?"

어느새 나머지 세 마리까지 다가와 주인의 다리 사이를 이리저리 돌아다녔다. 한 마리, 한 마리 부드럽게 얼굴이며 등을 쓸어 주고 나서야 주인은 다시 걸음을 옮겼다. 집 안으로 들어서자 도우미 두 명이 나와 주인을 반겼다.

"어세오세요, 작은 사모님. 말씀 안 드렸다고 저 혼내시는 거 아닌가 모르겠어요."

가방을 받아 들던 도우미가 걱정 어린 말을 꺼냈다. 주인은 홍콩에서 2주일 전에 들어와 잠깐 와인 창고에 들렸다가 뉴욕에서 열리는 품평회 때문에 금세 다시 나가야 했다. 한 달 뒤에는 완전히 들어올 거라 재윤에게 말해 놓은 주인은 오늘 조용히 서울 땅을 밟았다. 재윤에게 말했던 한 달보다 2주 앞선 날이었다.

"추운데 애들 데리고 공항까지 나올 거 뻔히 보여서 그랬어요. 근데 할아버님은요?"

주인이 목에 둘렀던 목도리를 풀어내며 고개를 돌렸다.

"주무세요. 애들 낮잠 시간이라 회장님께서 재인이 데리고 들어 가셨고, 대표님께서 윤이 데리고 이층으로 올라가셨어요."

아마도 윤이 녀석이 또 제 동생 잠자지 말라고 소란을 피운 모양 이었다.

"식사는요?"

"아니요. 간단하게 먹고 들어왔어요. 인터뷰 있었거든요. 아, 애 들 깨면 쿠키랑 케이크 만들 수 있게 준비만 해 주세요."

알겠다는 도우미의 말을 들으며 주인이 마정구 회장 방으로 걸 음을 옮겼다. 조용히 문을 열자 곧 있으면 세 살이 되는 딸아이 재 인이와 증손녀의 가슴을 가볍게 토닥여 주다 잠든 마정구 회장의 모습에 주인의 눈에 애틋함이 가득 차올랐다. 가까이 다가가 이불 을 당겨 마 회장에게 잘 덮어 주고는 아이의 머리카락도 부드럽게 쓸어 넘겨 주었다.

주인은 딸아이 재인의 한쪽 손에 쥐어진 호박엿을 바라보다 아 이의 이마에 가볍게 입 맞추고는 자리에서 일어섰다. 이층 계단으 로 올라서는 주인에게 주방 쪽에서 나온 도우미가 쟁반을 내밀었 다.

"애들 보면 또 난리나니까 자기 전에 한 잔 드세요. 피곤할 땐 단 게 약이라지요."

코코아였다. 아이들만큼 여전히 단 걸 좋아하는 주인이었지만 아 이들 앞에서는 자제해야 했다. 특히나 큰아들 윤이가 요즘 단 거라 면 자다가도 벌떡벌떡 일어난다고 했다. 초콜릿 우유에 초콜릿 빵에 심지어 초콜릿 맛 치약까지. 아들 주제에 입맛이 딱 너라며 재윤이 못마땅해했다. 주인은 얼른 고개를 숙이고 쟁반을 받아 들었다. 따듯한 온기를 머금은 단내가 코끝을 자극했다.

계단을 올라 맨 끝에 놓인 방문을 열었다. 조용하다 싶더니 침대 위에 부자가 누워 낮잠 삼매경에 빠져 있었다. 침대 한쪽에 읽다 만 동화책이 펼쳐져 있고, 다섯 살 아들 윤은 제 아빠 배를 깔고 누워 고로롱거리는 숨소리까지 내고 있었다. 동화책이 옆에 있는데 잠들기 전 둘이 레슬링이라도 한판 뛰었는지 윤의 머리카락이 살짝 땀에 젖어 있었다. 주인이 서랍에서 타월을 찾아 조심스레 아들의 머리카락을 닦아 냈다. 재윤이 숨 쉴 때마다 아이의 작은 몸이 위로 올라갔다 내려갔다 함께 움직였다.

'무슨 꿈을 꾸길래 부자가 동시에 미간에 주름을 턱하니 잡고 계실까.'

주인이 손을 뻗어 재윤의 미간을 검지로 살짝 눌러 주었다. 그럼에도 재윤은 쉽사리 눈을 뜨지 못했다. 마치, 숨은 그림 찾기라도 하는 듯이 무의식 속에 드러나는 장면에 더 깊이 빠져들고 있을 뿐이었다.

그것은 조금은 오래된 기억. 그 어디쯤에 자리한 어느 날, 교복을 입고 있는 어린 자신의 모습이었다.

"맛있냐?"

중학교 입학식을 마치고 집에 돌아온 재윤은 할아버지 마정구 회장에게 이끌려 온 어느 시장 한구석 좌판 앞에 홀로 서 있었다. 분명 좀 전까지도 상인들과 인사 나누는 할아버지 뒤를 따르고 있었는데 순식간에 놓쳐 버리고 만 것이다. 그럼에도 재윤은 그저 그런가 보다 하며 당황해하지 않았다. 어차피 시장 바닥, 찾으려 든다면 쉽사리 찾아낼 것이었다. 자신은 그때까지 기다리기만 하면 된다.

재윤은 천천히 고개를 돌리다 좌판 맨 끝자락 골목 사이, 그것도 바닥에 얇은 돗자리 하나 깔고 앉아 있는 작은 여자아이 하나를 발견했다. 이제 기껏해야 국민학교 일학년? 나이 든 어른들 사이에 있어서였을까. 유난히 재윤의 시선을 잡고 놓지 못하게 했다. 본능적으로 이끌려 아이 앞에 섰을 때 볼품없는 양푼 안에 밥과 정체 모를 나물에 고추장을 넣어 비빈 밥을 입에 넣고 있는 아이의 모습을 본 재윤이 물었다.

"그거, 맛있냐고."

그제야 아이가 고개를 높게 들어 자신을 바라보았다. 아이의 눈에는 총명함이 서려 있었다. 낯선 이에 대한 경계심을 드러내면서도 한두 번 나온 것이 아닌지 입에 넣은 밥을 금세 꿀꺽 삼키고는 환하게 웃었다.

"무청 사시려고요?"

그게 뭔데 하려다 재윤은 아이 앞에 놓인 바싹 말린 정체 모를 것들을 내려다보았다.

"니가 파는 거야?"

"네. 싸게 드릴게요. 가져가세요. 삶아서 참기름 넣고 무치면 맛있어요. 이렇게 비빔밥 해서 먹어도 맛있구요."

재윤은 목이 떨어져라 고개를 쳐들고 있는 아이의 모습에 결국 자신이 다리를 굽혀 앉았다. 그저, 호기심이었다. 겉만 봐서는 제 또래 아이들과 어울려 한창 장난질이나 치며 놀아야 할 얼굴인데도 이 떠들썩한 시장 한구석에 있는 모습이 익숙하다는 표정은 왠지 모르게 재윤의 가슴을 편치 않게 했다.

"그걸 어떻게 믿어?"

"네?"

그래서였을 거다. 태현을 비롯한 친구 놈들이 봤으면 답지 않게 뭐하는 짓이냐고 했을 게 분명한 행동을 하게 된 것은.

"네 말대로 이게 정말 맛있는지 맛없는지 어떻게 아냐고."

놀리는 듯한 말투에 아이의 눈에 불끈 알 수 없는 의지가 서렸다.

"전 거짓말 안 해요!"

"조그만 게 목청은 또 왜 이렇게 커."

"저 조그맣지도 않거든요! 열 한 살 되면 더 큰다고 할머니가 그러셨어요!"

아이가 자리에서 벌떡 일어나 주장했다. 하지만 재윤은 다른 면에 놀라 했다.

"너…… 설마, 열 살이냐?"

"맞아요."

말도 안 된다. 이게 어딜 봐서 열 살이나 먹었다는 건지 재윤은 이해할 수 없었다.

"그렇게 먹는데 대체 먹는 게 다 어디로 가는 거냐."

아이는 이제 재윤의 말에 대꾸도 하지 않았다. 무청을 사 갈 것도 아니라면 다른 아이들처럼 그저 자신을 놀려 먹으려 하는 심산이라 여긴 것이다. 재윤은 저를 깡그리 무시하겠다는 의지를 담은 얼굴을 보며 슬쩍 미소 지었다.

'이거, 은근히 재밌다.'

"좋아. 나도 한 숟갈 줘 봐."

아이가 무슨 말이냐며 재윤을 바라보았다.

"니가 먹고 있는 거 한 입 줘 보라고. 맛있으면 내가 여기 있는 이거 다 사지."

아이의 눈이 순식간에 왕사탕만 해졌다. 자꾸만 새록새록 보이는 아이의 새로운 모습에 재윤의 입가에 점점 미소가 짙어지고 있었다.

"어때요? 맛있죠?"

간절함이 극에 달한 얼굴을 재윤은 한동안 가만히 바라만 보았다. 열 살짜리 아이의 눈에서 나오는 것이라고 하기에는 그 깊이가 너무 깊게 느껴졌다.

"한 입 더 먹어봐야 알겠는데."

재윤의 말에 아이는 어서 빨리 먹어보라는 듯 양푼 전체를 재윤에게 넘겨주었다. 얼마 후, 양푼에 담긴 밥을 남김없이 싹싹 비워 낸 재윤이 기대에 부푼 얼굴로 자신을 바라보는 아이를 향해 말했다.

"흠. 생각보단 별론데."

쿵!

아이의 눈이 금세 절망으로 가득 찼다. 재윤을 향해 들려 있던 엉덩이도 바닥으로 철퍼덕 떨어졌다. 비워진 양푼과 말과는 다르게 만족스러운 얼굴을 하고 있는 재윤을 번갈아 바라보는 눈에 결국 그렁그렁 눈물이 맺히기 시작했다.

"어, 야. 너 왜 그래."

"오빠, 문지후 친구예요?"

"뭐? 누구?"

"문지후가 가서 나 데려오라 했어요? 내가 자기 말 안 들었다고?"

이건 또 무슨 소린가 싶지만 우선 아이의 **뺨** 위로 뚝뚝 떨어지는 눈물을 멈추게 하는 게 먼저였다. 재윤은 한 번도 겪어 보지 못한 순수한 아이의 눈물에 당황했다. 사람이 우는 걸 처음 본 것도 아닌데 왜 이리 안절부절못하게 되는 건지 알 수 없었다.

"야, 문지후고 뭐고, 여하튼 울지 마."

"안 울어요."

'안 울긴. 그럼 지금 네 **뺨**에 줄줄 흘러내리는 건 뭐, 콧물이냐!'

"알았어, 그래. 이거 내가 다 산다. 다 산다고."

"정말요!"

'깜짝이야.'

재윤의 말에 아이는 제 손등으로 씩씩하게 눈물을 닦아 냈다.

"제가 싸게 드리는 거예요. 다른 데 가서 이만큼 사려면 더 많이 달라고 한다구요."

허, 어린 게 벌써 장사 수완까지 있다. 재윤은 어이없음을 넘어 황당하기까지 한 속마음을 숨기고 아이가 넘겨주는 검은 봉지를 받아 들었다. 그리고 말똥말똥, 이제 어서 돈을 내놓으라는 눈빛에 결국 자신이 졌음을 인정한 재윤이 주머니로 손을 뻗었다. 하지만 곧이어 난감한 표정을 지어 보였다.

'맞다. 교복 입은 채로 왔지.'

항상 할아버지를 따라나설 때면 별달리 준비할 게 없었던 탓도 있는데다 오늘은 가방에 지갑을 넣어 둔 채 따로 챙겨 나서지 않았던 것이 떠올랐다. 제 몸을 더듬거리는 재윤의 손짓에 아이의 눈이 다시 불안으로 젖어 들었다. 금세라도 또다시 울음을 터트릴 것 같은 얼굴에 재윤이 서둘러 입을 열었다.

"야, 너 왜 그런 눈으로 봐."

"제가 뭘요."

"너 내가 지금 사기라도 친다는 표정이잖아."

아이가 대답을 하지 않자, 재윤이 코웃음을 쳤다.

"야, 너 이거 정리해. 할아버지 만나면 돈 줄 테니까."

여전히 의심스럽다는 아이의 표정에 재윤은 서둘러 아이의 손을 잡고 걸음을 옮겼다.

'이 마재윤이 너 같은 어린애한테 사기를 친다고? 흥, 웃기지도 않는 소리.'

"근데 문지후인가 뭔가 하는 놈이 너 괴롭히냐?"

"나쁜 사람은 아니에요."

'괴롭힌다는 말이군.'

"못 괴롭히게 해 줄까?"

아이는 재윤이 하는 말은 모두 귓전으로 흘려들었다. 오직, 제 손을 꼬옥 잡고 있는 손만을 바라볼 뿐이었다. 그 사이 마 회장의 비서가 재윤을 찾아냈다.

"너, 여기 매일 나오냐?"

"아니요."

아이의 얼굴에 그늘이 졌다.

"한 달에 한 번밖에 못 와요. 할머니 만나려요. 이건 우리 할머니 용돈 드릴 거예요."

아이는 재윤에게 받은 만 원짜리 하나를 꼭꼭 접어 주머니에 넣었다.

"그럼 한 달 뒤에 그놈 데리고 와."

"네?"

"그 때 보자."

뒤에서 못 올 수도 있다는 아이의 말이 어렴풋이 들리는 것 같기도 했지만 재윤은 크게 신경 쓰지 않았다. 솔직히 한 달 후, 자신도 다시 이 시장에 올 거란 확신이 없었기 때문이었다.

하지만 재윤은 정확히 한 달이 지난 날, 아이와 만났던 시장 끝 골목에 서 있었다. 하지만 아이는 없었다. 가만히 골목길 한편 시멘트 벽에 등을 기대고 생각하니, 이상한 것이 한두 가지가 아니었다. 특히나, 시장 한편에서 알 수 없는 나물을 파는 아이의 형색이 너무 깔끔하다 못해 입고 있던 것들이 모두 값나가는 것이었다는 것이다.

거기다 이름도 모른다. 아는 거라고는 이제 열 살이라는 것과 정체 모를 나물 비빔밥 하나는 끝내주게 만들 줄 안다는 것. 그리고 마지막으로 자신의 손을 잡았던 그 온기가 유난히 따뜻했다는 것뿐이었다.

'정체가 뭐냐 꼬맹이.'

재윤의 핸드폰이 울렸다. 오늘은 꼼꼼히 지갑도 챙겨 오고 핸드폰도 들고 나왔건만 정작 보여 줄 이가 없었다.

—어디냐, 마재?

"왜?"

—대답하고는. 지형이네로 와. 간만에 한 판 하자.

재윤이 손목을 들어 시계를 확인했다. 한 시간. 아이를 기다린 지 한 시간째였다. 재윤은 잠시 뜸을 들이다 알겠다고 하고 통화를 끝냈다. 재윤에게 기다림이란 익숙한 일이 아니었다. 태어날 때부터 무엇이든 계획한 대로 생활하고 이뤄 내는 것이 정답이라 여겼었다. 한 시간이면 정말 답지 않은 행동도 꽤나 한 셈이었다. 재윤은 아이가 있었던 골목 한구석을 다시 한 번 바라보다 걸음을 옮겼다. 그 때였다. 시야가 먼저 흔들렸고 그대로 재윤에게 암흑이 찾아왔다.

"그래서? 부모든 할배든 직접 연락하게 해 달라고 해."

재윤이 다시 눈을 떴을 때는 얼마간의 시간이 흘렀는지 알 수 없었다. 안대로 가려진 눈이 아침인지 밤인지조차 구별하지 못하게 했다. 재윤은 그저 조용히 귀를 기울였다. 분명 돌아가기 위해 기다리고 있는 차로 가는 도중이었다. 세 명이었는데, 몸으로 어떻게든 버티겠지만 쪽수로 밀고 들어와 약을 쓰는 인간들에게서 벗어날 방법이 없었다. 아직까지 코끝에 맴도는 약품 냄새에 울렁거리는 것 같은 속을 진정시키고 재윤은 다시 귀를 세웠다.

"다 필요 없어. 한다하는 집안 놈 자식인 게 분명하니 웬만큼은 뜯어낼 수 있을 거야."

대충 들어보니 정확히 재윤의 집안을 알고 벌인 수작들은 아니었다. 시간 싸움이었다. 납치라는 게 한두 번 있던 일도 아니고, 전문 집단도 아닌 듯하니 얌전히 때를 기다리면 될 터였다. 그런데.

"근데 저 계집애는 어떡해?"

'뭐라고?'

"그러게. 쓸데없이 끼어들어서는."

'저것들이 지금 뭐라고 하는 거야? 나 말고 또 누가……'

재윤은 뒤로 손과 발이 묶인 채 눈이 가려져 있어서 그들이 말하는 '계집애'를 확인할 수가 없었다.

"둘이 아는 사이 같던데. 이 계집애도 특별수당이 될지 모르겠어. 어이? 너 혹시 저놈 동생이냐?"

테이프가 떨어지는 소리와 함께 살이 부딪치는 소리가 재윤의 귓전을 울렸다.

"아저씨들 누구예요?"

재윤의 등이 흠칫 굳었다. 알 것 같았다.

"풀어 줘요. 이건 나쁜 짓이에요! 저 오빠랑 나랑 풀어 줘요!"

'이 목소리!'

아이였다. 한 달 후 만나자고 했던 열 살짜리 여자아이! 재윤이 그 목소리를 감지해 내자마자 귓전으로 어마어마한 소리가 들렸다.

"악!"

그와 동시에 아이의 입에서 터져 나왔을 고통에 찬 신음 소리까지. 묶여 있는 재윤의 손이 분노를 담아 쥐어졌다.

"이게 어디서 소리를 질러! 조용히 못 해!"

"어? 야. 저 사내새끼도 깼나 본데."

"씹! 연락은 왜 안 돼! 영철이 놈은 어디 갔어!"

"위치 잡히면 안 된다고 저 새끼 핸드폰 가지고 공중전화로 갔어. 올 때 됐는데."

재윤은 좀 전과 다르게 어떻게든 묶인 손을 풀어 보려 노력했다. 혼자면 몰라도 그 아이가 함께 잡혀 온 거라면 얘기는 달라질 수 있었다. 그것도 여자아이. 생전 처음 겪어 보는 납치에 여린 정신이 어떻게 부서질지 모른다는 생각이 들자마자 무엇이든 해야겠다는 의지가 생겼다. 그러다 어느 순간 재윤의 몸 위로 사내의 발길질이 시작됐다.

"이 자식! 뭐하는 거야! 얌전히 처박혀 있으라고!"

"야! 그만해! 그게 우리 돈줄인데 적당히 하라고!"

'윽! 이 개 같은 새끼들!'

그 때였다.

"야! 일 났어!"

녹슨 쇠문 소리가 들리는 것과 동시에 또 다른 사내의 목소리가 들렸다.

"뭐야? 누가 붙었어?"

"아, 아니! 그게 아니라!"

"뭔데 새끼야! 빨랑 말해!"

"저, 저기 저 남자애. 그…… 그 마 회장 친손자래!"

헐떡임 속에 들려온 소식에 다른 한 사내가 '그게 뭐!' 하고 소리쳤다.

"혹시 그…… 동대문 호랑이 말하는 거야?"

"동대문 호랑이?"

"아, 왜. 그 사채 바닥에서 시작해서 금융권 장악하고 있는 노친네 하나 있잖아!"

순간, 사내들이 잠잠해졌다. 작게 욕지거리를 내뱉는 것 같기도 했지만 정확하지 않았다.

"젠장! 똥 밟았네."

"거, 거기다."

"뭐. 또, 뭐!"

"저, 저 여자애가 어디 국, 국회의원 집 딸이라나 봐."

"뭐!?"

"시, 시장 여기저기 뒤지면서 찾는 게…… 쟤 같아."

"이런 젠장! 그런 놈의 새끼들이 왜 이런 시골 바닥 장에 와서는! 씹! 내 팔자는 뭐 이래!"

사내가 흥분했는지 여기저기 물건이 걷어차이는 소리가 들렸다.

"지금이라도 튀자. 우리가 감당할 게 안 돼."

"젠장, 젠장, 젠장! 영철이 너, 가서 바깥 상황 좀 보고 와. 뭐해!

바깥 좀 보고 오라니까!"

"어, 어. 근데 여기 이 여자애 좀 이상해. 움직이질 않는데."

"뭐!"

사내들의 당황 섞인 목소리에 재윤의 욱신거리는 몸도 굳어졌다.

'무슨 소리야. 야, 열 살!'

"뭐, 뭐야. 수…… 숨을 안 쉬는 거야?"

"모, 몰라 나도. 그러게 왜 아까 애 머리는 때리고 그래!"

"씹! 내가 언제! 야, 안 되겠다. 일어나."

"이대로 가자고?"

"그럼! 니가 뒷감당할 거냐? 그럼 알아서 하고."

"어? 야!"

'안 돼. 안 돼! 이 개새끼들! 가려면 이거나 풀어 놓고 가야 할 거 아니야!'

재윤이 바락거리며 소리쳤지만 마지막 한 사내가 웃기지도 않게 미안하다고 하며 달아나 버리는 발소리만 들려올 뿐이었다. 적막 속에서 재윤은 미칠 듯한 답답함을 느꼈다.

'분명 숨을 제대로 쉬지 않는다고 했는데.'

불안한 기운이 발끝에서 머리끝까지 휘감았다. 막힌 입 사이로 뭐라 말이라도 하고 싶지만 꽉 막힌 신음 소리만 울려 퍼졌다.

'조금만, 조금만 참아. 꼬맹아. 너 죽으면 진짜! 가만 안 둔다. 너!'

처음이었다. 무서움이라는 게 무엇인지 두려움이라는 게 무엇인지 재윤은 처음 느꼈다. 내가 아니라 타인에 대한 걱정만으로도 이렇게 가슴이 무너질 수도 있구나 라는 것도 처음 느끼는 것이었다. 조금만 버티면 여느 때와 마찬가지로 해결될 거라고, 그러면 괜찮을 거라고 다스리는 마음이 다른 때와 달리 쉽사리 진정되지 않았다.

그렇게 이틀이 지났다. 오히려 아무런 협박이 없었던 게 문제가 되고 있을 거라 생각지 못했다. 몇 번이고 까무룩 잠이 들었다가 깨어나길 반복하는 동안 점점 재윤은 공포라는 게 무엇인지 깨달았다. 여전히 미동조차 없는 아이의 모습이 가려진 시야에서도 보이는 듯했다. 손끝이 마구 떨리고, 호흡이 가빠졌다. 그리고 결국 그런 생각이 들었다.

'내가 오라고 하지만 않았어도, 아이는 아무 일 없었을지도 모른다. 날 따라오지만 않았어도 아이만은!'

재윤은 그것이 죄책감이라는 걸 알지 못했다. 그저 흐려지는 의식 속에서 다짐했다.

'여기서 살아 나간다면, 그래서 꼬맹이 너. 다시 보게 된다면 그때는 절대 아픈 일 없게 해 주겠어. 그러니 절대 죽어선 안 돼. 너도 그리고 나도.'

기우뚱 결국 바닥에 몸을 쓰러트리는 재윤은 마지막으로 생각했다.

'아, 그리고 먼저 물어봐야지. 꼬맹이, 네 이름이 뭐냐고.'

꿈이었나. 재윤이 몸 위에서 느껴지는 감각에 눈꺼풀을 들어 올렸다. 꿈이라고 하기에는 너무나 생생했다. 마지막으로 쓰러지면서 느꼈던 쓰리고 애통한 감각이 아직도 가슴을 짓누르고 있는 것 같았다. 본능적으로 가슴으로 손을 뻗다가 고개를 내렸다. 아들 윤이가 잠투정을 하는지 가슴 위에다 고개를 부비적거리고 있었다. 손을 뻗어 엉덩이를 토닥토닥거리자 금세 다시 자세를 잡고 얌전해졌다.

완전히 다시 잠든 아이를 확인하고 조심스레 아이를 들어 옆자리에 눕히다 침대 옆 작은 테이블 쪽에 시선이 박혔다. 한동안 그 모습을 바라보던 재윤이 아이를 다시 고쳐 눕게 한 후, 침대에서 일어섰다.

"여전히 말 안 듣지. 이 꼴통."

테이블 위에 엎어져 잠이 든 주인의 모습에 재윤이 타박어린 말을 내뱉으면서도 입가의 미소를 지우지 못했다. 뭘 하다 잠든 것인지 엉망인 테이블 위에서 잘도 자는 주인을 바라보다 손을 뻗어 앞머리를 쓸어 넘겨 주었다. 잠시 후, 주인의 눈꺼풀이 살짝 떨리더니 이내 두 눈동자를 드러냈다.

"함부로 건들지 마시죠."

"니가 모르나 본데 꼴통. 이거 원래 주인이 나거든."

"허, 언제부터요? 난 기억에 없는데."

"너 열 살 때부터."

여전한 말투에 주인이 고개를 들어 손을 뻗었다.

"와, 이젠 대놓고 사기를 쳐요?"

재윤이 주인이 뻗은 손을 잡아 올려 마주 안았다.

"니가 여전히 나를 모르는 부분이 있는데 꼴통. 나 꽤 순정적인 남자라고."

'무슨 그런 웃기지도 않는 소리를!'

주인의 눈에 담긴 의미를 알아챈 재윤이 주인의 이마에 자신의 이마를 맞대었다.

"내가 너한테 내 첫사랑에 대해 말했었나? 내가 좀 전에 막 첫사랑을 찾은 것 같은데 말이야. 이걸 말을 해 줄까 말까. 응?"

주인의 한쪽 눈썹이 치켜 올라갔다.

"지금 내 눈썹 올라간 거 보이죠?"

"너무 궁금하다 못해 막 질투가 난다는 의미군."

"설마요."

품에서 빠져나가려는 주인의 허리를 재윤이 힘주어 잡았다.

"튕기긴."

주인의 콧등에 살포시 입술을 내린 재윤이 여전한 미소를 짓고 있었다. 세월이 변해도 저 미소만은 어쩔 수 없구나 라는 생각을 하며 주인이 입술을 내리는 재윤의 얼굴을 손바닥으로 밀어 버렸다.

"말했지만 아직 다 넘어간 거 아니라고요. 잘 하란 말이죠."

주인의 말과 동시에 방문을 두드리는 노크 소리가 들렸다. 짧게 답하자 도우미가 잠에서 깬 딸아이를 안고 들어왔다. 아직 잠에서 덜 깼는지 칭얼대는 아이를 주인이 서둘러 받아 품에 안았다. 냄새만으로도 엄마인지 아는지 여전히 반쯤 덮인 눈으로 주인의 목을 꼬옥 감싸 오는 체온에 주인의 입가가 마냥 풀어졌다.

"우리 딸, 엄마 보고 싶었어? 엄마는 우리 재인이 너어무 보고 싶어서 막 눈물 나려고 했는데."

아이를 안고 방을 나서다 주인이 뒤돌아 재윤을 향해 입술로 쪽, 키스를 날렸다. 그런 주인의 뒷모습을 바라보던 재윤이 또 한 방 먹었다는 표정을 지으며 이제 막 잠에서 깨는 아들 윤에게 다가갔다.

"언제나 넘어가는 건 나란 말이지."

재윤이 눈을 비비다 제 아빠가 온지 알고 두 팔을 벌리는 아이를 들어 품에 안았다. 자동으로 두 다리를 자신의 허리에 감아 기대

오는 온기에 재윤의 입가가 좀 전의 주인과 조금도 다를 바 없이 호를 그렸다.

"아들, 엄마 왔어. 이제 그만 눈 좀 뜨시지."

엄마라는 소리에 금세 동그랗게 눈을 뜨고 자신을 바라보는 아들의 얼굴에 재윤이 어쩔 수 없다는 듯 고개를 저으며 걸음을 옮겼다.

"너나 나나, 너네 엄마한테 넘어가도 한참 전에 넘어갔구나."

"한 가지는 확실하다. 잊어버린 것이지 잃어버린 것은 아니야. 내 장담하마."

방을 나서는 재윤이 언젠가 마정구 회장이 했던 말을 되새겼다.

'크리스마스 선물인가. 잊어버린 것을 찾았으니.'

"아들, 엄마한테 우리 맛있는 비빔밥 해 달라고 할까? 응? 아주 맛있을 거야."

모두 나가고 빈 침실 안, 테이블 위에 주인이 정리하다 만 앨범이 펼쳐져 있었다. 아들 윤이와 딸 재인이의 육아 일기였다. 펼쳐진 장에 들쑥날쑥한 그림체지만 사람이라는 건 알 수 있는 형태의 그림이 붙여져 있었다.

[우리 씩씩한 아들 윤이와 사랑스런 딸 재인이가 처음으로 그린 가족의 모습.

증조할아버지, 할아버지, 할머니, 아빠, 엄마, 재인이 윤이까지.

스케치북이 모자라다고 툴툴거리며 그린 거라고 하더라.

아직도 그려야 할 사람이 많다고 아빠한테 더 커다란 스케치북을 사 달라고 했대.

누굴 더 그려 넣으려고 했니?

엄마는 우리 윤이와 재인이가 그리는 가족이 이렇게 가득이라서 너무 행복했어.

내일도, 모레도, 또 그 다음 날도 우리 윤이와 재인이가 간직하게 될 가족의 모습이 언제나 이렇게 가득 넘쳐나길 바란다.

오늘도 너희들 태명처럼 밝고, 눈부신 하루가 되기를. 사랑한다.

나의 비비드 베이비들에게 엄마가.]

— *The End*

작가 후기

    사랑 애, 길 로. 수많은 사랑 길 중에 하나의 길을 택해 글로 표현한다는 게 얼마나 어려운 일인지 다시 한 번 깨달았습니다. 수많은 시행착오 끝에 사랑 길 위에 올려놓은 주인공들이 모쪼록 독자분들께 행복함을 드렸으면 하는 바람입니다.

    처음이라 더욱 힘들었던 길, 부족함이 더 컸던 녀석을 옆에서 도와주셨던 출판사 관계자 여러분께도 감사의 인사드립니다. 그리고 무엇보다도 연재 시 응원해 주셨던 한 분 한 분께도 더불어 감사의 인사 전합니다.

    애로의 길에 함께해 주신 모든 분들이 언제나 삶의 주인이, 애인이 되시기를 바랍니다.

1판 1쇄 찍음 2013년 7월 17일
1판 1쇄 펴냄 2013년 7월 23일

지은이 | 주인앤
펴낸이 | 정 필
펴낸곳 | 도서출판 **뿔미디어**

편집장 | 이재권
기획·편집 | 주종숙, 이은정
편집디자인 | 이진선
관리, 영업 | 김기환, 임순옥

출판등록 | 2002년 9월 11일 (제1081-1-132호)
주소 | 부천시 원미구 상3동 533-3 아트프라자 503호 (우)420-861
전화 | 032)651-6513 / 팩스 032)651-6094
E-mail | scarlets2012@hanmail.net
카페 | http://cafe.daum.net/scarletR

값 9,000원

ISBN 978-89-6775-405-1 03810

THE
ONE
더
원

_남궁현 장편소설

더 원 (전 2권) 출간!

「사랑에 빠지는 순간은 예고 없이 찾아온다.」

살다 보면, 현실이 드라마보다 더 드라마 같을 때가 있다. 지금 이 순간처럼.
철없는 내 심장이 두근거리기 시작한다.
바보 같은 내 머리가 나에게만 들려주는 세레나데 같다고 착각한다.   -백성현

이렇게 낯설고, 불편하고, 신경 거슬리는 감정이 절대, 사랑은 아닐 것이다.
지금 내가 느끼는 불안은 내 비즈니스 파트너에 대한 최소한의 관심, 걱정,
혹은 안면 있는 타인에 대한 지극히 기본적인 예의일 뿐이다.
그래야만 한다.   -서준유

어차피 임시 아르바이트 자리라고 생각했다.
그럴듯하게 연기나 잘 해 보자고 생각했다.
여자에게 인색한 서준유를 홀린 이상한 여자라고,
그저 웃음이 예쁜 누나일 뿐이라고, 생각했다. 그랬다.   -서재유

〈온리 원〉으로 얽힌 두 남자.
그녀의 진정한 〈더 원〉은 누구일까.

FEEL
PREMIUM
EDITION

Scarlet

스칼-렛

Scarlet

스칼렛